까레이스키 공연예술의 꿈

중앙아시아 고려인 희곡문학 작품집

국학자료원

* 일러두기

– 이 작품집은 <국제한인문학회>가 그동안 수집한 중앙아시아 고려인 희곡 작품
들 중에서 일부를 추려 엮은 것으로, 한국문화예술위원회의 지원을 받아 출간되
었습니다.

– 이 책에 실린 작품들은 한국에 소개되지 않은 작품을 중심으로 선정하였습니다.

– 각 작품들은 초판본이나 육필 원고를 그대로 타이핑하였습니다.

– 조명희의 「파사(婆娑)」(『포석 조명희선집』, 쏘련과학원 동방도서출판사, 모스크
바, 1959), 연성용의 「자식들」과 「강직한 녀성」(연성용 창작집 『행복의 노래』,
사수쉭출판사, 알마아따, 1983), 「동창생」(합동작품집 『행복의 고향』, 사수쉭출
판사, 알마아따, 1988)을 저본으로 하였으며, 채영의 「외딸」은 육필 원고를 저본
으로 하였습니다. 그 외의 작품들은 <레닌기치> 수록작을 저본으로 하였고, 작
품 말미에 수록된 날짜를 기록하였습니다.

– 문장부호와 맞춤법은 저본의 표기를 될 수 있는 대로 살리되, 오기가 분명한 경
우에는 바로 잡았습니다.

– 띄어쓰기는 현대의 표기법에 맞추었습니다.

서문

까레이스키.

옛 소비에트 연방 지역, 즉 오늘날 러시아와 독립국가연합에 해당하는 중앙아시아 지역에 살고 있는 한민족을 일컫는 말이다. 냉전 시대 이데올로기의 높은 장벽에 가려, 한반도에 있는 우리는 이들의 존재조차 모르고 살고 있었다. 1980년대 후반에 이르러 서울올림픽 등을 계기로 이들의 존재가 우리에게 알려지기 시작했다. 그러나 그로부터 20여 년이 지났지만, 여전히 우리는 그들에 대해 모르는 것이 많다. 그들은 '고려인'이라고 불린다.

한민족이 러시아 지역으로 이주하기 시작한 것은 1860년대부터이니, 그 이주의 역사는 150여 년에 다다른다. 그 사이 이주 고려인은 5, 6세에 이르고 있고, 그 인구도 50만 명이 넘는다. 이들은 국적을 두고 있는 국가의 정책을 따르면서도 소수민족으로서의 문화적 전통성을 고수하는 이중적 성격을 지니고 있다. 여전히 민족문화와 생활습성을 전승하며 살아가고 있으며, 많은 양의 한글 문학 작품을 남기고 있어서 주목을 요한다.

한글과 한국어를 자유자재로 쓸 수 있는 고려인은 이제 희귀한 존재가 되었을 만큼, 더 이상의 한글 창작을 기대하기는 어려운 상황이지만, 90년에 이르는 세월 동안 생산된 그들의 한글문학에 대한 발굴과 연구는 여전히 현재적인 과제이다.

중앙아시아 고려인 문학은 1923년에 연해주에서 한글신문 <선봉>이 창간되고 1928년에 망명한 조명희가 이에 합류하면서, '문예페이지'를 통해 발표된 현지 문인들의 작품을 시작으로 삼는다. <선봉>은 <레닌기치>, <고려일보> 등으로 그 제호가 바뀌었고, 이제는 더 이상 순 한글

신문이 아니라 러시아어 면이 더 많은 상황으로 변했지만 여전히 지금까지 발간되고 있다. 이 지면을 통해 발표된 작품들은 아마추어적인 성격이 강해서 예술적 성과를 논하기 어려운 경우도 많다. 하지만 매 시기마다 해당 시기에 반응한 작품들이 실렸음을 고려한다면 역사성과 시의성, 현실성, 상징성 등의 측면에서 그 의의와 중요성을 충분히 인정할 수 있다. 더구나 1937년의 비인도적인 강제 이주를 겪고도 살아남아 그 명맥을 이어온 점은 참으로 중점적으로 살펴보아야 할 대목이다.

고려인 문학에는 이러한 민족의 유이민사뿐만 아니라 소비에트의 건설과 구소련의 붕괴를 비롯한 근현대사의 질곡에 대한 고려인의 직접적 체험이 오롯이 담겨 있다. 이는 여러 장르에 걸쳐 다양한 주제의식으로 표현되고 있다. 사회주의 체제에 대한 예찬, 신산한 삶에 대한 한탄과 극복의지, 다른 민족과의 친선, 고향과 가족에 대한 그리움 등의 주제들은 고려인 사회의 꿈이요 의식이며 삶의 실상을 여실히 보여준다.

개혁 개방 이후 여러 연구자들이 고려인의 문학 작품에 대해 관심을 기울이며 점차 그 영역을 확대해 가고 있다. 고려인의 시와 소설을 묶은 작품집도 여러 형태로 출간되었다. 그러나 고려인 문학에서 큰 비중을 차지하는 희곡 작품에 대해서는 시나 소설에 비해 소개가 매우 미흡했고 그에 따라 연구자들이 이를 다루는 것에도 어려움이 많았다.

이 자료집은 한국문화예술위원회로부터 연구 보조 사업비를 받아서, <국제한인문학회>가 이전에 현지의 답사 등을 통해서 수집한 고려인의 희곡 작품들 중에서 일부를 추린 것이다. 애초의 목표는 카자흐스탄의 <고려극장>을 방문하여 그 곳의 희곡 작품들을 수집하여 그것을 자료집으로 엮으려는 계획이었다. 그러나 그 작품들을 무상으로 인도받기 힘든 상황이어서, 작품을 인도받는 대가를 일정 정도 지불하고라도 수집하고자 했지만, 사업비가 삭감되는 바람에 기존에 수집한 자료를 묶는 것으로 만족해야만 했다. <고려극장>의 작품 보존 상황을 염두에 둘 때, 그 자료를 수집하는 일은 빠른 시일 안에 재추진되어야 할 것이다.

여기에서는 기존에 <국제한인문학회>가 수집한 자료들 중에서, 이미 한국에서 단행본의 형태로 소개되었던 작품들은 배제하고, 현지에서 발간된 작품집에 수록된 것과 <레닌기치>에 수록된 것, 그리고 육필 원고를 중심으로 정리하였다. 이 작품집에 수록된 것만으로는 고려인의 희곡 작품 세계를 전반적으로 살펴보기에 많이 부족하다. 그러나 고려인 희곡 작품에 대한 접근이 너무도 어려운 현 단계에서 이 작품집은 연구자들을 비롯한 한국의 문학인들에게, 고려인 희곡 작품에 다가가는 하나의 디딤돌이 될 수 있을 것이다.

자료 발굴에 도움을 준 현지의 문인들, 학술대회와 자료집 발간을 지원해준 한국문화예술위원회, 그리고 이처럼 보기 좋은 책으로 꾸며준 국학자료원에 깊이 감사드린다.

2012. 겨울
엮은이 국제한인문학회 회장 김종회

목차

(서막 三막)

파사(婆娑)

조명희

인물

주 ― 중국 고대 은나라(殷國) 말기의 왕

달기 ― 왕비

비간 ― 주의 로신

미자 ― 주의 신청년

구회 ― 주의 제후 주무(周武) 왕의 딸―주의 궁녀

린 ― 주무 왕의 친척인 왕자의 위병―주의 시신(侍臣)

도화(道化)

시신

수위병

시민 다수

때

은의 말세

곳

은의 도읍(현재 중국 황하 상류 장안 부근)

서막

박암(薄闇)… 나락(奈落)의 서색(曙色)

△ 보이는 듯 마는 듯한 먼저 와 있는 한 도화의 자태−좌수(坐睡) 모양.
△ 후래(나중에 온) 도화 한 사람. 유유히 올라 와 선래자(먼저 와 있는
사람) 옆에 서며 좌우를 돌아다보고,

후래자 별무리도 형적을 감추랴 하고 서리풀에 벌레의 노래도 쇠잔하
여 가니 검은 바다 밑 속살거리던 고기의 무리도 물 우를 향하
여 튀여 나가려 하고, 마뇌(瑪瑙)의 전당 안 같은 벌판도 종야
(終夜)의 기도와 잔사설의 흐린 꿈을 깨치고 밤놀의 혼이불을
걸으려 하도다.
(사이)
아, 인제는 황하의 물가도 지리(支離)하다.
며칠을 밝아 온 길이 한길 같아야! 그러면 오늘은 또 어데로
갈가?
어데든지 좋지… 발 가는 대로 가자. 앞길은 다만 끝없는 자유
의 세계…
(사이)
아침에는 동녘 물가에 목욕하고 저녁에는 서쪽 산기슭에 고사
리를 꺾어, 우주란 거인이 눈 감은 듯한 밤이 올 제 이슬 꽃나
무 걷히며 떨어진 잎새의 자리를 찾아 그님의 거칠은 침상에
누워, 새로 온 밤 이야기를 또 들을 때 동녘 봉우리에 은빛달이
오르면 고요한 신부 방의 촛불에 대한 듯하고 아침의 태양이

황금의 날개를 벌리고 허허허 오르면 성전 대들보 우에 엄숙히 빛나는 등불 앞에 선 것 같아야 굴리고 굴리고 난 자연의 수레에 내 몸을 얹어 죽음을 잊고 삶을 잊으며 가는지 오는지도 모르는 나의 혼은 다만 생명의 물결이 끝없는 바다의 웃음을 젖힐 제, 거기에 한 도움의 물결이 되고 그 님이 입 다물은 미인의 자태로 나타날 제, 나는 그 치마자락에 무릎 꿇고 엎드리여 내 몸을 떼여 바친 듯이 정성스러히 입 맞춰 드리는데 때로이는 기쁨의 격정과 생의 기록을 한 장의 종이와 한 쪽의 바위돌이라도 쓰고 새기지 아니하며,

들레는 저자거리를 지내여도 언사람(凍人) 같이 서서 방관하여, 세상 사람이 무엇이 그리 기쁘다고 저녁놀에 노는 하루살이 같이 떠돌 때에 나는 홀로 괴인 물같이 랭정하며 세상 사람이 무엇이 그리 걱정스럽다고 가마솥에 쌀거리난 생선같이 날뛸 때에 나는 햇빛에 떠나가는 쪼각구름같이 혼자 미소를 띄울 뿐.

세상 사람이 무엇을 옳으니 그르니 하여, 파리 대가리 우에 리해 시비(利害是非)를 다툴 때 나는 홀로 허수아비같이 서 있으며, 세상 사람이 무엇을 부시느니 세우느니하여 개미 보금자리 우에 모래 탑을 세우랴 할 제, 나는 홀로 흩어지는 안개의 길을 쫓아 걸어 나가다.

어제는 남으로 오늘은 북으로 사해 팔방 돌아 다니여 골짜기를 쫓고 내를 따라 묵은 성터에 어리대는 옛날 과객의 그림자 같이, 영원의 새로 온 봄을 맞이하는 류랑의 처녀 마음같이, 구름의 깃발과 바람의 계시(啓示)를 따라 영원으로부터 영원으로 끝없는 세계에서 끝없는 세계로 표연히 떨쳐 걸어 갈 뿐.

(사이)

새벽길에 몸이 좀 피곤하군. (벌레 소리 따르르ー)

귀뚜리가 마른 풀 이부자리 속에서 『령감 편안하시오!』 하하 하하.

선래자 (졸음으로부터 잠을 파하고 일어 앉아 합장 기도) 님이시여! 거룩하시고 자비 깊으신 님이시여!

그대는 그대의 자신인, 수족(手足)인, 아들인 모든 중생(衆生)을 사랑하시고 불쌍히 여기사 구원하여 주소서.

저희는 풀 우의 한낱 이슬에도 그대의 거룩한 미소를 보오며 귓결에 스치는 가벼운 바람에도 그대의 엄숙한 가르치심을 받드나이다.

비오니 저 중생을 흐린 겁류(劫流)의 속으로써 그대의 거룩한 빛과 말씀을 깨닫게하여 주소서.

님이시여! 그대의 묘한 법을 무엇으로 말하야 옳으오리까!? 한 송이의 꽃이 웃음을 웃을 때 그 꽃의 적은 화관 안으로서 우주보다 더 큰 고운 빛의 거품을 내여 뿜어 저 태양을 싸고 팔유성(八遊星)을 싸고 전 우주를 싸서, 그 속에는 어떠한 참된 말씀과 봄 놀과 같은 기쁨이 넘치나이까!?

한 낱의 풀이 대지의 가슴으로부터 어여쁜 아기 손발 같은 어린싹을 내여 보낼 제, 그대의 아들, 사람의 아들, 저희의 아들, 아 그 거룩하고도 어여쁜 아기를 내여 보내실 때, 저희는 무엇으로 그 아기를 맞으며 무엇으로 찬사를 바치오리까!?

공중에 나는 떼새들은 장엄한 그대의 궁궐 처마 끝으로 휘돌아 들며 하례를 바치고 풀 속에 우는 한 마리의 벌레도 그 작은 손바닥에 신성한 대우주를 떠받친 듯이 힘을 다하여 찬미의 노래를 소리치거든… 저희들의 많은 인간은 리지란 근시안을 가지고, 욕망이란 불빛 안경을 가리고, 그대의 거룩하고도 고운 자태를 보지 못하고 타오르는 지옥 검은 불구덩이에 가로 뛰고 세로 뛰며 앞으로 고꾸라지고 뒤로 곤두박질하니, 님이시여! 님이시여! 그 불쌍한 인간을 불쌍히 여기시고 또 불쌍히 여기소서.

(사이)

(일어나 완완히 걸어 나락의 저편을 내려다보며) 망망한 고해에 욕망의 물결이 하늘을 접하고 뒤놉는 누른 티끌 속에 취한 꿈이 어리고 또 어리었도다.

사람의 마음은 련꽃과 같으나 정욕이 봄바람과 같아야 지상에 휘둘린 영겁의 봄 안개 개일 때가 없도다.

한 마리의 벌레가 등불 앞에 고꾸라짐과 한 사람의 센 머리털이 귀밑에 흩날리는 것만 보아도 그들은 헛된 빛의 세계로부터 꿈을 깨고 맑고 빈 옛 나라의 길을 찾아 걸으련마는…. (돌아서오다가 왼쪽 소매에 붙은 배짱이를 손으로 떼여 왼손 바닥에 놓고 깜짝 놀래며) 오, 베짱이 다리가 떨어졌구나! 네가 얼마나 아플가? 날으지도 못하는구나! 오─이 사지를 뗐네!

(사이)

내가 잘못하였다. 가만히 떼일 것을… 왈칵 잡아 떼여서… (풀우에 가만히 놓으며) 너는 어찌 그리 약하게 생겨서… 가련한 생명이여! 한 많은 차별의 세계여!

(돌아 와 앉음)

후래자 당신은 무던히도 정성스럽고 사랑 많으신 이요그려. 그러나 웅덩이물에 노는 장갑이를 그 외에 더 어찌 할 수 없으며 긴 주둥이를 가진 도야지를 그 외에 더 고칠 수 없습니다. 흐린 조수에 뛰노는 고기의 무리를 뉘 힘으로도 맑은 물로 인도할 수 없지요. 하자면 자연히 나가는 길에 맡겨 두는 수밖에 없지요. 그리고 장갑이와 도야지는 비극이 될 거리도 없고 불쌍할 것도 없습니다.

선래자 아니요, 아니요. 천만의 말이요, 장갑일수록에 더 불쌍하고 도 야지일수록에 더 사랑합니다.

후래자 (일어 걸어 나가며 비웃는 말로) 사랑? 사랑은 조소와 같습니다. 또한 증오와도 같겠지요.

선래자 아니요, 아니요, 천만의 말이요. 조소와 증오를 초월한 것이 사 랑입니다. 차디찬 리지의 눈을 가지고 중턱에 서서 보는 사람 과 따뜻한 애정의 눈을 가지고 산꼭대기에서 보는 사람과 다르 지요. 산꼭대기를 바라보고 말하는 것보다 올라가서 말함이 달 습니다.

후래자 장갑이는 영원의 강갑이요, 도야지는 영원의 도야지겠지요. 그 네를 뉘 힘으로 어찌 할 수 없습니다. 원숭이 십 년 가르쳐야 사람 될 리 만무하고 백치(白痴)가 백 년 나가야 백치 외에 더 될 수 없습니다.

장갑이는 장갑이기 때문에 제자리에 편안하고 도야지는 도야 지기 때문에 제자리에 편안하며, 사람은 사람이기 때문에 제자 리에 편안하련마는 억지로 짜른 지혜를 쥐어 짜며 욕망의 불꽃 을 사루어 제자리에 제가 불을 놓고 제 몸이 타며 제 사지를 제 가 얽어매고 곤두박질하는 것이 아닐가.

선래자 아니요, 아니요. 장갑이나 도야지도 몇 백 년의 몇 천만 년의 장구한 겁류를 헤매여 제 탈을 벗을 때가 있겠지요. 사람과 같 이 될 때가 있고 우리와 같이 될 때가 있지요. 지금의 인간도 장구한 겁류에 헤엄쳐 애를 씁니다. 그네도 장차 새 신발하고 새 길을 걸어 새 세계를 찾을 때가 있으오리다. 지금 그이들은 자기의 동포끼리 서로 죽이며 서로 살을 씹으나 장차 그네는 지금 자기네가 잡아먹은 희생수까지 위하여 제단(祭壇)을 버리고 눈물 흘릴 때가 있으오리다.

후래자 (조소하며) 위대한 백치의 선 잠꼬대로군! 하하하하. 아니요, 아니요, 악마와 신의 영원한 투쟁, 그 뿐이요.

선래자 아니요, 아니요. 악마와 신은 한 몸이요. 신의 머리 뒤가 악마요. 악마의 얼굴이 신이요, 다만 영원의 진동, 영겁으로서의 초탈 운동(超脫運動)이요, 류전 운동(流轉運動)이요. 다만 분렬된 자기네가 한 몸인 줄 깨달을 때에 비로소 악수할 것이요. 사랑이 넘칠 것이요. 다만 시간의 겁의 운명은 면치 못하겠지요.

후래자 (나락의 저편을 한참 동안 넘겨다 보다가 돌쳐 서서) 거리 거리에 세운 성은 다 무엇인고! (사이) 그들은 만 권 철학서(萬卷哲學書)를 뒤지며 인생의 진리를 찾으려 함보다, 한 송이의 꽃이 떨어질 제 아름다운 환영(幻影)이 형적 없이 사라짐을 어떻게 깊이 느끼며 한 사람의 이성(異性)이 자리를 배반하고 돌아 서 갈 제 지상의 무상(無常)과 생의 허망을 어떻게 절실히 느끼랴. 그들은 높은 궁궐을 추켜 쌓으며 허수아비와 허수아비를 벌려 놓고 희미한 등불 밑에 묵은 경전을 뒤적거리며 생의 위안을 얻으랴 함보다, 저 숭엄(崇嚴)한 암야 륭궁(暗夜隆穹)에 별무리의 참된 이야기를 듣고 까막거리는 빛의 암시를 볼 때 어떠한 위대한 힘을 느끼며, 어떠한 영원불멸의 기약을 깨달으랴.
그들은 돌쪼각과 나무쪼각을 깎고 새기며 종이와 말로 쓰고 만들어 거기서 웃음과 기쁨을 사려 함보다 아 참볕을 맞을 때 황금의 놀에 날아오는 하루살이와 같이 뛰여 놀며 얼마나 더 기쁘며 우주의 어머니가 새 술에 취한 낯으로 쉴 새 없는 미소를 보내는 봄이 와, 가지각색의 꽃으로 수놓은 원야(原野)의 공중에 자유의 기쁨을 노래하는 종다리와 함께 노래함이 그 얼마나 더 아름다운 일이뇨. 거룩한 새벽에 영원히 떨쳐간 사랑하는 어머니가 그리워 애타는 나의 꿈속으로부터 코발트의 고운 면사(面紗)를 가리고 지상에 떨어져 홀로 우는 자식을 때때로 손짓하여 부르는 듯한 저 벽공을 바라볼 때 구름 건너편 미지의 나라로서 영원의 짝될 젊은 애인의 보라매 같은 배에 상아 돛대를 저어 모래 언덕에 피곤한 몸으로 머리에 손 얹고 기다리는 신부를 맞으려 오는 듯한 끝없는 바다를 대할 때, 오, 그들은 종이쪼각의 그림보다 말푼어치의 시보다 얼마나 더 위대한 감흥에 떨으랴.

그들은 배 끝에 달린 수염만한 리지의 힘으로 삼엄한 우주 사이의 겨우 몇 날의 모래알을 세이고 만족하려 들며 까닭 없는 허수아비와 성벽을 쌓아 놓고 서로서로 쌓아 놓고, 서로서로 죽이며 그대도 그 사람의 뼈를 갉아 먹인 허수아비와 사람의 피로 채색한 성벽을 자랑과 영광으로 알며 살려고 만들어 놓은 제도(制度)란 그물에 자기가 도리여 얽히여 자빠지며 부리려고 만든 기계에 자기가 도리여 부리워지게 될 뿐. 썩은 판장과 때묻은 벽돌 높은 집 거리거리에 인공 등화(人工燈火)의 불야성을 만들고 비린 피 냄새와 독한 술 냄새에 싸인 도취(陶醉)의 구덩이에 지뚱거리며, 한편에는 탐닉(耽溺)의 궁전, 야수의 전도대(顚倒台)요, 한편에는 인육의 시장, 노예의 도살장을 해참히 벌려 있도다.

인간의 다대수가 소나 말이나 도야지의 희생이 되지 않고는 화미 사치한 소위 물질문명의 향락을 누릴 수 없을지라. 여기에 눈뜬 인간은 속히 그것을 부서 버릴지어늘, 그래도 완고한 집착(執着)을 버리지 않음이여. 저희들은 저희들의 가장 숭배하는 허수아비의 하나인 그 썩은 종이 뭉텅이가 아편보다도 더 독하게 사람의 령을 중독시키는 그 력사를 불지를 거며 그 쇠

와 돌의 궁전을 버리고, 제도와 기계를 버리고 등불 밑과 술잔 옆을 떠나 비록 움일망정 갈대와 풀잎으로 따슨 보금자리 같은 집을 지어 놓고 야채의 김치와 토장국을 마실지라도 안해는 남편을 사랑하고, 남편은 안해를 사랑하며 자녀를 사랑하고 이웃집 사람을 사랑하여 아침이 되어 태양이 동에 오르면 그네의 무리는 호미를 엇메고 들을 향하여 나가며 노래를 부르고, 저녁이 되어 달이 오르면 동무와 동무는 떼를 지어 춤을 출 제, 산도 푸르고, 들도 푸르고, 집도 푸르고, 하늘도 푸르고, 달빛도 푸른 넓은 무대에 수풀은 바람에 안겨 춤을 추고, 내는 달빛에 안겨 춤을 추고, 까닥거리는 풀잎과 딸딸거리는 벌레의 소리는 박수를 맞출 제, 사람은 또한 자연의 품에 안겨 춤을 추어 청의 동자(靑衣童子)같은 우주는 한때에 움직이여 춤을 출지로다.

저희의 젊은 무리는 해참한 등불 밑에 인형 같은 치장을 하고 거짓의 웃음과 속이는 말로 이성의 사랑을 맛보랴 함보다 천진무구(天眞無垢)의 인간의 아들로 산 밑에 솟아나는 맑은 샘물과 같은 고목의 구멍으로부터 따온 들꿀과 같은 참된 사랑이 얼마나 더 좋을가!? 제물에 익은 과실과 같은 볼과 살이며 바람에 나팔대는 풀떨기와 같은 검은 머리를 풀어 헤친 청춘의 아들 딸, 두 사람이 빛 아래에 귓속말을 할 제, 벌레는 풀 속에서 서로 속살거리며 바람은 숲 속에 가만히 이야기하고 별과 별들은 말없이 눈빛을 은근히 흘려 지구에게 보낼 제, 우주는 한 사랑의 꿈, 보금자리에 싸여 있으리로다.

저희들은 저희의 몸을 실은 바퀴를 버리고, 찬란한 옷과 갓을 버리고, 거칠은 머리에 무명옷을 걸칠망정 천혜(天惠)의 자유로운 날개인 사지를 움직이여 자비 깊은 일광 밑에, 의심 없는 대지 우에 발을 옮겨 놓음이 얼마나 더 자유로운 행복의 생활이 될가!? 사람의, 태양의 아들, 대지의 아들, 우주의 아들, 자연의 아들, 자유와 사랑의 신의 아들, 자연의 가슴으로 돌아 와서 비로소 락원을 얻을 것이다. 부질없이 제가 뜬 그물에 제가 얽히여 곤두박질 말아라.

(돌아서 온다)

선래자 지금은 과거 인류가 욕망을 발휘한 죄업(罪業)의 과벌시대(果罰時代)외다. 인제서 그네들은 자기가 만든 그물을 벗어 던지려는 해탈 운동의 첫걸음이외다. 벌써 한 귀퉁이에서 착수하였나이다. 아무쪼록 지리한 겹운이 풀리기만 비를 따름이지요.

후래자 (걸어오다가 우뚝 서며 하늘을 쳐다보고 돌아 와 앉으며) 북쪽 하늘에 살기의 구름이 낀 것 보니까 무엇이 또 시작될 모양이요.

선래자 글쎄, 무엇이 또 시작되겠지요.

△ 이때 나락의 저편으로부터

(소리) 우－－－

△ 후래자는 귀를 대이고 듣고 선래자는 기도를 한다.

△ 소리.

착한 남성의 소성 (笑聲) 어－허허허허.

악한 남성의 홍소성 (哄笑聲) 어－허허허허.

착한 녀성의 소성 오－호호호호,

악한 녀석의 홍소성 오－호호호호.

착한 남성의 탄성(歎聲) 어－호호호호.

악한 남성의 저주성 (咀呪聲) 어－호호호호.

착한 녀성의 탄성 오－호호호호.

악한 녀성의 저주성 오－호호호호.

착한 남성

합창성(合唱聲) 어오 호호호호.

착한 녀성

악한 남성

합창성 어오 호호호호.

악한 녀성

전부의 합창성 어오 호호호호.

△ 소리 계속. 동쪽 하늘에 아직 오르지 아니한 태양의 붉은 노을. 도화 두 사람 일어선다.

후래자 또 싸움이 시작되었나!?

선래자 (합창 기도)

후래자 우연히 만나 까닭 없는 인연을 우연히 맺어 마음에 남아 있는 섭섭한 정을 피차에 저버립시다.

(우를 향하여 가다)

선래자 (합장 기도. 좌를 향하여 가다)

△ 소리 그침. 햇살 오름. 끝없는 평원이 보인다.

제一막

은의 궁전 일부

장대사치(壯大奢侈) 하나 원시미를 잃지 않은 전각(殿閣) 굵은 원주 죽 서 있고, 벽과 원주는 다 검붉은 빛의 포장으로 싸이다. 한옆에 높은 옥좌(玉座), 쌍으로 놓였다.

원주에 달린 육촉화(肉燭火) 사발등이 황황 탄다.

정면 일부와 좌측 일부는 전각에서 유대(遊台)로 통하는 장랑(長廊).

우측은 전원(殿園)의 일부. 조락한 수목, 전각으로부터 승강하는 계단.

멀리 거대한 옥문, 거교(鉅橋), 유대 등이 보인다. 대 앞에 적색 동주(銅柱).
달밤.

사이 뜨게 가 악성이 들린다.

△ 수위병 로소 두 사람 원변에 나타난다.

로인 좀, 서서 쉬여 가. (나무에 기대인다)

소년 그려!

로인 (두 손으로 세운 창을 움켜쥐며) 이 세상이 장차 어찌 되려노?
　　　일곱 해 가뭄에 바싹 탄 벌판 같이 되니… 사람은 건천에 자빠진
　　　생선 떼 같이 되고 한편 구석에서는 불붙은 거리에 칼춤 추는 망
　　　나니 무당의 놀음판이 되도다. 백주 하늘에 새파란 구름이 해를
　　　싸고 밤중에 천불이 내려 형산(衡山)이 다 탔으니…
　　　아마 무슨 큰 변이 또 날 것이로다. 하늘이 갈라지거나 땅이 깨여
　　　지거나….

소년 차라리 파멸의 불덩이를 집어 던져라! 지구가 부글부글 타오르
　　　게… 오, 통쾌! 통쾌! 그 얼마나 통쾌! 사람 한 마리의 목숨이 개
　　　미 새끼 한 마리의 목숨만도 못 해. (가악성 나는 편을 향하고 듣
　　　다가) 아 풍류 소리도 멀미나….

로인 그네도 세상 놀음놀이라고는 다 하여 보고 나서 그것도 멀미나니
　　　까, 인제는 사람 죽이는 놀음놀이를 한다네.
　　　(손으로 가리키며) 저 붉은 기둥 보게.

소년 아 저기 저 기둥! 구리 기둥! 생사람 태워 죽이는 기둥!

로인 오, 하느님!

소년 무얼? 하느님이고 무엇이고… 멋대로 해라! 멋대로… 악한 일도
　　　끝없고 착한 일도 끝없…

로인 아니 아니. 엄숙한 심판이 있지.

소년 고약하면 지금 임금 내외 같은 이가 또 어데… 지옥에서 보낸 흉

혈귀가 아니면 음부(淫府)에서 보낸 청염귀(靑炎鬼)….

로인 반드시 뒤끝이… 인과가….

소년 무얼? 인과라면 자기네 조상이 착한 체한 것이….

로인 아니 아니.

(사이)

△ 가악성 더 크게 들리다가 그친다.

웃음 소리―와르르. ―악성 계속.

소년 아, 듣기 싫어. 그런데 왕비는 천하일색이라고… 늘 얼굴에 면사를 쓰고 있으니까… 볼 수가 있어야지.

로인 나도 이때껏 얼굴을 보지 못 하였네마는 누구든지 한 번만 보면 서리 달빛에 사라져 들어가는, 찬 온실의 움싹 같이 되고 만다네. 이 세상에 가장 고운 유독의 꽃 같이, 번개빛 같은, 마녀의 칼날 같이… 냄새를 맡을수록에 더 취하여 들어가고, 빛에 홀릴수록 피를 토하고 곯아지면서도 웃게 될 지경이라네.

소년 나도, 나도 그런 계집에게 한 번 홀리어 보았으면….

로인 아니 몸에 해로워.

소년 무얼? 열흘의 그믐밤이 하루의 달밤만….

로인 아니 아니, 그런 지옥에 갈 소리는….

소년 무얼? 웃음 웃는 황금의 전당이나 피토하는 마녀의 궁궐이나 일반… 바로 말이지 성모의 손질보다 요녀의 칼날이 더 좋지…

로인 어―맙시사! 제가 좋아서 지옥의 굴로 향하는 자여!

소년 그런데 래일은 여덟 제후(諸侯)나라에서 보낸 미인 몇 백 명이 대궐 안으로 들어온다지. 며칠 뒤에는 오다가 제일 큰 놀음놀이가 열릴 모양이야. 그 끝에 또 대살륙이나 일어나지 아니하려나?

로인 그러기도 쉽지. 맙시사 너무….

소년 무얼? 하고 싶은 대로… 그런데 아홉 제후 나라 중에 주(周)나라가 홀로 반대하였다지, 그래서 어저께 석호 장군(石虎將軍)이 군사를 거느리고 주나라 임금 잡으러 갔다는데 거기서 전쟁이나 일어나지 아니할는지 몰라.

로인 전쟁이 되기가 쉽지, 그러나 조그마한 주나라 가지고야… 아, 그런데 일 년 전에 볼모로 잡혀 온 주나라 왕자 왕녀야말로 참 불쌍해. 궁녀 궁동과 같이 밤낮으로 참혹한 놀음에 부대끼기만 하고…

소년 참 그래.

로인 그 왕자는 왕자가 아니라, 왕녀의 애인인 남자를 속이어 보냈단 말이 있더구먼…

소년 웅, 그래?

(사이)

△ 수목 사이로 훌쩍이며 우는 소리, 구희, 린에게 매달려 나타나다가 사람기척을 보고 놀래여 형적을 감춘다.

로인 저 가엾은 꼴 좀 보게, 얼른 보니 주나라 왕자 왕녀인 듯 싶에.

소년 (잠자코 바라본다)

로인 자, 가세.

소년 갑…

△ 두 사람 사라진다.

(사이)

△ 구희 수목 사이로 다시 나타난다.

구희 (린에게 몸을 쓰러뜨리며) 아이고, 이 놀음을 어찌한단 말이요!?

린 (한 손으로 구희를 껴안고 한 손으로 주먹을 쥐고 입을 악물며) 움— (주먹으로 공중을 치받으며) 굳세게! 굳세게! 뒤끝까지 굳세게… 뼈가 갈라질지라도 제 신세 불쌍히 여기는 그런 못생긴 인생은…

구희 죽읍시다! 죽어…

린 움−그까짓 몸뚱이는 해여진 창문 같은 것… (주먹으로 공중을 치받으며) 마음은 무쇠 철탑! 불에 녹은 무쇠 철탑! 엎치락재치락하는 무쇠 철탑!

(사이)

△ 도화 전각에 나타난다.

△ 구회, 린 형적을 감춘다.

도화 (노래하며 나온다)

　　　빈 공중에 불기둥을 사르는 자 그 누구며,

　　　어두운 바다 우에 신기루를 찾는 자 그 누구뇨.

　　　만 길의 형산이 다 탈지라도 바람은 여전히 춤만 추고,

　　　황하의 물이 부글부글 끓어도,

　　　태양은 옛날의 웃음을 그저 보낼 뿐.

　　　(독백)

　　　로호산(老虎山) 꼬리 아홉 가진 여호가 불빛 승냥이와 함께 피 잔치에 배불려 달밤에 파란 옷을 입고 해골 장단에 뱀 흘려 춤을 출제, 사천왕(四天王) 같은 사냥꾼이 어디로 올가? 그 어디로….

　　　(노래)

　　　사천왕 같은 사냥꾼이 어디로 올가? 그 어디로….

△ 궁녀 등 장랑으로부터 출몰.

제 一, 제 二궁녀 선두에 서서 나오며

제 一 바람아 사박사박 불어라! 잎새야! 호도독호도독 떨어지거라! 떨어지거라, 잎새야! 사람 모가지 같이 호도독호도독 떨어지거라!

△ 일동 노래

바람은 은빛 같은 칼날을 번득이며

잎새는 사르륵사르륵 떨어지도다,

푸른 하늘에 찬 달빛은

성낸 요귀의 눈빛 같이 파랗게 질리고.
고비의 사막도
언 송장의 얼굴 같이 서릿빛에 잠길 제
그러나
악령의 울음 같은 바람은 홀로 호로로 호로로 호로로.

산과 들은 피빛 단풍
내와 내도 비린 피 냄새
새빨간 새빨간 구리 기둥에
새빨간 새빨간 타는 불 우에
사람의 피도 바글 바글
아 이내의 가슴의 붉은 피도
하하하. 하하하 하하하.

때가 왔도다, 때가 왔도다.
님의 품안에 들 때가 왔도다
단 둘이 단 둘이 뒤틀어져
지옥의 보라빛 불구덩이에
분용수 같은 피춤을 출 때에
아, 이내의 웃음의 혼은
하늘을 뚫고 땅을 휩쓸도다.
추어라, 추어라 붉은 피춤을
새빨간 새빨간 쌍룡의 춤을.

△ 일동 란무
△ 춤 멈추다. 궁녀들 혹은 기둥에 기대고 혹은 자리에 앉는다.

제 一 아, 술 취하였다.

제 二 아, 피곤하였다.

제 三 오늘은 참, 자미스러웠다. 구리 기둥에 사람이 기여 올라 가다가 쭉 미끄러져 발간 불 우에 자빠져… 호호호호. 한 달에 한 번도 잘 웃지 아니하시던 왕비도 그것을 보고 깔깔 웃으시던가… 호호호호. 참 자미스러워라.

제 四 아니야, 오늘보다 어제가 더 자미스러웠어. 누구든지 평생에 그런 것 본 사람이 드물것이야.

제 五 그보다도 사흘 뒤 대혈제일(大血祭日)에 더 큰 구경이 있을걸. 귀를 꿰여 매다는 놈에, 코를 꿰여 매다는 놈에, 형형색색의 놀음놀이가 있을걸. 아이고 얼마나 자미스러울가?

제 六 그런 것도 처음 볼 때는 몸에 소름이 끼칠 듯하더니 점점 올 수록에 자미만스러웨져 가… 망나니가 그래서 칼 들면 웅덩이 춤이 나오는 것이야. 그런데 피 제사는 웨 지내나? 다만 구경거리로만 지내는 것일가?

제 一 입때 그것도 모르남…. 근일에 전변이 잦으니까, 생사람 만 명의 피를 흘려야 한다고 왕비께서 말씀하신 까닭이지.

도화 (독백) 해골 숲 작은 요귀 무리의 속살거림이로군! 옳다! 옳다, 이 끝도 끝없고 저 끝도 끝없다. 갈 대로 가거라 훨훨 가거라.

궁녀들 오, 바보영감, 거기 있네! 바보 령감! 바보 령감 (쫓아가 붙든다)

도화 저리 가거라, 저리가…쉬—쉬—왕비 나오신다. 쉬—.

△ 달기 장랑으로 나옴. 시신 뒤에 따르다.

　한 사람은 린.

△ 궁녀 등 한편으로 줄지어 선다.

달기 (걸어 나오며 궁녀 보고) 너희들은 들어가거라, 들어가. 가서 임금의 동정이나 즉시 즉시 내게 알려라.

△ 왕좌에 앉힌다.

△ 궁녀들 장랑으로 들어간다.

△ 시신 좌우 시립. 린 우에 선다. 고개 숙이고 있을 뿐.

달기 (린을 보고) 린아! 너는 내가 보던 사람 중 그중에 제일 마음 굳은 사람이더라. 너는 내가 보던 사람 중 그중에 어여쁜 사내다. 린아! 너는 사람이 왜 생겨 난 줄 아니? 사람은 사람은 가려는 목적지가 있는 것이 아니라, 가는 길이 목적이니라. 알았니? 너. 다만 맛보며 갈 뿐이다. 착실히 맛보며 가야 한다. 속 밑까지 속 밑까지. 그러므로 사람은 소위 성전에 빛나는 황금의 등불 빛을 보랴 함이 아니다. 그것이 만일 있다 하면 사후나 있는지 모르겠다. 비린내 가시지 아니한 사람은 그보다도 살아서 지옥의 눈이 부시는 등불 빛을 보랴 한다. 지옥에 지옥에 검은 끄먹끄먹 듣는 마뇌 궁전에 북극광보다 더 차고, 달빛보다 더 고운 광채를 보랴고 난 것이다. 마치 어떤 밤에 꿈에 저기 공중의 몇 만의 햇빛과 몇 만의 달빛을 합한 듯한 재이한 혜성의 빛이 바다를 통하고 땅 속을 통하여 지구의 밑 저 건너편 해왕성의 얼굴까지 들어 비칠 듯한 그 지옥의 번개빛 같은 광채가 사람의 살을 통하고, 피를 통하고, 뼈를 통하여, 건너, 저 벽에까지 들어 비칠 듯한 그 요현(妖眩)한 빛을 한 번만, 한 번만 꼭 한 번만 보랴고 남이다. 모든 인간이 그 빛을 한 번 볼 때에 여름 저녁 등불 앞에 굻아지는 날버러지의 무리 같이, 아침 햇볕에 사라지는 땅 우의 서리 같이… 사람은, 사람은 다만 그 빛을 한 번만 보고 죽을 따름이다. 알아듣니? 린아! 그것이 사랑이요, 미요, 생의 진리이다.

도화 (방백) 홍, 색마의 련애 철학이로군. 사람은 누에(蠶)의 나비 같이 오부랑 한 번만 붙고 죽을 따름이다.

달기 그 빛이 그 빛이 그 빛이 처음으로 저 지옥에서 먼 하늘의 희미한

별빛 같이 비칠 때, 삼 일 안에 눈 뜨지 못한 강아지 같은 인간들은 일시에 눈이 딱 떨어지고, 그 빛이 만일 이 세상에 제일 크고 높은 등대 같이 지상에 들이비칠 때에는, 흐린 물속에 잠자는 고기 무리 같던 인간은 자금색 황혼 노을에 날아오는 잠자리의 무리같이 그 혈관과 혈관에는 소리치는 피의 조수가 끓어오르며 생명의 불꽃은 와글와글 타올라 사람의 가슴 속은 꽃같이 되리라. 곱고 덥고, 깨끗한 피의 바다가 되리라, 그리고 이 지상의 사람이란, 사람이, 생물이란 생물이, 그 등불에 마지막 부닥칠 때에 그네의 타는 생명의 불꽃과 그 등불이 한데 합하여 이 지상은 영원불멸의 홍보석 같은 붉은 피의 한 덩어리 무덤이 되리라. 불사의 화원이 되리라. 그 얼마나 아름다운 일이며 그 얼마나 위대한 기록이냐? 쇠새끼같이 미련한 탈 쓰고 곤두박질하는 인간에게 오뉴월 두엄에 추하게도 파 들어가는 구더기 같은 인간에게, 그 얼마나 거룩한 구제가 되랴? 런아! 알아듣니? 나는, 나는 그 지옥에서 보낸 광채의 귀신 딸로 이 세상에 나왔다.

도화 (방백) 사람 피에 주린 아귀의 딸로 이 세상에 나왔다.

궁녀 (장랑으로 나오며) 임금께서 그저 취하여 주무십니다. (다시 들어간다)

달기 런아! 너는 내 보던 중 무쇠 기둥보다도 더 단단한 사람이다. 지금 임금 같이 굳센 이도 나에게는 그만 움직이는 인형이 되고 말았다. (인지 손가락을 까딱 거리며) 이 손가락 같이 되고 말았다. 오늘까지 몇 천의 몇 만의 사내가 혹은 단두대(斷頭臺) 혹은 구리 기둥에서, 빨갛게 달은 쇠 우에 떨어지는 물방울 같이 사라지고 말았다. 다만 다만 나의 한 번 보이는 얼굴에 한 번 웃는 미소에 한 번 맞추는 입술 끝에 그 많은 사람은 모두 사라지고 말았다. 지금 임금도 나의 미소 한 번 보랴고 날마다 날마다 몇 십 명씩 사람을 죽이는지 모른다. 너는 어찌 그리 굳센 사람이냐? 오늘까지 나의 얼굴을 꼭 두 번째 보았지? 그래도 너는 여전히 굳센 체 하겠니.

도화 (방백) 인제는 별수 없지… (전원 속으로 들어간다)

달기 린아! 너는 주나라 임금의 거짓 아들이라더구나, 네게는 가장 사랑하는 애인도 있는 줄 안다. 그러나 네 애인이 열 번 입 맞춰 주는 맛이 내가 한 번 맞춰 주는 맛만 못할라.

린아! 너는 어찌 그리 어여쁜 사내이냐? 나는 너의 그 붉은 입술에 입 대기가 원이다. 내 잇발로 잘강잘강 씹기가 원이다. 그리고 그리고 너의 그 따끈따끈한 새빨간 피를 보기가 원이다. 오 - 추워라! 추워. 저 하늘에 언 달빛 같이 내 얼굴은 언제든지 새파랗게 질리고 만다. 오, 추워. 린아! 너는 내 추운 얼굴을 좀 녹여 다고. 입술로 녹여다고. (손으로 린의 손을 잡아 다리며) 자, 입 맞추자, 입 맞추어!

린 (열광적으로 뛰여 올라 가 달기의 면사 틈으로 입 맞추며 전률)

시신 (질투에 견디지 못하여 주먹을 쥐고 몸을 부르르 떨며) 안 됩니다! 안 됩니다! 왕비! 안 됩니다!

궁녀 (장랑으로 나오며) 임금께서 그저 주무십니다. (질투의 눈을 흘낏 보내며 도로 들어간다)

린 (전률하면서 땅 우에 쓰러진다)

△ 이때 구회 전원으로부터 전각 가으로 올라 와 꿇어앉으며 합장한 손을 이마에 대이고 기도.

린 (광란. 벌떡 일어나며 구회를 물끄러미 쳐다보고) 오, 저 구회! 불쌍한 저 구회! 저 울음소리! 저 울음소리! 저 기도! 저 기도! (우는소리로) 아이고! 아이고! (홀쩍 돌아 서 달기를 보고 입맛을 다시며) 이 입맛! 이 입 맞춘 맛! 하하하하. (구회 돌아다보고) 오, (쓰러진다 - 사이 - 일어앉으며 손으로 전원 쪽을 가리키며) 오, 저 울음소리! 저

기도! (울음소리로) 웅웅… (달기 쪽을 보고) 입맛! 이 입맛! (구희를 보고) 오… (쓰러진다. —사이— 주먹을 쥐고 불끈 일어 서 입을 악 물고 몸을 부르르 떨며) 움—! (대검(帶釰)을 빼여 자기 목을 겨누다 가 달기를 성낸 눈으로 흘끗 쳐다보고 칼로 치러 달려간다)

달기 (황겁히 좌신에게 몸을 실리며) 이 애! 이 애! 저것 막아라 저것 막 아… 내 입 맞춰 주마 어서 어서.

△ 신 발검하여 린을 대적한다.

△ 량인 여러 번 격투. 둘째 번에 린은 칼에 맞아 고꾸라진다.

구희 (린의 시체를 물끄러미 보며 합장한 채 하늘을 우러러 쳐다보다 가 린의 칼을 집는다)

달기 이 애 그것 참 통쾌하다. (손으로 구희를 가리키며) 저기 저 계집 아해도…

△ 신 구희에게 달려간다.

구희 (신의 칼에 맞기 전에) 오, 하느님! 나는 죽습니다. (자결한다)

시신 (나가다 우뚝 서며) 오, 자살! 그것 좋다! (달기의 앞으로 가며) 왕 비 인제 입 맞출 때올시다. 입 맞추어.

△ 달기 팔을 벌려 껴안으며 입 맞춘다.

△ 전원에 주위병 나타난다.

병 (질투에 타는 눈을 부리대며) 저것! 저것! (긴 창을 들고 전각으로 올라온다)

시신 (칼 빼여 들고 마주 쫓아간다. 병, 창으로 신을 찔러 고꾸라뜨린다)

병 (달려가며) 제게도 입 맞추어 줍시오. 입 맞춰…

달기 (깔깔 웃으며) 이 애 그것 상쾌하다. 그러나 너는 내게 입 맞출 까 닭이 없어.

병 (광적으로) 입 맞출 까닭이 없어? 입 맞출 까닭이… 입! 입! 입 맞추 지 아니할 터이요? (창을 겨누며 달려든다)

달기 (해해 웃으며 팔을 벌려) 이 애, 입 맞추자 입 맞추어, 내가 너를
　　　속이느라고 그랬지, 어서 입 맞추자.

병 (전률하며 입 맞춘다. 옆에 서서 여전히 전률)

달기 그런데 너 까닭 없는 사람을 왜 죽였니? 왜 죽여! 나를 창으로 찌
　　　르려고 했지? 그리고 벌이 없을가? 벌이.

병 (경마하는 모양으로) 까닭 없는 사람을 죽여! 까닭 없는 사람을…
　　　벌! 벌!

　　　(칼을 집어 자결한다)

달기 (슬그머니 일어나며) 아, 오늘밤 참 자미스러웠다! 자미스러워! (구
　　　희를 흘끗 쳐다보고) 그러나 구희와 린은 참 불쌍하다! 불쌍해!)
　　　구희를 물끄러미 보다가 하늘을 쳐다보며) 무얼. 아, 달빛은 차기
　　　도 차고 마음은 적적도 하여라.

　　　(돌아 서 장랑으로 들어간다)

제二막

동궁전의 일부.

대혈제일(大血祭日)의 아침.

광대한 설비의 유대, 그 앞에 우뚝 선 동주, 동주 주위에 붉은 옷 입은
망나니 돌아서 있다. 뜰 앞에 가수옥(假守獄)의 틈으로 철쇄에 얽힌 사형
노예의 무리 보인다.

대 후면으로 멀리 아침 안개 덮인 야원이 보인다.

대상(台上) 대하(台下)에 시신, 궁녀, 수위병 다수 렬지어 서 있다.

△ 막이 열리면 주, 중앙 왕좌에 걸터앉아 있다.

주 (궁녀를 돌아보며) 놀이의 설비가 다 되였는데 왕비는 왜 그저 아니 나오시느냐?

궁녀 (앞으로 나오며) 왕비께서는 아니 나오신다고 그러하서요.

주 그것이 무슨 소리냐? 오늘 같은 놀이에 아니 나오신다고…

궁녀 비간과 미자 두 사람을 대궐 안으로부터 없애기 전에는 아니 나오신다고 그러서요.

주 (성내며) 무엇 어째? 비간, 미자 그저 거기 있니?

시신 예, 그저 저 대궐 중문 앞에 있습니다. 아까 이 뜰 앞까지 들어온 것을 수위병이 대문까지 몰아 내였더니 또다시 들어와 지금은 저 중문 앞에 앉았습니다.

주 그래 저 수위병더러 어서 내여 쫓으라고 해라. 어서!

△ 수위병 一인 문밖으로 달려 나간다.

주 (상을 찡그리며) 응, 쩨. 자미없는 징조이로군.

△ 궁녀 달려 나온다.

궁녀 왕비께서 비간, 미자 두 사람을 이 세상에서 아주 없애기 전에는 아니 나오신다고 그러하서요. 그 두 사람을 두고는 피제사를 지내여도 아무 소용없다고 그러서요.

주 무엇 어째? 이 세상에서 아주 없애? (사이) 그것은 좀 어려운 일인 걸…

시신 어려우실 것이 무엇 있습니까? 아주 오늘 피제사의 개시거리로…

주 아니 그는 내 친척이 된다고 그리하는 것이 아니라, 만일 그 두 사람을 죽이면 세상에 란이 일어나기가 쉬워.

△ 문 밖에서 떠느는 소리와 부르짖는 소리 난다.

△ 수위병 一인 급보로 들어오며

병 비간과 미자 두 사람을 대문 밖으로 내여 몰았더니 기어코 들어오려고 해서 하는 수 없이 창으로 막았더니 창에 찔리여 피투성이가 되면서도 기어코 대문 안으로 들어옵니다.

주 (화를 내며) 들어와? 어데 가만두어라. 꼴 좀 보자. (조급히 걸어 대
　　가로 나와 서며) 그래 이리 오라고 해라 이리…

△ 비간, 미자 두 사람 문 안에 나타난다.

란발(亂髮) 오의(汚衣)에 혈흔.

비간 (비틀 걸음으로 들어 와 섬돌 밑에 쓰러지는 듯이 꿇어앉는다)

미자 (분연히 걸어 들어 와 팔짱을 끼고 뜰 앞에 서서 노예의 무리를 바
　　라보는 눈에는 눈물이 그렁그렁하다)

도화 (방백) 다 타가는 집에 침 뱉어 끄랴는 셈이로군!

비간 임금이시여! 임금께서는 이 민중을, 이 인간을 무엇으로 생각하
　　십니까? 이 인간은, 인간은 하느님의 아들인 인간이올시다. 그중
　　에 임금께서는 하느님이 이 민중을 다스리시라고 내여 보내신 임
　　금이올시다.

도화 (방백) 에꾸! 신의 대변자로군!

미자 (방백) 흥, 이중의 대적이로구나! 좋다! 좋다! 어데 싸워보자.

비간 다 같은 하느님의 아들인 사람으로 서로서로 사랑함이 마땅한 일
　　이며 특히 귀중한 사명을 가지신 임금께서는 더한층 인간을 사랑
　　하사, 봄바람과 바다 같은 은택으로 널리 민중을 구제하시고 다스
　　려야만 할터이온대 임금께서는 한개 녀색에게 마음을 뺏기사 불
　　쌍항 민중으로 하여금 도탄에 들게 하시며, 더구나 무고한 인간을
　　함부로 살륙하시니 이 세상을 어찌하실 작정이십니까?

미자 (말을 내려다가 억지로 참는다)

주 (고조되는 감정을 억지로 누르고 랭소하며) 이 애 그것 참, 좋다. 우
　　리 의논 좀 하여 보자. 그래 인간이 신의 아들이라고? 인간이 악마
　　의 아들인 줄은 모르니? 너는. 또 무엇? 사랑? 소위 사랑이란 것이
　　증오와 같은 줄을 너는 모르니? 이 외통쟁이 사람아!

도화 (방백) 응, 악마의 대변자로군.

비간 아니올시다. 아니올시다. 우주의 최고 존재가 신이올시다. 저 빛나는 태양을 보십시오. 저 나무와 꽃을 보십시오. 사람의 속마음을 생각하여 보십시오. 무엇이 신의 존재의 표정이 아니오리까? 저 바다 같은 자비의 웃음을 웃는 태양을 보십시오. 저 맑은 향기를 내여 뿜는 꽃을 보십시오. 착하고 어진 인간의 근본 마음을 생각하여 보십시오. 무엇이 사랑이 아니며 무엇이 미와 진(眞)이 아닌 것이 있습니까?

주 이 못생긴 저능아(低能兒)야! 너는 게으르고 약한 사람의 하품하고 기지개키기 좋을 만한 평화의 일광을 말하느냐? 나는 그보다도 폭풍우 뛰노는 캄캄한 칠야(漆夜)에 이 땅 밑에서 저 하늘 끝까지 가득 찬 검은 갑옷을 입은 악마의 군졸이 살기 띈 검은 눈동자를 끄먹끄먹하며 요마의 칼날 같은 번개의 칼을 번득이며, 별의 가슴을 뻐갤 듯한 우레 소리와 지구 우에 숨이 발닥발닥 하는 모든 생물의 목숨을 일시에 무찌를 듯한 바람 치는 그 밤, 오, 그 얼마나 위대, 장엄한 미와 진리를 말하느냐?

너는 태양의 자비, 자비 하지마는 자비스럽다는 태양의 빛 가운데 이 세상의 풀과 나무를 태워 죽일 듯한 잔인성이 있음을 너는 모르느냐?

꽃 중에도 독 있는 꽃이 더 향기롭고 고운 줄을 모르느냐? 사람의 마음 가운데 악마의 본성이 있음을 너는 모르느냐?

도화 옳쉐다. 옳쉐다. 이 끝도 있고 저 끝도 있쉐다. 평화를 찾으려면 이 끝부터 가만히 있어야지요. 그렇지 않으면 싸움이지요. 무위와 전투! 무위와 전투! 두 가지 중에 하나… 아니. 쉬고 싸우고 이러고 저래서 거기에 인간의 생명이 전변되여 나가지. 아니 아니. 햇빛 아래 새것이라고는 없는 법이야.

주 말하자면 악마와 신의 영구 투쟁이라고 할는지는 모르겠다. 그러나 나는, 나는 어디까지든지 악마의 편이다. 나에게는 신이 도리여 악마이다.

비간 아니올시다. 아니올시다. 유일의 존재가 신이올시다. 최후의 승리가 신이올시다. 임금의 마음 가운데는 착한 마음이, 신성(神性)이 확실히 있습니다. 확실히 있습니다.

주 네 마음 가운데에 악마의 본성이 섞여 있음을 모르느냐?

비간 네, 다소간 섞여 있습니다. 그러나 그러나 신을 사랑하고 진리와 정의를 사랑하며, 인간을 사랑하여 그 불쌍한 무리를 건지려 합니다. 임금께서는 인간의 고통을 모르십니다. 생의 고통을 모르십니다. 인생이란 결코 허수아비가 아니요, 인생이란 결코 춤추는 나비 같은 것이 아니요, 다만 고통! 무거운 굴레 밑에 걸음 걷는 우마의 고통, 그러므로 거의는 사랑을 구하고, 진리를 구하고, 신을 사랑합니다. 임금께서는 저 울음과 주름이 덮인 민중의 거리를 좀 살피소서. 아비는 자식을 잃고 울으며, 자식은 아비를 잃고 울으며, 안해는 남편을 잃고, 남편은 안해를 잃으며 형은 아우를 잃고 아우는 형을 잃어 울고, 주린 무리가 길에 널리고 들에 흩어졌나이다. 임금께서는 그 불쌍한 민중을 사랑하소서.

주 (높은 소리로) 이애, 내 한 마디 말만 더하고 말 것이다. 그리고 나서 너 같이 못생긴 물건은 네 자신을 불쌍히 여겨 차라리 이 세상으로부터 없애 주어야 하겠다. 너는 말 들어라! 사람의 생사가 일반이요, 선악이 일반임을 모르느냐 이 바보야! 인생? 인생은 가죽 주머니에 붉은 피 담은 것이 인생이야, 함부로 출렁거리는 것이… 그러므로 옛날부터 성인이니, 영웅이니 하는 것들이 나서 인(仁)이니, 의(義)니, 무엇이니 하는 속이는 미명하에 죽음의 구덩이로 도야지 떼 몰 듯 몰아 죽이였으며, 신인지 악마인지 모르겠다마는 소위 우주의 주재자란 자가 부(富)니, 명예니, 색욕이니 하는 추하고도 향기롭고 곱고도 무거운 그물로 후려 몰아 죽이지 않니? 인생의 본능이니, 충동이니 하는 것이 다 맹목이다. 까닭 없이 고통하는 것이 다 허망이다. 알아듣느냐? 이 바보야! 그 장마 뒷간에 구더기 떼 해참스러운 인형을 쓴 갈강 여호, 긴 주둥이를 끌고 진흙 구덩이를 파는 추한 들돛, 시커먼 탈을 쓰고 무거운 굴레 밑에 미련히도 숨 쉬는 쇠 새끼, 청동에 날뛰는 미친 개새끼, 달큼한 맛과 내굿한 냄새를 탐하여 조그마한 구녕 속에서 애처로이도 숨 쉬려는 생쥐의 무리, 모든 망령의 그물인 제도, 소위 행복이란 낡은 낙거미집, 그 모든 것을 다 부시고 그 못생긴 인생을 다 죽이려 한다. 마치 눈멀고 귀먹은 벙어리, 팔다리 병신인 자식이 병상에 드러누운 것을 볼 때, 가장 용기 있는 아비된 사람은 드는 칼로 그 자식을 선뜻 죽여 없앨 것이다. 억지로 살리랴 함보다 증오의 칼로 죽이는 것이 도리여 구제가 아니냐? 여기에 서서 볼 때 인간의 가장 착한 체 하는 것이 도리여 악한 일이 되는 것이요. 가장 악한 일을 하는 것이 도리여 착한 일이 되지 않느냐? 내가 이 세상 인간을 고통의 구렁텅이로부터 건져 주려는 구세주이다. 구세주! (높은 소리) 이 못생긴 쇠 새끼 같은 놈아! 신의 이름을 망칭(妄稱)하고 위선의 가면을 쓴 명예 도적놈! (발을 구르며) 다시는 내 앞에 말 말아라! 다시는…

미자 (입을 악물며) 참, 기가 막히다!

비간 임금이시여! 임금이시여! 일 년 열두 달 폭풍 부는 날이 며칠이나 되며 구름 끼고 천동하는 날이 불과 며칠입니까? 그것은 하느님이 귀중히 여기시는 아들인 우주의 생물을 가르치시느라고, 더 굳세게 만드시느라고 종아리 때리는 데 지나지 못함이외다. 그 외에는 언제든지, 언제든지 평화 보육의 날개를 벌리사 날로 자라고 달로 자라게 하실 뿐이외다. 다만 사랑! 사랑뿐이외다. 그

아들이 병신일수록에 더 사랑하고 못생길수록에 더 불쌍히 여깁니다. 인간과 인간끼리도 미워할 때도 있고 다툴 때도 있지마는 그보다 더 크고 많은 것은 사랑이외다. 임금이시여! 임금께서는 그 마음의 성전 가운데 피 칠한 검은 휘장을 치고 계십니다. 임금이시여! 임금께서는 제발 그 검은 휘장을 걷으시고 이 불쌍한 인생을, 민중을 사랑하시고 구제하소서. (감격하여 기도한다) 오, 하느님이시여! 그대는 이 도탄에서 우는 인간을 불쌍히 여기시고 저 마음이 어두워지신 임금을 더한층 사랑하사 속히, 속히 장구히 낀 검은 구름을 걷으시고 밝은 광명을 내리소서 (제읍[涕泣])

도화 (비간의 머리를 쓰다듬어 주며) 여보아, 울지 말아 응, 여기가 울데가 아니야. 그렇게 말다툼하고 있을 데가 아니야. 응, 우지 말아, 우지 말아, 힘 가운데 승부가 없고 말 가운데 심판이 없는 법이야.

미자 (분노에 떨며 소리를 친다) 인간을 구제하는 자는 누구며 인간을 죽이는 자는 누구야?

도화 옳다, 옳다. 네 말이 옳다! 너는 참 인간이며 인간의 대변자이다.

미자 누가 인간을 신의 아들이라 하며 누가 인간을 악마의 아들이라 해? 누가 인간을 짐승이라 하며, 누가 인간을 병신이라 해? 인간은 대지의 아들, 태양의 아들, 자연의 아들, 자유의 아들, 평등의 아들, 장엄한 우주에 우뚝이 선 거룩한 그것. 누가 존중한 인간을 불상하다 하며 누가 거룩한 인간에게 벌을 내리랴? 누가 인간을 지배하며, 누가 인간의 자유를 침범하랴? (주를 눈 흘겨보며) 제 이마에 땀을 흘리지 않고는 한 쪽의 빵도 먹을 권리가 없거든. (이하 삭제)

주 (노기 대발한다)

△ 시신, 수위병, 미자를 제지코저 한다.

주 아니다. 가만두어라, 가만두어…. 발악 하는 꼴 좀 보자.

미자 죄와 벌이란 이름으로 인간의 한낱 머리칼도 건드리지 못하거든, 너는 엄청스러운 형구(形具)를 외람히 벌리여 살륙과 형벌을 참혹히 하는 민중의 원쑤이며 울든지 웃든지, 가든지 오든지 제 마음 대로 할 이 자유의 락원에 굳은 성벽을 쌓으며, 철쇄와 질곡을 련하여 놓고 가로 뛰는 인간을 거꾸러뜨리며 원분에 우는 자식을 사로잡아 음부에 혈찬(血餐)을 해참히 해 버리는 민중의 구적(仇敵)이 너이다.

(격앙하여 주먹을 공중에 치받치며) 나는 너희에게 선전포고하노라! 선전포고!

(일동이 움죽 움죽한다)

주 (대로하여 발을 구르며) 저놈 쳐 죽여라!

당장 쳐 죽여!

궁신들 쳐 죽여라 쳐 죽여!

△ 우변 수위병 한 사람 창을 번득이여 미자에게 달려든다.

△ 좌변 수위병 한 사람 창을 번득이여 우병의 창을 막는다.

미자 (고함을 치며) 혁명이다!

三분의 一병 (고함) 혁명이다! 혁명!

△ 옥 안으로부터 노예들 호응한다.

노예 혁명이다! 혁명!

△ 망나니 수위병 둘 황황히 달려간다.

△ 시신 일동 칼 빼여 들고 주를 옹호.

△ 수위병 다수 주 앞으로 막아선다.

△ 수위병 십여 명 고꾸라진다. 응원대 다수 들어온다. 미자, 비간, 반병(叛兵)등을 포박한다.

주 (시신들의 호위에 싸여 궁전 안으로 들어가며) 그놈들 어서 처형장으로, 단두대로….

△ 수위병 포로를 몰아 궁문으로 나간다.

포로들 (고함) 해방이다! 자유해방이다!

제三막

무대를 중앙 좌우로 가름. 우편에 불이 켜지면, 도시 근교의 소로. 로방
(路傍)에 큰 석상(石像).

△ 가끔가끔 사람 말소리.

통행인은 듣지 못하는 것 같다.

△ 한 로인 우로 등장.

로인 (석상 앞에 이르러 공손히 례하고 지팽이에 기대고 서서) 휘ㅡ. 세
상도 인제 그만 말세(末世)다. 옛날에 잘살던 일은 꿈같이 사라지
고… 몸은 속절없이 다 늙었다. 요새 젊은 놈들이란 것은 점점 망
할 짓만 하고… 세상도 인제 그만이다.

소리 우렁이 껍데기 같은 골동품은 어서 가거라! 어서 가! 자라 나가는
새싹에 해나 끼치지 말고 어서 저 땅 구멍 속으로 들어가거라.

△ 로인 나간다.

△ 부자다운 골격을 가진 상인 풍의 한 사람 우로 등장.

상인 (석상 앞에 서서 기도한다)

소리 장사 잘되게 해 달라고, 때 묻은 주머니 속 돈 잘 벌어지게 해 달
라고? 개새끼 배퉁 채워 줄랴고는 귀신은 이 세상에 생겨나지도
안하였다.

△ 상인 돌아서 가다가 돌아 서서 석상을 멀리 바라보고 례한다.

소리 너는 개새끼다. 개새끼! 인간 마을에 주둥이 쌀쌀 끌고 다니는 개

새끼다.

△ 상인 나간다.

△ 한 소녀 좌편으로 등장.

소녀 (석상 앞에 서서 기도한다)

소리 암꿩이 수꿩을 만나게 해달라는 원을 풀어 줄 귀신은 이 세상에
　　　없다. 도야지 목숨을 천 년 살게 해 줄 수도 없고, 둘 암소 새끼 배
　　　게 해 주는 수도 없다. 가엾고 귀여운 작은 종달아! 너는 어서 가
　　　네 짝을 찾아라.

△ 소녀 나간다.

△ 술주정꾼 두 사람 좌편으로 등장.

주정꾼 (비틀걸음치며 노래 부른다) 인생 한 번 돌아가면 만수 장림에
　　　운무로다. 노세 노세 젊어 노세. 늙고 병들…

소리 이 기생충아!

△ 주정꾼 나간다.

△ 승려 한 사람 우편으로 등장.

승려 (석상 앞에 서서 기도한다)

소리 너희 살 곳은 여기나 저기나 일반이야. 날반(涅槃)이나 지옥이나
　　　다 마찬가지란 말이다. 다만 너의 마음 가운데 억지로 닫친 거짓
　　　의 문을 부셔 던져라. 도야지 앞에 구슬을 던져 주지 말라는 말이
　　　옳은 말이다. 승양이 같은 자가 신관을 도적질하여 쓴 자가 많도다.

△ 승려 나간다.

△ 란발오의(亂髮汚衣)의 한 사람 좌편으로 등장.

란발인 (수척한 얼굴에 깊은 생각에 잠긴 모양. 신경과민증으로 고개
　　　를 번쩍 들며)

　　　허무다! 허무! 자살? 영원의 침묵? 무위(無爲) 방랑! 방랑! (석
　　　상을 쳐다보고) 저 망할 놈의 것 때문에 어리석은 세상 사람들

이 더 어리석어져….

소리 이 부랑패야 썩어져라.

△ 란발인 나간다.

△ 란발 오의의 한 사람 좌편으로 간다.

란발인 괴롬! 이 괴롬! 우는 것은 못난이의 일, 다만 참아 가는 것도 어리석은 일. 웃고 갈 수는 물론 없다. 그러면 어찌할가? 어찌 해? 무엇, 보잘것없다. 삶과 죽음! 삶과 죽음? (하늘을 쳐다보며) (이하 삭제)

△ 란발인 나간다.

△ 청년 남녀 두 사람 손목 잡고 우편으로 등장.

녀자 당신은 인물도 재주도 있지마는 왜 돈과 명예가 없단 말이요?

남자 (화를 내고 손목을 뿌리치고 앞서 나가며) 돈과 명예? 에끼 망한 계집년!

허영심에 살려는 더러운 계집년! 개 도야지 같은 놈에게 가면 그런 만족을 얻을라.

녀자 헤에— 우스워라.

소리 요망한 여우야! (이하삭제)

△ 남녀 나간다.

△ 점잔을 뺀 신사 하나 좌로 등장.

신사 (석상 앞에 서서 모자 벗고 례하고 나가며 담배갑 속에서 담배를 꺼내 피워 문다)

소리 너는 오 전짜리 담배를 이십 전짜리 담배 갑에 넣어서 먹는구나? 개창자에 사슴의 가죽을 쓰고 다니는 자야! 이 거름 더미에 버릴 물건아! 사슴이거든 사슴인 체 하고 개이거든 개인 체 하여라! 그러나 개도 제가 개인 체 하기가 어려운 세상이다. 딱한 인생이로다.

△ 신사 나간다.

△ 청년 세 사람 좌편으로 등장.

청년一 (석상을 쳐다보고) 저 원쑤 놈의 것을 언제니, 형적 없이 부셔 던지나?

청년二 너는 미자주의자이지? 아까 그 사람은 무신적 개량 비간주의이더구나.

시커먼 야심만 잔뜩 가진 놈. 아름다운 기치 밑에는 탈 쓴 망동이가 많이 꾀이는 법이야. 무지한 민중들은 속아 넘어 가지…

청년三 길게 망서릴 것 없이 먼저 때려 부시자꾸나!

소리 너 중에는 여우가 호랑인 체하는 놈이 하나 있다.

△ 세 사람 나간다.

△ 병졸 한 사람 좌로 등장.

병졸 (석상 앞에 서서 정성스러이 례를 한다)

소리 너의 입은 옷은 누가 입힌 것이냐? 이 함부로 출렁대는 피 담은 가죽 주머니야!

(중삭)

△ 관(官) 나간다.

△ 헙수룩한 사람 하나 좌로 등장.

헙수룩한 사람 (고개를 숙이고 오며) 나는 지금 나보다 더 참된 사람이 되려고 애쓰고 애써서 왔지마는, 아무리 하여도 어찌 하는 수 없다. 제기… 저 태여 나온 대로 살아나가자 별수 없다.

소리 구더기가 진화한대야 파리 이외에는 더 되지 못한다. 가엾은 인간아.

△ 헙수룩한 사람 나간다.

△ 학자풍의 한 사람 우로 등장.

학자 (석상 앞에 서서 례하며) 우리가 저 석상을 세우느라고 얼마나 피
  땀을 흘렸노!?

소리 바닷가의 모래알 하나 주어 가지고 무슨 큰 별덩이나 주은 듯이
  자만을 부리는 자! 눈 밝은 참새의 무리가 허수아비를 사람으로
  알고 속음 같이 약은 체 하는 무리가 속지 않는 체 하며 더 잘 속
  아지는 법이다.

△ 학자 나간다.

△ 의기 만만한 사람 하나 우로 등장.

의기꾼 오늘 회석에 가서 이리하고 저리 말해…. 청중의 갈채, 인기가
  막 올라 가, 명망이 높아서…. 하하하하.

소리 이 못난아! 저 못생긴 줄 모르고 탈 쓰고 춤추는 박 첨지 놀음 같
  이… 너 못난 것 자랑하는 것이 자기광고 본능이냐? 흐린 물에 대
  가리 들고 꼬리치는 올챙이같이…. 아아, 인간에 대하여 어떠한
  모욕이뇨!? 고약한 조물주 놈의 장난이여!

△ 의기꾼 나간다.

△ 중년 녀자 하나 우로 등장.

녀자 (석상 앞에 앉아 회중에서 거울을 꺼내여 수건으로 침칠하여 가
  지고 얼굴을 닦는다)

소리 너는 수건에 침칠하여 가지고 얼굴의 때를 닦는구나. 나이 많
  은 계집이 젊은 애인을 두고 어여쁘게 보일 양으로 애도 무던히
  쓴다.

△ 녀자 나간다.

△ 녀자 걸인 유아를 안고 우로 등장.

걸인 (길옆에 앉아 벼이삭을 입에 넣어 씹어서 그 물을 어린아이 입에
  흘려 넣어주며) 악아! 배고프지? 배고파, 울다가 이전 허기가 져
  서 울지도 못하는구나, 주린 몸이 되어 그러한지, 젖은 한 방울도

아니 나고….

소리 (삭제)

△ 걸인 나간다.

△ 초연한 풍격을 가진 청년 하나 우로 등장.

청년 이××××와 속중(俗衆)의 세상에 나 같이 창자가 빳빳한 사람은
    다만 혼자 고생이다. 그러나 나 갈 길이나 혼자 가자. 속중이야 어
    찌 되거나 말거나, 아니지, 경마를 들고 가지 채찍질을 하며. 그도
    아니다. 동무여 같이 갑시다. 그리하여야…

소리 (삭제)

△ 청년 나간다.

△ 추레한 젊은 녀자 하나 우로 등장.

녀자 (수건으로 눈물을 이리저리 씻으며) 아, 신세도….

소리 너는 옷 하나 허룩하게 입었다고, 눈물을 찔금찔금 흘리니? 옷 껍
    데기 하나에 사람의 값이 오르고 내리는 계집의 마음의 세계여!

△ 녀자 나간다.

(중간 삭제)

△ 세 사람 나간다.

△ 하류 풍의 청년 하나 우로 등장.

청년 나를 백정이라고 천대를 해, 사람은 마찬가지인데 저희가 나를
    이 모양으로 만들어 놓고 도리여 천대해, 망한 놈의 세상! 망한
    놈의 인간!

소리 (삭제)

△ 청년 나간다.

△ 란발 오의의 한 사람 우로 등장.

란발인 (랭소적으로) 인간애, 인간애! 무엇이 인간애야? 인간이란 당
    나귀 새끼 같이 채찍으로 맞으면 잘 달아나고 안 맞으면 꾀부

려 자빠지는 것이야, 고통의 구렁에 짓둥굴기, 때로는 사랑이
니 호상 부조니 하지마는 배때기가 부르고 몸이 편하면 도로
짐승노릇 하는 것이 영원한 인간애여?

소리 (삭제)

△ 란발인 나간다.

△ 로동자 한 사람 좌로 등장.

로동자 (석상 앞에 앉아 쉰다)

△ 부자 하나 좌로부터 지나간다.

로동자 에! 그놈, 살도 졌다. ××××××××××××××××××××?

△ 성장(盛裝)한 녀자 하나 좌로부터 지나간다.

로동자 그년 이런 꼴 하고 있는 사람은 눈도 거들떠보지 않지, 망한 놈
의 돈의 세상! (벌떡 일어나며) 혁명이다. 혁명?

△ 로동자 나간다.

△ 한 봉빈소부(蓬鬢少婦) 좌로 등장.

소부 (갈팡질팡 지나가며) 아이고, 우리 랑군은 어데로 갔나? 어데로
가? 나를 두고 이 세상을 떠나 어데로 갔나!?

소리 (삭제)

△ 소부 나간다.

△ 철쇄에 얽힌 노예의 무리 우로 등장.
　수위병 뒤 따른다.

노예 우리가 무슨 까닭으로 이 지옥의 형벌을 받노!?

소리 (삭제)

△ 노예 나간다.

△ 한 로부(老婦) 우로 등장.

로부 (갈팡질팡하며) 우리 아들은 어데로 갔나? 생떼같이 젊은 놈이 비
명(非命)에 죽어도 분수가 있지… 아이고! 아이…고… 아고…

소리 (삭제)

△ 로부 나간다.

△ 청년 우로 급보 등장.

청년 혁명이다! 혁명! 어서, 어서!

△ 청년 급보로 퇴장.

△ 한 녕맹(獰猛) 한 청년 우로 급히 등장.
　　손에 날창을 들었다.

청년 누가 이 까마귀 떼 같은 임금을 존중한 것이라고 해? 어—더러워
　　더러워. 어찌하여야 이 추한 인간을 ×××××××××××? 이
　　더러운 ××를 어찌하여 ××××××××? (석상을 쳐다보고)
　　옳다! 저놈부터 부서 던지자.

△ 석상을 날창으로 집어치며 딱 소리가 나자 등불이 꺼진다.

△ 멀리『와글와글』훤요(喧擾)성 들린다.

좌편에 불 켜진다. 빈한한 집 실내, 무대 면으로 넓은 문이 열려 있고 후
면으로 들창이 열려 있다.

△ 젊은 녀자 유아를 안고 들창 밖을 내여다본다.

△ 멀리 들리는 함성.

녀자 (놀래는 모양으로) 아이고! 저기 저기, 저 소리 들어 보아요! 아이
　　고! 저기 저 밀려오는 사람들 보아요!

(중간삭제)

△ 멀리 함성.

△ 늙은 녀자, 젊은 남자 급히 달려 와 내여다본다.

남자 (조급히 돌아 서며) 어머니! 나 가요. 안 해요! 난, 가오. (방구석으
　　로 들어가며) 칼! 칼! 칼 어데 있어?

△ 모, 처 쫓아 가 붙든다.

모 (새파랗게 질린 얼굴로) 이 애, 이게 웬 말이냐? 네가 어데로 간단 말

이냐? 집 꼴을 어찌하고? 네 몸을 어찌하고?

처 여보, 이것이 웬일이요? 이 어린것을 두고… 나를 두고…(울음)

남자 (붙들려 앉아 천장을 우러러보며) 이것 참 기막힌 노릇이다! 어찌
하노? 어찌 해?

△ 바깥에서 함성 들린다.

남자 (뿌리치고 일어서며) 아니여, 가, 가, 가…. (보이지 않는 구석으로
달아난다)

△ 모, 처 울며 쫓아 나간다.

△ 바깥에서 함성.

△ 불이 꺼진다.

△ 중앙에 불이 켜진다.

궁전 문 앞 어스름한 밤.

△ 밀집(密集)한 병대, 군중과 섞여서 끊일 새 없이 문으로 들어간다.

△ 함성.

△ 도화 문 안에서 나온다.

도화 죽어! 달기와 주가….

△ 문 안으로부터 북 소리 일어나며 함성.

함성 민중의 해방이다! (삭제)

△ 문밖, 군중의 함성.

함성 만세! 인간 만세!

도화 (방백) (중간 삭제) 사람이 대지, 어머니의 품 안으로부터 떠난 지
오랜 지라, 일로부터 자유롭고 따뜻한 나래를 펴자!

– 막 –

一九二三,一○

(2막 6장)

자식들

연성용

연극에 나타나는 인물들
어머니 – (이름은 인애)
철호 – 인애의 맏아들
알료사 – 인애의 둘째아들
쓸라와 – 인애의 세째아들
따냐 – 철호의 처
알라 – 쓸라와의 애인
분선 – 인애의 작동생
안나 – 따냐의 어머니
까쨔 – 알료사의 처
춘삼, 막씸 – 알라와 쓸라와의 동창생들
시기 – 현시
장소 – 자그마한 주소재지

막이 열리기 전에 어머니에 대한 유정한 노래 소리 들려온다

어머니 생일날에 꽃을 드리자
무슨 꽃을 드리시면 기뻐하실까
장미화를 드릴까 목란화를 드릴까
꽃 중에도 오래 피는 백일홍을 드릴까
어머니 생일날에 노래 부르자
무슨 노래 부르시면 기뻐하실까
　　엄마 엄마 나의 엄마
　　나의 노래 들으시라
　　엄마 엄마 나의 엄마
　　나의 절을 받으시라

제1막

제1장

철호의 집 객실.

불이 켜지면 어머니는 걸레로 장판을 닦고 있다. 이때에 따냐가 건성푸레해서 들어온다.

어머니—따냐?… 자네 인제야 오는가?… (따냐가 대답 없이 다른 방으로 나가 버린다. 어머니는 어색한 기분으로 멍해서 서있다. 이때에 따냐가 다시 나와 퍼러꺼껏해서 앞뒤를 쏘다닌다) 이 사람, 내 주간에 때식을 끓여놓았네. 배고플 텐데 어서 나가 먹으라니

따냐-(어머니를 깔보며) 어머니는 분선아주머니한테 갔다 왔지요?

어머니-응, 갔다 왔네.

따냐-거기는 왜 갔댔어요?

어머니-그래 그 집은 못 다닐 집인가?

따냐-그렇게 자식들의 패풍을 하고 나면 속이 시원합니까?

어머니-무어야?

따냐-어머니는 차라리 젊은이들이 하는 일에 비치지 않는 것이 낫지 않을까요? 철호가 어디서 무슨 일을 하든 어머니에게 무슨 상관 있어요?

어머니-내 아무리 늙었기로서 자식이 못된 길을 밟는 걸 보고 모르는 척하고 있을 수 없네.

따냐-그분은 타남인데 타남한테 가서 그런 말씀할 건 무업니까?

어머니-분선이는 타남이 아니네. 그는 돌아가신 자네 시아버니의 사촌누이동생이네. 그리고 또 우리는 삼십 년 이상을 한 조합에서 고락을 같이 나누며 같이 일했네. 그러니 분선이와는 무슨 말이나 다 할 수 있네.

따냐-그래 어머니는 철호가 협잡을 해먹자고 술 공장 창고주임이 되었다고 생각하십니까?

어머니-그래서 하는 말이 아니네. 내 들을라니 그 자리에서 일하던 사람이 칠 년 받고 들어갔더구만…

그러니 어미 된 마음이 편할 수 있는가. 자네도 이제 자식을 낳아 길러보라니. 철호는 기계기사의 공부를 했네. 압또바사에서는 지금도 잘 타일러 제가 본래 일하던 자리에 돌아오게 하라니 그 애가 자네의 말은 곧잘 듣지 않는가. 이사람, 따냐, 내가 자네에게 간청하네.

따냐-어머니 아세요?!… 제발 빕니다. 우리 일에 간섭하지 말아주세요. 그리고 또 이건 무업니까? 시키지 않은 일은 왜 이렇게 곧잘 하세요? 가구에 온통 물이 뛰였습니다. 뿔리롭까에 물이 뛰면 어찌됩니까? (걸레와 물통을 와락 걷어가지고 나가버린다. 어머니는 한참이나 말없이 서있다. 이때에 알라와 쓸라와는 온통 흙 투성이 되였다. 알라에게도 흙이 뛰였다)

알라 – 어머니 낮새 안녕하서요?

어머니 – 응, 알라?

알라 – 어머니, 이 애를 좀 보아요. 하하하…

어머니 – 왜 이 모양이 되였느냐?

쓸라와 – 어머니 놀라지 마십시오. 아무 일도 생기지 않았어요. (팔다리를 놀리며) 이것보세요. 죄다 성한대로 남아있습니다. 내 얼른 의복을 갈아입고… (제 방으로 뛰여 들어간다)

어머니 – 알라, 무슨 일이 있었느냐?

알라 – 저 셉첸꼬 거리를 지나오는데 구급차가 위급한 병자를 싣고 가다가 홀그만 도랑에 빠졌더구만. 그런데 저애는 그 자동차를 빼내누라고 저 모양이 되였어요. 하하하

어머니 – 그러니 저 모양해가지고 거리로 왔다는 말이냐?

알라 – 지나다니는 사람들이 모두다 저애를 보고 수군거리며 웃었어요. 아마 주정뱅인가 했을 것입니다. 하하하…

어머니 – (알라의 낯에 흙을 씻어주며) 이것 봐라, 네 낯에도 흙이 뛰였구나.

알라 – 저도 함께 자동차를 밀었어요. (어머니는 알라를 유정히 가슴에 포옹한다. 이때에 쓸라와가 의복을 갈아입고 나온다)

쓸라와 – 어머니, 이것보세요. 쓸라와는 어머니께서 낳아주신 그대로 남아있어요! 털끝하나 다치지 않았어요. (어머니 앞에서 익쌀을 부린다)

어머니-자식, 거저 제 애비성질을 닮았구나. (퇴장)

쓸라와-알라 듣냐? 나는 아버지를 닮았단다. (부친의 사진을 쳐다보며) 보아라, 나의 아버지가 얼마나 깨끗한 남자냐?

알라-너는 실로 아버지를 닮았다.

쓸라와-(한참이나 아버지 사진을 들여다보다가) 그러나 나는 아버지를 기억하지 못한다. 내 두 살에 아버지가 돌아가셨으니까… (뜨란시쓰또르를 틀어놓으니 경쾌한 음악이 들려온다) 알라, 우리 춤을 출가? (알라를 안고 춤을 춘다. 그들의 춤은 실로 유정하고 아름답다. 불연간 춤을 멈추고) 에, 알라! 네 아느냐? 나는 북극으로 가구 싶다. 북극 뚠드라에 가서 에쓰끼모쓰들과 같이 일하며 같이 살고 싶어. 알라, 너도 나와 같이 북극으로 갈 테냐? 나는 너를 개파리에 앉히고 끝없는 빙야에서 거센 눈보라를 헤갈라 나가며 생의 노래, 행복의 노래를 부를 테야! 알라, 말해라. 너도 나와 같이 북극으로 갈 테냐? 응?

알라-(흥분된 마음으로) 가고말고… 나도 북극의 자연을 끝없이 긍지한다. 끝없이 넓은 빙야, 그 우에 우뚝 솟은 빙산, 뚠드라에 달리는 올레니무리, 넝어, 뼹그윈, 백곰 이것은 실로 내 맘에 옛말과 같이도 신비롭게 상상된다. 쓸라와, 나도 같이 가겠다! 나는 거기 가 병원에서 일하며 얼음나라 사람들의 병을 고쳐줄 테야.

쓸라와-나는 그림을 그리고 너는 병을 고치고… 알라, 우리는 실로 할 일이 많구나! 알라 너 이 에쓰끼스를 보아라. 나는 이 그림의 이름을 <나의 공상>이라고 했다.

알라-그 이름이 실로 내 맘에 든다. 그러나 네가 북극으로 가게 되면 어머니의 초상은 누가 완필하겠느냐?

쓸라와-어머니의 초상? (몰베르뜨에 걸려있는 어머니의 초상을 한참이나 들여다보더니) 어머니의 초상! 그는 중병에 걸렸는데 어느 날 어느 시에…

알라－그렇기에 말이다. 너는 꼭 집으로 돌아와야 한다.

쏠라와－그러나 나는 집으로 돌아오지 않을 테야! 새새끼들도 나래가 돋치게 되면 둥이를 떨쳐나 멀리 날음치는 법이 아니냐? 나도 인제는 나래가 돋쳤으니 부출을 쳐 보아야지. 어디로나 멀리 날아가고 싶고나.

알라－쏠라와, 네가 날면 나도 너를 따라 함께 날 테야. 먼 하늘에 날아가는 기러기 떼처럼… (이때에 분선아주머니가 요란을 쓰며 들어온다)

분선－형님, 집에 있소?

쏠라와－들어오십시오. (문을 연다)

분선－아… 젊은이들, 드라쓰찌!

쏠라와－분선아주머니, 어서 들어오십시오.

분선－내 혹시 너희들께 방해 끼친 일이나 없느냐, 응?

쏠라와－아주머니 어서 들어와 앉으십시요. 어머니! 분선아주머니께서 오셨어요.

어머니－(들어오며) 아이고, 시누이 왔구만.

분선－형님 요즘 편안하오?

어머니－나 좀 괜치않소.

쏠라와－아주머니 앉아 이야기하십시요. 우리는 후원으로 나가겠습니다.

분선－오냐, 어서 나가 놀아라. (쏠라와와 알라는 뜨란시또르를 들고 나간다. 후원에서 음악소리 들려온다)

어머니－그래, 철호와 이야기해 보았소?

분선－내 이야기해 보았소.

어머니－그래 무어라 합데?

분선－그 자식을 단단히 훑어 세워 놓았오. 그러나 그 애가 그 일자리에 딱 목을 매고 달려 붙었더구만.

어머니 – 실상은 그런 것도 아니요. 저 따냐의 충동에 들어서 그러는 것인데…

분선 – 형님은 과히 걱정 말고 잠자코 있소. 얼마 후이면 그 애가 절로 그 일자리를 내놓을 것이요. 그리고 또 내 술 공장 지배인과도 이야기해 보았는데 그 일자리에 철호를 받은 것이 지배인의 소원으로 된 일도 아니고, 저 바사에서 일하는 깐이란 사람의 요청에 의하여 된 일이더구만.

어머니 – 그건 나도 아오. 그 깐이란 사람이 저 우리 며누리하고 무슨 동창생이라던가? 그래서 따냐의 간청에 어쩌지 못해서 한 일이라오.

분선 – 그리고 그 일자리를 엿보고 있는 사람들도 한둘이 아니더구만. 그러니 철호는 그 일자리에서 오래 배겨내지 못하오.

어머니 – 어쨌던 그 애가 압또바사에 돌아오지 않고서는 내 안심할 수 없으니까 말이요.

분선 – 그리고 형님은 그 애들과 여러 말 하지 마오. 내 형님대신 말하지 않으리. (이때 밖에서 떠들썩하는 소리 들린다)

쓸라와 – 알료사!

알료사 – 쓸라와! 알라!

쓸라와 – (달려 들어오며) 어머니, 알료사가 왔어요! (이때 알료사가 달려 들어온다. 그는 해군 군관복을 입었다)

알료사 – 어머니!

어머니 – 알료사! (어머니와 아들의 힘 있는 포옹) 알료사, 너 그동안 앓치나 않았느냐?

알료사 – 저는 아주 건강합니다. 그러나 어머니의 병세는 어떠하세요?

어머니 – 나는 일없다. 너 왜 그렇게 오래 동안 편지가 없었느냐?

알료사-어머니, 용서하세요. 바다에 나갔다가 여섯 달 만에야 륙지에
　　　　내렸어요. 편지 한 장 쓰지 못했어요.

분선-알료사, 너 그동안 더욱 숙성해졌구나.

알료사-분선아주머니는 그동안 평안하세요?

분선-응, 나는 평안하다. 그러나 너는 해군생활에 얼마나 골몰하냐?

알료사-별로 골몰할 일 없어요. (어머니에게) 그러다보니 어머니한테
　　　　편지 한 장 쓰지 못했어요. 이 불효한 자식을 용서해 주시요.

어머니-나는 그런 줄 모르고 별생각을 다 했다.

알료사-형님과 따냐는 어데 갔어요?

어머니-그 애들이 속히 올 것이다.

알료사-형님은 여전히 압또바사에서 일합니까?

어머니-(잠간 말머리를 멈췄다가) 오냐. 그 애는 여전히 전에 일하던
　　　　일자리에서 일한다. 그리고 따냐는 이곳 잡화상점에서 그 무
　　　　에라던가?… 또와르웨드라던가? 그런 노릇한다. (이때 따냐
　　　　가 시장에서 과실을 사가지고 들어온다)

따냐-아이 알료사! 어찌다 이렇게 왔소?

알료사-따찌야나 와씰리예브나, 평안하서요? 따찌야나 와씰리예브나
　　　　는 그동안 어머니를 모시기에 얼마나 고생했소?

따냐-별로 고생이랄 게 있소. 잘 모시지 못하다보니 일상 노염만 끼
　　　　칠 뿐이요.

어머니-그 사람이 이 병신 몸을 거두노라고 숱해 고생하고 있다.

따냐-(그 말에 점짓해하며) 내 저기 과실을 사왔소. (과실중태를 내놓
　　　　으며) 내 이걸 어머니에게 대접하려 사왔소. 어머니, 어서 잡수
　　　　서요. 그리고 모두들 맛보서요. 알료사도 맛보오. 아마 크론쓰
　　　　따트에는 아직 이런 참외가 없을 것이요.

알료사-따찌야나 와씰리예브나 고맙소. 나는 따찌야나 와씰리예브나

에게 드리려고 선물을 사왔소. (체모단을 연다)

따냐ㅡ가만있소. 그건 차츰. 내 지금 주간에 나가 점심을 끓일 테요. 먼 길에 시장할 텐데. (나가려한다)

알료사ㅡ따찌야나 와씰리예브나, 그만두오. 나는 점심 먹을 새 없소. (이때에 자동차 신호소리가 들려온다) 저것 보십시요. 벌써 나를 재촉합니다. (선물을 내놓으며) 자, 이건 어머니에게… 이건 따찌야나 와씰리예브나에게.

따냐ㅡ아이고, 이것 실로 좋은 것이로구만. 고맙소. 알료사!

알료사ㅡ그리고 쏠라와와 형님에게 드리는 것이오. (다음 알라에게 줄 것이 없으니 망설이다가 손목시계를 풀어주며) 그리고 이건 알라에게 자 받아라.

알라ㅡ알료사, 고맙소!

어머니ㅡ그래 너 인차 갈 테냐?

알료사ㅡ비행기가 두 시간 동안 멈추기에 짬을 타서 들어왔어요.

어머니ㅡ바람같이 왔다가 바람같이 갈 테냐?

알료사ㅡ어머니, 대서양의 바람은 이렇듯 지독합니다. 용서해 주십시요.

어머니ㅡ알료사, 너 그렇게 험한 길에 다니니 나는 하루 한시라도 맘을 놓을 수 없고나. 알료사! (알료사를 어루만진다)

알료사ㅡ어머니, 저도 항상 어머니를 생각하고 있어요. 바다에 풍랑이 일어 세상이 왼통 뒤집어지는 순간에도 저는 어머니를 생각해요. (어머니의 가슴에 머리를 파묻는다. 이때에 또 자동차 신호소리 들린다) 어머니, 저는 가야합니다. 분선아주머니 편안히 계셔요. 쏠라와, 알라, 너희들도 다 잘 있거라. 어머니, 부디 평안히 계셔요!

어머니ㅡ이애, 잠간 섰거라. 그래 너 지금은 어데로 가든 길이냐?

알료사ㅡ어머니, 저는 지금 특별 명령을 받고 저 멀리 동쪽으로 떠나

갑니다. 간혹 오래 동안 편지가 없더라도 어머니는 속 태우지 말으시고 저를 기다리세요. 내 그곳에서 돌아오게 되면 인차 어머니한테 오겠어요. 어머니! (어머니를 힘 있게 포옹한다) 저는 갑니다. 평안히 계세요! (퇴장)

어머니－알료사! 부디 조심해 다녀오너라!

－암전－

제2장

철호의 집 객실

쏠라와는 어머니를 곁에 앉히고 그의 초상을 그린다. 이때에 따냐가 들어오더니 건성푸레해서 왔다 갔다 한다.

어머니－(조용히) 쏠라와, 인제는 그만두자.

쏠라와－왜요?

어머니－따냐도 오고했는데…

쏠라와－(우정 목청을 높이며) 왔는 데는 무어래요?

어머니－쉬… 건성푸레한 것이 낯 색이 그닥지 않고나.

쏠라와－낯 색이야 바로 인쥬크인데 뭘 붉으락 프르락…

어머니－조용해라, 들겠다. (주간으로 나간다) (이때에 따냐가 들어오더니 체경 앞에 마주서서 머리를 단장한다. 쏠라와는 한쪽 구석에 서서 그를 아니꼽게 바라보고 있다)

따냐－왜 나를 그렇게 유심히 보고 있소?

쏠라와－나는 지금 이 순간에도 따찌야나 와씰리예브나를 연구하오.

따냐－연구? 흥, 내 무슨 나뚜르시짜라고…

쓸라와 – 레를 들어 따지야나 와씰리예브나의 초상을 그린다 합시다. 그러면 어떠한 물감을 가져야 하겠는가? 이건 실로 문제꺼리요.

따냐 – 나는 화가동무에게 나의 초상을 그려달라고 청든 일 없는데

쓸라와 – 따찌야나 와씰리예브나, 내 수수께끼 하나 내라오? <밖에 나가면 비둘기요 집에 들면 까마귀 되는 새 무슨 새요?>

따냐 – 그런 수수께끼를 모르오.

쓸라와 – 따찌야나 와씰리예브나, 도깨비를 그리자면 어떤 물감이 요구되는지 충고 해 줄 수 없소?

따냐 – (잠간 생각하더니) 어떤 도깨비 말이요?

쓸라와 – 실상 따찌야나 와씰리예브나는 도깨비를 보았소?

따냐 – (아니꼬운 시선으로 한참이나 쓸라와를 보더니) 쓸라와, 나도 수수께끼하나 낼가? <새는 새라도 날지 못하는 새 무슨 새요?>

쓸라와 – (얼른 대답하지 못한다)

따냐 – 모르겠소?… 꼬리 없는 병아리요! 하하하 (가소로운 웃음을 웃고 나가려한다)

쓸라와 – 따찌야나 와씰리예브나, 또 수수께끼 하나 있소. (두루마리한 종이 한 장을 내들며) 이게 무에요? 알아맞치요.

따냐 – 그게 무엔지 내 어찌 아오.

쓸라와 – 모르겠소? 그렇다면 내 이것을 따찌야나 와씰리예브나에게 선사하오. 자, 받으시요!

따냐 – (두루마리를 펴들고 잠깐 동안 보다가) 이것이 무엇이요?

쓸라와 – 왜 알리지 않소? (이때에 어머니 등장)

따냐 – (표독을 쓰며) 어머니, 이것 보시오. 나를 이렇게 그렸습니다.

쓸라와 – 어째 맘에 들지 않소?

따냐 – (찢으려다가 찢지 않고 가지고 나간다)

어머니 – 이 자식아, 그게 무엇이냐?

쓸라와-무엇 잘못된 것 있어요?

어머니-그게 무슨 그림이냐 말이다.

쓸라와-어째 비슷하지 않아요? 나는 드루세쓰끼 사르스를 그렸는데.

어머니-그리고 또 도까비란 건 무에냐?

쓸라와-어머니, 아세요? 그건 실로 면바로 된 형용사입니다. 어머니
저기를 내다보시오. 저기 형님이 오는 길가에 벌써 도깨비불
이 반짝거리고 있어요.

어머니-그렇치 않아도 집안에 말썽이 많은데 붙는 불에 키질할 것은
무에냐?

쓸라와-도깨비장단에 춤추는 꼴이 밉쌀스러워서 그럽니다.

어머니-끊쳐라, 듣기 싫다! (이때에 철호와 따냐와 안나가 들어온다.
철호는 분노의 눈초리로 쓸라와를 쏘아본다)

쓸라와-왜 나를 그렇게 쏘아보오?

철호-모두들 잠간 피해주시오. 내 저애와 조용히 이야기할 것 있습니
다. (모두 나간다)

철호-(만화를 내들며) 너 이게 무엇이냐? 따냐는 너의 형수다!

쓸라와-그래 그 그림이 잘못되였소?

철호-짐승도 걷어 먹이는 사람을 안다.

쓸라와-형님, 아오? 내 한 가지 말할가?

철호-배부른 장단에 흥타령이냐?

쓸라와-형님은… 형님은… (무슨 말을 하려다가 하지 못하고 만다)

철호-따냐가 너에게 잘못한 것이 무에냐? 먹여주지, 입혀주지…돈을
대여주지…

쓸라와-옳소! 그러기에 내 인제부터는 그 도깨비 밥을 안 먹기로 결
심했소!

어머니-(뛰여들며) 쓸라와!

쏠라와—형님, 내 형님에게 한 가지 물을 것 있소.

어머니—그만두지 못해?

쏠라와—형님은 무엇 때문에 기계기사의 직업을 버리고 술 공장 창고 주임노릇하오? 무엇 때문에 그 음침한 지하실에 계발아들었느냐 말이오? 거기에서 금망아지를 타고 나올가구?…

철호—그래, 그런데는 네게 무슨 상관이냐?

쏠라와—형님은 도깨비에게 홀리워 진펄 밭에 빠졌소. 형님, 정신을 차리오. 절로 제 머리를 땅 치고 정신을 차리란 말이요. 이것이 나의 마지막 충고요. 그리고 나는 오늘부터 이집에 살지 않을테요. 잘 사오. 나는 가오.

(퇴장)

철호—이 미겁들을 죄다가지고 가거라! (화구들을 문 밖에 내던진다)

어머니—쏠라와!… 쏠라와!… 너 어데로 가느냐?…

　　　　(긴장한 사이)

철호—망할놈의 새끼… <길러준 강아지 발뒤축을 문다>고 했어요.

어머니—너는 그 애의 말을 그르다 생각하느냐?

철호—어머니는 그 놈애의 역을 드세요?

어머니—(집어던진 그림들을 주어안고 들어오며) 너 그 애의 말을 들어라!

철호—(흥분된 어조로) 어머니, 제가 술 공장에 들어가 돈양이나 모은다 칩시다. 그것이 그를 것은 무업니까? 나도 사람답게 살고 싶습니다. 남과 같이 살고 싶어요! 나의 동무들은 거의나 다 자동차를 샀습니다. 내가 그들만 꼭 못하게 살아야 할 조건은 무업니까? 네?!… 나도 자동차를 타고 싶어요!!…

어머니—(잠간동안 생각하더니 의복을 입고 쏠라와를 따라 나간다)

　　　　(또 사이)

(이때에 문가에 따냐가 나타난다)

따냐 - 인제는 날씨가 밝아지느냐?

철호 - 내 실상 이때까지는 밤중이었어.

따냐 - 그러기에 내 너를 머저리라고 하지 않느냐. 망치가 약하면 쐐기
가 드노는 법이다.

철호 - 내 그 망나니를 다시는 내 집 문전에 발길도 들여놓지 못하게
할 테야!

따냐 - 나는 하루 한 시라도 더는 이 지옥살이를 할 수 없다. 어서 속히
조치를 취하라. 아니면 나는 간다! 가!!… 네 내말을 알아듣느
냐? 간다는 말이다! (퇴장)

안나 - (곁방에서 듣다가 뛰여 나오며) 이 사람 철호, 자네는 어쩌면 그
렇게도 속심이 약한가? 어째 그 빨랑쥐새 같은 놈의 새끼를 한
각 뚝 분질러 놓치 못하는가? 제 형이야 어디서 무슨 일을 하던
제 놈에게 무슨 상관이야?!… 이 사람 철호, 사람이 세상에 살자
면 자네처럼 그렇게 맥살이 없어서는 안 되네. 사내대장부로서
한번 결심했으면 그만이지 그게 무언가? 쥘가, 놓으가, 술 공장
이 그를 건 무언가? 내 들을라니 거기에서 일하게 되면 무슨 쉬
구멍도 열리겠더구만. 어쨌던 돈을 벌어야 하네. 돈이 날개네!…
그리고 또 이 사람, 자네 따냐를 잘 생각하게. 내 외딸을 자네에
게 줄때 저렇게 지옥살이를 시키라고 주었는가? 그 애가 자네
집에 종인가? 안해인가? 노덕이 이러고저러고 하지, 아이새끼
까지 저 모양이니 저애가 어찌 비처내느냐 말이네. (울며) 내속
이 얼마나 타는지 자네 아는가? 나는 자네를 믿었네. 정녕 이 모
양이 계속된다면 나는 따냐를 다려가겠네. 그 애가 집으로 돌아
가게 되면 호부자의 딸처럼 살게 될 것이네. 실상 말이지 나에게
는 밑천양이나 있네. 자네에게 자동차를 사줄 돈이야 없겠는가?

그러니 알아 서둘게… 따냐!

따냐-(나타나며) 야?…

안나-네 짐을 꾸려놓고 내 시키던 대로 해라! 나는 가네. (퇴장) (철호 담배서랍을 끄집어 내여 담배를 피운다. 이때에 어머니가 들어온다. 잠깐 동안 철호와 시선이 마주친다. 다음 어머니는 자기 방으로 건너가고 철호는 따냐를 따라 나가버린다. 이때에 분선이 요란을 쓰며 들어온다)

분선-형님 집에 있소?

어머니-(나오며) 아이, 동생이 왔소?

분선-형님, 요즘 재미 어떠하오?

어머니-시누이는 요즘 어디 갔다더니…

분선-야, 갔다 왔소, 령감쟁이 사냥을 떠났다가 홀 그만 불통을 치고 돌아 왔거던, 하하하…

어머니-분선이는 별 망칙한 소리 다하네.

분선-형님, 정말이요. 저 <적동> 조합에 우추한 령감쟁이 하나 있는데 아 그놈의 두상이 심심하면 나한테로 혼사말군을 보내겠지. 그래서 이번에는 어떤 놈의 두상이 그 수작인가고 한번 상통도 볼 겸 겸사겸사하여 그곳에 가지 않았소. 아니, 그런데 글쎄 그 머저리 같은 놈의 두상이 그동안에 철썩 죽고 말았겠지. 그러다 보니 욕 한 마디 하지 못하고 저거 불통을 치고 왔거던 하하하…

어머니-그 령감 죽지만 않았더면 큰 봉변을 당할 번했구만…

분선-하하하… 형님, 실상 말이지 혼사 말하는 령감이나 있었으면 값이나 있거니 하지. 어디 머저리 같은 령감쟁이 있어서 나 같은 늙으대기 노파에게 혼사 말을 하겠소. 하하하… 아, 그리고 또 내 암만 령감비우를 한들 숱한 자식들을 두고 머리발이 허연 것이 늘그막에 령감을 해가리란 말이요? 원, 되지도 않을 소리를…

(이때에 알라 들어온다)

알라 – 어머니 안녕하세요?

어머니 – 알라 왔느냐?

분선 – 오냐, 너 방학에 와서 잘 쉬느냐?

알라 – 네, 잘 쉽니다.

분선 – 이애, 알라, 너 이리 좀 보자. 네 실로 어여뻐졌고나. 네 아마 시
집갈 비위를 하는 모양이로구나. 응?…

알라 – 아이 아주머니도…어머니, 쓸라와 어디로 갔어요?

어머니 – 네 쓸라와를 보지 못했느냐?

알라 – 못 보았어요.

어머니 – 나는 그 애가 너한테루 간 줄 알았는데…

알라 – 나간 지 오랬어요?

어머니 – 알라, 너 쓸라와를 찾아보아라.

알라 – (어머니의 안색을 쳐다보고) 무슨 일 생겼어요?

어머니 – 어서 그 애를 찾아보아. 혹시 춘산이네 집으로나 가지 않았는지.

알라 – 네 찾아보겠어요. 안녕히들 계서요. (퇴장)

분선 – 형님, 무슨 일 생겼소?

어머니 – 아니, 아무 일도 안 생겼소. 그 애가 나간 지 오라니 거저 걱정
이 되어서 그러오.

분선 – (잠간 생각하더니) 형님, 나는 형님과 한 가지 토의할 것 있어서
왔소.

어머니 – 무엇인데 어서 말하오.

분선 – 우리 둘이 집 한 채 방천을 맡고 딴 세간 살이 해볼가?

어머니 – (이상스레 여기며) 딴 세간?…

분선 – 야, 딴 세간 말이요 (주간을 향하여) 이애 철호!

철호 – 네?

분선-너 여기 와 앉아라 (철호 앉는다) 나는 셋방 한 칸 맡아가지고 너희 어머니와 같이 딴 세간을 하려 한다. 너는 어떻게 생각하느냐?

철호-(얼뺑뺑하여 미처 대답하지 못한다)

어머니-동생은 애들게 대한 무슨 노쯩이 생겨서 그러오?

분선-노쯩?… 그년놈들이 나를 노엽히고 살아야 갑산으로 보리밥 먹을라 가지!

어머니-그런면 왜 그런 소릴 하오?

분선-(들으란 듯이 목청을 높여 말한다) 우리 아들과 며느리는 내 명령이면 그만이요. 우리 딸도 그렇소. 그러니 사위 놈도 절대 복종이거던. 그렇지만 자식들과 같이 있게 되면 좀 자유가 없으니까…

어머니-동생은 그런 롱담 싹 걷어치우오. 우리에겐 자식들이 있지 않소. 그러니 죽는 날까지라도 그들의 뒤시중을 해주어야지.

분선-듣기 싫소! 자식들을 그만큼 키워놓았으면 인제는 다 제 살 도리를 할 만침 되였소. 다 늙어 꿰여진 뒤에도 자식들의 시중이요? 도리여 그놈들이 인제는 우리네 시중을 들어보라지. 나는 집에서 손가락 하나 까딱하지 않소. 그래도 그놈들이 내 앞에서는 찍소리 한마디 하지 못하니까!

어머니-동생, 목청을 낮추어 말하오. 남들이 듣겠소.

분선-(더 한층 목청을 돋구며) 머저리소릴 하지 마오! 만일 내 자식들이 나에게 저 철호나 따냐처럼 괄시한다면 나는 온 세상이 떠들썩하게 고함을 지를 테요!!… 어디다 대고 그따위 짓하겠소?!… 내가 저의 어민데! 내가 저희들을 낳았는데!!… 그 은공을 모른다면 그것들을 어찌 사람이라 하겠소. 짐승만 못하지!

어머니-(말없이 묵묵하다)

분선-별말 말고 짐을 꾸리오. 저 쏠라와가 대학을 필할 때까지는 나와 같이 있기오. 나가 아느새 있노라면 저희 놈들도 무슨 처리가 있지 않으리. 낮에 쇠가죽을 씌우지 않았다면 부끄러운 줄도 좀 알 것이요!

철호-(성을 버럭 내며) 분선아주머니께서는 남의 가정 일에 비치지 말아요. 어째야 될 것을 자비로 압니다. 그리고 또 아주머니는 왜 술 공장 지배인한테 갔다 왔어요? 누가 아주머니에게 청들었어요? 네?!… 나를 어린애로 알지 말아요!

분선-이 자식아, 내 어째 남이냐? 나는 너의 고모다. 그리고 또 내 너를 업어 자래웠다.!

철호-그러나 지금은 내 수염이 거츨한 어른입니다. 개눈깔 사탕을 주어 울음을 끊치게 하던 때는 지났어요.

분선-나는 네 어미의 청을 받아 갔다 왔다. 어미에게는 60먹은 자식도 세 살 먹은 어린애같이 생각된다. 밤에 나가도 근심이요, 차길에 나가도 근심이다. 네 이런 걸 아느냐? 모르지… 이제 애들을 낳아 길러보아야 부모의 경중을 알 것이다. 그리고 또 내가 어디로 다니는 것은 네가 간섭할 일이 아니다. 앞으로도 내 생각에 가야될 일이라면 술 공장 지배인이 아니라 중앙간부 책임비서한테라도 갈 테야. 알아들었니? 그리고 또 이 자식, 네 무슨 어른이냐? 수염을 자래우면 어른인줄 아느냐? 이 자식, 상당한 사회적 인물이 되자면 상당한 자식도 되여야 한다. 실상은 내가 딴 세간살이를 하자 한 것도 너를 알아들으라 한 말이야! 그래 알아들었느냐?… 자란이… 이 자식, 더럽다. 고양이는 난 날부터 수염이 희다! (퇴장). (사이)

철호-어머니, 우리 집이 이렇게 순평치 못하니 어찌면 좋습니까?

어머니-그건 나도 안다. 그러니 내가 이집에서 잃어져야 된다는 말이지?

철호-아니야요. 그런 말 아닙니다.

어머니─철호, 너 내말 들어라. 만일 내가 없어지어 너희들이 잘 살리라면 내 이집에서 나가 저 벌판에서 풀막을 치고 혼자 살다 죽을 수도 있다. 그러나 철호, 나는 그럴 수 없다. 우리 가정의 명예와 너희들의 전도를 위해서 그럴 수 없다… 내 일찍이 홀로 나서 너희들을 기를 때 나에게 한 가지 희망이 있었다. 너희들을 잘 길러 나라에 공을 세우며 만 사람의 칭찬을 받는 좋은 사람들을 만들고 큰 진둥나무가 아치를 벋듯 우리 가정이 흥성할 것을 희망했다. 그런데 우리 집 벽돌이 무너져서야 되겠느냐? 아니, 그럴 수 없다. 나는 죽어도 이 집에서 죽겠다. (어머니 휘청거리며 자기 방으로 건너간다. 철호는 머리를 붙잡고 앉아 있다. 이때에 따냐가 독살을 피우며 나온다)

따냐─네 머리를 틀어박고 엎디여 무엇하니? 기도를 드리느냐? 끝끝내 할 말은 한마디도 못했구나. (꽥 소리를 지르며) 네 대신 내가 말할까? 이 무골충이야!

철호─따냐!

따냐─별 일 없다. 너는 어머니와 같이 이 집에 남아 있어라. 내 더는 너 같은 무골충이를 믿고 살 수 없다. (제 방에 들어가더니 짐을 꾸려가지고 나온다)

철호─(따냐를 막아서며) 따냐, 좀만 더 참아라.

따냐─참을 수 없다! 참을 수 없어!! 개와 고양이는 한 굴에서 살지 못하는 법이다. 비껴라, 비껴!! (밀치고 나가버린다. 이때에 어머니가 문전에 나타난다)

철호─어머니, 실상 우리는 한 집에 살 수가 없어요.

어머니─그러니 너도 따냐를 따라 가겠다는 말이지? 그럼 가거라, 가!

─암전─

제3장

철호의 새집
(불이 켜지면 철호는 하불을 막 눌러쓰고 지완에 들어누워있다)

안나 — (건성푸레해서 나오며) 철호!… (철호 응답이 없으니 꽥소리를
지른다) 철호, 귀먹었소? (역시 응답이 없다. 안나 태도를 고쳐
철호의 곁에가 앉으며 홀 녹으라지는 어조로) 철호, 몹시 아프
오? (또 대답 없다) 철호, 무얼 좀 먹겠소?… 내 철호 좋아하는 국
수를 눌러줄까?… (안나 일어서며) 홍, 이제 딸집이라고 찾아왔
다가 무슨 속을 태우는지 모르겠다니… (정주로 나가더니 좀 있
다 또 들어온다) 철호, 의사를 청하라오? (또 대답 없다. 한참 서
서 생각하더니 라지오 수 기를 기 끝 높게 틀어놓고 나간다)
철호 — (신경질을 내며 버럭 일어나 라지오를 끄고 한참이나 증오스럽
게 안나 나간 쪽을 바라보더니 밖으로 나가 버린다)
안나 — (나오며) 네 따위 우리 어미 딸을 미워서 그러지만 안 된다 안 돼!
네 따위겠니? 너보다 더 씩씩한 놈들도 내 앞에서는 다 무장을
바쳤다. 나와 단병접전을 해서는 안 된다. 안 돼! 홍! 그렇게 싫
게 굴면 내 잃어질까해서 그러지? 철호, 네 아직 내가 누구인 것
을 모르고 나덤비는구나
(이때에 철호 들어온다)
안나 — (가작 인자한 어조로) 철호, 마음에 무슨 불평이 있어서 그러오?
내게 무슨 노여운 일이 있소? 아니면 따냐란 년이 철호를 노엽
혔소. 철호, 가시부모도 부모라 했습니… 그리고 또 내 잘못한
것이 무엇이요? 자동차를 살 때 돈이 없다하니 돈을 대여주었
지… 가구들을 살 때 돈이 없다하니 또 돈을 대여주었지. 그만

하면 무엇이 부족해서 그렇게 트직해서 야단이요?

철호─술이 있어요?

안나─술? 있고말고 내 지금 당장. (급히 서둘러 술과 안주를 갖추어주며) 어서 술을 마이요.

철호─(술 한 잔 잔뜩 부어 마신다)

안나─철호, 날래 정신을 차리오. 받아들일 것도 꾯어들일 것도 얼마나 많소. 내 또 쌀 세톤을 싸놓았소. 그게 모두다 남자의 손을 거치지 않고서는 안 될 일들이 아니오. 철호는 어쩌면 그렇게도 욕심이 없소. 그런 일자리에 붙었을 때에 돈을 좀 모아야지. 그래야 내게서 꾼 돈도 물 것이 아니오. 나도 돈이 요구되는구만 돈이 돈을 번다고 했소. 나두 돈이 나돌아야 리쪼가 있지.

철호─(아무 말 없이 또 술 한 잔 따라 마시고 하불을 쓰고 들어눕는다)

안나─(일어나며 혼자말로) 말이나 하니 무슨 의론이라도 할까. 거저 도깨비방망이에 맞은 사람 같다니… (나가려 할 때 따냐 등장) 아이고, 너 오느냐? 어째 오늘은 이렇게 일쩍 왔느냐?

따냐─오블또르그에 회의가 있었는데 나는 회의 뒤 끝에 곧장 집으로 왔소.

안나─어서 저기 나가 무엇 좀 먹어라.

따냐─(철호를 가리키며) 오늘도 일어나지 못했구만.

안나─(민망한 듯이 손을 치며) 아이고, 거저 쇠게 물린 귀신같다!

따냐─(꾸지람하는 어조로) 마마!… (철호의 곁에가 인자하게) 철호, 몹시 아프냐?

철호─(대답 없다)

안나─보아라. 내 이 염통이 싹 곯아난다.

따냐─(조용하라고 손짓한다)

안나─(혼자 말로) 그 잘난 것도 남편이라고 역을 드네. (퇴장)

따냐 - 철호, 네 오늘 저녁에는 일어나야 한다. 이것 봐라 오블바사에서 일하든 깐이 우리를 초청했구나. 오늘인즉 그의 생일날이란다. 그래서 나는 저래 선물을 사가지고 왔다. 이것 봐라 와사, 팔십 원짜리다. 맘에 드느냐?

철호 - 나는 못가겠다.

따냐 - 철호, 그래서는 못쓴다. 우리 그 사람의 신세 적으냐? 너를 그 술 공장에 붙일 때에도 그 사람의 힘이 적지 않게 들었다.

철호 - (버럭 일어나며) 나는 못가겠다고 하지 않니? (다시 들어눕는다)

따냐 - 철호, <우물에 침을 뱉지 말라>고 했다. 우리 또 그 사람의 신세를 지겠는지 어찌 알겠느냐? (철호 대답 없다) 그 사람은 이 시내에 면목이 넓고 세 있는 사람이다.

(어머니 등장)

어머니 - 철호 집에 잇는가?

따냐 - 어서 들어오십시오. 철호 일어나거라. 저기… 왔다. (철호 대답 없다) 철호! (어머니에게) 지금 곳 일어날 것입니다. 내 지금… (주간으로 나간다)

어머니 - (여전히 서있다)

철호 - (성을 버럭 내며) 그게 누구요?… (어머니를 보고 당황해하며) 어머니?… 어쩌다 이렇게? 나는 또 술 공장에서 찾아 왔는가 해서… 어서 들어와 앉으십시오.

어머니 - (앉는다)

(사이)

철호 - 어머니는 병박한 몸에 왜 또 이 먼 길을 오셨어요.

어머니 - 하도 오래 동안 보이질 않으니 왠일인가 근심되여 왔다.

철호 - 어머니, 다시는 이런 걸음 걷지 말아요. 이 집에서는 어머니께서 오시는 것을 좋아하는 사람 하나 없어요.

어머니-내 그것을 모르는 것도 아니다.

철호-그렇다면 왜 또 오셨어요? 그렇지 않아도 이 집에서는 말썽이
　　　많습니다.

어머니-좋다, 내 다시는 오지 않으마. 이것이 마지막 걸음이다.

철호-쓸라와가 왔다는 말 적실합니까?

어머니-응, 그 애가 왔다.

철호-그 애가 어떻게? 지금은 방학도 아닌데…

어머니-그 애가 공부를 버리고 나한테 왔다.

철호-(머리를 숙이고 무슨 궁리를 한다)

어머니-(상우에 놓인 술병을 보고) 너 자동차를 샀다지?

철호-네 샀습니다.

어머니-자동차를 타고 다니는 사람이 술을 즐겨해서야 되느냐?

철호-(상우에 술병을 치우며) 간혹 마입니다.

어머니-내 네가 술을 많이 마인다는 소문을 들었다. 너 자동차를 조
　　　심해 타라.

철호-내 그걸 타지 않아요.

어머니-웨 벌써 맞아졌느냐?

철호-죄다 싫증났습니다.

어머니-내 요 며칠 전에 너와 같이 압또바사에서 일하던 아만이란 사
　　　람을 만나보았다. 압또바사에서는 지금도 너를 기다리더구나.

철호-내 압또바사는 돌아가지 않아요!

어머니-왜 안가?

철호-(성을 내며) 어머니는 웨 또 그 말씀 끄집어냅니까? 인제는 그
　　　말 이에 신물이 돕니다.

　　　(사이)

어머니-내 사흘 전에 너의 아버지의 산호에 갔다 왔다. 너의 아버지

께서 돌아가신 후 20년 동안 나 혼자 너희들을 기르느라고 얼마나 고생한 것은 너도 알지 않느냐? 나는 너희들을 남만 못하지 않게 입히고 먹이고 글을 읽히느라고 밤낮을 헤지 않고 일했다. 철호, 내 이런 말 너와 처음이다. 너를 공부시킬 때 네가 기사의 졸업장을 가지고 창고주임 노릇하라고 한 것이 아니다. 창고주임의 직업이 나쁘다는 것은 결코 아니다. 거기서 일하며 저의 욕망을 채우려는 그 량심이 더럽다는 말이다.

(이때 쓸라와가 들어온다)

쓸라와 - 어머니!

어머니 - 응?… 쓸라와?

쓸라와 - 어머니는 웨 여기 왔어요?

어머니 - (대답 없다)

쓸라와 - 웨 오셨는가 말입니다?

어머니 - (웃으며) 나는 철호와 따냐 보고 싶어서 왔다.

쓸라와 - 어머니께서 병석에 누워 계실 때 저 철호형님께서 왔습데? 안 왔지요? 자동차가 있어가지고도 안 왔어요! 그런데 어머니는 지팽이에 몸을 실려 여기 왔구만 어머니, 어머니는 어찌면 그렇게도 자존심이 없어요?

어머니 - 쓸라와, 너는 아직 모른다. 털을 내리 쏫지 올리 쏫는 법은 없다고 했다.

따냐 - (주간에서 나오며 반가히) 아이, 쓸라와 왔소? (손을 내밀어 악수한다) 언제 왔소?

쓸라와 - 내 온지 이쓱하오. 따냐는 그 동안 잘 있소?

따냐 - 우리는 다 잘 있소.

안나 - (역시 주간에서 나오며 반가히) 아이고, 사돈님 오셨소? 아이, 쓸라와! (손을 잡고 반가히 인사한다)

쓸라와-어머니 갑시다.

안나-아이고, 어째 이렇게 복구어 치오? 왔다 저녁도 안자시고 가겠소?

쓸라와-우리는 저녁 먹을 새 없습니다. 어머니, 갑시다!

어머니-오냐, 가자 사돈님 평안히 계세요. 따냐 잘 있거라.

철호-(의복을 입으며) 어머니, 잠간만 내 어머니를 자동차에 모셔다
　　　드리지요.

쓸라와-싫소. 우리에겐 이 집 자동차보다도 몇 곱절 더 크고 더 좋은
　　　압또부쓰가 있으니까. 어머니, 갑시다.

　　　(쓸라와 어머니 나간다)

철호-(뒤따라 나가더니 자동차 발동기 소리난다)

쓸라와-(밖에서) 싫소! 싫다는데 웨 이 모양이오?! 어머니, 앉지 마시
　　　요!

안나-(유리창을 내다보다가) 아이고, 더럽다. 싫으면 말라지. 저희들
　　　이 타지 않는다고 그 자동차 눈물을 흘리겠구만.

따냐-조용하오.

철호-(기분 없이 들어와 상에 마주 앉는다)

따냐-(의복에 먼지를 털어주며) 어서 의복을 갈아입어라. 갈 때가 되
　　　었다.

철호-(아무 대답 없이 또 하불을 쓰고 들어눕는다)

따냐-그래 가지 않겠니? 응?!

철호-(소리를 버럭 지르며 일어난다) 안가겠다는데 웬 성화냐?!… 내
　　　이 빌어먹을… (와사를 들어 땅바닥에 메치고 다음에는 가장즐
　　　이를 시작한다) 이 망할 놈의 집을 죄다 뒤엎어놓고야 말테야!

따냐-(철호를 겉잡으며) 철호! 철호야!!… 이러지 말아라. 철호야!…

안나-이사람 철호, 정신이 나갔는가? 이사람 철호, 아!!!… (고함을 지
　　　른다)

따냐-(철호를 달래며) 철호, 네 어째 이러니? 철호야 진정해라. (물을 따라 주며) 물을 마이고 진정해라.

(사이)

철호-이걸 놓아라. 나는 모든 것이 죄다 싫증났다. 술 공장도, 자동차 도, 쌀장사, 변노이, 이집, 이 가구들이 죄다 싫증났다!!… 사람이 량심의 가책을 받고서는 금가리에 올라앉아도 행복할 수 없다 는 것을 나는 인제야 깨달았다. (안나와 따냐 시선이 마주쳤다)

-암전-

제2막

제4장

처음 보던 철호의 집 객실인데 방안에 있던 가구들은 따냐가 죄다 실어 가고 텡 비나 다름없다. 빈방에는 몰베르트가 서있으며 기타 화구들이 장 비되여 있을 뿐이다. 어머니는 상에 앉아있고 쓸라와는 몰베르트에 마주 서서 어머니의 초상을 그린다.

어머니-쓸라와!

쓸라와-네?

어머니-그 애들이 인제는 대학을 필하고 왔다지?

쓸라와-네, 필하고들 왔어요.

어머니-알라는?

쓸라와 – 알라는 졸업하고 레닌그라드에 남아 오르지나뚜라에서 공부
　　　　하게 되었답니다.

　　　　(무거운 사이)

쓸라와 – (어머니를 위로하기 위하여 기분을 북돋구며) 어머니, 아세
　　　　요? 내 요 며칠 전에 우리 살던 ≪붉은 별≫ 조합에 갔댔어요.
　　　　거기서 받은 인상은 실로 큽니다. 모든 것이 죄다 아이 때 일
　　　　을 회상케 했습니다. 강가에 서있는 버드나무에는 내가 칼로
　　　　새겨놓은 나의 이름이 그대로 남아있었어요. 나는 거기에서
　　　　어머니의 모습을 회상했어요. 밭에서 기음 매는 어머니, 나의
　　　　손목을 이끌고 학교로 가시는 어머니, 강가에서 빨래하시는
　　　　어머니… 나는 실로 그릴 것도 많습니다. 정든 고향산천의 아
　　　　름다운 경개를 그리겠어요. 그리고 또 나는 알료사의 초상을
　　　　그리겠습니다. 그는 실로 영웅입니다. 그러한 아들이 어머니
　　　　에게 있는 것을 어머니는 자랑스럽게 생각하세요.

어머니 – 쓸라와, 너 공부를 가거라. 내 걱정일랑 하질 말아. 네 공부를
　　　　가면 나는 일할 테야. 돈을 벌어 너한테 부치겠다. 그리고 나
　　　　는 년금만 해도 넉넉히 살 수 있지 않으냐. (지팡이를 문밖에
　　　　내던지고) 내 오늘부터는 지팡이를 집어치고 새 생활을 시작
　　　　할 테야. 네 내 말을 듣느냐? 나는 벌써 일자리까지 마련했다.

쓸라와 – 어머니, 과히 격동하지 마세요.

　　　　(이때에 철호 들어온다)

철호 – 어머니, 안녕하시요?

어머니 – 응, 철호!

철호 – 쓸라와, 너 얼마나 고생하느냐?

쓸라와 – (툅게) 고생은 무슨 고생! (나가버린다)

철호 – (어머니 곁에 와 앉으며) 요즈음 어머니 병세 어떠합니까?

어머니―내 인제는 일없다. 그런데 너 왜 그렇게 오래 동안 보이질 않
　　　　었느냐? 어디 갔다 왔느냐?

철호―아니, 나 집에 있었서요.

어머니―무슨 일이 생겼느냐 응?

철호―(잠간동안 생각하다가) 아무 일도 생기지 않았어요. (종이에 싼
　　　　것을 내놓으며) 어머니, 이것으로 의복 한 벌 해 입으십시요.

어머니―(철호를 처다 보며 잠깐 동안 무슨 생각을 하다가 받으며) 고
　　　　맙다.

철호―어머니 안녕히 계서요. 내 인제는 가겠습니다.

어머니―너 웨 그렇게 급히 가느냐? 차나 한 잔 마이고 가렴.

철호―싫어요. 안녕히 계서요.

어머니―철호, 거기 좀 섰거라.

철호―(걸음을 멈추었다)

어머니―네 낯빛을 보니 무슨 일이 생겼구나.

철호―(말없이 묵묵하다)

어머니―(철호의 앞을 막아서며) 어서 말해라.

철호―(말할가 말가 망설이다가) 어머니 안심하십시요. 아무 일도 생기
　　　　지 않았어요.

어머니―네, 정말이냐?

철호―네, 정말입니다. 안녕히 계십시오. (급히 나가버린다)

(이때에 춘산, 막씸, 쓸라와가 들어온다)

막씸, 춘산―어머니, 그동안 평안하세요?

어머니―아이고 너희들이 왔고나! 춘산아, 막씸아! (그들을 포용한다)

춘산―어머니, 저는 벌써 온지 여러 날 되였서도 일이 복잡하다보니
　　　　진작 어머니를 찾아 뵈옵지 못했습니다. 용서하십시요.

어머니―그래. 너희들 인제는 대학을 필하고들 왔다지?…

춘산-네, 필하고들 왔습니다.

어머니-그래 어디서들 일하게 되었느냐?

막씸-춘산이는 이곳 28호 중학교에서 교원노릇하게 되였고 저는 레닌 그라드에 남아 오르지나뚜라에서 공부를 계속하게 되였습니다.

어머니-너도 알라와 같이 공부하게 되였느냐?

막씸-네, 그렇게 되였습니다.

어머니-너희들은 실로 잘 되였구나. 이 애들아, 어서… 앉아 이야기들 해라. (퇴장)

춘산-쓸라와, 요 얼마 전에 있은 청소년미술전람회에서 너의 작품이 이등상에 올랐다지?

쓸라와-웅, 그런 일이 있었다.

춘산-(쓸라와를 안고 돌아치며) 쓸라와, 진정으로 축하한다. 너는 실로 천재다! 천재야!!… (또 두 청년은 서로 끌안고 방바닥에 딩굴은다) 그날 나는 그 소문을 듣고 어찌나 기뻤던지 한잔 톡톡이 했다. 너의 빛난 창작적성과를 위해서 마였단 말이다.

쓸라와-고맙다.

막씸-(쓸라와의 앞에 머리를 숙이며) 장래희망 많은 미술가 김 쓸라와 동무의 빛나는 창작적 성과를 충심으로 축원합니다.

쓸라와-고맙다.

춘산-그래 무슨 그림을 출품했느냐?

쓸라와-(벽에 걸린 그림을 가리키며) 이것이 그 그림의 에쓰끼스다.

춘산-좋다. 훌륭하다!

막씸-좋다. 실로 좋구나!

춘산-알라에게서는 소식이 있느냐?

쓸라와-아무 소식도 없다.

춘산-그 애가 속히 올 것이다.

쓸라와 - 그 애가 안 온다.

춘산 - 웨 안와?

쓸라와 - 그 애는 저 막씸과 같이 그곳에 남아 오르지나뚜라에서 공부하게 되었단다.

춘산 - 오르지나뚜라에서?

막씸 - 춘산아, 네 아느냐? 사천 명 학생가운데서 겨우 9명이 오르지나뚜라에 뽑혔단 말이다. 이건 실로 대단한 일이야! 그런데 알라도 그중에 뽑혔거던!

춘산 - 그런데 너는 웨 그렇게까지 기뻐하느냐?

막씸 - (잠간동안 생각하더니) 아, 알만하다… 쓸라와, 알라가 네한테 오지 않는다 해서 너 과히 슬퍼마라. (쓸라와를 껴안고 돌아치며) 알라가 아니면 녀자가 없느냐? 알라, 벨라, 밀라, 갈라… 녀자들이 쌨고 버렸다. 그리고 또 십 년이면 산천도 변한다고 했다. 세월이 가노라면 어찌 사람의 맘인들 변치 않으리. 믿겠느냐? 이런 노래도 있지 않느냐? (노래를 부른다) 바람에 불리는 갈대와 같이 항상 변하는 녀자의 마음

쓸라와 - (성을 버럭내며) 막씸! 네 알라에게 대해서 그렇게 헛되이 말하지 말아! 여차하는 날엔 내 너를 … 알아들었니?

춘산 - 아이들아, 그만두어. (사이) 인제는 우리 집으로 가자. 거기 가서 우리 이야기를 계속하자. 나도 할 말 있다. 쓸라와, 가자.

쓸라와 - (잠간동안 생각하더니) 가자. (밖에 나가) 어머니, 저는 놀러 갑니다.

어머니 - (밖에서) 오냐, 놀러가거라. (좀 있다 분선이와 어머니 등장)

분선 - 형님은 웨 자꾸만 그렇게 속 태우오? 형님일이 실로 대요. 그러지 말라고 자꾸 타일러도 계속 그 모양이구만 (상우에 놓인 선물을 가리키며) 이건 무에요?

어머니－철호가 나한데 의복감을 사왔소.

분선－철호가?…

어머니－양, 철호가.

분선－좋은 것이로구만 형님이 이것으로 조선의복을 해 입었으면 실로 깐지겠네.

어머니－이것으로 차라리 상수감을 하면 어떨가?

분선－무에라오? (어머니를 이상스럽게 본다)

어머니－이렇게 살다가도 껠떡하면 그만인데 상수감도 마련해 두어야지.

분선－무엇이 어쨌다오? 별 망칙한 소리 다하네. 지금은 백 세, 백오십세 사는 사람들도 푸슬한데 아직 숫궁게 피도 채 마르지 않아가지고 죽어? 이 좋은 세상 두고 죽을 머저리 어디 있답데?!…

어머니－시뉘, 저애들은 저렇게 대학을 마추고 돌아와 의기양양해 다니는데 우리 쏠라와는 죽지 붙어진 새 모양이오.

분선－아이고 참, 형님은 별것을 가지고 다 앙쓸소. 대학을 못 맞추었다 해서 살지 못할가? 임승네르도 살고 로동자도 산다오! 형님, 우리 그리 말고 타령이나 한 마디 해 볼가? 내 요즘 또 새 노래 한마디 배웠거던.

  (상을 두다리며 노래를 한다. 한참동안 흥겹게 노래를 부르다 어머니를 쳐다보더니) 그래 계속 그 모양으로 웅크리고 앉아 있을 작정이오?!

어머니－저 애는 나 때문에 대학을 버렸소. 이 불행한 노덕이 그 애의 걸어 나가는 길에 거침돌이 되였구만

분선－이런 생각 아여 싹 걷어치우오. 사람이란 이 세상에서 제 재간 있는 대로 일하고 제멋대로 사는거요. 어쨌던 사람만 온전하면 그만이니까. 형님, 걱정마오. 쏠라와는 큰 심정을 가졌으니 큰

화가가 될 것이요.

-암전-

제5장

배경은 전장과 같음

어머니는 온밤을 새워가며 쏠라와를 기다리다가 의자에 앉은 채 잠들었다. 시계 가는 소리 방안의 정적을 깨뜨린다. 유리창에는 아침노을이 비꼈다.

어머니-(버럭 잠을 깨며) 아이, 벌써 날이 밝았구나. 이 애가 왔는가? (급히 쏠라와 방을 들여다본다) 안 왔구나… (다음 유리창을 내다보더니 밖으로 나간다. 좀 있다가 도루 들어와 의자에 앉았다. 다음 주간에도 나가보고 침실에도 들어가 보고 유리창도 내다보고 맘을 진정하지 못한다. 이때에 쏠라와가 술에 폭 취하여 들어온다. 그는 어머니 앞에 취한 기척을 내지 말자고 조심한다. 신발을 벗어 쥐고 제방으로 들어가려고 한다)

어머니-(정주에서 들어오며) 너 인제야 오느냐?

쏠라와-(놀라며) 어머니… 용서하시요. 내 오늘 좀 취했어요. 애들이 자꾸 못 견디게 굴어서 좀 마셨습니다.

어머니-(아무 말 없다)

쏠라와-어머니 아세요? 술이란 괴상한 물건이거던… 그걸 마이고 나니 노래도 절로 나오고 웃음도 절로 나가요. 흐흐흐… 아이고 우스워 못살겠네. 흐흐흐… (한참이나 웃다가 웃음 끝에 흐느

껴 운다)

어머니—(쓸라와를 어루만지며) 너 웨 술을 이렇게 취하도록 마셨느냐?

쓸라와—어머니, 내 맹세합니다. 다시는 안 마이겠어오. 어머니, 저를
용서해 주십시요. 용서하시지요? 네? 어머니, 내 노래 한마디
하랍니까?

날 좀 보소, 날 좀 보소, 날 좀 보소
동지섣달 꽃 본 듯이 날 좀 보소
아리 아리랑
스리 스리랑…

어머니, 어머니는 오래오래 생존하십시요. 이 세상이 얼마나
살기 좋아요! 지금 이 순간에도 저 높은 하늘에는 쏘련의 우
주비행선이 날음치고 있어요. 이것이 실로 옛말과 같지 않어
요? 어머니, 어쩌던 오래오래 앉으세요. 어머니와 나와 같이
우주비행선에 앉아 저 별나라에 가보겠는지도 어찌 알아요!
어머니, 내 노래 한마디 더 하랍니까?

꽃이라고 꽃이라고 다 고을소냐
울깃불깃 목단화가 내 맘에 들지
어머니, 내 오늘 막씸과 싸웠어요.

어머니—무어야?

쓸라와—내 오늘 십 년 동안 한 책상에 같이 앉아 공부하던 친우적 의
분을 깨뜨렸어요. 우정도, 희망도, 사랑도 죄다 깨뜨렸습니다.
오래 동안 이 맘속에 귀중히 간직해오던 보석을 깨쳤어요!

어머니—그러니 네 주먹행사를 했단 말이지?

쓸라와—어머니, 저를 용서해 주십시요. 이것이 처음이자 마지막입니
다. 어머니 내 다시는 안 그러겠어요. (비청거리며 제 방으로

건너간다)

어머니 - (한참이나 나가는 쓸라와를 바라보더니 머리를 숙이고 고통
　　　으로 묵상한다. 이때 어머니에 대한 노래 소리 나즉히 들려온
　　　다) 죽어, 죽어! 죽는 일이 그렇게 어려운가?… 여보, 철호아
　　　버지, 웨 당신은 그렇게도 일찍 죽었소? (엎어져 운다)
　　　(이때에 알라가 체모단을 들고 들어온다)

알라 - 어머니!

어머니 - 알라?… 네 왔구나. 알라! (알라와 어머니는 유정히 포옹한다)

알라 - 어머니, 그동안평안하세요?

어머니 - 나는 일없다. 알라, 네 왔구나, 네 이렇게 불연간…

알라 - 그런데 쓸라와는 어디 갔어요?

어머니 - 쓸라와?… (쓸라와 방에 들어가) 쓸라와, 쓸라와! 일어나거라.
　　　알라 왔다!!

쓸라와 - (잠결에 일어나오며) 알라?

알라 - 쓸라와! (두 사람의 반가운 상봉) 쓸라와, 네 그동안 얼마나 고생
　　　했느냐?

쓸라와 - 고생은 무슨 고생… (어머니는 슬그머니 주간으로 피해나간다)

알라 - 쓸라와, 나는 너를 축하한다.

쓸라와 - 무슨 축하?

알라 - 너의 그림이 공화국전람회에서 이등상에 올랐다는 신문을 읽고
　　　나는 그날 어찌나 기뻤던지…

쓸라와 - 너는 방학에 놀러왔느냐?

알라 - 아니 나는 영영 왔다. 이곳 병원으로 파견을 받아왔어.

쓸라와 - 네 오르지나뚜라는 어찌할 작정이냐?

알라 - 오르지나뚜라? 나는 그것을 거절했다.

쓸라와 — 거절했어? 알라, 너는 공부를 계속 해라. 저저히 다 오르지나 뚜라에 붙는 것은 아니다. 그런 기회를 놓쳐서야 되느냐?

알라 — 내가 공부를 계속하게 되면 어머니의 형편은 어찌 되느냐? 나는 어머니를 모실 테야. 그는 나의 어머니다. 삼 학년부터 칠 학년을 마칠 때까지 나는 어머니의 따뜻한 품속에서 자랐다. 나의 숙부가 나타나 나를 찾아가지 않았던들 나는 지금까지도 어머니의 곁에 있었을 것이다.

쓸라와 — (결정적으로) 너는 나와 나의 어머니를 위하여 저를 희생하려 하나 나는 그것을 받을 수 없다. 그리고 또 막씸이 너를 기다란다.

알라 — (놀라며) 무에야? 막씸?… 그건 또 무슨 소리냐?

쓸라와 — 같이 공부하고 같이 오르지나뚜라를 맞추고 같이 한 병원에서 일하게 되겠으니 그 얼마나 좋으냐? 막씸은 똑똑하고 재간 있는 애다.

알라 — 그러니 너는 나와 막씸과의 사이에 무슨 관계가 있다고 생각하느냐?

쓸라와 — 알라, 나는 너를 세상에서 제일 행복한 녀자로 만들자고 공상했다. 그러나 그 공상의 탑은 무너지고 말았구나. 네 여기와 나와 같이 있게 되면 행복할 수 있느냐? 나는 쁠라까트나 그리고 표어나 쓰는 불행한 화가야.

알라 — 그러니 우리 두 사람은 한배에 동행하지 못하게 되었다는 말이지? 섭섭하나 할 수 없다. 그럼 우리 갈라지자. 나는 이쪽으로 너는 저쪽으로. 신임이 없이는 사랑도 없다. 그러나 쓸라와 네 한가지만은 알아두어라. 나는 이 날을 밤낮으로 손가락을 꼽아가며 기다렸다.

(알라 가려한다. 이때에 어머니는 주간에서 그들의 이야기를 들

다가 참지 못해 뛰여들어 알라를 얼싸안으며)

어머니-(아들에게) 이 자식, 이 미련한 자식아! 알라는 막썸을 찾아온

것이 아니라 너를 찾아왔다! 너를… 이 자식 말해라. 네 이 애

를 사랑하느냐? 응?… 사랑하지…!

쓸라와-저는 알라의 장래 행복을 위해서 그럽니다.

어머니-이 자식아! 사람이 글만 많이 읽어서 행복한 것도 아니다. 행

복은 벌써 너희들을 찾아왔다. 그 움트는 행복을 고이고이 간

직해라! (가슴을 붙잡고 몹시 고달파한다)

알라-(어머니를 부축하며) 어머니, 웨 이러세요? 어머니!

어머니-(아픔을 꾹 참고) 사랑이라 하는 것은 상점에가 사 입는 의복

이 아니다. 추우면 입고 더우면 벗어내치는 것 아니야.

(쓸라와와 알라의 손을 겹쳐 쥐며) 이 애들아, 너희들 저 강가

에 놀러나가거라. 너희들이 아이 때 같이 놀던 그 강 언덕에

나가 놀며 조용히 심정을 열어 이야기해 보아라. 어서… 나는

그새 점심을 끓이겠다. 어서… 어서.

(이때에 유정한 음악이 시작된다. 알라와 쓸라와 손목잡고 나

간다. 불이 서서히 죽었다 켜지면 강가가 나진다. 그들은 강

가에서 노래하며 이야기하며 산보한다. 지나미크를 걸쳐 알

라의 말소리 들려온다)

알라-쓸라와. 네 행복이란 무엇인지 아느냐? 사람마다 찾는 행복의

별이 각각 다르다. 혹은 삼태성을 찾고 혹은 북두칠성을 찾는

다. 그런데 나는 그 행복의 별을 찾았거던… 갈라졌던 우리 세

식구 이렇게 한데 모였구나. 삼태성처럼. 쓸라와, 이에서 더 큰

행복이 또 어데 있느냐? (그들은 행복의 노래를 부르며 사라진다)

구월국화 더 고우냐

류월목란 더 고우냐

어느 꽃이 더 고우냐
나와 묻지 말아요
아—아—아 나는 나는
행복의 꽃을 찾았네
삼태성이 더 밝으냐
북두칠성이 더 밝으냐
어느 별이 더 밝으냐고
나와 묻지를 말아요
아—아—아 나는 나는
행복의 별을 찾았네

꾀꼴꾀꼬리 더 고운가
뻐꾹뻐꾸기 더 고운가
어느 새가 더 고우냐고
나와 묻지 말아요
아—아—아 나는 나는
행복의 새를 찾았네

(불이 서서히 꺼졌다 다시 켜지면 어머니가 나타난다)

어머니—오늘은 우리 집에 명절인데 내 이렇게 입고 있어야 되겠는가.
　　　내 깨끗한 의복을 갈아입고 애들과 같이 점심을 먹을 테야.
　　　(이때 **따냐** 달려 들어온다)
따냐—어머니, 철호가 여기 왔어요?
어머니—아니, 철호 오지 않았네.
따냐—(한참이나 말없이 서있다)

어머니-그래 무슨 일 생겼느냐?

따냐-어머니 모르는 척 하질 말아요. (의자에 주저앉아 운다)

어머니-따냐, 자네 웨 우는가?

따냐-어머니께서 나 삐치지 않았던들 우리 일이 웨 이렇게 되였겠어요?

어머니-자네 그게 무슨 말인가?

따냐-웨 우리를 이렇게 리혼을 시켰어요? 네?!

어머니-따냐, 그런 어기막힌 소리를 하질 말라니.

(이때 따냐의 모친 안나가 달려 들어온다)

안나-웅, 네 여기 왔고나. 그래 철호를 붙들었느냐?

따냐-못 보았소! (울며 달려 나간다)

안나-여보 사돈, 그래 애들을 저렇게 못살게 만들어놓았으니 인제는
　　　홍알이 풀어지오?

어머니-사돈님, 그게 무슨 말이요? 어쩌면 사돈님은 나 자신 분으로
　　　그렇게 말씀하시요?

안나-사돈이고 거돈이고 싹 걷어치우오. 지지 애들이 재미있게 잘사
　　　는 것을 당신이 나삐쳤기에 저렇게 되였소!

어머니-사돈님, 그렇게 말하지 마오. 나는 지금 무슨 영문인지도 잘
　　　알지 못하오.

안나-웨 요사를 부려 철호를 리혼하게 했느냐 말이요? 자동차를 샀
　　　지, 가구들은 갖추어놓았지, 입을 것 먹을 것이 기끈하게 되였
　　　는데 당신이 나삐쳐 이렇게 되였소!

어머니-(역시 성을 내며) 사돈!! 자동차를 사고 가구를 갖추고 하면
　　　사람의 살림이 다 되는 줄 아오?

안나-그래 사람이 세상에 나서 잘 입고 잘 먹고 잘 사는 외에 또 무엇
　　　이 요구란 말이요? 웅?

어머니-끊치요! 량심을 팔아먹고 사는 것은 잘 사는 것이 아니요!

안나-량심이 떡이랍데? 응? 당신이 그걸 먹고 얼마나 배불리 잘 사는
　　가 내 두고 볼 테야! (나가다 다시 들어와) 그런데 철호는 어데
　　있소?

어머니-(가슴을 붙잡고 대답 없다)

안나-와서 자동차를 팔아야 나도 돈을 쓰지.

어머니-(여전히 대답 없다)

안나-철호를 어디에 감추었느냐 말이요? 당장 내놓소!

어머니-(겨우 대답한다) 나는 모르오. 아무것도 모르오. 그러니 나와
　　는 더 묻지 마오.

안나-오라지 않아 죽을 년이 나뻐쳐서 애들을 이렇게 못살게 했구나!
(달려 나간다)

어머니-무에야?!… (심장을 붙잡고 한참이나 말없이 서 있다가 장판
　　에 쓰러진다)

-암전-

제6장

전에 보던 배경이지만 알뜰히 거두어놓았다. 불이 켜지면 쓸라와는 어
머니를 앉혀놓고 그림을 그리고 알라는 다림질을 하며 노래를 부른다. 그
은은한 노래 소리에 어머니는 잠들었다.

알라-(속삭이는 말로) 쓸라와, 그만해라. (손짓으로 저쪽 방을 가리키
　　며 눕히자고 한다)

쓸라와-잠간만. (급히 서둘러 그림을 그린다)

알라-(쓸라와의 붓 쥔 손을 걷잡으며) 쓸라와, 네 어머니의 낯을 봐라.
　　어머니의 병세는 실로 어렵다.

어머니-(잠을 깨치며) 응? 너희들이 나와 무에라 말했느냐?

알라-내 쓸라와를 욕했어요.

어머니-무엇 때문에?

알라-어머니를 자꾸 못 견디게 구니 그러지요.

어머니-내 일없다. (도정신하고 상에 바로 앉으며) 내 웬 일인지 오늘
　　　은 몸이 거뿐하고나, 쓸라와, 어서 그려라 어서!

쓸라와-어머니, 저기 들어가 누으시지요.

어머니-내 눕기에 싫증났다.

알라-(수화기를 들고) 알로, 듣습니다. 네? 쓸라와를? (수화기를 쓸라
　　　와에게 전한다)

쓸라와-알로, 듣습니다. 네? 네, 네. 알아들었습니다. (수화기를 놓고)
　　　문화회관에서 나를 지금 오라는구만. 래일 꼬미씨야가 온답
　　　니다.

알라-무슨 꼬미씨야 말이냐?

쓸라와-(어머니의 초상을 가리키며) 이 그림을 접수할 꼬미씨야 말이
　　　다. 어머니, 내 갔다 인차 오겠어요. (퇴장)

알라-어머니 아세요? 오늘 곱단이란 애가 병이 나아 병원에서 나갔어
　　　요. 그 죽는다 산다 하던 애 말입니다. 그 애의 어머니는 너무나
　　　기뻐서 나를 끌어안고 막 울었어요. 저도 이제 어머니께서 병이
　　　완쾌하시게 되면 어머니를 끌어안고 막 울겠어요. 어머니, 울랍
　　　니까?

어머니-사람이 슬퍼서만 우는 것이 아니라 기쁨에 넘쳐서도 우는 법
　　　이다.

　　　(초인종 소리 들린다. 알라 급히 문을 열러 나간다)

어머니-(밖에서 나는 말소리를 귀담아 듣더니 기뻐하며) 배달이 왔구나!

알라-(달려 들어오며) 어머니, 편지가 왔어요!

어머니-알료사에게서 왔느냐?

알라-(서운한 어조로) 아니, 나에게서 치료받은 병자에게서 왔어요.

어머니-알료사에게서는 웨 이렇게 소식이 없느냐? 실로 답답하구나.

알라-속히 편지가 올 것입니다. 지금 아마 바다에 나가 떠다니고 있겠지요.

어머니-내 웬 일인지 안심할 수 없고나 무슨 일이나 생기지 않았는지?

알라-어머니 과히 속 태우지 마시요. 래일이 아니면 모레는 꼭 소식이 있을 것입니다.

어머니-네 어찌 그렇게 아느냐?

알라-모레는 생일날이니 말이지요.

어머니-누구의 생일?

알라-아이, 기막혀, 어머니는 자기 생일날도 모르시네. 하하하…

어머니-내 깜깜히 잊었구나.

알라-어머니, 어머니는 생일날 무슨 의복을 입겠어요?

어머니-네 별걱정을 다하는구나. 아무것이나 입으면 무에라느냐?

알라-나는 생일날 어머니를 멋지게 입히겠어요. (달려가 천을 가져다 어머니의 몸에 겨누어보며) 이것으로 쁠라찌예 꼬쓰쭘을 해 입히고 쓸랴빠를 씨우겠어요. 그리고 척 나서서 춤을 추게 되면 누구나 어머니를 보고 뒤저츰을 하게 될 것입니다.

어머니-알라, 네 나를 웃기지 말아, 늙은것이 그렇게 챙기고 나서면 어디서 저런 쌔병쟁인가 할 것이다.

알라-(어머니의 손을 유정하게 쥐며) 어머니, 그리고 우리 이 손톱에 마니큘을 할까요?

어머니-이건 또 무슨 이런 오망소리냐? 늙은것이 마니큘이 다 무에냐? 하하하…

알라-어머니, 어머니께서 이제 병세가 낫게 되면 우리는 시외로 천렵을 나가요. 어머니, 시외로 나가면 얼마나 좋은지 알아요? 눈산 밑에 흐르는 강물, 가지각색 고운 꽃들, 향기로운 솔 냄새, 류창한 새소리…

어머니-그렇게 되였으면 얼마나 좋겠느냐…

　　　　(이때에 분선이 요란을 쓰며 들어온다. 그의 가슴에는 로력적 기훈장이 반짝인다)

분선-형님 집에 있소?

어머니-그게 누구요?

분선-(들어오며) 형님, 요즘 평안하오?

어머니-분선이는 수도에 갔다 오더니…

분선-야 지금 돌아오는 길이요. 형님, 이걸 입어보오.

어머니-그게 무엇이길래?

분선-글세 입어보라니까. 자! (빨라시를 인애에게 입혀본다) 좋고만, 완으로 신사 같은데!

알라-이건 웨 이렇게?

분선-내 수도에 갔다 오던 길에 사가지고 왔다. 형님, 이건 형님 생일에 드리는 선물이요. 병이 나으면 바깥출입도 하게 될 텐데 옷도 있어야지.

알라-분선아주머니, 실로 고맙습니다.

분선-알라, 네 좀 보아라. 형님이 이렇게 의복을 입고 보니 완으로 색씨 같고나. 네 조심해라. 또 어머니를 잃어버리지 말고 이제 생일날에는 불아비령감쟁이들도 많이 올 것이다. 하하하 형님, 나는 집에 가야 하겠소. 손자 놈 보고 싶어서 못 견디겠구만

어머니-동생 또 놀러오오.

분선-(밖에서) 생일날엔 내 꼭 올 테요!

알라-아이, 잊었네. 어머니, 약 마일 때가 되였어요. (어머니에게 약을

맡긴다) 인제는 들어가 좀 누우십시요.

어머니 — 오냐, 내 좀 눕겠다.

(알라 어머니를 부축하여 안방으로 모신다. 이때에 알료사와 까쨔와 쓸라와가 바구니, 중태, 곽을 잔뜩 걷어안고 들어온다. 반가운 상봉)

알료사 — 알라, 알로치끼 그동안 평안하냐?

알라 — 알료사, 마츰 잘 왔소. 어머니는 알료사 때문에 얼마나 속 태우는지 모르겠소. (이때에 어머니 휘청거리며 달려 나온다)

어머니 — 알료싸!

알료사 — 어머니!

어머니 — (알료사를 얼싸안으며) 알료싸, 네 왔구나. 알료싸!

알료사 — 어머니, 나의 처 까쨔입니다. (까쨔에게) 인사드려라.

까쨔 — (꽃다발을 드리며) 어머니, 저를 용서해 주십시요. 이렇게 늦게야 와서 인사를 드리게 됩니다. (악수한다)

알료사 — 까쨔, 우리 약속한 일이 있지?

까쨔 — (어머니 앞에 절을 한다)

어머니 — (까쨔를 일으키며) 네 실로 예쁘고나. 이 애들아, 너희들이 이렇게 찾아오니 나는 기쁘기 한량없다.

알료사 — 어머니, 우리는 이번 길에 어머니를 모셔 가겠습니다.

어머니 — 응?

알료사 — 생일이 지난 다음 우리는 어머니를 모시고 가겠어요. 알라와 쓸라와는 그만했으면 됐습니다. 인제는 제가 장가를 들고 했으니 어머니를 모셔야지요.

(긴 사이)

어머니 — 네 일이 고맙다. 그러나 내 어찌 (알라의 손을 쥐며) 알라를 두고 가겠느냐?

알라-(어머니를 껴안으며) 어머니는 병박하신 분인데 나와 같이 계서
　　　야지요.

알료사-어머니, 저는 어머니 모실 방도 벌써 장만했고 어머니 방에
　　　가구들도 죄다 갖추어 놓았어요. 그리고 저의 처 까쨔도 맘씨
　　　가 곱습니다. 어머니, 우리 집으로 가세요.

까쨔-어머니, 우리 집으로 가세요. 우리 어머니를 노엽히지 않고 잘 모
　　　시겠습니다.

어머니-(잠간동안 생각하더니) 좋다. 내 너희들과 같이 가마. 그리고
　　　알라와 쏠라와는 공부를 계속해라. (이때에 따냐가 들어와 우
　　　둑허니 서있다. 모두 따냐에게 시선을 돌린다)

어머니-따냐?

따냐-어머니! (어머니에게 매달리운다)

어머니-자네 웨 우는가?

따냐-저의 어머니는 감옥에 갇혔습니다.

어머니-감옥에?…

따냐-어머니, 이 열쇠를 간수해 두었다가 철호에게 주세요. 이건 우
　　　리 집 문쇠입니다. (천천히 걸어나가다가 픽 돌아서며) 어머니,
　　　저는! (무슨 말을 하려다가 하지 못하고 나가버린다)

어머니-따냐!… 따냐! (따냐 대답 없다) 이 애들아, 너희들이 속히 철
　　　호를 찾아라!

알료사-어머니, 내 오늘 오다가 철호형님을 만나보았어요.

어머니-어디서?

알료사-형님은 오늘 먼 길을 떠난다고 합데다.

어머니-웅?

알료사-압또꼴론나(자동차종대)를 다리고 새 도시 건설을 떠난다고
　　　합데다.

어머니 – (한없이 기뻐하며) 새 도시 건설을! (이때에 철호가 급히 달려
　　　　들어와 어머니 발아래 무릎을 꿇고 엎어진다)

철호 – 어머니!

어머니 – 철호! (철호를 유정히 어루만지며) 너 언제 떠나느냐?

철호 – 지금 당장 떠납니다. 어머니, 이 불효자식을 용서해 주십시요.

어머니 – 네 이것을 잘 간수해라. 이건 너의 집 문쇠다. 그리고 네 따냐
　　　　를 다리고 가거라.

철호 – (말없이 문쇠를 받는다)

쓸라와 – 만세!… 어머니, 저는 어머니의 초상을 완필했어요!! (쓸라와
　　　　가 초상을 옮겨다 무대복판에 세우니 모두 다 환희롭게 초상
　　　　을 바라본다)

어머니 – (자식들을 걷잡고 일어나며) 이 애들아, 오늘 날씨는 웨 이렇
　　　　게도 좋으냐? 이 좋은 세상에 오래오래 살고 싶고나! (다음 무
　　　　대 앞으로 걸어 나오며) 오래오래 살면서 저 벌판에 피는 꽃
　　　　같이 아름답게 펴나는 너희들의 생활을 보고 싶고나! 그리고
　　　　나는 비를 들고 너희들이 걸어 나가는 길을 쓸어주고 싶다!
　　　　(이때에 밝은 불빛이 비쳐지고 연극시초에 부르던 어머니에
　　　　대한 노래 소리 유정히 흘러나온다)

어머니 생일에 꽃을 드리자
무슨 꽃을 드렸으면 기뻐하실까
장미화를 드릴까 목란화를 드릴까
꽃 중에도 오래 피는 백일홍을 드릴까

(노래 소리와 함께 막을 서서히 닫는다)

강직한 녀성

연성용

등장인물들

애선 – ≪적동≫ 꼴호스의 축산기사

창수 – 농산기사

알렉쎄이 – 애선의 본남편

미하일 – 건축기사

똘랴 – 애선의 아들

향순 – 창수의 어머니

신숙 – 초급당단체 비서

쓰웨뜰라나 – 꼴호스 의사

춘희 – 착유공

뻬쨔 – 가축사양공

갈리나 – 면직당한 축산기사

올랴 – 갈리나의 동무

와씰리 – 목초브리가다 분조장

만춘 – 쏠레싸리

옥자 – 우유상품페르마 실험실 주임

제1부

제1장

애선의 집정원

불이 켜지면 정결한 애선의 집정원이 나타난다. 유쾌한 봄노래는 계속 들려오고 멀리 보이는 ≪적동≫ 꼴호스의 봄철은 실로 아름답다. 울타리 넘어 강 저쪽엔 끝없이 넓은 농장이 내다보이고 살구꽃이 만발한 꽃동산엔 새소리 류창하다. 집 뒤 거리에는 마을 청년들이 떼를 지어 노래를 부르며 유쾌한 기분으로 지나간다.

이 넓은 논판에 씨 뿌려
풍작의 가을을 몰아오면
누렇게 누렇게 벼이삭
우거우거져 파도치리

에헤헤 뿌려라
씨를 활활 뿌려라
땅의 젖을 짜먹고
와싹와싹 자라게…

(이때에 갈랴와 올랴가 나타난다. 유쾌한 기분으로 노래하며 지
나가는 청년들을 바라보며)
갈리나−너희들은 즐거우냐?… (이를 악물며) 음… 어서 마음껏 즐겨
라… 즐겨… 올랴, 그년이 집에 있느냐?

올랴 - 집에 있는 것 같지 않다. 온 집이 캄캄 하고나.

갈리나 - 그러면 어째야 하는가?

올랴 - 어쩔 것 있니? 오늘 저녁에는 기어코 기다려야지.

갈리나 - 너 저쪽 뒤로 돌아가 보아라. 혹시나… (올랴는 집 뒤로 돌아가고 갈랴 혼자만이 남아 독백한다)

　　　　내 네년을 개골망신을 시켜 이 고장에서 쫓아내고야 말테야. 네년이 나의 일자리를 파고 들어서서 제야 잘난 체 골을 내것고 다니지만 안 된다!… 안 돼!!… 이 갈리나가 아직 죽지 않았다. 죽지 않았어… (이때에 올랴가 나타난다)

올랴 - 저기 그년의 말소리가 들린다.

　　　　(두 녀자는 숨는다) (이때 축산기사 애선이 격동된 음성으로 열렬히 떠들며 건축기사 미하일 뻬뜨로위츠와 함께 들어온다)

애선 - 우리 꼴호스쁘라블레니예 위원들 사이에 혹자들은 겁쟁이들이니까. 그따위 겁쟁이들을 가지고 어떻게 앞으로 이 크나큰 꼴호스 경리를 운영해 나갈 수 있어요?

미하일 - 무슨 일이 생겼어요?

애선 - 그들은 셀료늬 꼰웨이예르 조성을 반대했어요.

미하일 - 무엇 때문에?

애선 - 셀료늬 꼰웨이예르가 축산물증산에 있어서 얼마나 유리한 것을 아직 모르니 그렇지요.

미하일 - 회장동무는 반대했습니까?

애선 - 회장동무도 반대했어요. 땅이 없다거니, 돈이 없다거니, 단꺼번에 두 가지 건축을 어찌 하느냐 하는 문제들을 내세우며 아직은 연기하자 했어요. 모두들 놀란 토끼들처럼 난관을 회피해 쏙새 밑에 숨어버리자고 든다면 일은 누가 합니까? 누가?…

미하일 - 그래 연기하기로 했습니까?

애선—무에요?… 연기?… 아니 천만에!!… 건축에 대한 모든 조직문제
　　　들을 죄다 내가 친히 맡겠다고 나는 자담하고 나섰어요. 미하일
　　　뻬뜨로위츠, 그래 우리 꼴호스는 그냥 이렇게 뒤떨어진 꼴호스
　　　로 남아있어야 합니까? 선진꼴호스들을 따라잡으며 또 앞서나
　　　가야지요. 그렇지 않아요?

미하일—애선동무, 과히 격동하지 마십시요. 셀료늬 꼰웨이예르는 조
　　　성될 것입니다. 우유페르마를 건설할 때에도 그랬지요.

애선—옳아요. 그랬어요. 정작 호샤이쓰뜨웬늬쓰뽀쏘브로 짓게 되니
　　　모두들 난관을 겁나 뒤저춤했던 것입니다.

미하일—회장동무는 나이가 많은 분이니 혹시 그럴 수도 있지요. 그러
　　　나 나는 애선동무의 능력을 믿습니다. 그때에도 애선동무의
　　　민첩한 조직성과 강직한 성격이 아니였더면 우유페르마가
　　　그만큼 속히 건설되지 못했을 것입니다. (종이 두루마리를 내
　　　놓으며) 이것 보십시오. 내 오늘 주건설부에 가서 셀료늬 꼰
　　　웨이예르건축 도안을 토의하고 왔습니다.

애선—(아주 호기심있게) 그래 그들이 무에라 했어요?

미하일—애선동무의 교정제안이 아주 흥미난다고 했어요.

애선—(기뻐하며) 네?… 그래요?… 그런데 웨 우리 여기 서있어요? 어
　　　서 집으로 들어갑시다. (팔을 끼고 들어간다) 집에 들어가 자세
　　　히 이야기합시다. 속히 셀료늬 꼰웨이예르 건설을 시작하게 되
　　　였으면 얼마나 좋겠어요… (이때 갈리나와 올랴가 나타난다 애
　　　선이 미하일의 팔을 끼고 들어가는 것을 본 두 녀자는 한참동안
　　　말없이 서있다)

올랴—(교활한 어조로 갈리나를 충동한다) 갈랴, 저것이 혹시 너의 미
　　　사가 아닌가?

갈리나—미사…

올랴 – 나의 눈은 언제나 나에게 변절한 때가 없으니까.

갈리나 – 그러니 미사가…

올랴 – 눈 같은 것이 변절하는 것이야 별일 없지만 만일 남편이 변절한다면 그때엔…

갈리나 – (한참동안 묵묵히 궁리하더니) 어째야 하는가?…

올랴 – (더 한층 놀려주며) 어째야 할 것 있니? 어서 애선의 앞에 가 허리를 굽히고 ≪애선동무, 저를 용서해 주십시요. 저는 애선동무의 지도하에서 일하려합니다. 저에게 닭페르마를 맡겨 주십시요. 그러면 실로 고맙겠습니다.≫ 어서 들어가 빌어라. 어서! 그러면 미사도 은근히 기뻐할 것이다. 어서!

갈리나 – 쉬, 조용해라. 저기 나온다. (그들은 은신한다) (애선이와 미하일이 나오며 유정히 이야기하는데 그 이야기의 내용은 이렇게나 혹은 저렇게나 리해할 수 있다)

애선 – 미하일 뻬뜨로위츠, 고마워요. 당신은 실로 정다운 분이예요.

미하일 – 천만에… 속히 모든 문제가 뜻과 같이 해결되여야지요. 거기에 전체 우리의 미래가 달렸으니까요.

애선 – 실로 그래요. 속히 모든 문제가 해결되여야지요. 그때면 우리는 실로 행복스러울 것입니다. 나는 그때를 보는 듯싶어요. 당시는 정영 로만찌크입니다.

미하일 – 애선동무께서 명령하신다면 저는 하늘에 별이라도 따오겠어요!

애선 – 그렇게 말씀해주시니 실로 고마워요.

　　　　(이때에 음악소리 처량하게 들려온다)

미하일 – 애선동무, 저 음악소리를 들으서요? 얼마나 좋습니까?

애선 – 그 음악소리 정영 유쾌합니다. ≪적동≫ 꼴호스의 봄철은 실로 아름다워요.

미하일 – 애선동무는 이 꼴호스에 온 것을 후회하지 않아요?

애선—아니, 도리혀 만족하게 생각합니다. 나는 이 고장에서 났어요. 이 꼴호스는 나의 고향입니다. 아버지와 어머니는 일찍 돌아가시고 나는 고아원에 가 자랐지만 그래도 나는 언제나 내 고향을 잊지 않았어요. 까닭에 나는 대학을 필한 다음 일자리에 배정할 때에도 이 고장으로 보내달라고 자청했어요.

미하일—실상 그래요. 나도 지금은 이곳에 와서 살고 있지만 언제나 태여난 고향땅이 잊어지지 않습니다. 나는 까라깔빠끼야에서 났어요. 그곳은 이 고장처럼 이렇게 자연경치조차 아름답지 못합니다. 그렇지만 고향땅이 항상 그립습니다.

애선—고향이란 실로 유정합니다. 사람이 어느 나라 어느 땅에 가 살던지 제 살던 고향산천은 언제나 맘속에 그리우니까요. 그러니 그 고향땅을 아름답게 하고 제 손으로 제 행복을 쌓아야지요.

미하일—(두 손으로 애선의 손을 잡으며) 그 말씀 정영 옳습니다. 애선 동무, 우리 함께 행복을 쌓아봅시다.

애선—미하일 뻬뜨로위츠, 우리 말을 너무나 많이 했어요. (피해서며) 래일 저녁에 집행부 회의를 하게 될 것입니다. 미하일 뻬뜨로위츠는 그 회의에 꼭 참가하십시요.

미하일—네, 오지요. 꼭 오겠습니다. 내 이 집에 들려 같이 가지요.

애선—좋아요, 그렇게 합시다. 자, 그러면 잘 다녀가십시요.

미하일—밤 평안히… 단꿈을 꾸시기를 바랍니다. (가기 애석해하며 나가고 애선이는 손을 저어 전송하고 집으로 들어간다. 이때에 갈랴와 올랴가 나타난다)

올랴—아… 어떻니? 응?!… 지금도 내말을 믿지 않을 테냐?

갈리나—내 공연히 네 말을 막쳤어.

올랴—무에라고?… 궁리 있는 계집이라고?… 그래그래, 실상 궁리야 있지. 얼마나 궁리 있게 남의 남편을 호려내는가 보지!

갈리나-(결정적으로) 올랴, 가자! (하고 급히 나간다. 그 뒤를 따라 올
랴도 나간다. 이때 춘희와 뻬쨔가 급히 들어온다)

춘희-언니, 언니!…

애선-(나오며) 춘희!…

춘희-언니는 방목장에 나가 얼마나 고생했소?

애선-고생은 무슨 고생?

춘희-그래 우박을 되게 맞았겠구만.

애선-어쩌나 우박이 험사히 퍼붓었는지 하마터면 숱한 양새끼들을 죽
일 번했다.

춘희-그래 상패나지는 않았소?

애선-한 마리도 죽지는 않았다.

춘희-그러면 다행이요. 우리는 여기서 몹시 근심했소. 이곳 하늘은
창창한데 바가라쪽에는 검은 구름이 나뜨며 번개질하며 하늘이
깨지는 듯이 울더구만. 아이, 언니, 이마에 웬 상처요?

애선-우박에 맞아서 그렇게 되였다. 주먹덩이 같은 우박이 퍼붓는 바
람에 유리창들이 다 깨여졌다.

춘희-그러나 해재를 보지 않았으니 다행이요.

애선-불연간 우박이 퍼붓으니 방목장은 완으로 전쟁판으로 변해졌다.
사람들은 모두다 그 모진 우박을 맞으면서도 양 새끼들을 죽이
지 말자고 그 넓은 방목장에 날음쳐 다니며 하나씩, 둘씩 안아
서 축사에, 혹은 나무 밑에, 혹은 동굴에 끌어들였다. 방목장에
나아가 있는 차반들과 그의 식솔들은 정말 용감성을 발휘했다.
까닭에 양새끼들은 하나도 죽이지 않았다.

춘희-언니의 이야기를 들으니 나도 자연히 성수나오. 그건 정말 로만
찌까요! 뻬쨔, 나도 명년에는 방목장에 나가 일해 볼 테요. 언니,
나를 보내줄 테요?

애선-오냐, 보내주마. 그런데 너희들은 어디로 가는 길이냐?

춘희-놀러가오.

애선-무도장으로 가는 길이냐?

춘희-야, 무도장으로 가오. 세이크, 트위스트, 로껜롤! 삐쨔 음악을 놀아라! (음악을 노니 춘희는 노래하며 춤을 춘다. 다음엔 애선이를 춤추자고 끌어낸다)

애선-이것 놓아라. 나는 싫어.

춘희-좀 한번 같이 춤추어 보자니까. 자! (끌어내나 애선이는 종시 말을 듣지 않는다) 삐쨔, 너는 왜 멍하니 서 있느냐? 어서 와 청해라!

삐쨔-(애선의 앞에 와 춤을 추며 여러 가지 익쌀을 부린다)

춘희-언니, 언니!… 어서!!…

애선-(초청에 못 이겨 춤을 춘다. 춤을 추어도 썩 잘 춘다. 한참동안 춤을 추다가 끊친다)

춘희-언니는 완으로 발레리나오. 우리 함께 무도장으로 갈까?

애선-너 오망소리를 하질 말아. 내 이제 늙은것이 무도장이 다 무에냐?

춘희-무어라오? 늙었다고?… 언니는 우리 마을에서 제일가는 아가씨요. 인물 곱고, 몸매 곱고, 젊어 보이고 아직 시집가지 않은 처녀라 해도 누구나 다 곧이들을 것이오. 삐쨔, 내 말이 옳지?

애선-듣기 싫다. 망탕 소릴 하질 말아.

춘희-언니, 정말이오. 언니는 미인이오. 언니를 욕심내는 남자들이 얼마나 많은지 언니 아오? 만일 내가 남자였더면 나도 좀 쓸을 치어 보았겠소. 하하하…

(이때에 술에 취한 알렉쎄이가 쪽대문을 활짝 열고 들어선다)

알렉쎄이-주인 계시요?

애선-(몹시 놀라며) 웅?… 알렉쎄이?…

춘희-(귀에 대고 조용히) 오늘 페르마로 언니를 찾아왔던 사람이오.

언니, 우리는 가겠소. 뻬쨔, 가자. (춘희와 뻬쨔 퇴장)

알렉쎄이-너 그동안 잘 있느냐?

              (사이)

애선-왜 왔소?

알렉쎄이-나는 네가 어떻게 사나 보고져 해서 왔다.

애선-고맙소.

알렉쎄이-(집을 한 바퀴 휘돌아보고) 너 이렇게 살자고 나를 버리고
        떠났느냐? 너같이 예쁜 계집은 이보다 좀 더 나은 생활을
        해도 싸니까. 하하하…

애선-(한참동안 아니꼽게 알렉쎄이를 보다가) 그래 무슨 바람이 불어
      서 이렇게 찾아왔소?

알렉쎄이-봄철 동남풍에 불려왔다. 그러나 너 내가 네한테로 빌라왔
        는가는 절대로 생각지 말아. 네 아니라도 나에게는 계집들
        이 많으니까. (돈 묶음을 꺼내들며) 돈!… 돈!… 돈만 있으
        면 계집뿐이겠느냐? 대통령이라두 친할 수 있으니까. 하하
        하…

        (돈 묶음을 상우에 메때린다)

애선-(또 한 번 아니꼽게 보다가 비꼬아 하는 말) 하하하… 나에게는
      돈이 없어도 나를 따르는 남자들이 한둘이 아니니까.

알렉쎄이-아, 실상 요얼마전에 여기서 나간 남자가 누구냐?

애선-어느 남자?… 아, 미쓰까? 그는 상당한 남자요. 건축기사!

알렉쎄이-아, 그러냐? 너 실로 잘 사는구나. 홍성홍성한데.

애선-아, 그렇지 않고. 못 살 건 무에요?

알렉쎄이-(울화를 억지로 참으며) 애선아, 우리 한 잔씩 마이며 이야
        기 하는 것이 어떠하냐? 이게 너무나 매마르다.

애선-아, 그것 참 좋은 말이오.

알렉쎄이―내 그러면 저 자동차에 나가 술을 가져올 테야.

애선―아니, 그만두오. 술은 나에게도 얼마던지 있으니까. (그릇장에서 숱한 술병들을 끗어 내여 놓는다) 자, 마십시다!

알렉쎄이―(괴이하게 여기며) 네 술을 마이느냐?

애선―술뿐이겠소. 담배도 피우오. (상에 놓인 담배갑을 집어다 한대 피워 물고 건방진 양을 한다)

알렉쎄이―(한참동안을 괴이하게 보다가) 애선아, 내 실상은 지나가던 차에 네가 어떻게 사나 긋이나 보고 가자고 들렸던 것인데 정작 와서 보니 이 맘속에 질투심도 생겨난다. 애선아, 너는 그동안 몹시 예뻐졌고나. 내 눈이 어두워 너 같은 미인을 몰라보았다. 나는 네가 이 농촌구석에 와 있으며 볼모양 없이 되였으리라 생각했댔는데 너는 실상 많은 사람들의 사랑을 받으며 그럴듯하게 살고 있고나. 아니. 나는 너를 누구에게도 주지 않을 테야. 너를 도루 찾고야 말테다!… 알아들었니?…

(돈묶음들을 꺼내 애선의 앞에 던지며) 었다! 가져라!!!… 이것이 죄다 네 것이다.

애선―(한참동안 질시스럽게 알렉쎄이를 쳐다보다가) 나는 너를 백 번 천 번 저주했으며 이 맘속에서 영영 끗어 던졌다. 이제는 더 말할 것 없으니 가거라! 가!!…

알렉쎄이―무에야?… 가라고?… 나는 아모 데도 가지 않을 테야! 나는 너의 본남편이요, 똘랴의 친아버지다!!… 알아들었니?… 알아들었느냐 말이야!!… (애선이를 끌어안고 롱락하려든다. 애선이 그를 밀쳐던진다. 이때 똘랴의 쓰크립까 소리가 들려온다)

애선―들냐? 똘랴의 쓰크립까 소리다. 너 저애를 다치지 말아. 나는 저

애의 미래를 위해 산다.

—암전—

제2장

애선의 집정원

(불이 켜지면 애선이 상에 마주 앉아 무엇을 깊이 연구한다. 거리에는 올랴와 옥자가 나타난다. 올랴는 옥자더러 신소장에 수표를 하라하나 옥자는 좀처럼 말을 듣지 않는다. 이때 신숙이 나타난다)

신숙—애선이!…

애선—아, 신숙동무…

신숙—애선이, 내 지금 구역당위원회에 갔다 오는 길인데 (들가방을 들추며) 이것 보시오. 내 지금 애선이를 기쁘게 할테요.

애선—무엇인데요?

신숙—이것 보시오. 구역신문에 ≪≪적동≫조합의 축산업발전≫이란 제목하에 애선동무에게 대한 굉장한 기사가 났어요.

애선—(신문을 읽어보고) 이건 공연한 칭찬이예요.

신숙—그게 어찌면 공연한 칭찬입니까?

애선—한 일보다 아직은 할 일이 더 많으니까요… 신숙동무, 저는 요즘 셀료늬 꼰웨이예르에 대하여 많이 생각하고있어요. 우리의 축산물증산에 있어서 셀료늬 꼰웨이예르가 얼마나 큰 효과를 낼 것인가를 아세요? 수자가 증명합니다. 보십시오.

신숙—(애선이 작성한 계획안을 자세히 보며) 셀료늬 꼰웨이예르가 효과적일 것은 더 말할 것도 없습니다.

애선 – (열렬히) 례를 들어 80걱따르의 지단에 셀료늬 꼰웨이예르를 건설한다 합시다. 그 80걱따르를 20지단에 나누고 지단마다 배재를 둘러막고 소들이 한 지단의 풀을 뜯어먹은 후 다른 지단에 옮기고 또 다른 지단에 옮기고 하여 마지막 지단에까지 가는 새면 이미 먼저 먹은 지단의 풀들은 또다시 생생하게 자라날 것입니다. 그렇게만 한다면 착유량이 얼마나 더 자라날 것을 알아요? 몇 곱절 자라날 것입니다. 그런데 회장동무는 반대합니다.

신숙 – 회장동무께서 반대하는 데도 리유가 있지요. 애선동무도 아는 바에 목화와 께나프 계획을 실행하기에도 실상은 땅이 부족됩니다. 그러니 어려워요.

애선 – 어떠한 대책을 강구해내던지 셀료늬 꼰웨이예르를 꼭 해야 합니다! 지금 우리나라에서 축산물 증산에 대한 문제가 얼마나 날카롭게 나섰어요.

신숙 – (긴장히 생각하며) 모든 것이 죄다 땅에 대한 문제입니다. 땅을 얻어내야지요.

애선 – 혹자들은 말하기를 우리 지대에 있어서 축산 경리는 리익 없는 부문이라고 말들 하지요. 그러나 나는 그 말에 절대 반대입니다. 축산 부문이 리익을 주도록 각방의 대책을 다 써야지요. 죄다 우리에게 달렸어요. 사람들이 일하기에 달렸단 말입니다. 축산 부문이 리익 주는 부문으로 될 수 있습니다.

신숙 – 좋습니다. 우리 더 연구해 봅시다.

애선 – (신숙의 손을 잡으며) 신숙동무, 저는 신숙동무를 믿습니다. 회장동무와 잘 말씀해 보십시오.

신숙 – (잠간동안 생각해 보고) 네, 말하지요. 땅, 땅에 대한 문제를 해결해야 합니다. 내 인제는 가겠어요.

애선 – 좀 더 이야기하다 가시지요.

신숙－아니, 가보아야 하겠습니다. 사람들이 나를 기다리고 있습니다. (애선의 손을 유정히 잡으며) 애선동무, 말하자면 우리는 실로 행복한 시기에 삽니다.

애선－신숙동무는 행복하세요?

신숙－행복하고말고. 사람에게는 저마다 그 어떤 희망과 목적이 있습니다. (애선의 계획안을 취여 들며) 날음치는 창조적 발기!… 이 희망, 이 목적을 달성하기 위하여 몸 바쳐 로력하며 그 어떤 업적을 쌓는다면 그것이 행복이지요. 요 며칠 전에 나는 우유페르마에 가서 도야르까들과 담화해 보았어요. 그들은 이렇게 말했어요. ≪새 페르마를 지은 다음엔 모든 일을 죄다 기계로 하게 되니 일하기 성수나며 그런 페르마에서 일하게 되는 것이 행복≫이라고들 말했어요. 애선동무, 사람들이 모두다 애선동무를 칭찬합니다. 그것이 사람에게 있어서 가장 큰 행복이며 가장 높은 표창이지요. 평안히 (나간다)

애선－(신숙이를 따라 나가며) 신숙동무, 내 한 가지 청들 것이 있어요.

신숙－무엇인데요?

애선－갈리나에게 닭페르마 주임의 책임을 맡기는 것이 어떠해요?

신숙－그에 대하여 벌써 이야기 있었어요. 그러나 그는 거절했습니다.

애선－네?… 거절했어요?

신숙－애선동무의 지도하에서는 언제나 일하지 않는다는 것입니다.

애선－혹 그럴 수도 있지요. 그는 지금 몹시 고민하고 있으니까. 그러나 저는 신숙동무에게 다시금 청듭니다. 또 한 번 그와 이야기해 보십시요.

신숙－시일이 요구됩니다. 그가 자기 잘못을 깨다를 때 있겠지요. 그때에 다시 이야기해보지요.

애선－그렇게만 되면 우리는 서로 손을 잡고 새 닭페르마를 건축할텝니다.

신숙-내 애선동무의 심정을 알만합니다. 또 이야기해보지요. 자, 평
안히. (퇴장. 이때 똘랴가 고기껨을 들고 유쾌한 기분으로 달려
들어온다)

똘랴-마마! 마마! 이것 보오. 이 고기를 보오!

애선-이건 어디서 이렇게?

똘랴- 나는 오늘 창수쟈쟈와 함께 고기잡이를 갔다 왔소.

애선-창수쟈쟈가 이것을 너에게 주더냐?

똘랴-아니오. 내가 잡았소! 내가!!⋯ 저⋯ 이것과 이것은 창수쟈쟈가
주었고 나머지는 죄다 내가 잡았소!

애선-(볼기짝을 후려 부치며) 너 웨, 나의 허가 없이 고기잡이를 갔다
왔어?

똘랴-고기잡이를 갔는 데는 어쨌소? (울며) 페쟈는 오늘 자기 **빠빠**와
같이 사냥을 갔다 왔소. 모또찌클을 타고.

애선-(쓰라린 맘으로) 너는 나와 같이 사냥을 가자. 너의 마마도 페쟈
네 **빠빠**만 못하지 않게 총노이를 한다.

똘랴-그래도 나는 빠빠 있는 애들이 부럽소.

애선-(똘랴를 유정히 포옹하며) 부러워 말어. 너에게는 마마가 있지
않으냐. 똘랴, 나는 전일 너의 학교학부형회의에 갔을 때에 네
가 공부를 잘한다는 칭찬을 받고 보니 실로 기쁘더라.

똘랴-마마, 아직도 나에게는 체쯔뵤르까 하나 있소. 년말시험에서 내
모두 다 빼쬬르까만 받을 테요.

애선-(똘랴를 입 맞추며) 고맙다. 나의 똘랴.

(이때 창수가 꽃다발을 들고 들어온다)

창수-똘랴, 너 이것 봐라. 꽃다발을 자동차에 버려두고 들어 왔고나.
(애선에게 주며) 엇소. 이 꽃다발을 저애가 어머니에게 드리겠

다고 뜯은 것이요.

똘랴-아니요. 내 혼자만 뜯은 것이 아니요. 창수쟈쟈가 먼저 뜯기 시작했소. 그러니 나도 함께 뜯었지 뭐.

애선-그리고 보니 이건 두 남자가 협력하여 뜯은 꽃다발이로구만. 창수, 고맙소. (똘랴를 입 맞추며) 똘레츠까 고맙다. 너 인제는 제 방에 들어가 글을 읽어라.

똘랴-네. (들어간다)

애선-(꽃을 유리병에 꽂으며) 이 꽃이 실로 아름답소.

창수-애선이, 우리 이정원에 화단을 만들고 이렇게 고운 꽃들을 많이 심읍시다. 그리고 저 후원에는 정자를 짓고 그 앞에는 자그마한 늪을 파고 그 늪에는 고기를 기릅시다.

애선-고기를?… 우리 집에는 고기 기를 사람이 없는데.

창수-왜 없겠소. 내가 기를 테요. 내가!… 똘랴와 함께.

(사이)

애선-내 창수의 뜻을 알만하오. 그러나 언제던지 그 뜻대로는 될 수 없소.

창수-왜 그렇단 말이요? 왜?!

(이때 똘랴의 쓰크립까 소리가 처량히 들려온다)

애선-창수는 아직 내가 어떠한 환경에서 알렉쎄이와 갈라진 것을 모르오. 내가 저애를 낳은 첫해에 알렉쎄이는 나를 혼자 버려두고 갔소. 살기 어려워서 간 것도 아니요. 알렉쎄이는 기계기사이며 한 달에 월급 300루블리씩 받았소. 그런데 큰돈에 탐을 내여 제 직업을 버리고 떠나갔던 것이요. 다음 차츰 돈양이나 벌게 되니 술을 마시기 시작했으며 놀음을 놀며 돈탐에 눈이 어두어 갖은 재간을 다 부렸소. 나는 그 일을 버리고 제 직업을 따라 일하자고 강경히 문제를 세웠으나 그는 나의 말을 듣지 않았으며 도리여 나를 때리기까지 했소. 창수, 듣소? 나를 때리기까지 했단 말이오! 나는 그를 사랑하였으며 믿었소. 까닭에 대학을 중도에 버리고 그에게 시집갔소. 그런데 그는 나의 희망, 나의 기대에 침을 뱉았소. 나중에는 나 역시 악이 나서 그와 싸우고 애를 데리고 떠났소. 음주방탕하고 돈밖에 모르는 알렉쎄이는 나의 맘속에 남자들께 대한 증오심을 일으켰으며 믿음을 잃게 했소. 그때로부터 나는 언제나 다시는 시집을 가지 않고 혼자 살 것을 굳게 결심했소. 혼자!… 혼자!…

―암전―

제3장

우유페르마정원

점심시간이다. 흰 위생복을 입은 페르마일군 청년남녀들이 노래 부르며 모여들어 점심을 먹는다.

맑은 하늘 창공에는
비둘기 한 쌍 날아들고
푸른 잔디 언덕 우엔
어여쁜 아가씨 미소하네
얼싸 좋다 내 사랑아
얼싸 좋다 평화로세

만춘―옥자, 그래 그 신문기자가 너하고 무엇을 묻더냐?

옥자―사랑에 대한 나의 견해가 어떠하냐고 나와 물었다.

만춘―저런… 그래 너는 무어라 대답했느냐?

옥자―나는 아직 사랑해본 일도 없고 해서 그것이 어떤 것인지를 모른다고 대답했다.

만춘—하하하… 면바로 대답했는데… 그래 다음엔 어떠한 문제에 대해서 묻더냐?

옥자—다음엔 사회주의경쟁을 어떻게 실행하는가? 근로자들의 국제적 련대성을 시위하는 오일절은 어떠한 성과로 맞이하려 하는가고 물었다. 그런데 사람들께 대해서는 한마디도 묻지 않거던. 마치 우리 페르마에는 맨 짐승들뿐인 듯이…

만춘—그런데 그가 너의 실험실에 대해서는 묻지 않더냐?

옥자—실험실에 대해서도 물었다.

만춘—그러면 네 왼통 거짓말을 했겠구나.

옥자—거짓말은 왜? 죄다 진실을 말했다. (만춘이를 깔보며 지나간다. 이때 얼뜰히 취한 와씰리가 노래를 부르며 들어온다)

와씰리—만춘아, 담배 한대 빌려라.

만춘—무슨 일이 생겼기에 네 오늘 기분이 그렇게 좋으냐?

와씰리—기분?… 기분이 나쁠 건 무어냐? 꽃도 피고 새도 울고 나의 가슴 속에는 쭐빠 같은 붉은 불꽃도 일어나고 (한 처녀가 그의 목에 랭수를 부어넣는다) 윽?!

처녀—옳다. 랭수로 그 불꽃을 꺼라. 아니면 아주 타버릴 수도 있으니까, 하하하…

옥자—일없다. 이제 애선이만 오면 당장에 그 불꽃이 꺼지고 말 것이다.

만춘—(놀려주며) 와샤, 너 애선에게 혼사말 한다지?

와씰리—무어야? 혼사말? 웅, 혼사말 할 수도 있지. 그러나 나는 그다지 조급해 하지 않는다. 그 녀자는 리혼짜리며 고독단신이거던, 그러니 갈 데 있느냐? 거저 눈 한 번 껌쩍하고 손가락하나 까닥하면 그만이니까. 하하하…

만춘—이 새끼, 너 그따위 헛소리 잡소리를 자주 하다간 맞아죽기 한

창이다.

(이때 춘희와 뻬쨔 등장하여 그들이 하는 말을 들었다)

와씰리 — 뭐? 헛소리 잡소리?… 만춘아, 네 그건 모르는 소리다. 허다
리 잡소리도 필요한 때가 있거던. 그것이 어떤 때엔 사람의
심정을 열어주니까. 하하하… (만춘의 귀에 대고 조용히) 넌
정말 내가 허다리 잡소리 하는 줄로만 알지? 아니, 천만에. 내
가 아니라 도리여 그가 나를 따른단 말이야. 요 며칠 전에도
애선이는 나를 제집에 오라고 청했다. 같이 앉아서 차도 한잔
마시고 말도 한마디하고 아니면 좀 더 독한 것도 권할 수 있
다고 말했어. 일은 제틀 대로 되어가는 판이며 나는 벌써 구
두까지 반짝반짝하게 닦아놓았는데 아직 기회를 만나지 못
하고 보니 가지 못하고 있는 것이다.

뻬쨔 — (뛰여 들어 와씰리의 멱다슴을 틀어쥐며) 이 새끼, 무엇이 어쨌
다? 네 그 구정물통을 한번만 더 열었다간 내손에 맞아죽을 줄
알아!

춘희 — 이 애들아! 저기 애선이가 온다.

(모두다 아무 일도 없는 듯이 헤여저 나간다. 이때 애선이 격동
되여 열렬히 떠들며 옥자와 함께 들어온다)

애선 — 옥자, 좀 더 명심하여 일해야 하겠소. 저게 대체로 무어요? 실험
실을 저 모양을 해놓고서야 되겠소? 왼통 질서가 없지, 어지럽
지, 그게 무어요?

옥자 — 그게 어디 내 탓이요?

애선 — 그래 뉘 탓이란 말이오? 옥자는 실험실주임이요. 그러니 옥자가
책임을 지게 될 것이요. 우리가 플랴가에 넣어 보내는 소젖들이
어디로 가는 것을 옥자도 알겠지? 그것을 사람들이 먹소! 사람
들이!!… 그것이 조금이라도 어지러워서야 되겠소? 옥자, 이건

사람의 량심에 관계되는 문제요. 량심!… 알아들었소? 옥자, 내 이게 첫 번 타이르는 말이오. 이제 앞으로 계속 그렇게 일한다면 그때엔 상당한 책벌을 받을 줄 아오. (나가려다가 한쪽 구석에 수그리고 앉아있는 와씰리를 보았다) 아, 와씰리, 내 거저 그런 줄 알았어. 옥수수 밭에는 동네 소들이 달려들었는데 사초브리가다스웨노보드는 여기와 낮잠을 자고 있고만…

와씰리-(겁나하며) 내 여기 잠간 볼 일이 있어서.

애선-무슨 볼일? 와쌰의 볼 일은 저기 있소. 저기! 저 사초 밭에 말이오.

와씰리-네, 지금… (급하게 나가려 한다)

애선-잠간만. (와씰리가 걸음을 멈췄다) 전일 우리 집에 오지 않았소?

와씰리-나는 저…

애선-오늘저녁에 꼭 오오. 내 할 말이 있소.

와씰리-네… (급히 나간다)

애선-니꼴라이 뜨로피모위츠는 어데 있느냐?

춘희-저 축사에 있소.

애선-거기서 무엇 하느냐?

춘희-소 한마리가 불연간 배 뿔으며 아파해서 치료하고 있소.

애선-한 마리뿐이냐?

춘희-한 마리뿐이오.

애선-니꼴라이 뜨로피모위츠한테 가 보자. 요즘 그런 류행병이 돌고 있다. (모두들 나가고 만춘이와 옥자만이 남는다)

옥자-(만춘의 곁에 나사앉으며) 만춘아, 네 무슨 소문을 듣지 못 했니

만춘-무슨 소문?

옥자-저, 애선이 말이다.

만춘-그래, 어쨌단 말이냐?

옥자-우리 수의 니꼴라이 뻬뜨로위츠와 논다고 소문이 짜하다.

만춘-무에야?

옥자-그뿐이냐? 건축기사 미하일과도 논다고 소문이 났다.

만춘-네 누구에게서 들었느냐?

옥자-저 마가신에서 일하는 올랴에게서 들었다.

만춘-네 다시는 그따위 말공부를 입 밖에 번지지 말아, 올랴는 말공부쟁이다.

　　　(이때에 춘희와 애선이 함께 들어온다)

춘희-언니는 왜 와쌰를 집에 오라고 했소?

애선-내 그를 통신과에 입학시키려고 그런다.

춘희-그따위 망나니를 위해 배려할 것은 무에요?

애선-그런 까닭에 내 그를 공부시키려는 것이다. 골속에 글물이 들면 혹시 사람이 될 수도 있지 않느냐? (청원서를 내들며) 이것이 만춘이 쓴 청원서요?

만춘-네, 그렇습니다.

애선-그래 도시에 가 살겠다는 말이지?

만춘-네, 나는 도시에 가 살겠습니다.

애선-도시에 가 사는 것이 낫을까?

만춘-나는 쓸레싸리니 도시 어느 공장에 가서도 일 할 수 있지요.

애선-만춘이는 이 고장태생이지?

만춘-네, 그렇습니다. 그렇긴 해도 나는 번화한 도시에 나가 문명한 생활을 해보고 싶습니다.

애선-그러니 행복을 찾아 간단 말이구만.

만춘-네, 행복을 찾아보렵니다.

애선-만춘이 행복이란 땅바닥에 굴러다니는 돌덩이가 아니오. 그것을 찾아 타곳에 가서 헤매일 것이 아니라 제 손으로 제 고향땅을 아름답게 하고 거기에서 행복을 찾아야 하오. (애선이 청원서를 도루주니 만춘이 잠간 생각하고 도루 받는다) 이제 앞으로 할일이 많소. 셀툐늬 꼰웨이예르도 지을 것이며 또 새 닭페르마도 건설할 계획인데 그것을 짓는 데도 만춘의 손이 요구되오. 만춘이는 재간이 많은 사람이오. 무슨 일인들 못하겠소. 제 손으로 지은 페르마, 제 손으로 지은 문화궁전, 운동장, 영화관, 번영해가는 제 고향 마을을 바라볼 때 만춘이는 세상에 사는 보람을 느낄 것이오. 만춘이 가지 마오. 우리 함께 일하며 함께 살아봅시다.

(만춘이 청원서를 찢는다)

-암전-

제4장

애선의 집 정원

불이 켜지면 알렉쎄이와 똘랴가 거리에 나타난다. 애선이 그것을 보고 불안해한다.

알렉쎄이-(똘랴를 껴안으며 유정히) 똘랴, 네 나를 기다려라. 내 인차 오마. 알아들었니?

똘랴-(머리를 끄덕인다)

알렉쎄이-내 인차 오마. (하고 급히 나간다)

똘랴-(어머니 곁으로 오며) 마마, 어째 나를 얼렸소? 나는 알았소. 나에게는 **빠빠**가 있소.

애선-네 그게 무슨 소리냐?

똘랴-마마는 거짓말쟁이오!… 마마는 거짓말쟁이오!!… (하며 달려

나간다)

애선-(따라가며) 똘랴!… 똘랴!!…

(이때에 와씰리가 차림새를 잘하고 꽃다발을 들고 멋지게 들어
온다)

와씰리-애선동무, 낮새 편안하시요?

애선-아, 와샤?… (한참동안 아니꼽게 보다가) 앉소!

와씰리-(애선의 기분을 보고 어쩔 줄 몰라 망서린다)

애선-(퉁겁게) 여기 앉소!

와씰리-(겁나하며 앉는다)

애선-(알아들으란 듯이 비꼬아 말한다) 우리 함께 차도 한잔씩 마시
고 말도 한마디하고 또 소원한다면 좀 더 독한 것도 권할 수 있
소. 나는 리혼짜리며 외롭게 사는 계집인데 이렇게 와씰리 같은
미끈한 청년이 찾아오니 실로 기쁘오.

와씰리-(놀라 버럭 일어나며) 네?…

애선-와샤, 금년에 몇 살이오?

와씰리-스무다섯 살입니다.

애선-와샤네 집에 식솔이 몇이오?

와씰리-어머니와 동생들이 있습니다.

애선-그러니 일손은 어머니와 와샤 둘뿐이겠구만.

와씰리-네, 그렇습니다.

애선-가정에서 주인노릇하자면 그 책임이 얼마나 중한 것을 아오? 나
많은 어머니를 행복하게 하고 어린 동생들을 좋은 사람이 되게
하는 책임말이오. 아마 그것이 죄다 와샤에게 달렸겠지?

와씰리-(말없이 묵묵하다)

애선-와샤, 공부할 생각은 없소?

와씰리-공부?…

애선-뻬쨔와 춘희는 벌써 2학년에서 공부하오.

와씰리-공부할 생각이야 있지만… 어떻게…

애선-방해조건이 무엇이오.

와씰리-식솔들을 버리고 어떻게 공부를 가오?

애선-그러면 통신과에서 공부하지.

와씰리-중학을 마춘지도 벌써 오륙년이 되고 한데 죄다 잊어버렸습니다.

애선-그건 걱정마오. 내가 도와줄 테니.

와씰리-네?…

애선-(책묶음을 가져다주며) 나는 이 책들을 와쌰에게 주려고 갖추어 두었소. 이것을 가지고 가서 시험 준비를 시작하오. 그리고 모를 것이 있거던 어려워 말고 내한테로 오오. 밤이던, 낮이던, 언제나 그리고 또 래일엔 나와 같이 도시로 갑시다. 대학에 입학 청원서를 드립시다.

와씰리-(한없이 충격되여) 네… 네… 고맙습니다. (책 묶음을 안고 급히 나간다. 이때 술에 가득 취한 알렉쎄이가 들어온다. 똘랴가 은신하여 그들이 하는 말을 죄다 듣는다)

알렉쎄이-애선아, 낯새 편안하냐?

애선-(대답 없이 질시에 가득 찬 시선으로 한참동안 그를 바라보고만 있다)

알렉쎄이-나는 똘랴를 보고 싶어서 왔다.

애선-너에게 한 가지 물을 것 있다.

알렉쎄이-응?… 무언데?…

애선-너는 왜 똘랴하고 그따위 헛된 말을 했니?

알렉쎄이-무슨 말을?

애선-너는 왜 그 애하고 네가 그 애의 아버지라고 했느냐 말이다.

알렉쎄이—그게 어떻게 헛된 말이냐? 그래 내가 그 애의 아버지 아니고 무에냐?

애선—너는 무엇을 위해, 또는 무슨 욕망을 달성하기 위해 어린애의 안정을 깨뜨리자 들었느냐 말이다. 그 애는 자기 아버지가 죽고 세상에 없는 줄로만 안다. 그 애에게는 아버지가 없다!

알렉쎄이—그것을 알기에 가정으로 돌아오려는 것이다.

애선—무에야?⋯ 가정?⋯ 실상 내 너에게 한 가지 묻고 싶다. 네 제 손으로 쌓고 제 손으로 허무러뜨린 가정이 몇이나 되느냐? 공식적으로는 몇이나 되며 비공식적으로는 몇이나 되느냐 말이다. 너는 비렬한 인간이다. 인제는 더 말할 것 없으니 가거라.

알렉쎄이—네 나를 쫓지 말아. 나는 너와 할 말이 있다. 사람이 세상에 태여나 늙어 땅 속에 묻힐 때까지 왜 이를 악물고 버적거리는지 네 아느냐? 돈을 벌자고 그런다. 돈!⋯ 돈!!⋯ 돈이 있고 집이 있고 자동차가 있으면 사람에게 더 요구되는 것이 무엇이냐 말이다. 애선아, 네 내말을 들어라. 나에게는 돈이 있다. 우리 둘이 한평생 일하지 않고라도 살만한 돈이 있으니까⋯ 애선아, 우리 저 깝까스 경치 좋은 데 가서 좋은 집을 사고 그리운 것 없이 한평생을 살아보자. 내 정작 이렇게 너를 만나고보니 너와 처음 만나던 청춘시절이 다시 용솟음치는구나. 전과 같이 이 가슴속에 사랑의 불꽃이 펴난다. 애선아, 나는 너를 사랑한다.

애선—나를 전에 애선인가 생각하니? 가거라, 가!

알렉쎄이—(말없이 서있다)

애선—그래 가지 않을 테냐?

　　　(긴장한 사이)

알렉쎄이—좋아, 갈 테다.

애선－그리고 다시는 이 고장에 나타나지 말아. 내 눈에 다시 한 번 띠었다간－내말을 알아들었니?

(또 사이)

알렉쎄이－웅, 알아들었다. 그러나 애선아. 우리 훗기회를 다시 보자. 내 여기에서 얼마 멀지 않은 곳에 와 일하고 있으니 우리 언제나 또 한 번 만날 기회가 있으리라고 나는 믿는다. 자, 그럼 잘 있거라. 구드바이!

애선－(울적한 기분으로 한참동안 묵묵히 서있다. 이때에 춘희가 들어온다. 노래하며 춤추며 유쾌한 기분으로 들어온다)

춘희－언니… 차비를 하오. 인제는 갈 때가 되였소.

애선－어데루?

춘희－아이, 잊었소? 오늘 저녁에는 꼴호스 소인예술단의 음악연주가 있소.

애선－아이, 이것 봐라. 깜짝 잊었고나.

춘희－어서 의복을 갈아입소.

애선－나는 못 가겠다.

춘희－어서 의복을 갈아입소. 오늘 저녁에는 구역 꼰꾸르쓰에 참가할 쁘로그람마를 보여줄 것이오. 나와 뻬쨔도 참가하오. 어서!

애선－똘랴가 아직 돌아오지 않았는데 내 어찌 가느냐?

춘희－(한참동안 애선이를 바라보다가) 언니 왜 그러오? 무슨 일이 생겼소?

애선－일은 무슨 일?

춘희－언니 아오? 언니는 겁쟁이오. 무엇을 그렇게 겁나하오? 승냥이 무섭다고 산으로 나무하러 가지 못할가? 겁나말고 시집을 가오. 창수는 언니를 사랑하오.

애선－나도 그를 사랑한다.

춘희-그러면 왜 그러오?

애선-그가 내한테 장가들어 행복할 수 있느냐? 나는 그의 안해싸지 못하니까. 그리고 또 춘희야, 네 말해라. 만일 내가 창수에게 시집가게 되면 향순어머니가 똘랴를 친손자처럼 생각해 주리라고 너는 믿을 수 있느냐?… 아니, 내 차라리 혼자 살 테야, 혼자!… 혼자!…

춘희-그러니 한평생을 혼자 살겠다는 말이요?

애선-혼자 살 테야, 혼자! 나는 오래전부터 혼자 살겠다고 굳게 결심했다. 그리고 또 그 결심을 이때껏 지켜왔다.

춘희-혼자 살아? 언니, 그건 안 된 말이오. 암만 별일이 다 있다하더라도 그것을 극복하고 살아야 하오. 사람이 세상에 태여나 한번 살지 두 번 사는 법은 없으니까. 그리고 또 청춘시절이란 놓치면 그만이오. 언니, 이런 시를 읽어보았소?

가는 봄 가는 세월

걷잡을 수 있다면

창검을 들고서라도

길 막아서련만

이제 또 한 생

더 살 수 있다면

어떻게 살 것을

인제야 알건만

어언간 머리엔

백발이 휘날렸다.

(이때에 뻬쨔가 나타난다)

삐쨔 - 춘희야, 어서가자.

춘희 - (말없이 묵묵하다)

삐쨔 - 애선동무는 왜 안가시요?

애선 - 난 안 갈 테오. 춘희야. 너 어서 가거라.

춘희 - 언니, 내 음악연주가 끝난 다음 인차 올 테요. 오늘저녁에는 우리 둘이 조용히 앉아 죄다 이야기해 보기오. 삐쨔, 가자. (춘희와 삐쨔 나간다. 이때에 미하일이 등장)

미하일 - 애선동무…

애선 - 미하일 뻬뜨로위츠? (눈물 흔적을 감추기 위하여 피해 선다)

미하일 - 집에 아무도 없습니까?

애선 - 내 혼자뿐이애요.

미하일 - (잠간동안 침묵을 지키다가) 내 오늘 실상은 애선동무에게 한 가지 엿줄 말씀이 있어서 왔어요.

애선 - 어서 말씀하십시요.

미하일 - 이것은 우리 단둘만이 알고 있어야 할 비밀이니까요.

애선 - (괴이하게 여기며) 비밀?…

미하일 - 네, 절대 비밀입니다. 이건 나와 애선동무의 명예와 위신에 관계되는 문제이니까요.

애선 - (잠간동안 의문스럽게 처다보고만 있다)

미하일 - 애선동무가 이곳 온지도 벌써 두해나 되였어요. 애선동무께서 이곳 오시던 날 처음 보던 그 인상은 실로 큽니다. 애선동무에겐 그 무엇인가 형언할 수 없는 인력이 있어요. 로씨야말로 한다면 마그니찌슴말입니다. 땅과 해와 달 사이에 있는 마그니트처럼 서로 끌어당기는 힘 말이요. 애선동무는 실로 예쁜 녀성입니다.

애선 - 그것이 비밀입니까?

미하일-네, 비밀이요. 절대 비밀입니다. 나는 내보다도 애선동무의 명
예와 위신에 대해서 더 생각하게 됩니다.

(사이)

저의 말을 알아들으셨어요?…

애선-(잠간동안 생각하고 침착히) 네, 알아들었어요.

미하일-(떨리는 음성으로) 네?

애선-그 비밀이란 무엇인 것을 알만합니다.

미하일-(더욱 떨리는 음성으로) 그러니… 그러니…

애선-(잠간동안 침묵을 지키고 있다)

미하일-(애선의 손을 힘 있게 잡으며) 애선이, 나는 이 시각을 기다린
지 오랬소. 그러나 실상은 겁나서 이때껏 말하지 못하고 있었
소. 애선이!…

애선-(아주 엄하게) 이 손을 놓으시요!… 손을 놓으라 했어요!

미하일-(어리둥절하여 손을 놓는다)

애선-인제는 저기 물러서시오. (미하일이 물러선다) 미하일 **뻬뜨로위
츠**, 나는 당신을 가까운 친우로 알았는데 알고 보니 당신은 가
슴속에 딴 생각을 품고 내 집에 다녔구만. 이 얼마나 유감스러
운 일입니까! 사람은 사람과 사람 사이에 맺어진 깨끗한 인간적
관계를 언제나 귀중히 여겨야 합니다. 그래야 사는 보람이 있지
요.… 인제는 진정하셨어요? 그렇거던 집으로 돌아가십시요. 집
에서 안해가 기다리고 있어요.

미하일-(부끄러운 맘에 충격되어 말없이 서있다)

애선-(미하일의 어깨에 두 손을 올려놓으며 유정히) 미하일 **뻬뜨로위
츠**, 아무 일도 없었다고 생각하서요. 그리고 우리는 전과 같이
가까운 친우로 남아 있습시다. (이때에 쪽문이 활짝 열리더니
갈랴와 올랴가 와락 밀려들어온다. 미하일은 일이 잘못된 기척

을 알고 갈랴의 손을 잡아 끄은다. 갈리나는 손을 빼여 그의 귀
쌈을 친다. 미하일은 뺑손이를 친다)

갈리나—(아무 말 없이 한참동안 질시스럽게 애선이를 바라보고만
있다)

애선—(태연히) 왜 그렇게 서계서요?

갈리나—(여전히 서있다)

애선—갈리나 동무는 아마 미하일 뻬뜨로위츠의 안해지요?

갈리나—(계속 말없이 질시스러운 시선으로 바라보고만 있다)

올랴—(참다못해 소리를 꽥 지른다) 갈랴, 시원히 말해라! 이따위 럼치
없는 년과 레절을 차릴 것 무에냐?

갈리나—애선동무, 당신은 당신에게 대하여 어떤 소문이 떠돌고 있는
것을 아오! 별의별 추잡하고 더러운 소문이 다 떠도오. 그러
나 나는 그 말을 믿지 않았소. 설마 그만큼 똑똑하고 유식한
녀자가 그렇게야 처신하겠는가고 나는 그런 말 하는 사람들과
도리여 다투기까지 했소.

애선—그런데 실상 알고 보니 그 말들이 죄다 옳다는 말이지요?

갈리나—야, 그렇소.

올랴—보아라. 내 그래 무에라 했니? 너는 내말을 믿지 않았지?

갈리나—어쩌면 동무는 그렇게도 체면을 차리지 못하며 자존심이 없
소. 그래 혼자 있는 녀자의 몸은 아무레나 막 내 굴려도 별일
없다고 생각하오?

애선—다 말씀했습니까? 그러면 인제는 내말을 들으십시오. 만일 내가
당신의 처지에 있었던들 나는 이렇게 남편의 뒤를 따라 후망질
을 다니지 않았겠어요. 이야말로 얼마나 자존심 없는 비렬한 행
사입니까?

갈리나—(버럭 돌아서며) 무에야?⋯ 비렬하다?⋯ 그래 제 남편을 찾아

다니는 것이 비렬하면 남의 남편을 후리는 년은 어떠하여,
응?!

애선—(역시 돋아났다) 남편이 다른 여자들을 찾아다니지 않도록 그
안해가 가정에서 옳바로 서둘러야 된다고 저는 생각합니다. 그
리고 또 털어놓고 말한다면 남자들이 나를 따르는 것이 어디 내
잘못입니까? 그렇지 않아요?

올랴—야, 기차구나! 이런 렴치 없는 년 보아라. 막 내붙이는 판이로구
나 이런 년을 어찌 가만 버려둔다더냐. 저 거리에 끌고나가 잡
아 뜯자! 이년아, 네 우리 꼴랴와도 놀았지 응?! 일할라 가는 체
하고 사흘 나흘씩 오뜨곤에 데리고 가서 살았지, 응?… (달려들
어 잡아 뜯으려 한다)

갈리나—올랴! 가만 버려두어라. 이런 년은 행정부에 문제를 세워 이
고장에서 쫓아내도록 해야 한다. 그렇지 않다간 온 동네를 더
럽힐 것이다. 올랴, 가자.

올랴—(숨을 헐떡이며) 온 동네 녀자들을 죄다 몰아가지고 올 테야, 그
때에 너는 녹는다! 녹아!!

　　　　(두 녀자는 나간다. 이때에 알렉쎄이가 똘랴를 쫓아 들어온다)

알렉쎄이—똘랴, 똘랴! 거기 좀 섰거라!

똘랴—(걸음을 멈추고) 어찌자고 성화를 시키오.

알렉쎄이—네 내말을 믿지 않느냐?

똘랴—나의 빠빠는 죽은 지 오라오.

알렉쎄이—네 내말을 믿어라. 나는 너를 보고 싶어서 왔다. (사가지고
온 선물들을 그에게 주며) 었다. 이것을 받아라.

똘랴—(선물을 처던지니 땅바닥에 흩어진다)

알렉쎄이—똘랴, 나와 같이 도시 우니웨르마그로 가자. 네 사달라는
것은 무엇이나 다 사주마. 가자!

(손을 잡아 끄은다)

똘랴―(손을 뿌리치며) 이것 놓소! 나는 싫소! 그리고 다시는 우리 집으로 오지 마오! (땅바닥에 널려있는 선물들을 발길로 차 던진다. 다음 애선의 가슴에가 매달려 흐느껴 운다) 마마!

알렉쎄이―(한참이나 묵묵히 서 있다가 서서히 걸어간다)

― 막 ―

제2부

제5장

미하일의 집 객실

불이 켜지면 갈리나는 앉아 화장을 하고 미하일은 검푸르르 해서 앞뒤로 싸다니며 무엇을 찾고 있다.

미하일―저기 놓았던 도안을 어쨌니?

갈리나―(면경에서 눈도 떼지 않고) 무슨 도안?

미하일―닭페르마 건축도안 말이다.

갈리나―그건 불시로 해선 무엇하자고 그러오?

미하일―오늘 애선이와 함께 주 건축부에 가야 한다.

갈리나―그래 삭쓰로는 가지 않소?

미하일―(버럭 달려들며) 무엇이 어쨌다?

갈리나―(때리라고 뺨을 들여댄다)

미하일 - (한참이나 말없이 서 있다가) 갈랴, 그러지 말아. 내빈다. 너를 위해 빈다. 너 그러다간 크게 망신할 수 있다. 애선이는 그러한 녀자가 아니다.

갈리나 - 너무 지끈하지 마오. 나는 당신을 위해 하는 말이오.

미하일 - 내 너의 심정도 알만하다. 일자리에서 면직 당했으니 물론 불평이 가득할 것이다. 그러나 네가 일자리에서 나온 것이 어디 애선의 잘못이냐? 죄다 네 자신의 잘못이다. 사람이 그렇게 맘씨를 옹색하게 써서는 못쓴다. 맘을 너그럽게 먹고 만사에 투철하고 공명정당한 견해를 가질수록 맘도 편안하고 살기도 헐한 법이다. 애선이는 실로 상당한 사업가다. 그가 이곳에 와 일한 이태어간에 해놓은 일이 얼마냐? 우유페르마만해도 전 공화국적으로 모범적 페르마란 평가를 받았다.

갈리나 - (성을 버럭 내며) 그것을 당신이 건축했지 어디 애선이 건축했소? 너무나 추지 마오.

미하일 - 갈랴, 제발 그러지 말아. 그리고 또 그 시기심과 질투심을 버려라. 더럽고 추잡하다! 알아들었니!

(성이 나서 밖으로 나간다. 이때 올랴 등장)

올랴 - 어째 저렇게 퍼러 등등해 나가니?

갈리나 - 죄다 애선이 때문이다.

올랴 - 남자들이란 다 한따위들이니까. 우리 꼴랴도 거저 애선의 말만 나면 하늘땅이 맞붙을 듯 올랐다 떨어진다는 말이다.

갈리나 - 그래 사흘씩, 나흘씩, 어떤 때에는 한 주일씩 오트곤에 나가 한 율따에서 자면서 무슨 짓을 했다냐? 내 어제도 볼라니 너의 꼴랴는 저 애선의 집 모퉁이에 가서 탐정군처럼 빙빙 돌아치고 있더라.

올랴 - (화약처럼 활짝 타오르며) 응… 내 이제 붙잡는 날이면… 판갈이다 판갈이야!!… 나는 네처럼 그렇게 헤닐레한 사람이 아니다!

갈리나 - 옥자한테 갔다 왔니?

올랴 - 응, 갔다 왔다. (신소장을 내들며) 수표를 받았다.

갈리나 - 마리야는 거절했다.

올랴 - 무에야? 거절했어?

갈리나 - 그는 우리를 나무랬다.

올랴 - 싫으면 그만두라지. 아이고 더럽다. 무릎을 꿇고 빌겠구만. 교
원노릇을 하니 무슨 큰일이나 하는가 생각하는 모양이야.

갈리나 - (엄연히) 그렇게 말할 것도 없고. 내 네하고 무에라 했니? 너무
나 짜하고 요란을 피우지 말라고 했지? 소리 없이 은근히 일
을 꾸며놓아야 한다. 알아들었니?

올랴 - 알아들었다. 머저린 줄 아니? 그런데 갈랴, 내 쓰웨뜰라나를 여
기로 오라고 했다. 지금 당장에 들어설 것이다.

갈리나 - 그건 왜?

올랴 - 쓰웨따는 너의 사촌동생이지?

갈리나 - 그런데는?

올랴 - 쓰웨따는 창수 때문에 속 태우고 있다.

갈리나 - 그건 공연한 짓이다.

올랴 - 어째?

갈리나 - 그가 말을 듣지 않을 것이다.

올랴 - 어째 듣지 않겠니?

갈리나 - 내 그 애를 잘 안다.

올랴 - 너는 가만 있거라. 내 그와 말하마, 내!…

갈리나 - 오지 말라고 전화를 걸어라

　　　　(이때에 쓰웨뜰라나 등장)

쓰웨뜰라나 - 언니, 요즘 편안하오?

갈리나 - 응, 네 왔니? 요즘 집이 다 무사하냐?

쓰웨뜰라나 - 야, 우리 집은 다 무사하오. (올랴에게) 그래 무슨 일에 나
를 오라고 했소?

올랴 - 저 애선에 대한 문제요.

쓰웨뜰라나 - 애선에게 대한 문제?

올랴 - 쓰웨따도 소문을 들었겠지?

쓰웨뜰라나 - 야, 들었소.

올랴 - 그래서 우리는 그년을 이 꼴호스에서 쫓아내자고 살로바를 썼
소. (신소장을 내놓으며) 이것을 읽어 보오. 그리고 쓰웨따도 여
기에 수표를 두오.

쓰웨뜰라나 - (읽어 보고) 누가 이 신소장을 썼소?

올랴 - 그건 알아서 어찌자고 그러오?

쓰웨뜰라나 - 이건 죄다 어처구니없는 말공부요. 생잡이, 쓰빨레트냐오!

올랴 - 그게 어찌 쓰빨레트냐오?

쓰웨뜰라나 - 그런데 이상하오. 어째 하필 날더러 여기에 수표를 두라
구 하오?

올랴 - 쓰웨따, 툭 털어놓고 말하오. 쓰웨따도 창수를 사랑하지?

쓰웨뜰라나 - (잠간동안 침묵을 지키다가) 그런데는?

올랴 - 그러니 쓰웨따도 애선에게 사랑을 빼앗긴 사람이요.

쓰웨뜰라나 - 아니, 천만에 나는 누구를 사랑한 일도 없고 또 그 사랑
을 누구에게 빼앗긴 일도 없소. 애선이와 창수는 실로
신통한 배필이오.

올랴 - 그년이 나의 꼴랴도 이 집 미하일도 후려냈소!

쓰웨뜰라나 - (버럭 일어나며) 무에요? 그런 말을 하지 마오. 그렇게 조
건 없이 남을 생잡이해서는 못 쓰오. (나가다가 돌아서며)
올랴, 그 신소장을 찢어 던지오. 그렇지 않다간!… (퇴장)

올랴-싫으면 그만두라지. 네 아니라도 넉넉하다.

갈리나-올랴, 내 무에라 했니? 덤비지 말라고 했지? 네 그렇게 덤벼
　　　　치다간 일을 망칠 수 있다.

올랴-나는 그럴 줄 몰랐다.

갈리나-(신소장을 보다가) 올랴, 이제 수표 셋만 더 받아라. 우선 창
　　　　수의 어머니 향순할머니한테 가서 수표를 받아라. 그는 으레
　　　　히 수표를 둘게다. 그리고 내가 이 신소장을 썼다는 것은 절
　　　　대비밀로 지켜야 한다. 아니면 일을 망칠 수도 있으니까. 알
　　　　아들었니?

올랴-(신소장을 받아 간수하며) 웅, 알아들었다. (퇴장)

갈리나-(혼자말로) 일없다. 내 그년을 즌탕에 굴려내고야 말테야⋯

　　　　　　　　　　　　　　　　　　　　　　　　-암전-

제6장

창수의 집 객실

　향순이 집을 소제한다. 좀 있다 창수가 성난 기색으로 등장한다. 피차
간 말없이 한참동안 침묵을 지킨다.

창수-어머니는 왜 애선이한테 갔다왔어요?

향순-갔다왔는데는?

창수-왜 갔다왔는가 말입니다.

향순-그 렴치 없는 년에게 타일러줄 말이 있어서 갔다 왔다. 그런데는?

창수-(어머니에게 대들며) 무에요?!⋯ (다음 북바치는 성을 억지로 참

으며) 어머니, 어머니에게 간절히 빕니다. 더는 내일에 삐치지
말아요!

향순-(목청을 높이며) 안 삐칠 수 없다. 이 자식아, 사람이 어찌면 그
렇게도 자존심이 없느냐? 너는 미장가전 총각이요, 애선이는 애
어미다. 네 무엇이 부족해서 하필 애달이 리혼짜리에게 목을 매
고 달려붙었느냐?

창수-어머니, 아세요? 리혼짜리건, 애달이건, 그것은 죄다 내가 처리
할 탓입니다.

향순-네가 어찌 처리하느냐? 너는 머저리다. 머저리야!

창수-어머니, 만일 어머니께서 이제 다시 한 번 더 애선이에 대하여
언짢은 말씀을 하신다면 우리 모자간 관계는 실로 어렵게 될 것
입니다. 저는 결단적 대책을 쓰겠어요.

향순-무에야? 결단적 대책? 그러니 네 어미를 내쫓겠다는 말이냐?
응?!… 내 청춘과부로 너 하나를 기를 때 이런 괄시를 받자고 길
렀더냐? 나는 네가 앞날에 잘 살라고 그런다. 이 자식아, 나에게
는 너 하나밖에 없다. (운다)

창수-어머니, 우지 마시오. 내 어머니의 심정을 모르는 것도 아닙니
다. 어머니는 애선이를 리혼녀라고 나무라시지요. 그러나 어디
리혼녀가 되자 해서 되였어요? 어머니는 그의 래력을 모르니 그
러시지요. 나이는 비록 얼마 먹지 않았으나 그는 실로 어려운
생활의 길을 밟았어요. 이제 차츰 면목을 익히시면 어머니께서
도 애선이를 사랑하실 것입니다. 애선이는 좋은 녀성입니다. 원
칙 있고 유정한 녀성입니다.

향순-아니, 안 된다, 안 돼! 내 죽기 전에는 그 애가 내 집에 들어오지
못한다. 못해!… (퇴장. 이때 똘랴 등장)

똘랴-창수쟈쟈, 편안하서요?

창수-아, 똘랴!··· (똘랴를 유정히 껴안으며) 너 왜 요즘 오래 동안 오
지 않았느냐?

똘랴-마마가 이집에 다니지 말라고 해서.

창수-웅, 알만하다. 그런데 너 왜 음악학교과정을 빼놓느냐?

똘랴-압또부쓰가 제때에 다니지 않아서.

창수-너 래일 준비하고 있어라. 내 시간이 되면 자동차를 타고 너 데
리려 오마.

똘랴-쟈쟈, 또 나를 자동차에 태워주겠어요?

창수-오냐, 내 너를 태워주마.

똘랴-쟈쟈, 고마워요. (무엇을 잠간동안 생각하더니) 내 차라리 이집
에 오겠어요.

창수-그건 왜?

똘랴-(대답이 없다)

창수-웅, 알만하다. 그러면 내 너를 집에서 기다리마. 똘랴, 너 여기
와 앉아라. (곁에 앉힌다. 이때에 밖에서 월러덩하는 소리가 들
린다)

똘랴-(놀라며) 나의 쓰크립까!

　　　　(이때 문이 쫙 열리더니 향순이 쓰크립까를 들고 들어온다)

향순-(성난 음성으로) 이건 왜 문가에 갔다 세웠느냐? 좀했더면 깨뜨
릴 번했다. 었다!

창수-(쓰크립까를 받아 줄을 튕겨보고) 똘랴, 어서 쓰크립까를 켜라.

똘랴-(쓰크립까를 켠다. 이때에 향순이 문가에 나타나 쓰크립까 소리
를 듣고 감동된다)

향순-(똘랴를 유정히 어루만져주며) 네 실로 재간이 있고나. 었다.(똘
랴에게 과자를 주고 나간다)

창수-똘랴, 너의 마마는 집에 계시냐?

똘랴 - 내 집에서 나올 때는 없었어요… 창수쟈쟈 아서요?… 밤이면 마마는 새벽까지 머리를 붙잡고 책상에 마주 앉아있어요. 그리고 또 지난밤에는 내 자다 깨여나보니 마마는 방 복판에 서서 혼자 무슨 말을 하고 있었어요. 창수쟈쟈, 나는 겁나요. 창수쟈쟈는 몰라요? 우리 집에 무슨 일이 생겼어요? 네?…

창수 - (똘랴를 유정히 어루만지며) 겁나말아. 죄다 무사히 될 것이다.

(이때 올랴 등장)

올랴 - 창수동무, 편안하심둥?

창수 - 편히 다녀오셨어요?

올랴 - 향순어머니께서 계심둥?

창수 - 정주에 계십니다.

향순 - (올랴의 음성을 듣고 들어온다) 아, 올랴… 어서 들어오게.

올랴 - 어머니 낮새 편안하심둥?

향순 - (반가이 맞아들이며) 자네 어찌다 이렇게 왔는가?

올랴 - 어머니께서 부탁하시던 뺄라찌예감이 우리 상점에 왔소꼬마. 그래서 알리러 왔소꼬마.

향순 - 고맙네.

올랴 - (향순의 곁에 바싹 다가앉으며) 어머니는 요즘 무슨 소문을 듣지 못했음둥?

향순 - 무슨 소문?

올랴 - 그래 아무 소문도 듣지 못했음둥? 온 동네가 짜한데.

향순 - 그게 무슨 소문이기에?

올랴 - 저, 애선이란 년 말이오꼬마.

향순 - 응?… 애선이?…

올랴 - 저 건축기사 미하일과 놀다가 그의 처 갈랴에게 붙들려 혼빵났다오꼬마.

향순-그게 정말인가?

올랴-정말이오꼬마. 나도 직접 보았소꼬마.

향순-더러운 년. 그래 그 년을 가만 버려두었는가?

올랴-갈랴가 그 년을 길가에 끌고 나와 기끈 밟아놓았다꼬마.

향순-그것 참 씨원한 노릇을 했네. 그런 망나니를 어떻게 살려두어.

올랴-(간교히) 그러나 이 집 창수는 그 년과 죽자 살자 하는 처지가 아 님등.

향순-(성을 버럭 내며) 무에야?!… 자네 그따위 말은 하지도 말게. 그 이름만 들어도 젖 먹던 뱀이 와락 올라오네!

올랴-정말 그렇소꼬마. 외아들을 두었다가 미장가전총각으로 그런 더러운 잡년에게 장가를 들겠음등.

향순-그 년이 실로 요망한 년이야. 자네도 아는 바에 나는 저 의사 노 릇하는 쓰웨따를 욕심냈네. 그런데 저 년이 나비쳐 일이 이렇게 왼통 비뚤어지고 말았네.

올랴-그 년 때문에 골탕을 먹은 사람이 한둘이 아니오꼬마. 암등?… 그 년이 우리 꼴랴와도 놀았소꼬마.

향순-저런…

올랴-요즘 우리 동네 녀자들이 단결하여 꼴호스회장에게 청원서를 올 리려 하오꼬마. 어머니는 그에 대해서 어떻게 생각하심등?

향순-이 사람, 거기 대해서 생각할 것 무엔가? 나도 찬성이네.

올랴-(신소장을 내놓으며) 그렇거던 이 청원서에 수표를 합소.

향순-(읽어도 보지 않고) 일루 보내게. 나도 수표를 하지.

(수표를 한다)

올랴-(신소장을 감추며) 이제 며칠 후이면 알 일이 있을 게오꼬마. 어 데 가서나 한결같이 말해야 되오꼬마. 그래야 그년을 쫓아 내오 꼬마. (이때에 쓰웨뜰라나가 들어온다)

쓰웨뜰라나 – 편안들하세요?

향순 – (매우 반가워하며) 아이, 쓰웨따! 어서 들어오게!···

올랴 – (쓰웨따를 보더니 아주 조급해하며) 어머니, 나는 가겠소꼬마. (쓰웨따에게) 쓰웨따, 우리 또 만날께오. (나간다)

향순 – 이사람, 잘 가라니.

쓰웨뜰라나 – 어머니께서 병원에 전화를 걸었댔어요?

향순 – 응, 내 저 전화를 걸었네. (밖을 향하여) 창수야, 창수야!··· 들어오너라. 쓰웨따 왔다. (창수를 불러들인다)

쓰웨뜰라나 – 어디 편치 않아서 그리서요?

향순 – 응, 내 저 웬일인지 골치가 너무 아파서. 창수야, 네 여기와 앉아 쓰웨따와 이야기해라.

쓰웨뜰라나 – 어머니, 앉으십시요. 다블레니를 재봅시다.

향순 – (코를 추켜들고 씩씩 내를 맡더니) 아차, 잊었구나. 내 저기 밥을 들여놓았는데 타는 게로구만. 내 지금 정주에 나가 보아야 하겠네. 창수야, 너 어서··· (나간다)

쓰웨뜰라나 – 창수동무는 전일 쁘리쓰뚜쁘가 있은 후 더는 아프지 않어요?

창수 – 다음엔 더 아프지 않어요.

쓰웨뜰라나 – 저는 도시에 가 창수 동무에게 필요한 약을 얻어왔어요.

창수 – 그 약을 얻기가 어렵다던데. 어떻게?

쓰웨뜰라나 – 이 약을 하루에 세 알씩 자시오. 그러면 나을 것입니다.

창수 – 고맙습니다.

쓰웨뜰라나 – 그리고 몸을 너무나 피로하게 굴지 마시오. 제때에 식사를 하고 제때에 쉬시고 해서야지요. 그리고 담배를 절대로 피우지 마시오. 남자란 결단성이 있어야 합니다.

창수 – (피우던 담배를 버린다. 이때에 애선이 등장)

애선-편안들하시요?

창수-애선이? 어서 들어오오.

애선-아니 내 들어갈 새 없소. 나는 지금 똘랴를 찾는 중이오.

창수-그 애가 여기와 놀다가 이제 방금 집으로 갔소.

애선-그런 걸 나는 어찌나 놀랐는지. 앉아 이야기를 하십시오.

     (급히 나간다)

창수-애선이!⋯ 애선이!!⋯ (정신없이 따라나가며) 애선이!!!⋯

-암전-

제7장

애선의 집 정원

불이 켜지면 애선이와 창수가 들어온다.

창수-애선이, 무슨 일을 저질렀소?

애선-(대답 없다)

창수-왜 일어서 나가자고 청원서를 썼는가 말이오.

애선-(역시 대답 없다)

창수-당장에 가서 청원서를 도루 찾소.

애선-(화를 버럭 내며) 끊치오! 끊쳐!!⋯ 그렇지 않아도 나는 절로 저를 중오하오.

창수-애선이, 말하오. 청원서를 도루 찾을 테오? 안 찾을 테오?

애선-나는 회장동무를 친아버지와 같이 믿었소. 그런데 그는 동네에 이런저런 말공부가 떠도는 것이 죄다 나의 잘못이라고 나를 욕했소. 믿던 나무가 꺼꾸러졌소. 믿던 나무가 꺼꾸러졌어!

창수 - 그래 분한 김에 청원서를 썼단 말이지? 나는 애선이 그렇게 약한 사람인 줄 몰랐소. 나는 애선이 주견이 바르고 성격이 강직하고 용감한 녀성이라 생각했소. 그런데 실상 알고 보니 틀렸구만. 어쩌면 그렇게도 쉽게 손을 들고 항복하는가 말이오. 그따위 시시한 말공부로 인하여 크낙한 자기의 희망과 목적을 중도 파탄하자고 하는가 말이오.

애선 - (말없이 묵묵하다)

창수 - ≪성나서 바위차기≫란 속담을 아오? 성이 난다하여 바위를 차면 제 발이 아픈 법이요.

애선 - (또 역시 말없이 묵묵하다)

창수 - 그러면 청원서를 도루 찾아야지… 그런 용기가 없소?… 아니면 자존심이오?… 그러면 내 애선의 대신으로 가서 청원서를 찾을가?

애선 - 난 싫어! 나는 요록조록 모욕하는 것을 좋아하지 않소. (이때에 와씰리가 목수기구들을 가지고 들어온다)

와씰리 - 애선동무, 편안하시오?

애선 - 아, 와샤… 무얼 그렇게 가지고 왔소?

와씰리 - 전일 왔을 때에 보니 허덕간이 무너졌더구만. 그래서 그것을 고쳐놓자고 왔어요.

애선 - 와샤, 고맙소. (감동되여 두 눈에 눈물이 그렁하다)

와씰리 - 애선동무, 왜 이러세요?

애선 - 와샤, 시험 치러 갔다 왔소?

와씰리 - 네, 두 가지 시험을 치르고 왔어요.

애선 - 와샤, 장하오. 나는 와샤에게 주자고 또 책 한 권을 마련했소

와씰리 - (책을 받고) 고맙습니다. 내 지금 가서 재료를 운반해 오겠어요. (급히 나간다. 이때 신숙이 좋은 기분으로 들어온다)

신숙 - 애선이, 나는 애선이를 축하합니다. 어미 양 백 마리에서 새끼 양

140마리 씩 받았으니 그건 실로 대단한 일입니다. 나는 벌써 애선동무와 차반들의 빛나는 업적에 대하여 상부에 보고했어요. 금년 가을에는 모두들 훈장을 타도록 일을 잘 해야지요.

애선-(기분 없이) 저는 사직청원서를 드렸어요.

신숙-압니다. 청원서를 도루 찾으십시요.

애선-어찌 그렇게 할 수 있어요. 그게 어디 어린애 장난꺼립니까.

창수-(잠자코 앉아 이야기를 듣다가 뛰여 들며) 어린애 장난꺼리가 아니기에 좀 더 심중히 처리해야 되였지요.

신숙-(애선이를 유정히 껴안으며) 청원서를 도루 찾으십시요. 그리고 우리 함께 일합시다. 나는 실로 애선동무가 맘에 들어요. 애선동무는 남자 같은 녀성이니까 하하하… 나는 성격이 그렇지 못한 것을 일상 유감으로 생각합니다. 우리 서로 손을 잡고 일한다면 큰 일이라도 할 수 있어요. (이때에 똘랴가 격동되여 고함을 지르며 달려 들어온다. 그 뒤를 따라 와씰리와 춘희도 들어온다)

똘랴-마마!… 마마!!…

애선-너 왜 이러니?

똘랴-마마, 우리는 이곳에서 살지 말고 가기요! 나는 학교로 가기도 부끄럽소. 가기요! 가기요!

애선-똘랴, 진정해라.

똘랴-마마, 가지 않으면 내 혼자 갈 테요! 내 혼자! (고함을 지르며 내 닫는다)

애선-(따라 나가며) 똘랴! 똘랴! 네 어디로 가느냐?

신숙-웬 일이요?

춘희-(격분된 맘으로) 올랴의 아들 페쟈가…

신숙-그래 어쨌단 말이오?

춘희-애선언니를 잡년이라고 욕했답니다. 그래서 저 애가 페쟈와 싸웠어요.

와씰리 - 에… 망나니들! 어린애들까지 중상시켜! 내 그 년을 (달려 나
간다)

신숙 - 와씰리, 와씰리!

창수 - (격분 되여) 신숙동무, 내 이때까지 아무 말 없이 침묵을 지켰어
요. 그러나 인제는 참을 수 없어요. 이건 중상입니다. 창으로 찌
르는 것보다 더 아픈 중상입니다. 그래 당 단체와 관리위원회에
서는 이것을 묵과하려 하십니까? 신숙동무, 나는 애선이와 특히
가깝습니다. 까닭에 나는 애선이를 누구보다 잘 알아요. 그는
그러한 녀성이 아닙니다. 아니애요.

신숙 - 창수동무, 저는 축산업자들과도 이야기해 보았으며 신소장을
쓴 녀자들의 남편들과도 이야기해 보았어요. 이건 순전한 모해
와 중상입니다. 이 신소장을 누가 썼는지 아서요? 갈리나가 썼
어요.

창수 - 옳아요. 갈리나… 그러나 애선이는 오히려 갈리나를 닭페르마
의 주임으로 시켜달라고 수차 신숙동무에게 청들었지요? 그랬
지요?

신숙 - 옳아요. 그랬어요. 애선이는 참다운 인도주의자입니다. 그러나
우리 지도자들 가운데 혹자들은 그의 깨끗한 인간성을 잘 리해
하지 못하는 자들도 있으니까요.

창수 - 옳아요. 인간생활이란 실로 복잡합니다. 이건 절대로 여유시간
에 해결할 문제들이 아니니까요.

신숙 - 까닭에 회장동무는 자기가 이 문제에 대하여 좀 경하게 처리한
것을 몹시 후회합니다. 창수동무, 지금 여기로 신소장을 쓴 사
람들이 올 것입니다. 나는 그들을 청했어요.

뻬쨔 - (달려 들어오며) 빠르또르그동무, 저기 청한 사람들이 왔습니다.

신숙 - 들어오라구 하십시요. (창수가 퇴장한다)

빼쨔 - (밖을 향하여) 들어오랍니다. (좀 있다, 올랴, 갈랴, 향순, 옥자, 춘회, 미하일, 와씰리, 쓰웨뜰라나 기타가 들어온다)

신숙 - (신소장을 내들며) 이것이 동무들이 쓴 신소장입니까?

올랴 - (잠간동안 망서리다가) 네, 옳소꼬마.

신숙 - 그동안 자세히 알아본 결과 이건 죄다 어처구니없는 말공부인 것이 알려졌어요.

올랴 - 무엇이람둥? 말공부? 그래 저기 서있는 저 미하일동무가 애선이 와 같이 놀다가 붙잡힌 것도 말공봄둥? 네? 말씀합소! 그리고 또 요즘엔 도시에서까지 웬 남자들이 시굴리를 타고 왔다 갔다 하 며 그 집에 와 술놀음을 하며 자고 다니오꼬마. 그래 이게 모두 말공봄둥? 네?

미하일 - 빠르또르그동무, 저에게 언권을 주십시요.

신숙 - 말씀하십시요.

미하일 - 말하기는 부끄럽습니다만 말하지 않을 수 없어요. 빠르또르 그 동무, 이건 죄다 내 잘못으로 이렇게 되였어요.

올랴 - (버럭 일어나 소리 지르며) 봅소! 봅소!

미하일 - 가만있소! 내가 더럽고 추잡한 인간인 까닭으로 무죄한 애선 동무의 깨끗한 명예를 손상시켰어요. 그러니 차라리 저를 처 리해 주십시요.

신숙 - 그러니 이 신소장에 씌여있는 모든 사실들이 죄다 옳다는 말씀 이지요?

미하일 - 아니, 그렇지 않습니다. 그건 죄다 어처구니없는 거짓말입니 다. 실상은 내가 애선동무에게 허튼 수작을 하다가 귀쌈을 얻 어맞으나 다름없이 욕을 잔뜩 얻어먹고 쫓겨났는데 여기에 서있는 이 녀자동무들은 마치 나와 애선이와의 사이에 무슨 관계나 있는 듯이 헛소문을 온 동네에 퍼뜨려놓았어요. 이건 어처구니없는 생잡입니다. 생잡이!

춘희 ─ (뛰여 들며) 옳아요, 생잡이! 그 외에도 애선언니에게 대한 어방 없는 말공부들이 많지요. (녀자들을 향하여) 무엇을 위해? 또는 무엇 때문에 당신들은 무죄한 사람을 모해하자고 들어요? 네? 부끄럽지들 않아요? 네? 뻬쨔, 인제는 네 말해라.

뻬쨔 ─ 나도 이 문제를 제기할 텝니다. 신문지상에 제기할 텝니다. 그러한 너절한 인간들이 다시는 그런 짓을 하지 못하게 단단히 골탕을 먹여놓아야지요. 그래야 정직한 사람들이 마음 놓고 살 수 있을 것입니다.

향순 ─ (목청을 높여) 듣기 싫다! 불 안 땐 굴뚝에서 연기가 날까?

와씰리 ─ (벌컥 뛰여 들며) 꾸면 쐈다고 하는 말공부쟁이도 있으니까요!

신숙 ─ 동무들! (모두 다 조용하다) 동무들은 새로 채택된 쏘련헌법을 읽어보셨겠지요. 제7장 54조에 ≪쏘련공민은 명예와 인권과 생명과 건강에 침해를 받을 때 사법기관을 거쳐 법적옹호를 받을 수 있다≫고 씌여 있습니다. 듣습니까? 명예와 인권박해! 이건 범죄적 행위입니다. 그러니 헌법에 의하여 애선동무는 이 문제를 사법기관에 제기할 것이며 동무들은 피고로 재판을 받게 될 것입니다.

올랴 ─ 야, 정말 별일 다 보겠소꼬마, 제 남편을 개평 준 것만 해도 뿔어나 죽겠는데 게다가 또 재판까지 받아? 야, 정말 기 차오꼬마.

미하일 ─ 빠르또르 그 동무의 말씀이 옳습니다. 재판에 넘겨야지요. 내부터 재판에 넘기십시오. 도덕상 와해분자들도 범죄자들이라고 저도 생각합니다.

와씰리 ─ 책에 쓰인 법률 외에 또 다른 인간적 법률도 있으니까요. 그 법률은 사법기관에서 처리하는 것이 아니라 사람과 사람 사이에 사사로히 처리하는 량심적 재판입니다. 그것이 혹시 더 무서울 수도 있으니까. 올랴동무, 알아들었소? (이때에 참고 앉아 있던 쓰웨뜰라나가 버럭 뛰여 들어 열렬히 말한다)

쓰웨뜰라나─미하일 뻬뜨로위츠는 어째 갈랴에게 대해서는 한마디도 말하지 않습니까? 저 신소장을 누가 썼는지 아시오? 갈리나가 썼습니다. 갈리나가 쓰빨레트니짜며 클랴우스니짜야요. 그가 죄 없는 애선이를 생잡이 했으며 말공부쟁이들을 충동했어요! 갈리나는 나의 사촌언니입니다. 친족관계로 보아서는 말하기 어렵지만 말하지 않을 수 없어요. 나는 첫째로 갈랴를 재판에 넘길 것과 또 이 동네에서 영영 쫓아낼 것을 제의합니다.

신숙─동무들, 인제는 집으로 돌아들 가십시요. 집에 돌아가 자기들이 한 행동에 대하여 꼼꼼히 생각해들 보십시요. 량심은 동무들께 진리를 말해 줄 것입니다. 사람은 사람을 사랑하며 존경해야 합니다. 그리고 사람답게 살자고 힘써야 합니다. 그것이 우리 인간생활에 있어서 가장 중요한 법칙이니까요. 인제는 집으로 돌아들 가십시요.

(사람들이 나갈 때 애선이 똘랴를 데리고 들어온다)

신숙─애선동무, 애선동무께서는 혹시 모를 수도 있지요. 회장동무는 지난밤에 병원에 입원되였어요.

애선─네? 병원에?

신숙─심장 쁘리쓰뚜쁘로 인하여 입원되였어요.

애선─그런 걸 나는 몰랐습니다.

신숙─애선동무는 이 청원서를 도루 받으십시요. 이건 회장동무의 부탁입니다.

애선─(말없이 묵묵하다)

신숙－애선동무, 아시오? 우리 꼴호스에 셀료늬 꼰웨이예르를 조직할
 데 대한 구역당위원회의 결정이 있습니다.

애선－(기뻐하며) 네?

신숙－인제는 이 청원서를 어째야 합니까?

애선－찢어 던지십시요.

신숙－아니, 나는 이 청원서를 애선동무에게 선사합니다. 이것을 오래
 오래 간수해 두십시요. 그리고 무엇이나 어려운 일이 있을 때면
 이 청원서를 다시금 읽어 보십시요 (애선이를 껴안으며) 애선동
 무, 우리 함께 셀료늬 꼰웨이예르를 건설합시다. (이때에 똘랴
 가 강아지를 안고 들어온다. 그 뒤를 따라 창수도 들어온다)

똘랴－마마, 이것 보오, 이 강아지를 보오, 창수쟈쟈가 나에게 선사했소!

애선－그 강아지 실로 곱구나.

－암전－

제8장

애선의 집 정원

불이 커지면 춘희와 **뻬쨔**, 기타 많은 이웃사람들이 모여들어 애선이를
기쁘게 마중하기 위하여 정원을 화려하게 장식하고 있다. 그들은 유쾌한
기분으로 노래를 부른다.

구름 뚫고 우뚝 솟은 천산 속에서
 소리치며 내려오는
  힘찬 씨르다리야
몇 만 리 넓은 벌에

승리의 노래 떨쳐
꽃 핀 행복 가득 안고
넘쳐 흘러라

(이때 올랴가 달려 들어온다)

올랴-춘희, 오늘 애선이 모쓰크와에서 온다는 말이 옳소?

춘희-야, 옳소, 그래서 우리는 오늘 울안을 장식하오.

올랴-나도 좀 도와줄가?

춘희-아니, 인제는 별로 할 일 없소.

올랴-애선이는 모쓰크와 구경을 잘 했을 거요.

춘희-구경뿐이요, 금메달까지 탔다오.

올랴-그런데 춘희, 무슨 소문을 듣지 못했소?

춘희-또 소문이오?

올랴-저 갈리나 말이오.

춘희-그래, 그가 어쨌단 말이오?

올랴-저 《새길》쏩호스에 가 일하다가 거기에서도 쫓겨났다오.

　　　(이때 향순이 떡 양푼을 이고 들어온다)

향순-춘희야, 이것 받아라.

춘희-이것은 무엇이애요?

향순-애선이 오면 먹이려고 증편을 해왔다.

춘희-증편? 아이, 어쩌면 할머니는 애선언니의 구미를 그렇게까지 잘 아세요? 실상 애선언니는 증편을 즐겨합니다.

향순-안다, 다 알어. 눈은 거슴츠레 떠도 볼 것은 다 보고 들을 것은 다 듣는다.

춘희-할머니, 고마워요.

향순−이건 내가 애선에게 표시하는 나의 뜻이다. 애선이의 일이 잘되니 나도 실상은 기쁘다.

올랴−정말 그렇소꼬마. 나도 기쁘오꼬마.

향순−(텁게) 무에야? 기뻐?… 그따위 잡년이 잘되면 어떻고 못되면 어째?

올랴−네?… 잡년? 그게 무슨 말씀임둥?

향순−(우정 화를 내며) 왜 벌써 잊었나? 온 동네를 쓰고 돌며 못쓸 잡년이라고 말공부질 하던 일을 잊었어? 웅?

올랴−그게야 몰랐으니 그랬습지 뭐. 그리고 또 그건 삼 년 전일인데 이제 와서 묵은 덤불을 둘출 것은 무엇임둥?

향순−(올랴의 잔등을 척척 치며) 허허허… 롱담이네, 롱담이야! 그렇기에 이 사람 올랴, 한평생을 두고 이 혀끝을 조심해 놀려야 해, 이 혀가 비록 짜르고 작은 것이지만 죽고 살고 흥하고 망하는 모든 문제가 다 이 혀끝에 달렸네. 춘희야, 나는 가겠다.

춘희−왜 인차 가서요. 지금 당장에 애선언니가 올 텐데.

향순−나는 차츰 애선이와 만날 테야, 아직은 에… (손을 치고 나가려 한다)

춘희−가지 마시오. (만류해 앉힌다)

뻬쨔−(멀리를 보더니) 춘희야, 저것 봐라, 저 산굽인돌이에 창수의 자동차가 나타났다.

춘희−어데 아이, 애선언니 오는구만, 뻬쨔, 음악을… (마중 나간다)

뻬쨔−(마그니또폰을 틀어놓으니 경쾌한 음악이 울려나온다. 좀 있다가 애선이, 신숙이, 똘랴, 창수가 들어온다. 애선이는 꽃다발을 안았고 창수와 똘랴는 애선의 짐짝들을 날라 들인다)

애선−춘희야, 너는 그동안 똘랴를 돌보노라고 얼마나 고생했느냐?

춘희−고생이랄 것 있소. 똘랴는 인제는 다 큰 앤데. (상을 내놓으며)

언니, 여기 앉소. (신숙에게) 회장동무도 앉으십시요.

애선－(똘랴를 껴안으며) 너는 그동안 나 없이 혼자 어찌 살았느냐?

똘랴－아니, 혼자가 아니라 춘희죠쨔와 같이 있었는데 뭐. 그리고 또 올랴죠쨔도 돌보아주고, 향순할머니도 돌보아 주었소. 늘쌍 때 식을 끓여놓고는 나를 데려갔소.

신숙－웨데엔하를 본 인상은 어떠합니까?

애선－그 인상은 실로 큽니다. 그리고 또 우리 꼴호스의 농산물 출품들은 높은 평가를 받았으며 도야르까 까쨔는 웨데엔하 시상으로 승용자동차를 받았어요.

(모두 다 박수로 찬양한다)

신숙－애선이 요즘 공화국 축산업자 대표단이 우리 꼴호스에 왔다 갔는데 그들은 우리 꼴호스의 셀료늬 꼰웨이예르를 돌아보고 높은 평가를 주었어요. 높은 둔덕 황무지를 개척하고 물을 자아올려 셀료늬 꼰웨이예르를 한 것은 실로 대단한 일이라고 말했어요.

애선－회장동무, 저에게는 또 한 가지 새로운 생각이 생겨났어요. 닭 페르마를 이미 짓자던 터에 짓지 말고 저 《귤싸라》 늪역에 지읍시다. 그리고 그에 런달아 오리와 게사니페르마까지 지읍시다. 《귤싸라》 늪을 중심으로 하고 한편에는 우유페르마, 다른 편에는 닭, 오리, 게사니 페르마, 그리고 또 셀료늬 꼰웨이예르! 그렇게만 되면 우리 꼴호스의 축산경리는 큰 꼼비나트로 될 것입니다.

(모두 박수로 찬동한다)

신숙－(애선의 손을 쥐며) 애선이는 실로 강직한 녀성입니다!

(이때 똘랴가 쓰크립까를 들고 나타난다)

똘랴－마마, 내 쓰크립까를 켜라오?

애선 – 오냐, 어서 켜라, 내 너의 쓰크립까 소리를 들은 지 오라구나.

(똘랴가 감동적으로 쓰크립까를 켠다. 불연간 무대는 찬란한 광채로 비추어지며 쓰크립까를 켜는 똘랴의 흥분된 모습과 행복에 넘쳐 빛난 미래를 환상하는 애선의 모습이 영화의 장면에서처럼 나타난다. 모두들 환희에 넘쳐 똘랴의 음악을 듣는다. 다음엔 그 음악에 맞추어 노래를 합창한다)

이 넓은 옥야에 풍년이 와
곡식 창고가 가득 차면
새 생의 새 봄은 나래쳐
행복의 고개를 또 넘는다.

에헤헤 뿌려라
씨를 활활 뿌려라
땅의 젖을 짜먹고
와싹와싹 자라게

— 막 —

동창생

연성용

등장인물들

장병태 - 구역 한 기관의 지배인

마리야 뻬뜨로브나 - 지배인의 안해

김 - 수도에서 온 검열원

까씨모브 - 구역 책임자.

병태의 집. 객실

무대에는 안락의자, 탁상, 의자들, 전화기가 있다. 막이 열리면 마리야 뻬뜨로브나가 안락의자에 앉아 무슨 책을 읽고 있다. 그는 안경을 꼈으며 비싼 실내 옷을 입어 겉보기에는 상당한 지식가처럼 보인다. 말을 할 때는 코소리를 내며 느릿느릿이 한다.

초인종 소리가 울린다.

마리야 뻬뜨로브냐 :

-들어오시오.

김 : (방안으로 들어서며)

－안녕하십니까? 병태동무의 집이 옳지요?

마리야 :

－이야… 옳소꾸만.

김 :

－지배인동무는 집에 계십니까?

마리야 :

－지배인이 어째서 이런 때에 집에 앉아있겠소. 직장에 가보우.

김 :

－사무실에는 없던데요. 그래서 직장 내를 돌아보았는데 거기에도 없기
  에 사택을 찾아왔습니다. 용서하십시요.

마리야 :

－손님께서 찾아오긴 했지만 지배인을 만나보는 것 같지 않소꾸만. 아
  침에 나가면서 말하기를 오늘은 중한 일이 있어 늦게야 집으로 오겠
  다고 했소꾸만. 그리고 또 집에 서는 사사일 때문에 온 사람들을 접
  대하지 않소꾸만.

김 :

－부탁합니다. 어데 지금 그가 계시는지 수고스러운 대로 전화를 좀 걸
  어주십시오. 저는 지배인동무의 동창생입니다.

마리야 : (얼마동안 김을 아래우로 훑어보다가 마지못해 전화를 건다)

－알료! 알료! 꼬쓰쨔임둥? 웅, 내 마리야오. 양, 양… 무엇이라고? 하하
  하… 그런데 말소리들이 높은 것을 보니 벌써 잘들 되였구만… 저런!
  하하하… 꼬쓰쨔! 수화기를 병태에게 주오. 병태요? 어째 그렇게 말
  이 다사하오?… 집에 누가 왔소. 내 벌써 그렇게 말했소. 그런데 그는
  당신의 동창생이라면서 기어이 보고 가겠다오. 무시기라구? 외형이
  어떤가구? 아이, 별걸 다 묻네… (비옷에 장화를 신은 옷차림을 한 김

을 힐끔 쳐다보고) 하하하… 내 무시기라 말하겠소. 양, 양, 옳소. 당신이 알아마친 것 같소. 와보면 알 것이요. 무엇이라구? 성명이 무엇인가고?

김 :

ㅡ저의 아이 때 이름은 청룡이라 합니다.

마리야 :

ㅡ이름이 청룡이라오. 무시기라구? 기다리라고? 병태! 술을 작작 마시오. 양! 또 취해 들어왔다가는 복도에서 잘 줄 아오, 양! 뽀냘? 그래 언제 오겠소? 빨리 오오. 양! (수화기를 놓고 김에게) 손님, 들어와 앉으시우. 인차 오겠다꾸마…

김 :

ㅡ예, 감사합니다. (의자에 앉는다)

마리야 : (걸레를 가져다가 김이 섰던 자리를 씻으며)

ㅡ우리 집에는 소제원이 있었소꾸만. 그런데 요즘 결산을 하고 나가고 보니 이 크나큰 집을 혼자 거두느라고 정말 바쁩니다.

김 : (미안해하며)

ㅡ용서하십시오. 신을 닦고 들어온다는 것이…

마리야 :

ㅡ일 없소꾸만. 어려워하지 맙소. 요즘엔 날씨가 어찌나 궂은지 아쓸해서…

김 :

ㅡ예, 벌써 나흘째나 계속 비가 내립니다.

마리야는 또다시 안락의자에 주저앉더니 책을 읽기 시작한다. 주인녀자가 말 한마디 건느지 않으니 김은 어쩔 줄을 몰라 하다 말을 시작한다.

ㅡ용서하십시오. 담배를 한대 피울 수 있습니까?

마리야 :

–담배를…? 나는 원판 담배내만 맡아도 아쓸해 합니다. 그러니 병태도 담배를 피우고 싶으면 복도에 나가 피우지요. 그러나 일없소. 피우오. 내 재털이를 가져 오겠소꼬만… (일어나 나간다)

김 :

–아니, 그만 두십시오. 피우지 않겠습니다.

마리야 : (재떨이를 가져다 놓으며)

–피우시오. (또 안락의자에 펄썩 주저앉아 책을 읽는다)

김 : (담배갑을 도루 호주머니에 넣고 한참 묵묵히 앉아 있다가 또다시 말을 건넨다)

–자식들이 많습니까?

마리야 :

–자식들이? 나에게는 없고 병태에게 자식들이 있는데 그 애들은 제 어미와 함께 저 미추린거리에서 산답니다.

김 :

–아, 알만합니다.

이때에 병태가 등장한다.

병태 :

–손님, 나를 찾아왔습니까?

김 :

–오, 병태! 아이 때의 모습이 아직 남아 있구만… 참 오래간년이요, 병태! 실로 반갑소!

병태 :

–가만있소. 나는 잘 알아보지 못하겠는데…

김 :

–나를 모르겠나? 내가 청룡이네…

병태 :

－청룡? 가만있자… 청룡이… 생각나지 않는데…

김 :

－자네 그래 우리가 양기바사르에서 한 촌에서 살던 일을 잊었단 말인가? 한 학교, 한 반에서 공부하던 일도 기억되지 않나?

병태 :

－나는 원래 기억력이 약한 까닭에 아이 때 일이라군 전혀 기억하지 못하오.

김 :

－여보게, 이사람! 전쟁시 여름방학 때 우리가 꼴호스 밭에서 맨 물에 맨홀레브를 먹으며 김을 매던 일도 생각 안나나?

병태 :

－가만있소. 청룡이, 청룡이, 아, 기억나네… (다시 손을 잡으며) 이런 정신이라구… 반갑네. 그러나 청룡이, 지금은 우리가 이렇게 잘 살게 되였는데 어린 시절의 힘들던 일을 되풀이 할 필요가 있나? 그렇지 않나? 그래 무슨 일 때문에 왔나? 아, 말하지 말게. 나는 벌써 자네가 일자리 때문에 여러 번 나를 찾아왔었다는 말을 나의 부지배인에게서 들었네. 사실 구역소재지에서는 일자리를 얻기 참 어렵다네 하여튼 집은 좁지만 오늘밤은 우리 집에서 자게. 그리고 우리 래일 이야기해 봅세. 지금은 골통이 아파서 아무런 이야기도 못하겠네.

김 :

－나는 자네가 여기서 지배인 노릇을 한다는 말을 듣고 찾아왔는데…

병태 :

－글쎄, 나도 실상 이렇게 만나보니 대단히 반갑네. 어서 웃옷을 벗고 편안히 앉게.

김 :

－고맙네, 그런데 나는 볼일이 있어서 가야하겠네.

병태 :

－그래, 어디 려관에 자리를 잡았나? 실상 려관에서 자는 것이 더 편리
　할 것이야. 남의 집에서 자면 어쨌든 불편하니까.

김 :

－아, 글쎄 그것도 그렇거니와 지금 나를 데리려 자동차가 올 것이네.

병태 : (놀란 기색으로)

－아니 자동차라니… 무슨 자동차? (이때 밖에서 자동차 신호소리가
　들리더니 얼마 후에 까씨모브가 들어온다)

까씨모브 :

－주인 계십니까?

병태 :

－어서 들어오십시요.

까씨모브 :

－쌀람알레이꿈!

병태와 마리야는 굽실거리며 까씨모브를 맞이한다.

병태 :

－아니, 까씨모브동무! 어쩌다 이렇게… 어서 들어와 앉으십시요.

마리야 :

－까씨모브동무! 오시느라고 수고했소꾸만. 안심치 않소꾸만… (웃옷
　을 벗기려한다)

까씨모브 :

－라흐마트, 라흐마트. (김을 향하여) 뾰뜨르 와씰리예위츠, 기다리게
　하여 안됐습니다. 오는 도중에 자동차에 고장이 좀 생겨서 머무르게
　되였습니다. 용서하십시요.

김 :

–일없소. 동창생도 만나보고해서 재미있는 담화를 하다나니 기다릴
새도 없었소. 병태! 용서하게! 나는 가야하겠네.

병태 :

–어찌 이렇게…

김 :

–우리 후에 만날 기회가 있으리라 생각하네. 조용히 만나 자세하게
이야기해볼 일도 있으니까… (까씨모브에게) 까씨모브동무! 갑시다.
(퇴장)

까씨모브 :

–예, 갑니다. (주인들에게) 안녕히 계십시요.

병태 : (까씨모브에게 조용히 물어본다)

–저 사람이 누구요?

까씨모브 :

–아니, 동창생이라면서 지금도 그가 누구인지 모릅니까? 우리 성에서
오신 검찰원입니다. 지금 우리 계통의 기관들을 검열하려 왔소. (병태
의 잔등을 툭 치며) 병태동무, 잘 준비하십시요. 다시 봅시다. (퇴장)

병태 :

–무엇…? 성에서 온 검찰원?

마리야 :

–그런 것도 모르고 나는…

병태 :

–그만큼 사람들 속에서 단련 되였다면서 성에서 온 검찰원도 알아보
지 못한단 말이요? 당신이 그렇게 헛되게 말하지 않았던들 내가 어찌
그렇게까지 푸대접을 했겠소. 당신의 눈은 부엉새눈만도 못하오.

마리야 :

－내 눈은 글쎄 부엉새 눈보다도 못하다 치고 당신의 눈은 무슨 눈이기에 제 동창생도 못 알아보았소?

병태 :

－실로 내 눈은 개눈만도 못 하오… 어떤 기회를 놓쳤소? 인제는 변을 면치 못하게 되었소.

마리야 :

－쉬－저기 무슨 인기척이 들리는 것 같소.

병태 :

－혹시 그가 도루 돌아오지나 않는지…?

마리야 :

－그럴 수도 있소. 동창생의 우정이란 얼마나 큰 것이요.

병태 :

－정말 그렇소. 동창생이란 형제나 다름없으니까…

마리야 :

－당신은 여기에서 머리를 틀어잡고 앉아 있소. 나는 여기에서 무슨 일을 하는 척 하겠소. 자!

병태 :

－그래서는 안 되오. 여기에 앉아서 우는 척하오.

마리야 :

－울기는 왜 울어?

병태 :

－실수한 일이 아수해서 우는 척해야 된다는 말이요. 그러면 그의 마음이 혹시 봄철에 얼음 녹 듯 스르르 풀릴 수도 있을 것 아니요. 자!

마리야는 손수건으로 눈을 가리우고 우는 척하고 병태는 머리를 틀어잡고 상우에 숙으렸다. 한참동안 그 모양을 하고 앉아있어도 누구도 들어오는 사람이 없다.

병태 : (머리를 들며)

―그래 아무런 인기척이 없소?

마리야 : (문으로 가까이 가서 귀를 대고)

―없소. 아무도…

병태 :

―그러면 가버렸구만…

마리야 :

―인젠 어째야 되우?

병태 :

―어쩔 것 있소. 일이 그렇게 된 걸… 하는 일이나 잘 되여 나갔으면 마음이 든든하련만… 부기원의 말에 의하면 20천루블리나 문건상으로 모자란다오. 그래서 요즘엔 그것을 메꾸느라고 볶아치는 판인데…

마리야 :

―병태, 너무 속 태우지 마우. 그래도 무슨 살 구멍수가 나지겠지. 부기원의 솜씨가 이만저만이 아니니 아마 문건을 빈틈없이 만들어 놓을 것이요. 그리고 또 (손짓으로 시늉을 하며) 내가 이렇게, 이렇게… 요술을 피우면 혹시…

병태 :

―저기로 좀 비끼오. 굼벵이처럼 능글능글하면서 궁리는 쥐꼬리만치도 없소.

마리야 : (펄떡 성을 내며)

―무시기라구? 굼벵이처럼 능글능글한다구…?

이때 전화종소리가 울린다.

병태 : (엉겁결에)

―마리야 뻬뜨로브나, 이게 무슨 종소리요?

마리야 :

―그이가 아마 사무실에서 전화를 거는 모양이요…

병태 : (떨리는 음성으로)

―마… 마… 마리야, 수화기를 어서 드오.

마리야 :

―내… 내… 내가 무슨 까닭에 수화기를 들겠소. 당… 당… 당신의 동… 동창생인데 당신이 들겠지…

병태 :

―당신은 나보다 말재간이 더 있지 않소. 그러니 어서 말을 하오. (손짓을 하며) 좀 이렇게 요술이 아니면 진술이라도 피우란 말이요.

마리야 :

―무시기라구? 진술이라도 피우라구, 아이구, 사람이 살다가 별 망칙한 소리를 다 듣네… 나는 싫소!!

병태 : (떨며 수화기를 든다)

―예… 듣습니다. 예? 지금 당장 사무실로 오라구요? 예, 예, 곧 가겠습니다. (수화기를 놓고) 마리야 뻬뜨로브나의 말이 맞았소. 그가 지금 사무실에 가 앉아서 나를 부르오. 인제는 별 수 없이 변을 당하게 되였소. 그러니 마리야는 집에서 음식이나 잘 차리오. 무엇이건 아끼지 말고 집에 있는 것은 죄다 차려놓으란 말이요. 그리고 술도 제일 값비싼 것을 내놓소. 무엇이나 아낄 때가 아니요. (마리야의 옷을 잡아채며) 그리고 이건 또 무엇이요. 제일 좋은 옷을 입고 화장도 좀 곱게 하란 말이요. 내말을 알아들었소? 어떤 수단으로나 일을 무사하게 처리해야 하오! 내 어떻게 하던 그를 집으로 끌고 올 테니. 동창생이란 얼마나 다정하오. 동창생을 박대해서는 못쓰오! 알았소?

마리야 :

―음식차림은 념려하지 말고 어떻든 데리고만 오오. 그 다음 일은 내가

죄다 (손짓으로 시늉을 하며) 알아들었소? 뚜다, 쑤다 한단 말이요. 요술이 정 안되면 하다못해 진술을 쓰더라도 내가 처리하지 않으리! 자…!

병태는 밖으로 내뛰고 마리야는 안방으로 달아 들어간다.

(막)

희곡

홍 범 도

태장춘

　중앙아시아 카작스탄의 한인작가 태장춘이 쓴 희곡으로 1942년 47년 중앙아시아에서 공연되었다 한다. 현재 우리가 쓰는 철자법과 차이가 많지만 그대로 옮겼다.

지대는 – 조선
시기는 1908~1909년
등장인물

홍범도 – 의병대장	윤경 – 의병
충열 – 그의부하	군팔 – 농민
수산 – 의병	야마도 – 헌병대장
금점군 – 의병	우진 – 변절자
양순 – 범도의 아들	재덕, 원홍, 허철, 기수, 치호
일남 – 월향의 아우	– 일진회 괴수들
의병1	경태 – 상점주인
의병2	조니
의병3	보초병1
용준 – 의병	보초병2

중대부관 　　　　　　　　　　연옥 – 시약시
보조원 　　　　　　　　　　　한씨
부인 – 범도의 부인 　　　　　어머니
월향 – 삼수읍기생 　　　　　　의병들
순선 　　　　　　　　　　　　군인들
노친 – 치강의 부인 　　　　　농민남녀들
치강

제1막

지대는 삼수읍 현병문견소이다.
막이 열리면 분주하게 전화가 온다.

야마도: (전화수화기를 들고) 무에야? 홍범도! (원홍을 눈질하여 쓰라
고 한다) 24일 저녁 7시에… 고진동 수비대 삼십 명이 습격을
당하고 무기까지… 24일 아츰 5시에 장진노루목에서 군인 50
명… 홍진 24일 오후 2시에… 군용마차 다슷을 압수. 24일 룡
문동에서 홍진… 아니, 웬 홍범도가 그리 많은가 말이야?!
(전화를 놓으면서) 알 수 없어… 실상 홍범도가 날아다니는 모
양이야… (방 좌우로 왔다 갓다 한다)
긴상! 조선에 저런 인물이 몇이나 있었나?

원홍: (잠간 생각다가) 제 생각에는 그런 우악한 강도를 인물이라고 하
는 것은 너무나 지나가는 듯 생각됩니다.

야마도: (비웃는 듯) 그것은 당신이 좀… 오해하는 듯하오! 우악하여?
홍범도가 우악하다는 말씀이지요? 장차 조선을 운전하려는

그들의 결과 없는 말슴보다 홍범도가 더욱 우악하다지요. 하, 하!

원홍: 그러나 홍범도가 함정에 떨어질 날이 얼마 남지 않았습니다.

야마도: 실수하는지 모르나 그런 말슴을 내가 들은 지 벌서 몇 해 지나 간 듯합니다. 하여간 잡기 위하여서는 지금보다 더 심하고도 혹 독한 정책을 쓰어야 됩니다. 그렇지 않다가는 당신과 나의 머리 가 어느 때에 쥐도 새도 모르게 말장 끝에 달리게 될 것입니다.

현병보조원: (등장하여) 어떤 어룬이 밖에 오서서 명태 홍정을 청합 니다.

야마도: (놀라 일어서면서) 명태! 들습니까? 살았습니다.

원홍: 누구요?

야마도: 우진이 말입니다.

원홍: 네, 그야 더 말할 것 있습니까? 참말호원 참새지요.

야마도: (보조원에게) 들어오라 하여!

보조원: 예! (퇴장)

우진: (등장하여) 그간 안령들 하십니까?

    (급히 인사한다)

야마도: 아 우진씨! 그런데 웨 소식이 없었소?

원홍: 우리는 몹시 근심하였는데

우진: 형편이 그리 되었습니다. 저는 3분밖에 더 지체할 수 없습니다.

야마도: 그러면 어서 말하시오. (원홍에게 목책을 주며 쓰라고 한다)

우진: 네 사람이 왔는데… 온흘 저녁 아홉 시에 나는 리경태 – 남아지 세 사람은 손병준 집에 들겠으니 경찰을 보내되 내가 빠지도록 하여야 될 것입니다. 총소리는 저쪽 세 사람을 죄다 포착한 다음 에… 그 사람들이 의병들 중에서 일홈 있는 사람들입니다. 주의 하시오.

야마도: 네, 그것은 그렇게 하지요. 그런데 지금 홍범도 군대에 군인이

얼마나 됩니까?

우진: 그가 직접 다리고 단니는 군인이 한 백 명 문하고 남아지는 사처에 널려있는데 그 군인 수는 똑똑히 알 수 없습니다.

야마도: 그런데 우진씨의 소견에는 지금 우리가 어떠한 응급책을 써야 될 듯합니까?

우진: 위선 의병대에 식료를 공급하는 농촌을 우리가 점영해야 하며 농민들의 머리속에서 의병들께 대한 신념을 빼어버리기 위하여서는 선참후계하는 혹독한 정책 ― 농민들을 붓잡아 그중에서 똑똑한 놈들을 골나서 농민들이 보는데 총살하여야 할 것입니다.

야마도: 옳습니다 긴상! 들었습니까? 우진씨의 말슴을… 빛난 로력은 상당한 대까를 받을 것입니다.

원홍: 우진씨! 급한 시일에 홍범도를 없앨 수 없을가요?

우진: 홍범도를?

원홍: 네

우진: 어떠한 방식으로요?

원홍: (손으로 목을 버이는 형용을 한다)

우진: 할 수 있지요. 그러나 그것은…

야마도: 못합니다. 그것은 상부에서 금합니다. 비록 우악한 홍범도의 머리나마 산 채로 보관할 필요가 있습니다.

우진: 시간이 되였습니다. 저는…

야마도: 아, 그러면 가보시요!

원홍: 성공하기를 믿습니다.

우진: 안령히들… (나가다가 돌아서서 야마도를 보면서) 저… 당신께서 저의 주소를 잊지 않었겠지요.

야마도: 네, 전번에 천 원을 부쳤서요! 그리고 이번에도 또… 그리합지요.

우진: 예, 예, 감사합니다. (퇴장)

야마도: (나가는 것을 보다가) 긴상! 만약 우리 인군들 사이에 저 우진이 같은 사람이 열만 더 있다면 밤낮 설개 치는 홍범도의 장난은 벌서 중지 되였을 것이지요.

원홍: 그럴 수도 있지요! 그러나 꽁 잡는 것이 매라고 그 결과를 보아야 하지요.

현병보조원: (등장하여) 전하! 명령대로 죄인 0081과 0025를 다려 왔습니다.

야마도: 하이! 0081을 이리루 다려오고 저쪽방에서 잠간 기다려!

현병보조원: 예! (퇴장하더니 머리에 누른 조히 꼭깔을 억게까지 푹 나려 쓴 여자를 다리고 들어온다. 손에는 수갑을 채웠다)

야마도: 앉으시요.

부인: 보아야 앉지요.

야마도: 아, 참… (제 손으로 콸을 벗기고) 앉으시오.
(부인의 올은쪽 눈을 붕대로 싸매였다) 그간 지내는 형편은 어떻습니까?

부인: 좋습니다. 선하신 당신들의 덕행으로 올은 쪽 눈을 이 지경 만들어 보지 못하고 매일 귀봉을 따려주어 발은 말을 듣지 못하게 되었으니…

야마도: 그것은 당신의 불측한 마음, 쓸데없는 고집이 그렇게 만든 것인 줄 알아야 합니다.

부인: 옳습니다. 그러나 본시 딱딱한 박달나무를 아무리 피나무가 되라고 하여도 그는 언제던지 변치 않을 것입니다.

야마도: 그렇다면 우리는 그 나무를 불살리어 없이여 버리지요!
재만은 일반일 것입니다.

부인: 불을 달아 놓으면 닢사귀와 아지는 타버려 질 수 있으나 뿌리만은 봄이면 또다시 움이 틀 것이야요!

원홍: 부인! 당신이 그처럼 묘한 말솜씨를 남편 홍범도에게서 배왔어요?

부인: 아니, 우리가 지금 서고 있는 이 땅에서 출생하신, 어지고 정직한 선조들과 그들이 피땀을 흘리며 제 손으로 땅을 뚜지어 우리를 먹이고 우리를 길러낸 아부지와 어머니게서 배운 것이야요.

야마도: 그네들은 자기네 교훈을 가슴에 품고 땅속에 무친지 벌서 오랍니다.

원홍: (일어서면서) 그러니 당신은 온홀까지도 회개치 않는단 말이지요.

부인: 회개는 무슨 회개? 나는 본시 짛은 죄가 없으니 제대로 남아있을 뿐이지요.

야마도: 부인! 그것을 또 오해 합니다. 우리는 온홀까지 지나온 과거는 죄다 잊어버리고 당신을 석방하려고 합니다.

부인: 대단히 감사합니다. 그러니 내일부터는 저 네 거리에 눈멀고 귀 메인 거지하나가 더 뿔게 된다는 말이지요.

야마도: 아니, 그럴 리야 만무하지요! 우리가 당신의 생활비를 상당히 대어들이지요. 그리하되… 당신의 남편에게 편지 한 장을 쓰어야 하겠습니다.

부인: 편지를? (좀 생각하다가) 쓰지요. 지필묵을 주시요!

원홍: (급히 어더주며) 엇습니다. (부인은 바다들고 들있게 편지를 써 준다) 여기에다 일홈을 쓰십시요. (부인은 쓴다)

야마도: (두 사람은 한참 읽어보다가) 이 편지의 내용은 우리에게 그리 적당하지 않으니… (이미 써놓은 달은 편지를 내여주면서) 이 대로 쓰기를 청합니다.

부인: (받아 읽어보고) 당신들의 생각이 너무나 쩰습니다. 망해가는 나라를 바로 잡으려는 그이가 안악네가 이같이 어리석은 글을 쓴다하여 굴복하리란 말이요?

야마도: (성나하며) 굴복하고 아니하는 것은 우리가 알 일이니… 당신
　　　　은 쓰라는 것뿐이외다.

부인: 저는 쓸 수 없습니다.

야마도: 그래 정영 못쓰겠어요?!

부인: 예!

야마도: (상에 있는 죽편을 집어 상을 치며) 이 요망한 년! 깝질을 밝아
　　　　네거리에 회시를 시킬 터이야!

부인: 그것이야 네놈이 오래전부터 하려는 것이니까!

야마도: 무에야?! (죽편으로 부인을 치며) 끈쳐!
　　　　(초인종을 눌으니 보조원이 들어와 예하고 선다) 이년을 잡아
　　　　내가고 0025호를 불러와!

현병보조원: 예! (부인에게 콸을 씨워 가지고 나간다) 걸어!

야마도: 참, 지독한 독사야!

원홍: 전하! 필재 있는 사람을 고빙하여 꼭 요 글씨대로 편지를 씨울
　　　수가 있습니다.

야마도: 그러면 속히, 래일로 필하여 보내시요. (히로를 피우며 왔다갓
　　　　다 한다)

원홍: 예! (이때에 보조원이 죄인을 다리고 들어온다)

야마도: 이 죄인에게서 수갑과 칼을 볏기어!

현병보조원: 예! (곳 착수하여 콸과 수갑을 볏기고 급히 나간다. 양순
　　　　　　이는 무슨 일인지 몰라 두리번두리번 살펴본다)

야마도: 이애, 우리가 너를 애매한 사람으로 인정하기 때문에 온홀 너
　　　　를 석방한다.

양순: 예?! 저를 석방하서요?!

야마도: 오냐! 너는 지금 곳 갈 수 있다.

양순: 예! (사방을 돌려 살펴보다가 천천히 문역으로 나가서서 거름을

주춤주춤 한다)

야마도: 어찌하여 네가 나가기를 싫여하느냐? 무엇을 잊은 것이 있느
냐? (살피는 모양을 한다)

양순: 아니올시다. 저, 그런데… 저의 어머님은…

야마도: 오… 그래… 너의 어머니 말이지…

양순: 예!

야마도: 너의 어머니는 죄가 있어서 좀 상당한 처벌을 당하게 될 것이다.

양순: 아니? 여보십시요. 저에게 이와 같이 아모 죄도 없거던 저의 어
머님겐들 무슨 죄가 따로 있으리까?

야마도: 너는 아직 어리니까, 내가 말하여도 알지 못할 것이다. 너는
어서 가거라.

양순: 저는 가지 않겠습니다. 어머님을 두고는 못가겠습니다.

원홍: 어머니는 자기 죄로 감옥에 가치우게 되고 너는 무죄하니 지금
석방되지 않느냐?

양순: 옳지 않습니다. 어머니가 나보다 더 큰 죄인이란 것은 거즛 말슴
입니다.

야마도: 그러니 네가 무엇을 원하느냐? 너도 죄가 있으니 감옥에 가두
어 달난 말이냐?

양순: 저는 확실히 무죄합니다. 어머님도 역시 무죄합니다.

야마도: 옳지! 그러니 네가 너의 어머니를 직접다리고 나가려는 겄
이지…

양순: 예! (우름이 북바치는 성대로) 제가 어머님을 모시고가기 전에는
죽는 한이라도 혼자는 나가지 않겠습니다. (상에 와 앉는다)

야마도: (상에 가 앉으며) 그것은 우리 힘으로도 할 수 없는 일이다.
법, 법으로 해결하는 일이니까!

양순: 법이란 다 무엇입니까? 이것은 확실이 억압입니다.

야마도: (한참이나 침묵하다가) 긴상! 우리가 책벌을 받더라도 이렇게 할 수밖에 없어요. 이애! 나의 게 좋은 게책이 있다. 네가 이 편지를 가지고 가서 너의 아부지에게 전하고 회서를 받어 오너라! 그러면 그 시각으로 너의 어머니를 석방할 터이다. 네가 속히 갓다 오면 모친의 얼골을 속히 볼 것이고 늦으면 늦게 보게 될 것이 아니냐?

양순: 회서를

야마도: 오냐!

양순: 무엇이라고요?

야마도: 그것은 너의 아부지가 우리 편지를 십여 장 이상 받았으니까 회서는 쓰엇을 것이다. 아마 보낼 사람이 없는 모양이다.

양순: (상에서 일어서며) 참말, 제가 회서를 가지고 오면 어머님을 석방하시지요?

야마도: 두 말 있니? 회서만 가져오면 그 직석에서 어머님을…

양순: 속이면 당신들이?

야마도: 오냐 염여말아!

양순: 그러면 그 편지를 주십시요. 제가 속히 갓다 돌아오지요.

야마도: 그러면 너는 오늘 좀 쉬다가 내일 가기로 하여라. (시계를 끄어내보고) 원홍씨! 나는 잠간 나가서 포도 세 놈을 잡을 데 대한 지시를 주고 올 터이니… 편지를 속히 준비하시오. (양순이와 함께 퇴장한다)

원홍: 예! (야마도 나간 다음에 혼자서) 우진이! 또 우진이란 말이지. (왔다갓다하면서) 우진의 하는 사업의 성과가 양호 할사록 우리의 위신은 나려가게 된단 말이지?

재덕: (급히 들어온다. 모자로 얼골을 부치면서) 원홍씨! 저의 성공에 대하여 감사를 들이십시요. 우리가 목적하고 나가는 거름에서

는 천 년 묵은 고목도 소리 없이 넘어지며 구미여호도 꽁지를 깔
고 레할 테지요. 삼수읍 일등명기-월향도 자기의 아름다운 자
태, 부드러운 말씨, 자기에게 있는 가장 귀한 보물을 우리사업에
무기로 바치기로 승낙했어요. (본버릇, 수염을 비빈다)

원홍: 아니 그것은 참말 당신의 비상한 활동이요.

재덕: 그는 오후 팔시에 한분도 틀림없이 면회를 청할 겠입니다.

원홍: 좋습니다. 그런데 새 사건이 생겼는데

재덕: 무슨 사건이?

원홍: 군이 우진이를 알지요?

재덕: (상에 앉으면서) 우진이?… 우진이?…

원홍: 이마에 허물 있는 그 홍원참새…

재덕: 옳지, 옳지… 기억 됩니다. 저… 얼마 전에 직접 홍범도 군대로
보낸 사람 말이지요…

원홍: 예!

재덕: 그래서요?

원홍: 아마 그놈이 지금 야마도의 마음을 끌게 되는 모양입니다.

재덕: 그렇다면 그도 우리사업에 도음이 되겠지요.

원홍: 아니, 사실은 그와 정반대랍니다.

재덕: 아니, 저는 잘 리해치 못하겠습니다.

원홍: 우진이 올라설사록 우리는 점점 나려가며 그가 뭉치돈을 끌 때
에 우리는 푼돈벌기도 힘들리란 말입니다.

재덕: 네, 알았습니다. (좌우로 왔다 갔다 하며) 그렇다면 우리는 반듯
이 그의 계책을 망치게 하거나 그렇지 않으면 그를 명부에서 제
명하도록 해야 될 겠입니다.

원홍: 저도 그렇게 생각합니다. (전화통이 울린다) 예, 원홍이 들습니
다. 네?! 홍범도가 북청, 휘치령에서 일본군인 일천팔백 명을! (떨

면서) 네?! 저… 잘 들리지 않습니다. 죽은 군인이 몇이랍니까?
네, 네! 팔백 명!! (부들부들 떨면서 전화수화기를 놓는다)

재덕: 우리 군인이 팔백 명이나 죽엇단 말입니까?

원홍: (손수건으로 땀을 싗으면서) 예!

재덕: 여하간 놈은 무서운 놈입니다.

원홍: 우리가 좀 잘못 서둘다가는 어느 때에 죽는 줄도 모르고 죽을 겄
이다.

현병보조원: (등장하여 명함을 상우에 놓는다)

원홍: (받아보고) 들어오라하여!

현병보조원: 예! (나가고 여자가 들어온다)

원홍: (상을 가르치며) 앉으십시요. (녀자 앉는다)
그래 밤사이에 옛 기억을 회복하였습니까?

한씨: 저는 아모 사실도 알지 못합니다.

원홍: 실상 당신이 홍범도란 사람을 모른단 말이지요?

한씨: 모릅니다.

원홍: 그렇게까지 다신이 모른다면 수고스러운 대로 내가 지나간 당신
생활의 한 장면을 추억하여 들이지요. 언짢케 생각하지 마십시요.

한씨: 저야 압니까? 어서 말슴하십시요.

원홍: (책장을 번저 놓으며) 당신이 지금 압록강역, 신파 기름구비에
거주하는 허초시에 아낙네지요.

한씨: (지체 없이) 예!

원홍: 수년 전에 허초시가 당신과 약혼하고…

한씨: 나와 약혼한 것이 아니라 저의 부친과…

원홍: 그것은 일반이야! 허초시가 아령으루 간 다음에 부친의 안목을
속이고 홍범도란 놈하고 관계가 있어 어린아해까지 나혼 일이
있지?

한씨: (놀라다가 다시 진정하고) 있습니다.

원홍: 그러면서도 홍범도를 모른다고 그시여? 이와 같이 무서운 죄악을 누구 앞에서 감추려고 발악해?

한씨: 그것이 죄라면… 그 죄를 사하여 주신 한울이 잘못이지요. 저는 다만 땅이 길러준 맘을 가지고 살았으니 그밖에는 달은 죄가 없습니다.

재덕: 그런데 어찌하여 홍범도를 모른다고 속이시요?

한씨: 한 가지 해득하지 못한 것은 당신들이 제게서 무엇을 알려고 원하십니까?

원홍: 원하는 것은 홍범도의 생김생김과 성질… 그뿐이야…

한씨: 웨요! 그것은 당신들이 나보다도 더 잘 아실 테이지요.

원홍: 그러니 말할 것이 없단 말이지요?

한씨: 없습니다.

원홍: (상을 치며) 무엇이야?! 이…

한씨: 여보십시요. 나는 당신들 앞에 죄인으로 앉아있는 사람이 아닙니다.

원홍: 좋습니다. 끝끝내 말하지 못하겠다니 우리 재조대로 하여 보시요. (종을 눌으니 보조원이 등장한다) 허철씨를 들어오라 해!

현병보조원: 예! (퇴장한다)

원홍: 참말 우리가 지금 것 홍범도를 모르고 있는 줄 아는가?

허철: (등장하여) 원홍씨! 저를 청하셨습니까?

원홍: 네 (상에 앉으며) 홍범도를 보셨다니 그가 생긴 외형과 성질을 자세하게 이야기 하시요.

허철: 예! 대단히 감사합니다. (돈을 주니 받아서 찬찬히 보고 옆낭에 알뜰히 거너 넣고) 그러자 풀섶에서 문득 「이놈!」하는 소리가 나자 나는 땅에 폴싹 주저앉았지요. 좀 지나자 헐게 차린 초신발

로 옆구리를 툭툭 차면서 일어나라고 독촉하니 나는 죽을 방, 살
　　방 겨우 눈을 뜨고 일어서 보니 내 앞에 눈초리 좌우 귀밑까지
　　쭉 찌여지고 입은 벍어벍언, 거저 사람 잡아먹은 호랑의 입 같
　　고 텁석불수염은 (손사락을 내여 흔들며) 이리 굵은 것이 이렇게
　　저렇게 덮었서요. 에그… (몸을 떤다)

원홍: 키는?

허철: 예! 키는 난쟁이처럼 적은 놈인데… 거저 암통이 짝바라진데다
　　두 팔이 무릅 아래로 나려가고 다리가 좀 훈 것이 거저 원숭이
　　비슷해요. 더 쉽게 말하자면 풀섶에 발아난다는 고순도치 같애
　　요. (우슴을 억제로 참는다)

한씨: (듣다 못하여 너무 격분되여) 이 못쓸놈!

허철: 아니, 당신이 웨, 그러십니까?

한씨: 거즛말하여도 분수가 있지!… 당신들이 저놈의 말을 한마디도
　　믿지 마시요. 죄다 거즛 말입니다.

허철: (겁나하며 낮게) 여보십시요! 당신이 남의 잘되는 호박에다 손가
　　락질할 것이야 무엇입니까?

재덕: 야, 이! (멕탈을 쥐고) 이 못쓸자식아! 바로 말하여라. 확실히 네
　　가 보았느냐?

허철: (떨면서) 예! 참말 보았어요.

재덕: 무엇이야? (뺨을 치며) 이놈, 바로 말해!

허철: (부들부들 떨며) 예! 제가 속였습니다.

재덕: (문역으로 밀어 던지며) 속히 저 밖으루 나가!

허철: (목을 어루만지며) 예! (수차례하며) 예, 예!… (퇴장)

원홍: 하, 하, 하, 참 우숨은 꼴을 다보지.

재덕: (역시 웃으며) 아주 어물한 놈이야!

원홍: (녀자에게) 매우 감사합니다. 당신이 아니시더면 그 천치 같은 놈

에게 우리가 놀리울 번하였습니다.

재덕: 아, 그러고 보니 십 원을 잘리웠지요.

원홍: 참, 그리 되었소. (녀자의 곁으루 가면서) 실상 그 천치가 묘사하던 것 보다야 홍범도가 좀 낫게 생겼지요.

한씨: 예! 그의 체대가 장대하며 참말 남자답게 생겼습니다. 성대가 좋아서 젊엇을 때에는 소리도 잘 하시고 좀 아니꼽은 놈을 보면 참지 못하였어요.

원홍: 그가 소년 때에 성질은 어떻게 썼어요?

한씨: 성질은? 한번은 우리 동내에 큰 버드나무가 있어서 거기에다 그네를 매고 오월단오에 남녀노소가 몰여서 그네를 뛰는데 그 나무 우에 모진 독사가 있는 것을 보고 누구 나서서 소리만 칠 다름이었지요.

재덕: (주심하여 듣다가) 아, 그래서요?

한씨: 홍범도가 그네 줄을 타올나가 몽둥이로 독사와 싸호웠어요. 어떤 노인들은 큰일 낫다고, 나려오라고 웨치고, 젊은이들은 선 자리에서 독사를 튀기며 아이들은 무서워서 울고 떠들었지요. 날은 저물어서 해가 지니 어떤 사람들은 나무단을 가져가 우등을 피우며 야단이 낫는데… 밤중이 넘어서야 무엇인지 우등 우에 떨어졌어요. (원홍이는 받아쓴다)

재덕: 무엇이?

한씨: 무엇이겠습니까? 독사지요! (밖게서 요란이 떠든다)

치호: (등장하면서) 이놈! 이 도적놈! 네놈이 대낮에 산 눈을 뺄 놈이다.

기수: 당신이 지금 내가 누구인줄 모르는 모양입니다그려―

치호: 누구는 누구야?

원홍: 조용들 하시요. (두 사람은 끝인다) (녀자에게) 감사합니다. 오늘은 그만하면 만족합니다.

한씨: 그러면 저는 갈 수 있습니까?

원홍: 예! (녀자 퇴장한다) 대관절 웬일들입니까?

치호: (기수를 가르치며) 저 날강도 같은 놈이 나의 토지에다 제 일홈을 썍인 표말을 박아요. 그래 웬일인가 물으니 「당신이 알 일이 아니라지요」 이게 글세 눈앞에 코를 베여갈 세상이 아니고 무엇이요?

기수: (책 앞으로 나서며) 원홍씨! 저양반이 지금 내가 누구인 것을 모르고하는 수작입니다.

치호: 누구면 어째? 남의 토지를 빼앗으라는 법이 생겼느냐?

원홍: 좀 낮게들 말하시오.

재덕: (비웃는 어조로) 대관절 당신이 누구란 말이요?

기수: 나로 말하면… (원홍을 보고서) 원홍씨! 이분에게 말하여 드릴가요?

원홍: 말하시요.

기수: (아주 큰 사람인 체) 저는 일진회 회원이외다.

재덕: 그런데요?

치호: 거참, 대단히 큰 벼슬을 하였군!

기수: 그런데… 그렇지요…

치호: 야, 이놈아! 일진회에서 남의 재물을 억제로 빼앗으라고 시기더냐?

기수: 그럴 수도 있지요.

치호: (기막혀) 참 그놈이 뻔뻔하게 났다.

재덕: 누가 당신에게 그런 권리를 주었소?

기수: 좀 성대를 나추시오. 그런 권리를 일진회에서 나에게 주었으며 또는 누구나 할 것 없이 일진회 회원들은 죄다 자기 일홈을 싹인 표말을 만들어 좋은 토지에다가 밤이면 슬밋슬밋 다 세우는데…

웨나는 뒤뛰에 써개가 쓸엇다고 팔정을 께고 있겠소?

재덕: 원홍씨! 저 사람이 당신 일군입니까?

원홍: 그러나 그것도 경우를 보아가면서 눈치 있게 할 일이지 우지막지 하게 하는 것은…

치호: (기막혀 하면서) 그래, 여보! 당신 생각에는 당신만 일진회 회원인 것 같소? 나도 여러 천 원 재산을 넣고 가입한 일진회 회원이외다. 지덕씨! 좀 잘 말슴하여 주십시오.

재덕: (눈질하며 말하지 말라는 동작을 표시한다) 쉬… 더 말하지 마시오… 여하간 일은 좀 잘 되지 못하였습니다. 치호께서 댁으로 곳 돌아가시오. 제가 무사하도록 주선하지요.

치호: 예! 저는 믿습니다. (나가면서) 내가 누구인 것도 알으섯지요 (퇴장)

재덕: 당신도 지금 곳 돌아가시되… 일하는 방식이 너무도 서둘엇다는 것을 좀 생각하여 보시요.

기수: 아니, 제가 하는 방식이…

재덕: 끈치시요 (뚜러지게 보다가) 나가시요!

기수: (미안해하며 나간다) 예!

원홍: (무엇을 생각하면서 왔다 갓다 하다가) 재덕씨! 나는 같이 믿고 사업하는 처지에서 기다리지 않았어요.

재덕: 예! 그것이 좀 그렇게 된 리유가 있지요.

원홍: 천여 원 이상 되는 수입에서 저를 돌려놓은 것은 매우 언짠케 생각합니다.

재덕: (웃으면서) 원홍씨!

야마도: (등장하여) 상부에서 명령이 왔는데… 우리는 토벌대를 조직하여 가지고 농촌으루 나가야 되겠습니다.

원홍: 언제요?

야마도: 속한 시일에…

재덕: 지방은?

야마도: 그것은 지금 우리끼리 작정하여야 되겠습니다. (초인종 누른다)

허철: (등장하여) 저를 청하였습니까? (동작이 이전번보다 다르다)

야마도: 갓던 결과가 어찌 되었습니까?

허철: 잘 되었습니다. 탄환백가를 팔고 위험 없는 길을 발견하였습니다.

야마도: 탄환을 헤처봅디까?

허철: 아니, 그놈들은 보지 않으나 내가 자비로 좋은 탄환 4, 5개를 헤쳐서 보였지요.

야마도: 잘했습니다. 이번에는 더 많이 가지고 가되 전수… 알아들었습니까?

허철: 예!

야마도: 실행하시요.

허철: 예! (돌아서서 원홍과 재덕을 보고서 **뺨**을 가르치며 아프더라는 것을 표시한다)

번개가 번쩍하던데요.

재덕: (웃으면서 할 수 없다는 표시로 억게를 춘다) 용서하시요 (허철 퇴장)

보조원: (등장하여 명함을 상우에 놓는다)

야마도: (보고서 인차) 들어오라 해!

보조원: (나간다) 예!

월향: (등장하여) 평안들하서요?

야마도: 예!

재덕: (상을 내여 놓으면서) 앉으십시요.

월향: 감사합니다. (앉는다)

야마도: (히로를 권한다) 수년전에 저녁마다 깨엿을 바처들이던 그 손으로써 히로를 권합니다.

월향: (찬찬히 야마도를 보면서) 예… 기억됩니다. 낮이면 거리에서 약
　　　장사를 하시고 저녁이면 엿 팔나 다니였지요.

야마도: 옳습니다. 그러나 지금은 직업을 변하였습니다.

월향: 보는 바 알님다. 저는 당신을 겨우 알아보았습니다.

야마도: 그러고 보니… 참말 우리는 구면입니다 그려…

월향: (히로를 문채로 불을 부치며) 예… 그렇습니다.

야마도: 월향씨는 우리와 동행하시기로 결정하섯다지요?

월향: 별반 동행이랄 것이야 없지요. 그러나 저 같은 사람도 어떠한 대
　　　사에 요구된다 하여 간청하시니 이와 같이 대령하였지요.

야마도: 참말 감사합니다. 우리는 월향씨에게 몹시 중요한 사명을 맺
　　　기고저 합니다. 미안합니다만 당신의 리력을 간단히 말하여
　　　주기를 바랍니다.

월향: 저의 리력이요?

야마도: 네!

월향: 저는 원래 평양에서 낫습니다. 그래 어린 때에 집에서 글자나 읽
　　　으면서 잘 자라다가 불행이 부친이 별세하시매 갑자기 생활난이
　　　생겨 어머님과 아우를 평양북도 군 부채골이란 촌에 모서다두고
　　　저는 이처럼 바람 부는 대로 불여 단이지요.

야마도: 그래 어머님과 아우의 소식을 듣습니까?

월향: 풍편에 상사낫다는 소식을 듣고는 또 다시 서신도 없으니 한번
　　　가보려 하나 어디 마음대로 됩니까?

야마도: 부채골?

재덕: 아, 웨 기억 못하십니까? 앞서 제…

야마도: 네, 네!… 생각됩니다. (큰 책을 펼치며) 부채골이란 촌과 그
　　　동리 주민들이 몰락된 리유를 제가 성명하여 들이지요.

월향: (놀라며) 몰락되다니요?

야마도: 3월 23일에 일본군인 15명이 부채골 농민들 집에서 밤을 유하는데 소위 의병이란 폭도 홍범도의 무리가 새벽에 달려들어 군인과 주민을 참살하고, 촌을 불살으고 재산을 털어갓습니다.

월향: 네?! 그것이 참말입니까?

야마도: 이뿐이 아닙니다. 홍범도란 놈은 벌서 수차 사처농촌으로 돌아다니면서 불상한 노인들과 철없는 어린 아해들과 유망한 청년들을 사정없이 죽이고 동리를 불살굽니다.

월향: 그런데 당신들은 웨, 대책을 쓰지 않습니까?

야마도: 쓰지요! 그러기 위하여서 당신을 청하였으며 지금 우리가 각방으로 준비하는 중입니다. 월향씨는 구천에 돌아가신 어머님과 아우의 혼을 위하여서라도 또 지금 도탄에 빠진 조선민중의 죽엄을 면하기 위하여 자기에게 있는 힘을 다하여 우리를 도아 주어야 하겠습니다.

(월향은 변색하면서 무엇을 생각한다)

월향: 그러나 제가 무엇으로써 도을 수 있겠어요?

야마도: 몇 만 리의 먼 길도 한발자구로 시작되며 적은 물방울이 뭉이어 큰 바다가 되는 줄 월향씨도 아시지요. 홍범도가 산 채로 우리의 손에 잡히게 하나 그렇지 않으면 죽게 하는 그것입니다.

월향: 죽여요?

야마도: 네!

월향: 어떠한 방책으로요?

야마도: (좌우로 살피고) 그 방책은- 벌서 예작된 것이 있습니다. 승낙하십니까?

월향: 예! 좋습니다. (일어선다)

야마도: (원홍과 재덕에게) 당신들은 각 신문에다 다음과 같은 기사를

보도하여야 하겠습니다. 「일본대위 끼즈끼와 고려 녀자 월향이가 자기 방에서 술 노래를 하다가 비수로 그를 죽이고 흔적 없이 도주하였다」라는 것을… 알아들었습니까…

재덕, 원홍: (두사람) 예!

월향: 아니, 그러면 어떻게 됩니까?

야마도: 월향씨! 내가 설명하여 들이지요. 잠간 저 방으루 들어갑시다.

(두 사람 퇴장한다)

원홍: 사건이 몹시 묘하게 전개되는데…

재덕: 월향의 간교한 성질은 반듯이 효과를 낼 것입니다. 홍범도가 아모리 굳다고 하여도 저와 같은 여자에게는 자기 심정을 저도 모르게 솔락솔락 빼앗길 것입니다.

보조원: (급히 등장하여 예하고) 강도 놈들을 포착하여 왔습니다.

원홍: 아, 벌서? 잠간만… (문을 열고 야마도에게) 전하! 폭도들을 포착하여 왔습니다.

야마도: (나와서) 어서 이리 디레와!

보조원: (밖을 내다보며) 여기루 들어와! (김충열, 박용준, 김윤경 - 의병들이 포승진 채 들어왔다. 그 뒤에는 현병과 상점주인 리경태가 들어왔다) 전하! 포도 세 놈을 포착하고 그 남아지 한 놈은 즉 리경태의 집에 들엇던 놈은 빼왔습니다.

야마도: 무엇이야? 빼우다니?

보조원: 우리가 집을 둘러싸고 방에 들어서자 그놈은 발길로 등피를 차 불을 죽이고 내달았습…

야마도: 끈처! 그렇게 무맥하단 말이야?

경태: (울상을 하며) 그놈이 아직 성을 벗어나지 못하였겠는데 속히 서돌아 저의 금전을 찾아주시오. 저는 영 망하였습니다. 망하였어요.

야마도: 조용하시오.

경태: 글세 아니… 이런 기막힌 일이라고… 물건 치려 보내려던 돈 천 원 이상이나… 좀 속히 활동하여 주시오 (살펴보다가) 재덕씨, 원홍씨! 저의 금전을 찾아만 주시면 반분하여 들이지요.

야마도: 염여마시오. 내일 아츰 해가 뜨기 전에 당신에 돈을 찾아들이 도록 힘써보지요.

충열: 이저는 벌서 늦었습니다.

보조원: 끈처!

경태: (충열에게) 옳지, 이놈들이 다 한탕개올시다. 내가 너의 놈들의 사각에서 살점과 심줄을 오리오리 밝아내여 상점에 걸고 팔더래 도 본재는 찾고야 말 터이다. 아니 글세 이걸 기막힌 일이라고…

야마도: (의병들에게) 너 이놈들이 홍범도군대에 단니는 놈들이지. 일 흠들이 무엇이야? (대답이 없다) 홍… 말하기를 거역한단 말이 지?! 그러나 각구로 달아매고 고초물을 풀어 코구멍에 부서 넣 으나 참대 바눌을 깍가 손톱, 발톱을 찔을 때에는 입 밖으로 말이 나올 터이지…

충열: (슬그머니 손목에 포승을 풀고 손으로 가르치며) 이 사람들, 저것 을 보라니! 홍범도가 왔네 대장님! 쏘십시오. (모도 놀날 때 곁에 섯던 보조원을 처서 메여치고 급히 불을 죽인다)

경태: (놀나며) 아… 사람 살려주시오.

야마도: 웅?! (덤비며) 어디에? 총을! (유리창이 맞아지는 소리 요란하다)

재덕: 총을 쏘아!

일동: 아… 이놈, 아이구… 총을…

야마도: (악이 난 성대로) 자, 속히 불을 써! (불이 켜진다. 곁방에 있던 허철이와 월향이도 나왔다. 어떤 사람은 상 밑에 앉고, 어떤 사람은 걸상으로 자기머리를 가리운다. 포승된 두 의병은 좌 우로 갈라서 달려 하나 포승이 그들을 뛰게 못하고 마자 넘

어진 보조원이 포승을 붓잡고 끌린다. 야마다도는 상우에 올라서서 단총을 내여 젓으며) 그래, 어떻게 되였는가?

보조원: (땅에 넘어저서 끌리우며) 전하! 한 놈이 도망을 하였습니다.

재덕: (눈을 감고 상에 업덴 경태를 흔들며) 여보, 눈을 뜨오.

경태: (떨면서) 예?… 그래 어찌 되였습니까?

보조원: (한손에 단총을 괴워들고 부들부들 떨며 요란하게 호각을 분다)

야마도: 웬 지랄이야? 끈처!!

(폐막)

제2막 1장

한편에 큰 나무 뿌리가 서 있고 그 밑인즉 홍범도군대의 참모부가 있다.
다른 편에는 바우, 나무, 먼 하늘, 여름 경치다. 의병1과 수산,
일남 앉아서 이야기 한다.

의병1: 참. 저런 녀자는 쉽지 않아.

일남: 어느 여자 말씀이요?

수산: (슬적 일남이를 타치면서) 야, 이놈아! 좀 참어라. 아, 왜 저기 온
여자를 보지 못하였느냐?

일남: 나는 못 보았소.

수산: 그러거딜랑 조용히 앉아서 들어라 (의병1에게) 그래서는 어찌
되였다오?

의병1: (신문을 보다가) 삼수읍에서 일홈난 색주가로서 일본대장 끄쯔
끼란 놈하고 술놀이를 하다가 칼로 찔러 죽이고 도주하였대…

지금 조선천지가 덜성하는 모양이야…

수산: (신문에 사진을 가르치면서) 바로 이 녀자인가요?

의병1: (사진 밑에 글 쓴 것을 보고) 그래! (모도 사진을 찬히 본다)

일남: 월향? 아니야요. (수산이보는 신문을 말없이 아사 보다가) 얼
    골은 심통한데… (수산 무슨 영문 몰라 일남이를 찬히 본다)

의병1: (우선우선하며) 누구와 심통하단 말이냐?

수산: 야, 이놈 보아라 (기막혀 한다)

일남: (신문을 흔들며) 참말이야요 눈찔이며 이마노리가…

의병1: (우스며 기막힌 어조로) 야, 이런 세상 보아라! 이 올콩 같은 놈
    아! 네 이재 열대여섯 살 먹은 놈이 언제 삼수읍에 가서 월향이
    와 술노리를 하였으리란 말이냐? 하, 하, 하…

수산: (역시 웃다가 월향, 우진 오는 것을 보고) 조용하시요. 방금 저기
    오는데… 야, 일남아… 어디 좀 번듯이 나서라… 너를 보고 인사
    하는 것이나 잠간 구경하자꾸나. (우진, 월향 지나간다. 일남이
    는 찬히 보다가 말없이 딸아간다)

의병1: (나가는 것을 보더니) 아마 저놈이 참말 알기는 아는겔세!

수산: 글세요. (의병2, 3이 궤짝 하나씩 들고 들어온다)

의병1: 이 사람들, 그것이 무엇인가?

의병2: 왜, 보면 몰라?

의병3: 보물이지 무엇이겠소? 온을 아츰에 저… 평풍바우 모태에서 일
    본군인 세 놈을 장예하고 군용마차를 앗아왔지요.

의병1: 그거 참, 식전방산이 잘된 모양이군…

수산: 그래, 그 안에 건 무엇이요?

의병2: 무엇인지 떼 봐야 알지.

일남: (급히 들어오면서) 수산이 확실해요!

의병1: (곁으로 가면서) 그래 누구란 말이냐? (의병 두 사람은 씩씩거

리며 궤를 멘다)

일남: 우리 누이님 같애요.

의병1: 누구나 저저히 그런 누이님을 두는 것 같지 못하다. 그런데 네가 말하여 보았니?

일남: 못했어요. 그러나 얼골, 거름거리, 말시까지도…

의병1: 네가 누이님을 어인지 몇 해나 되느냐?

일남: 제가 아홉 쌀 때니까… 벌서 팔구 년이 지났어요.

수산: 그러거덜랑 직접 찾아서 물어보렴…

일남: 그러다가 아니면 어쩌자구…

의병1: 아, 별말 다 한다. 아니면 말지… 그까지 껏 본재 가드나…

수산: 참말 그렇다. 촌티를 바리고 좀 대담하게 말하다가 아니거덜랑, 서울 말씨로 「제가 좀 실례하였어요」 (경예를 한다) 이처럼 예하면 그만이지…

의병2: (궤를 떼고 거기에서 귤을 들고 보다가)
　　　이 사람들, 여기와! (모다 온 다음에)
　　　이것이 무엇이야? (모두 볼 뿐이지 말없다)

의병1: 그거 참, 보고도 모를 것이구나…

수산: (의병3을 보면서) 거기도 이런 문둥이요?

의병3: 아니, 이것은 눈같이 힌 것인데… (널을 들고 쥐여낸다) 이것 봐 거저 차돌 같은데… 좀가 기엽어… (범도, 중열, 나무뿌리 밑으로 나온다)

의병2: (예하여 서면서) 대장님, 여기 와서 이것을 잠관 봐 주서요.

수산: 무엇인지 도저히 알 수가 없습니다.

홍범도: (오면서) 어디 무엇 말이요?

의병3: (손에 쥐엇던 사탕덩이를 주며) 이것 말이외다. 무엇인지 알 수 있어야 말이지요.

홍범도: (찬찬히 보다가) 이사람, 충열이! 자네는 어디서 이런 것을 구경하지 못하였나?

충열: 못 보았습니다.

의병1: (찬찬히 디레다 보면서) 거, 마치 백변 같이 생겼는데…

홍범도: (좀 생각하다가) 이것이 무엇인구 하니… 화약 제조하는 약인데 우리에게는 소용 안 되니 없애버려!

의병3: 예!

의병2: (혼자말로) 화약을?!

수산: 대장님! 이것은 무엇입니까?

홍범도: (규율을 받아보며) 이것은 산열매 실과인데… 우리 곳에서는 잘 보지 못하던 것이야 (껍지를 맛보더니 눈을 살을 찌푸리며) 저 못쓸 놈들이 여기다가 약질을 하였소. 한 개도 먹지 말고 죄다 없애 바리오! (범도가 나가니 충열이 함께 퇴장한다)

의병3: 예! 십 년 공부 나무아비타불이라고… 식전에 고생한 것이 허사가 되었군…

의병2: (사탕을 헌겁에 뭉그린다) 참말 그렇다오.

수산: (싸는 것을 보고) 당신이 무엇을 그러우?

의병1: (한쪽에 앉아 신문을 보며 생각하는 일남이를 보고) 일남아! 네 웨 그리 속을 썩이느냐? (곁에 가 앉으며) 정답게 온홀이라도 시원히 물어 보렴…

의병2: (수산이를 처다 보고 꽁꽁 싸서 손에 쥐고) 의병에 다니다 집에 돌아가서 포수노릇하게 되면 화약을 만들어 쓰려고 그러오.

수산: (기막혀 하며) 아, 이 양반! 의병이 언제 끝난답데?

의병2: (사탕을 품에다 뭉처 넣으며) 그야 내가 아오…

일남: 제가 말하여도 별일 없을까요?

의병1: 하, 별말하단다.

일남: (사진을 가르치며) 참말, 틀림없이 꼭 같기는 같은데…

의병1: (일남이를 찬찬히 보다가) 너는 누이 한 분을 어이고 그리워하는데… 나는 어찌겠니? 늙은 아부지, 어머니, 부인, 어린애들을 두어두고… 죄다 생각하면 속 썩는다 그저 뜨거운 오구랑떡 먹는 듯 꿀떡 넘기고 참아야 한다.

금점군: (박그로부터 육자배기를 하며 들어온다) (소리) 저 건너 갈미봉에 비가 부더서 들어를 온다./ 우장사갓을 허리에다 두르고/ 기음매려나 갈거나

수산: (소리하는 것을 보다가) 여보! 강도아즈버니!

금점군: 그래 웨 그러니? (등장하였다)

수산: 당신이야 해수왜도 갓다왔으니… 이것을 보면 아시겠지요.

금점군: 알구 말구, 참말 해삼 떠난 이후로는 먹어보지 못하였다. (받아서 껍질을 바르고 맛있게 먹는다)

의병3: (놀라며) 아, 여보! 약친 것이라는데 웨 자시오?

금점군: (입에 것을 받아 던지며) 약을 치다니?

수산: 대장님이 껍질을 맛보고 약친 것이니 팽게치라고 영하였소.

금점군: 껍질을?! 하, 하, 하! 껍질은 본래 쓴 물건이 되어서 먹지 않고 (묘하게 껍질을 바르며) 요렇게 밝아 던지고 속만 먹어 (먹는다)

의병1: 대저라 이것이 무었이요?

금점군: 무엇이겠소. 실과이지! 실과 중에도 몇 번채 가지 않는 상등실과라오. (모도들 먹는다)

의병2: (사탕덩지를 보이며) 이것은 무엇이요?

금점군: 이것은 사탕인데… 로시야 말로 할 것 같으면 사칼(caxap) 덥은 차물에다 놓으면… 우리나라 콩숭늉은 후레아들이야…

일남: (맛있게 먹으며) 거참, 맛이 훌륭합니다.

수산: (의병2를 보고) 여보! 그러면 당신 화약제조는 틀렸소다 그려…

금점군: 화약은 무슨 화약?

수산: 저 양반이 이것으로 화약을 제조하시겠다고 (형용을 하며) 이만 큼 뭉쳐서 저 옆구리에다 품었담니다.

금점군: 참말이요?

의병2: 예!

금점군: (기막혀하며) 이 양반! 사탕을 그렇게 따뜻한 옆구리에 품으면 삭 녹아서 송진 같이 되오. 옷을 말지 말고 어서 속히 끄어내 놓소.

(끄어날 때 홍범도, 충열이 등장한다)

홍범도: (먹는 것을 보고) 아니?! 먹지 말라고 하였는데 웬 일들이요?

금점군: (귤을 손에 들고) 대장님, 이것은 귤인데… 동양팔미에는 모르 겠지만 서양 팔미에는 꼭 듭니다. 우리 형편에서 날마당은 모 르겠지만 이런 기회를 노처서야 됩니까. (먹으면서) 어서 맛들 을 보시요.

홍범도: 그런데 가만 있소저… (보면서) 아니 귤이란 것이 이런 문둥이 구만? 나도 또 별것이라구 이사람 충열이 자네는 어찌하여 요 만한 것을 다 모르는가?

충열: (우선우선하며) 저는 글세… 그런데 대장님은 웨 모르십니까?

홍범도: 내야, 내야… 대장님이니까 모르지. (기끈 웃는다)

일동: (모두 웃는다) 하, 하, 하…

홍범도: 여기 몽여서 혼자들 자시겠소? 저쪽에 가지고 나가서 동무들 에게 논아주오. (퇴장)

의병3: 예! (가지고 나간다. 의병2도 제궤를 들고 나간다)

군팔: (급히 들어와 금점군에게) 홍범도가 어디 게서요?

금점군: 저기 있습니다.

군팔: 속히 볼 수 있을까요?

금점군: 가만 게십시오. (나무뿌리 역으로 가면서) 대장님!
누가 찾어 왔습니다.

홍범도: 누가? (귤을 쥐고 나오며 먹는다)

군팔: 그간 잘들 있는가?

홍범도: 예! 무슨 일에 이렇게…

군팔: 지금 우리 촌에 토벌대가 와서 몇 집에 불을 달고 퍽으나 죽인 모
양인데… 그리고 우리 촌에는 원홍이와 재덕이란 놈이 다리고
왔는데 나는 급해서 초신 삼던 것을 찾어가지고 왔는데… 토벌
대가 우리 동내에 들었으니… 음식을 하여 올 것 같지 못하네.

홍범도: 모도 얼마나 왔는지 알 수 없소?

군팔: 우리 동내에는 한 양 백 명 푼하고 웃촌에는 근 삼백 명이 되더라
네. 그런데 야마도가 직접 왔대.

홍범도: 좋습니다. 그런데… 대장놈들이 누구의 집에 들었습니까?

군팔: 그놈들이 바로 치강이네 집에 들었네.

홍범도: 그러면 나려가서 주의하여 살펴보시오.

군팔: 그리하게! (급히 퇴장)

홍범도: 저놈들이 이저는 갓가히 기여드는 모양이지? (귤을 뿌린다) 충
열이! 지금 곳 나가서 밤에 불 피우는 일과 쓸데없이 목소리를
높이는 일을 금하고 몇 사람 골라서 휘치령, 남실령, 조개령 있
는 우리진에다 통지하되 일본토벌대가 우리 곁에 갓가히 기여
들었으니 주의할 것! 알아들었는가?

충열: 예! (퇴장)

홍범도: 일남아!

일남: 예?

홍범도: 너는 지금 곳 나가서 우진선생을 오라 하여!

일남: 예! (퇴장)

홍범도: (금점군에게) 당신은 나가서 신발이 온 것을 군인을 보아가며 군인들에게 논아 주오. (퇴장)

허철: (겨우 다리를 끌고 들어오며 의병1에게) 안녕하십니까?

의병1: (좀 서슴서리며) 예! 그런데 내가 당신을 언제 어디서 보았던가요?

허철: 아, 웨 앞서 탄환을 가지고 왔을 때에…

의병1: 예! 기억됩니다. 그래 또 탄환을 가지고 오셨소?

허철: 예! 이번에는 한 천여 개 가지고 왔는데 하마터면 죽을 번하였서요. 아, 어찌 무거운지… 그리고 또 어느 좋지 못한 놈에 눈에나 걸치면 죽을가 염여하여 산폐를 급히 오느라니 더 말하여 어찌겠습니까… 참 진땀을 흘리였지요.

의병1: 그래, 철장사를 하면 돈버리가 잘되는가요?

허철: 하, 돈을 벌자고 그 노릇을 할 사람이 어디 있겠습니까? 병이 있어서 수족을 바로 쓰지 못하니… 당신들처럼 손에 총을 쥐고 나서지는 못하고, 마음은 간절하야 이 노릇이나 당신들에게 도움이 될가 하는 일이지요.

의병1: 그래도 철을 파실 때에 리익이 많이 떨어지겠지요.

허철: 그것이야 내가 남기라고 하는 일이 아니라 돈을 주고야 철을 구하니… 그럴 수밖에 없지요. 간혹 어떤 이들은 나를 좋지 못한 사람으로 인정하는 것 같애요.

의병1: 아니, 그럴이야 만무하지요! 하여간 당신이 하시는 일이 참 감사합니다.

허철: 홍범도가 저 안에 게십니까?

의병1: 예! (퇴장한다)

허철: 어느 어룬인지 한번 보아야 하겠는데…

우진: (들어오다가 허철을 보고) 당신이 돈 때문에 그러시오?

허철: 예!

우진: 잠간만 게시오 (들어간다)

허철: 예! (사면을 살핀다)

우진: (나와서 살피고 편지를 주며) 자, 철 값입니다. (낮게) 그 안에 편지가…

허철: 예! (높이) 또 철을 요구하십니까?

우진: 예! (퇴장)

허철: 안녕히 계십시오. (퇴장하려할 때)

의병3: (등장하여) 대장님!

홍범도: 웨 그래?

의병3: 어떤 녀인이 찾아와서 보시잡니다.

홍범도: 이리로 다려와!

의병3: 예! (나간다)

홍범도: 당신은 누구요? (우진, 서기 나온다)

허철: 저는… 저… 철 가저온 사람입니다.

(의병3, 일남, 금점군, 부인, 의병 들어온다)

홍범도: (부인에게) 당신이 나를 찾아오섯소?

순선: 예!

홍범도: (부인에게) 누구신데 웨 오섯습니까? (우진, 충열등장)

순선: (사람들을 돌아보며) 저의 성은 장가요, 일홈은 순선이라고 합니다. 당신이 홍범도입니까?

홍범도: 예! 그렇소. 그래 웨 그러시우?

순선: 저는 작년부터 일본 군복을 싹으로 빨래하여 왔는데 속내복을 한 칠십 벌 가저왔으니 당신들게 요구됩니까?

홍범도: 속내복이요?

순선: 예!

홍범도: 암, 요구되지요.

금점군: (보따리를 헤치며) 아, 이것을 보십시오. 싹 시쳐서 다리기까지 하였소다.

홍범도: (옷을 보다가) 하여간 당신일이 대단히 감사하오. 그런데 당신 이 어떻게 되어서…

우진: (보다가) 당신이 뒷일은 어찌할 작정입니까?

순선: 그것이야 저 할 탓이지요! 한 가지 부탁할 것은 당신들이 하시는 일을 성사하시거던 이 장순선이란 여자의 일흠이나 기억하십시 요!

홍범도: 네, 무엇이래요?

순선: 안령히들 게십시오. (급히 퇴장)

금점군: (나려가는 것을 보다가) 저런 여자는 쉽지 않소.

홍범도: (역시보다가) 참말, 그러하오! 만약 우리나라 백성들이 저렇게 저 싹빨래하는 여자처럼 제주도로붙어 두만강까지 우리를 돕 아 합력한다면 천하 없는 힘이라도 우리를 감당치 못 할 것이오.

우진: (허철이를 보고) 당신은 웨, 가지 않소?

허철: 예! 안령이들 게십시오. (퇴장한다)

우진: 대장님! 저의 생각에는… 아께도 말하였지만 토벌대가 그렇게 코밑에 낫아드는 것은 우리를 종적 없이 진멸식히려는 겄입니다.

홍범도: 그러니 우진이 생각에는 어찌하였으면 좋겠소?

우진: 글세, 저는 앞서도 말하였지만, 적은 힘을 가지고 대항할 것이 아 니라 깊은 산중으로 퇴진하여 들어가 거기에서 군인들을 단단히 훈련시키어 가지고 우리에게 힘이 원만 할 때에 앞으로 전진하 여야 될 것입니다.

충열: 무엇으로써 우리가 군인들을 훈련 시기겠습니까? 빈주먹으로 써? 그러는 사이면 원쑤들은 우리의 숨통인 – 백성들을 꼼짝달

삭 못하게 잡아 줄 겄입니다.

우진: 힘만 있다면 아모 때라도 늦지 않습니다. 그리고 처음에는 군인
들에게 체조를 배워주고 다음에는…

홍범도: (생각하다가) 아니 돼요. 원쑤를 밟아서는 죽이지 못하오. 총
으로 쏘아야 죽이오.

수산: (편지를 가지고 등장) 대장님! 편지가 왔습니다.

홍범도: 어디에서?

수산: 알 수 없습니다. (준다)

홍범도: (받아 보다가 서기에게 주며) 양순의 모친에게서 오는 겄입니
다. (모도 여기저기 앉는다)

편지

홍범도 전상서.

당신은 세상에서 무엇을 위하여 처자를 옥중에 거더 넣어 참
혹한 형벌을 당하게 하며 두눈으로 하늘에 일월을 보게 못하나
이까? 지상에서 기여 단니는 적은 버레들도 한가롭게 숨을 쉬는
데 저는 당신의 안해라하여 악한 즘승처럼 철창 속에 몰아넣고
콩밥을 먹이나이다.

홍범도: 가만있어 저, 한 번 더 읽어!

우진: (편지를 계속하며 다시 읽는다)

편지 계속

지상에서 기여단니는 적은 버레들도 한가롭게 숨을 쉬는데 저
는 당신의 안해라하여 악한 즘승처럼 철창 속에 몰아넣고 콩밥
을 먹이나이다. 참말 저는 원통하외다. 저에게 무슨 죄가 있으리
까? 실상 죄가 있다 하오면 낭군을 바로 섬긴 죄와 남편의 피를

(혈육) 받아 자식을 나흔 죄밖에 없으리다. 금수에 티끌 같은 이 몸이 낭군의 심정을 모름이 아니로소이다. 천세가 기박하야 우리나라 백성이 무서운 지함루 몰려 들어가는 그들의 눈물과 한숨과 죽엄을 면하려 하심이지요. 그러나 천상이 무정함인지 땅이 혹독함인지 한울로 머리 둔 사람들은 누구나 당신을 리해하지 못하고 밤낮 치욕하난대…

홍범도: 아니, 저런 망할 년… 무엇이야? 나를 치욕하여?! 한 번 더 읽게…

우진: (편지를 재독한다)

편 지

그러나 천상이 무정함인지 땅이 혹독함인지 하늘로 머리둔 사람들은 누구나 당신을 리해하지 못하고 밤낮 치욕하난대 무엇을 위하여 의지 없난 산간에서 차디찬 비와 바람(풍우)을 맞으면서 고생하시나니까? 첩이 원컨대… 당신의 굴복은 만백성 눈물을 제하시리다.

홍범도: (듣다가 격분하여) 무에야?! 굴복?!… 이놈들아, 아니 된다. 아니 되여?!… 내가 천만 번 죽는 한이 있더라도 굴복은 없을 테야. (편지를 뜯는다) 망할 놈들…

의병1: (급히 들어와) 대장님! 양순이 옵니다.

홍범도: 무에야?

의병1: 양순이가 편지를 가지고 옵니다.

홍범도: 편지를?

양순: (편지를 손에 쥐고 들어오며) 아부지…

홍범도: (일어서면서) 이놈아, 서라! (양순이 섯다) 네가 일본감옥 삼사색을 가치였더니 벌서 개가 되었니?

양순: 아부지 저는…

홍범도: 끈처? 만약 네놈의 가슴에 나의 피가 있다면 그 편지 가저오지 않았으리라! 너부팀… (담포를 내어 쏜다)

충열: (손목에 달리며) 웨 이러십니까?

양순: 아! (넘어진다)

충열: 무슨 일을 하섯습니까? (모도 양순이 곁에 몽여 선다)

홍범도: 이것을 놓아! (급히 퇴장한다)

충열: 어떻게 되였소?

금점군: 귀를 께고 나갔는데 피가 흐릅니다.

홍범도: (급히 들어오며) 저… 충열이!

충열: 예?!

홍범도: 그래 어떻게 되였는가?

충열: 글세 저… 피가 대단히 흐릅니다.

홍범도: 아니야! 내 거기 대하여 말하는 것이 아니라 저… 그… (손을 획 젓으며) 우진이!

우진: 예!

홍범도: 내, 혼을… 지금 곳 촌에 나려가 살펴 볼 터이니… 그리 아오 (급히 퇴장한다)

우진: 예! 저쪽으로 들고 나가시오. (모도 양순이를 들고 나간다)

월향: (들어와서 들고 나가는 것을 보고 일남에게) 이재 여기서 무슨 총소리가 났서요?

일남: 예! 저… 대장님이…

월향: 누구를?

일남: 자기 아들님을 쏘섯는데…

월향: 그래, 어찌 되었는가요? 죽었는가요?

일남: 아직은 잘 알 수 없습니다.

월향: 끔직도 하지 (나가려 한다)

일남: (나가는 것을 보다가) 여보십시요!

월향: (거름을 멈추며) 예?

일남: 어렵지만, 물어볼 말슴이 있습니다.

월향: (찬찬히 일남의 얼골을 보더니) 아… 아저… 네가 일남이가 아니냐?

일남: (달아가 안기며) 누이님 (운다)

월향: (역시 우름 석긴 목소리로) 야, 이게 어찌된 사실이냐. 죽었다더니… 살았구나!…

일남: 참말 죽었다가 살아났여요.

월향: 그래 어머님은?

일남: 상사났어요.

월향: 응?! (울며 눈물을 쓰스며) 그래 어떻게, 이렇게 속히 좀 이야기하여라!

일남: 우리 동네에 의병들이 와서 밤을 자는데… 어디에서 알았던지 일본놈들이 알고 새벽에 총질해요. 우리는 놀라 깨여나 보니 집에다 불을 달아 놓았어서요. 그래 어머님은 바당문으로 나가려고 문을 여니 밖에 섰던 일본군인이 총창으로 어머님을 찔렀서요. (한참 두 사람은 운다) 그래? 나는 기막혀 소리도 못치고 고방문으로 뛰여나와 담을 넘어 갠으로 달았지요. 누이님! 여름이면 그네를 매고 뛰던 그 수양버들이 기억되십니까?

월향: 기억된다.

일남: 그 나무 밑에 와서니 어느 때에 총에 맞았던지 이마에서 피가 흐릅디다.

월향: 어디? (얼골을 본다)

일남: (저 밑을 가르치며) 이것이 아닙니까?

월향: 참말 죽었다 살았구나.

일남: 그래서 정신을 잃고 넘어진 것을… 저… 우리 대장님이 없고 산에 와서 약을 써서 살아났어요.

월향: 대장님이라니 누구 말이냐?

일남: 아, 웨? 저 홍범도 어룬을 모르십니까?

월향: 안다.

일남: 고 어른이 아니더면 살지 못 하엿겠어요. (옆낭에서 신문을 꺼내며) 누이님, 이것이 누이님이지요?

월향: 그렇다. (기색이 변한다)

충열: (밖에서 부른다) 야, 일남아!

일남: (얼는 일어서며) 예? 누이님! 어디루 가시지 마시요.

월향: 오냐! 어서 나가 보아라.

일남: 예! (깃버하며 나간다)

월향: (나무뿌리 곁에 와서 손에 쥔 신문을 보더니)

세상에 거짓이 많으나 이보다 더 지독한 거짓이야 어디에 있으랴? 무슨 면목으로써 얼골을 들고 단니며 해를 쳐다 볼 수 있으랴? 이 천치의 인간을, 말 못하는 자연인들 비웃지 않으랴? 산천 초목도, 흐르는 감물도, 날아단니는 새들까지 나를 비웃으리라. 만인이 춤 받는 더럽은 구덕이의 무리들을 쓸어가랴면 하늘아! 머리 우에 우박을 나리워라! (지대여 운다)

일남: (급히 들어오며) 누이님, 웨 이러십니까? 네? 누이님!

월향: 야, 일남아! 너는 참사람(진정한 사람)이 되여라! 밉쌀스럽은 거짓을 질시하면서 어머니의 원쑤를 갚아라!

우진: (들어오다가 일남이를 보고 피뜩 무엇을 생각하고) 일남아!

일남: (돌아서면서) 예?

우진: 너를 밖에서 찾더라. 나가거라.

일남: 예! (퇴장한다)

우진: 월향씨? 저 아해를 안지 오라십니까?

월향: 방금 대하니 처음입니다.

우진: 그러면 별일 없습니다. 그런데 (살펴보고) 온홀 홍범도가 촌으로 나려 갔으니 곳 딸아가서 전하여야 하겠습니다. 그러나 조심하십시요. 홍범도를 가르켜 줄 때에 오직 야마도 한 사람에게만… 알아들었습니까?

월향: (우진이를 찬찬히 보면서) 네, 알아들었습니다.

(불이 죽는다)

제2막 2장

동네이다. 배경은 정면으로 집이 보인다. 거이 문허지는 초가집이다. 우편에 버들 두 가지가 섰고 좌편에는 림시로 친 풍이 있다. 후원에는 배재가 있다.

조니: (소대부관, 원홍, 재덕이 앉은 상 옆에 와서 간싸한 성대로) 제일 열성을 피우며 나서 주선하는 사람은 (가르키며) 저 우에 저기, 저 집에 사는 김군팔입니다. 의병들에게서 통지를 받자 저놈이 나서서 얼른얼른 하게 되면 주민들이 닭잡는다, 떡친다 하여가지고 한사람 먹을 것식 식기, 대접에 바처서 걸망에 묵거 밤이면 작정한 곳에 찾어가 나무아지에 걸어놓고 나려오면 그놈들이 먹고 갑니다.

재덕: 그래, 당신은 참가하지 않았소?

조니: (어물거리며) 하! 어찌겠습니까? 살기 위하여서는 생각에 없는

일이라도 할 수밖에는 없지요. 참말 제야… 생각에 없는 일을 하였지요.

중대부관: 이 동네 주민들 가운데서 몇 사람이 의병으로 갔소?

조니: 가만 게십시요! (생각하며 손가락을 꼽는다) 하나, 둘, 셋, 넷… 제 아까… (원홍을 가르치며) 저분에게 성명을 적어드렸지요.

원홍: 옳습니다. 저에게 있습니다.

중대부관: 그 외에는 더 없어?

조니: 아직 생각나는 것은 그밖에 더 있는 것 같지 않은데… 제 좀 정신이 해박하지 못합니다.

중대부관: 그러면 좀 더 생각하여 보시요.

조니: 예! (눈을 껌적껌적하며 생각하는 모양을 표한다)

재덕: 이 집 주인은 무엇을 하는 사람인데 어데루 갔소?

조니: 수수장이로 수수막에 가서 수수굽이를 하는데 열두 달 치고 삼백육십 일은 밤낮 두이나오도록 일을 하여도 제 입 하나를 바로 거두지 못하는 위인이지요. 아, 이 살아가는 배채를 보면 짐작하실 터인데… 귀가 널러 남의 말을 잘 듣고 위하여 벌어 놓은 것도 죄다 찾지 못하는 사람이외다. 성명은 김치강이라고 합니다.

허철: (급히 들어오며) 그간 안령들하십니까?

중대부관: 아, 허철씨! (인사한다) 그래 갓던 일은 어찌 되였습니까?

허철: 잘 되였습니다. 당신이 이 동네에 게시요?

조니: 예!

허철: 여기 장순선이란 여자가 어대 있소?

조니: 장순선이?… 예! 저 아래 좀 나려가 사는데… 본래 더덩장거리에서 살다가 이사하여 온지 처오라지 않습니다.

허철: 그 녀자의 남편은 무슨 일을 하오?

조니: 그 사람은 술 잘 먹고 협잡 잘하는 건다리축인데… 지금은 어디에

가서인지 보조원 노릇을 한답데다. 그래 무슨 일이 생겼습니까?

중대부관: 허철씨! 무슨 새속이 있습니까?

허철: 네! 장순선이란 여자가 일본군복을 싹빨래하는 녀자인데…

조니: 예! 참말 옳습니다.

허철: (조니를 흘겨보며) 그 의복을 홍범도 군대에 넘겨준 사람이 있습니다.

중배두관: 군복을?!

허철: 예!

중대부관: 지금 곳 군인을 다리고가서 잡아오시오.

허철: 예! (조니에게) 당신이 나에게 집을 가르처 주시요.

조니: 예! 그리하지요. (다리고 나가 가르치며) 저 아래 외딸로 선 저 집입니다. (두 사람 퇴장)

연옥: (급히 등장하여) 어머니, 이 집 어머니 게시오?

노천: (안에서) 오냐, 거, 누구냐?

연옥: (문에 마주서서) 물드레 좀 빌려주서요. 우리 것은 줄이 끈어졌서요.

노천: (등장하여) 였다. (퇴장한다)

연옥: 감사합니다. (나가려고 할 때)

중대부관: 이애!

연옥: 예?

중대부관: 네가 어나 집에 사나요?

연옥: 바로 이 뒤 집에 있습니다.

중대부관: 아… 그러면 바로 나의 주인집 시약씨야! 아… 그런데 나이 몇 쌀이냐?

연옥: 열일곱 쌀입니다.

중대부관: (낫아가며) 열일곱 쌀?! 아, 바로 꽃이야! 꽃이… (머리를 만

지며) 너의 눈알이 저… (원홍에게) 긴상! 아… 조센고데 다
마오 난또 이혜마쓰까?

원홍: (좀 아니꼽게) 구술이라고 합니다.

중대부관: 아, 소데쓰… 너의 눈알이 구술같이 아름답다. 그런데 너의
아부지 어대서 무슨 노릇을 하여?

연옥: 백두산에서 포수노릇을 합니다.

중대부관: 그래 무엇을 잡는지 알 수 없어?

연옥: 못된 짐승을 잡는대요

중대부관: 짐승을?… (손목을 잡아 단기며) 손을 이리로 보내여. 내가
사탕을 줄테야.

연옥: (손을 뿌리치며) 싫습니다. 놓으서요. (퇴장한다)

중대부관: (손을 젓으며) 이애! 다시 맞나, 웅?

원홍: 그 촌 애들과 무어그러십니까?

재덕: (수염을 비꼬며) 홍! 진토 중에도 옥이 있다고…

중대부관: 네, 참말 그러해요! 나는 조선 게집애들을 몹시 귀여워해요.
재덕씨! 그것 한 잔 따루어 주서요.

재덕: 네! (옆에 찬병에서 술을 부서준다)

중대부관: (받아 쥐고) 나는 저렇게 보드럽은 손길과 젓내 나는 입술을
몹시 사랑하여요.

재덕: 그야말로 아름답은 꽃이지요. (원홍은 두 사람의 짓을 아니꼽게
보고 퇴장한다)

중대부관: (술을 마시고) 꽃은 어느 때던지 피기 전에 꺽꺼야 향기롭은
맛이 그양 있대요. 하, 하, 하!…

재덕: 그렇지요. 어쨋던 마음에 있으면 꺽거야 하지요.

중대부관: (살펴보고) 재덕씨! (귀에 대고 무에라 속삭인다)

재덕: 그만한 일이야 못돕아 들이겠습니까? 염여 말고 갑시다. (퇴장)

노천: (뜸물통을 들고 나오다가 홍범도가 가장하고 들어오는 것을 보고 놀래) 양순아부지! 이게 웬일이서요? 지금 토벌대가 들어서 야단을 치는데…

홍범도: (살펴보고) 아주머니! 일없소이다. 그러기에 집에 형님에 옷을 바꾸어 입고 오지 않았서요?…

노천: 그러다가 들키면 아찌하시려고?…

홍범도: 긴급히 볼일이 있어왔는데 대장손님들이 들었다지요?

노천: (낮게) 예! (박게서 말소리 들린다) 아, 여보! 밤낮 빼빠지게 벌어도 제 입 하나두 거두지 못하는 일을 제발 그만두시고…

재덕: (원홍, 재덕 말을 하며 들어오다가 범도를 보고) 여보, 당신은 누구요?

노천: 저의 남편되는 어른이애요.

홍범도: (읍하며) 안령히들 단여 오섯습니까? 저는 김치강이라고 합니다.

원홍: 아, 이 집 주인장이겠습니다?…

홍범도: 예!

재덕: 이것 아니되였습니다. 주인도 안 게신데 댁에 와서 이처럼 폐를 기치게 되니…

홍범도: 천만에 말슴입니다. 객지에 다니게 되면 그렇지요! 골뱅이니 집을 떠가지고 단니겠습니까?

원홍: 그야 참말 그렇지요!

홍범도: 여보, 마누라 물 한 그릇…

노천: 예! (집으로 들어간다. 범도도 딸아 들어간다)

재덕: 원홍씨, 이 저는 급히 손을 써야 될 것이니 저의 생각에는 홍범도 군대가 얼마 되지 않는다니 온홀 밤으로 군인을 다리고 가서 모조리 없애는 것이 상책일 듯합니다.

원홍: 그것은 매우 위험 합니다. 우리는 위선 재대를 잘 모르며 또는 군

인들을 다리고 여기저기로 찾아다니는 사이면 그놈들은 바우 틈에서, 나무꼭대기에서, 풀섶에서 힘도 안들이고 우리를 모조리 잡아 치울 겁니다.

재덕: 그렇다면… 당신은 무엇을 제의 합니까?

원홍: 제 생각에는… 우리가 묘한 수단으로 홍범도를 사로잡도록 하는 것이 옳다고 생각합니다.

재덕: (비웃는 어조로) 또 수단입니까? 고기도 나가드는 고기가 딸로 있고 나무도 쟁기드는 나무가 딸로 있답니다. 홍범도 같은 사람이 우리 수단에 떨어지리란 말입니까? 그런 결과를 바라는 것은…

원홍: (코소리로) 그러나 당신의 제의안 보다는 훌륭히 낫을 겁니다. 산길을 자기 손금 같이 알고 날치를 눈을 감고하는 그런 한다하는 백수단 포수들 총 앞에 머리를 내돌리는 것은 좀 어리석은 환상입니다.

재덕: 나의 환상보다 당신들이 긴급한 일을 가지고 쭐쭐 늘구는 것을 잘 리해하지 못하며 또는 어떠한 리유가 당신들로 하여곰 홍범도를 죽이자는 데 대하여 반대하도록 합니까?

원홍: 재덕씨! 그것은 물론 우리들의 수입에도 관한 문제이지만 그보다도 더 깊이 생각하여야 할 것은 홍범도 한사람을 돌려 세운다면 그 뒤에 몇 백, 몇 천을 우리가 전취할 겁니다. 이저는 명백합니까? (재덕이는 말없이 생각한다) 재덕씨! 한 번 더 나의 설게대로 실행하여 봅시다.

재덕: 좋습니다. (담배를 피운다)

원홍: 사람치고 돈과 벼슬을 요구치 않는 자는 쉽지 않습니다. 그것은 인생의 본성이며 원한입니다. 제 아모리 차돌같이 굳다하여도 이 편지를 보면 물같이 흔들닐 겁니다. (편지를 보인다) 읽어

보십시오.

재덕: (편지를 보고) 잘 되였습니다. 어찌하면 넘어설 테인데… 누구에게 보낼가요?

원홍: (생각하는 듯) 아, 가만 게십시오! 주인장.

홍범도: (안에서) 네?

원홍: 여기로 좀 나오십시오.

홍범도: (나오며) 저를 부르셨소? (마루에 앉아 숫돌에다 낫을 간다)

원홍: 예! 당신이 어디서 무슨 일을 하시오?

홍범도: 저… 도까비 골에 들어가 수수굽이를 하는데 집 떠난 지도 오라고 하니…

원홍: 그래 돈버리가 잘되나요?

홍범도: 아, 벌기야 잘 벌지만 먹는 것이라고… 여봐 마누라…

노천: 예? (나온다)

홍범도: 전번에 내 얼마를 벌었던가?

노천: 아, 얼마던지… 얼마면 어찌하오. 그래도 일평생 구밀밥 먹었지요.

원홍: 당신이 홍범도를 알으십니까?

홍범도: 알고말고요. 한동네에 살았으니까…

원홍: 그러면 돈버리를 좀 하시지 않을나우?

홍범도: 수수굽이보다 낫으면 두 말 있소?

재덕: (두 사람은 무엇이라고 수군거리고) 매우 쉽게 일 년 버리가 되오리다.

홍범도: 아, 참 그런 일만 있다문야 오직이나 기쁘겠소.

원홍: (편지를 보이며) 이 편지를 가지고 가서 홍범도에게 전하면 몇십 원 들이지요.

홍범도: 아니, 못하겠소이다. 그 무식한 놈이 곰같이 우직하여 들어가는 사람이면 죄다 목을 딴다는데… 그런 일은 못하겠소다.

재덕: 그런 말은 죄다 거짓말입니다.

홍범도: 허, 사람이 세상에 살자고 일하지 죽자구야 그러겠소?

원홍: (곁으로 가며) 치강씨는 면목이 있으니까… 잘 말씀하시면 무사할 겁니다.

홍범도: (곁으로 오는 것을 좋지 못하게 생각하며) 글세 그렇기는 그렇지만… 즘생 같은 놈이니까… 대단히 위험해요.

재덕: 일없습니다. 죽이겠다 하기에 할 수 없어 왔다 하시요.

원홍: (손에다가 편지를 쥐어주며) 회답을 주거던 가지고 오시요. 싹전은 잘 드리지요.

홍범도: (머리를 썩썩 글그며) 거참, 그리다가 (일어나 천천히 퇴장) 그런데 저… 길이 험하여서 밤중이 넘어야 돌아올 것 같습니다.

원홍: 하여간 급히 갓다 오시오.

홍범도: 예! (퇴장한다)

원홍: 저 편지야 실수 없이 당진하겠지.

허철: (급히 땀을 씨스며 들어온다) 사람이 살아가누라면 별꼴을 다 본다고… 저 망할 년이 글세…

재덕: 그래 붓잡아 왔소?

허철: (숨을 돌려가지고) 허… 잡는다는 것이 다 무었이요…

원홍: 아니 그래 빼웠다는 말씀이요?

허철: 빼운 것이 아니라 저독한 년이 목에다 바오리를 걸고 대들보에 달렸어요.

재덕: 네? 그래, 자살하엿다는 말씀이요?

허철: 예!

원홍: 그 참, 지독한 년이오.

허철: 나는 어찌 놀랐는지 지금도 가슴이 부치오.

재덕: 허철시! 그리고 보니 몇 백 원 손해를 보셨습니다 그려.

허철: 아 그까짓 것은 별로 관계가 없지만… 헷거름 한 것이 어찌 결나는지 군인을 식혀 그놈에 집에다 불을 박아 놓았지요! 저것을 나려다 보시오. 화광이 중천에 소솟습니다. (가르친다)

원홍: (나려다 보다가) 저것은 잘한 일이 아닙니다. 쓸데없이 주민들이 악감을 품게 하는 것은 우리사업에 좋은 결과를 못 줄 겄입니다.

재덕: 그러나 장순선이란 녀자가 의병을 돕다가 저렇게 되었다는 것을 전체주민이 잘 알게 되면 저런 무서운 불길과 연기는 그들의 골속에서 낫븐 정신을 몰아던질 것입니다.

허철: (좀 생각하다가) 옳습니다. 자살하였다는 것만 감추고 넓이 광포할 수 있지요.

원홍: (비쓸어서) 모르지요.

조니: (들어오면서) 원홍씨! 저것을 어찌랍니까? 소를 잡아야 하겠는데 모도 울며 소곱지에 달려서 생사를 결단합니다.

원홍: 어쨋던 잡아야 하지요. 군인들이 저녁을 굶을 수는 없는 것이 아니요.

조니: 글세요. 그러니 저 혼자 힘으로는 어렵습니다. 남녀로소가 욕을 퍼붓어요. 어떤 사람은 소를 끌고 달아나고 어떤 사람은 오양문에 막아서서 으르며, 어떤 사람은 글세 소를 집안으로 몰아 들여갔어.

재덕: 그런 놈에 집 소부터 먼저 잡으시요.

원홍: 허철씨! 함께 나가서 속히 잡게 하시요.

허철: 예! (두 사람이 퇴장한다)

원홍: 실상 단매 소들을 풀어놓기는 쉬운 일이 아니야…

재덕: 그러나 그놈들과 의병들의 음식을 차리라고 하여 보시요. 단매소 아니여 당장 제 하나비의 제물이래도 풀어놓지 않는가.

원홍: 글세 그러기 때문에 우리는 그 원인을 몬저 알아가지고 그 원인

부터 잡는 것이 필요하지…

재덕: (들어오는 월향을 보고) 아, 월향씨 오시는구만.

월향: 좋습니다. 모든 성과가 양호하시겠지요. 네? (그 사람들이 입은 군복을 보며) 참말, 당신들이 굉장하게 차리였습니다. 의복, 견장!

재덕: 직무가 그것을 요구한답니다. 을지문덕의 갑옷보다 몹시 훌륭하지요?!

월향: 그래, 벌써 그것들을 써 보셨습니까?

원홍: 우리는 무사들이 아닙니다.

재덕: 아, 웨 오시다가 저 거리에서 구경하시지 못했습니까?

월향: 보았습니다. 재만 남은 터전도 보았구요. 눈물 흘리는 노인들도 보았서요. 원홍씨! 무사들이 한일이야 아니겠지요.

재덕: 옳습니다. 옛 조선의 무사들이 한 일이 아니라 현대 무관들의 솜씨지요.

원홍: 저는 월향씨의 말슴을 리해하지 못합니다. 그러면 내가…

월향: 아니올시다. 말하려고 한 것은 제가 어제까지도… (순선이네 집 쪽을 가르치며) 농촌을 불질으는 것은 단지의병들의 일로만 생각하였지요. 그러나 그것은…

재덕: (옆에 찼던 물통에서 술을 부서들고) 목적을 성공하기 위하여서는 저보다도 더 지독한 짓이래도 하여야 합니다. 무섭고 혹독한 진상을 구경한 다음에는 긴장된 신경을 침묵의 세계로 유람식히기 위하여서는 월향씨! 이와 같은 (술을 권하며) 포도주를 마세야 합니다.

월향: (받아쥐고) 감사합니다. (마신다)

재덕: (한 잔 더 부서) 자, 원홍씨!

원홍: (사면하며) 아니, 감사합니다.

재덕: (물너서면서) 이러한 때에는 필요하시겠는데… (제가 마시고) 여

기에 세상에 모든 안락이 숨어 있습니다! 이외에는 억앞, 거짓, 모해, 살인… 거저 그렇습니다.

원홍: 월향씨! 무슨 사명을 가지고 오셧습니까?

월향: (담배를 끄어내 피우며) 내일 아침에 홍범도가 여기로 나려올 것인데 붓잡아야 하겠습니다.

원홍: 홍범도가?!

재덕: 나려오면… 그 놈을 잡지요. 월향씨! 면목을 아시겠지요?

월향: 네!

허철: (등장하여) 원홍씨! 저기 야마도께서 나려오십니다.

원홍: 야마도께서 (내다본다)

재덕: 원홍씨! 여기 형편을 보고하실 때에 없는 사실이라도 좀 보태어 빛나게 보고하서요.

원홍: 예! (옷을 정돈한다)

월향: 야마도께서 이제야 오시는가요?

재덕: (역시 기척하여 서면서) 아니올시다. 저 웃촌에 게신데 아마 무슨 긴급한 명령이 있는 모양입니다.

허철: (내다보다가) 오십니다. 기착하여 서십시오.

(모도 기착하고 서있다)

야마도: (등장하여) 안녕들 하십니까?

일동: 예!

원홍: 전하! 보고하기를 허락하십시요. 여기에 모든 일은 지시대로 잘 진행되어 나갑니다. 그리고 지방 주민들은 우리를 몹시 따뜻하게 영접하여 드렸으며 또는 우리를 위하여 떡친다, 소 잡는다 여간이 아닙니다. 그리고 우리는 홍범도군대에 최후통첩을 보내였는데 그 결과가 양호하리라고 믿습니다.

야마도: 좋습니다. 월향씨! 무슨 소식이 있습니까?

월향: 홍범도가 내일 아침에 여기루 나려 오겠으니 잡으라고 전하여요.

야마도: (놀라며) 홍범도가?! 저, 월향씨! 우리를 잠시만⋯

월향: 예! (인차 눈치를 알아채리고 퇴장)

야마도: (뒤짐을 짓고 한참 왔다갓다 하더니)

그러니 그놈들이 온흘 저녁에는 행군하지 않을 것이지요! 되였습니다. 자! 이것을 보십시요. (지도를 내여 놓고 가르치며) 우리가 지금 이 두 촌에 있지 않습니까? 내일 아침에 우리는 군인들을 두 방향으로 풀어 먼저 이 평풍바우로부터 시작하여 이렇게 흙다리께를 둘러싸고 여기에다 쏙쌔포 한 문과 또는 이 도까비골로 들어가는 어구와 이쪽이 가매산 산봉에 쏙쌔포 두 문을 걸면 홍범도 아니라 천하없는 놈이라도 항복할 것입니다.

재덕: 예! 그것은 상당한 전술입니다.

야마도: 그리고 군인 한 삼십 명 다리고 이 정면으로 먼저 불을 걸어야 하겠는데 그것은 재덕씨에게 위임합니다.

재덕: 좋습니다. (술을 마인다)

야마도: 월향이를 지금 다시 보내되 거기에서 무슨 새 변동이 있으면 밤이 열둘이래도 나려와야 될 것입니다. 알아들었습니까?

원홍: 예!

군인: (급히 등장하여) 각하! (밖에서 요란히 떠든다)

야마도: 웬일이야?

구인: 어떤 조선게집애가 주대부관을 방치로 처 죽였습니다.

야마도: 무엇이야?

원홍: 언제?

재덕: 어디에서?

군인: 이리모진 박달방치에⋯

야마도: 무슨 까닭에 죽이엇는가 말이야?

군인: 면바루 코중방을 마젓는데…

야마도: 무엇이야? 어떠한 리유가 그를 죽게 하였나 말이야?

군인: 그 자리에서 즉살하였습니다.

야마도: (발을 굴으며) 끈처!!

군인: 예!

야마도: 물른 말에 바로 대답하여! 누가 죽엇서?

군인: 죽인 자가 없습니다.

야마도: 없어? 없다니?… 그러면 누가 살인자야…

군인: 살인난 집에는 아무도 없고 다만 가즈끈허진 치마끈 두 오리밖에 발견하지 못하였습니다.

야마도: 그것은 관계가 없어! 조선 게집애가 대낮에 일본대장을 죽인단 말이지?! (모도 급히 나간다)

어머니: (사면을 살피며 연옥이를 다리고 오며) 야, 연옥아! 네 무슨 악을 입어서 이런 짓을 하였느냐. 이 마당에 숨는 것이 제일 의심이 없을 것이다.

연옥: (울면서) 어머니 놓으세요. 나는 달아나겠어요. 네?!

조니: (들어오다가 은신하여 본다)

어머니: 못 간다 내 자식아! 못 간다. 이 집에 대장들도 있고 한데 (두지를 보며) 날래 더 두지 안으로 들어가거라! 무슨 죄를 받아서 이런 죄를 저즈렀느냐? (조니는 엿들는다)

연옥: 어머니 죽으면 말지요. (들어가면서) 그 즘생 같은 놈에게 강간은 참지 못하겠어요.

어머니: (사면을 살펴보며) 어서 숨어라. (우에다 거죽 가리우며) 하나님이여! 상공 마누래여! 제발 이 일이 무사하도록 하여 저 미련한 인간을 살려주소서… (조니 급히 야마도 나간 쪽으로 나간다) 연옥아! 깜짝 말고 숨도 크게 쉬지 마라!

(눈물을 싳으며 흰머리 노인은 잘되지 않은 거름으로 나가려할 때 밖에서 떠들며 사람들이 들어온다. 노인 어찟줄 모른다)

야마도: (잔득 독이 올라서 마당 한판에와 서면서)

각금이 시각으로 살인자를 내여 놓지 않으면… 이 동네 남녀 노소를 물론하고 죄다 없애 치울테야.

군팔: 대장님! 우리에게야 무슨 죄가 있습니까?

야마도: (발을 구르며) 끈처! 일본사람의 피가 천고 역사에 거저 흐른 적이 없어! 만약 살인자를 자기 손으로 잡아들이지 않으면 집집이 불을 달고, 산 채로 창으로 질러 불 속에 거더 넣을 터이야! 누가 살인자야?

군팔: 살인자야 죽인 자가 살인자겠지요. 그러나 대장님!

아마도: 무에야? 저놈에 두상을 체포해!

현병: 예! (포승한다)

야마도: 그래 정영코 아무도 자복하지 않겠서 (말없다) 그러면 내자비로 찾어내지! 군인들!

군인4인: 예? (기척하여 선다)

야마도: 저 두지에 둘려서!

군인4인: 네! (두지를 싸고 선다)

야마도: 받들어 총! (군인 네 사람은 총을 괴워 든다) 지금까지도 자복할 사람이 없어? (말없다) 그러면… (군인들에게) 나의 세번호와 같이 두지를 찔너!!

군인 4인: 네!!!

야마도: 한나, 둘…

어머니: (야마도 다리에 쓸어지며) 대장님, 살려주시요. 제가 이 미련한 인간이 죽을 때를 당하여 그리하였습니다. 대장님 제가 죽였습니다.

야마도: (탁 밀치며) 낫쁜 노친! 피껴… 셋… (군인들은 창으로 두지를 찔은다. 그 안에서) 『아ー아!!』 (소리친다)

군팔: (섯다가 참지 못해) 이 악독한 도적놈들아! 너이들이 살인자들이다!

군인들: 끈쳐!!!

어머니: (땅에서 울다가 겨우 일어나 소리친다) 연옥아! 내가 너를 죽이었구나. 이 철없는 인간이… (손펵을 치며 운다)

야마도: (군인들에게) 그년의 시체를 저 거리에 내다 높이 달아!

군인들: 예!!!

(폐막)

제3막 1장

배경은 홍범도 군대의 참모부인데 자연적으로 생긴 큰바위움이다. 막이 열리면 양순이 귀를 동지고 자리에 눕었다. 그의 주위에는 충열, 의병 1, 수산, 일남이가 앉아서 금점군의 이야기를 듣는다.

금점군: 나는 열두 살부터 금매지를 타보려고 서른여섯 금점으로 돌아다니면서 가지각색 누른 모래, 힌 모래, 푸른 모래를 밤낮 물가 역에서 일고 있었으나 받은 것은 두 손에 꼭 박힌 장알 여듧 개 뿐이야… 그래도 어떨가, 저래도 어떨가 나는 고진동을 떠나서 압녹강을 건너 중국 모래도 싳거보고 거기서 또한 국경을 넘어 로씨야 모래도 많이 싳어 눈먼새 콩알얻듯 어더놓은 금쪽을 나도 모르게 지나가던 잡새들이 슬적 물고 달났서… 그래서 에라! 하고 금일던 함지를 탁 둘러메치고 나를 휙

돌아다보니 열두 살 때 몰골은 전혀 없어지고 이렇게 이마에 밭고랑 같은 주름이 걸늙고 뒤띠에 센머리 푸슬하게 되였어… 망항 놈들‥ 저저히 어머니의 태속에서 가지고 나온 것은 흙 한 점, 풀 한 폐기 없것만 그래도 비우 넙죽하게 요것은 내 것, 조것은 내 것, 금을 쭉쭉 끄어놓고 서로 다토아 가며 악을 부리지…

의병1: 글세, 그러기에 말이요. 옛날에 단군을 나혼 어머니는 곰으로써 마눌을 먹고 스므하르동안 깊은 산중에 들어가 있다나니 사람으로 변승하였다는데, 지금은 신수 편편한 사람들이 돌우 우지 막막한 곰으로 변승되는 모양이요.

수산: 곰으로 변승하는 것이 아니라 더럽은 개로 변승한다오.

충열: 일없습니다. 썩고 낡은 것은 어쨋던 없어지고야 말 것입니다. (자기 손등을 보이며) 이 상처를 보십시오! 골마서 터지고 더대가 물너나니 그 자리에는 보드럽고 연한 새살이 잘아납니다. 우리가 지금 이렇게 돌베개를 베고 바람을 덮고 밤을 지내지만 만백성이 흘린 눈물이 봄날에 홍수가 되여 나려밀 때면 어즈러운 덤불들도 바다 속에 깊이 무칠 겄입니다. 그때에는 우리가 싸홈의 불 속을 지나, 죽엄이 성벽을 뚭고 제 마을에 발바서면 늙은 어머니가 맨발로 달려나와 우리를 부득혀 안고 락루하실 겄이지요. 그리고 거리에는 승리한 사람들의 얼골에 즐거운 우슴, 한가로운 노래, 얼마나 좋겠습니까?!… 일남아! 그때에 너는 고운 시약씨를 다리고 버들방천에 나가 돌물이 졸졸 흐르는 버들방천에 나가 네가 그의 손길을 잡으면 그는 반쯤 돌아서 약간 머리를 숙이고 살우슴을 띠울 것이다. 그의 아름다운 자태, 윤기 나는 검은 머리태, 붉은 댕기가 너의 가슴을 불붓게 할 때 하늘에서 새들이 지저귀고 푸른 나무아지들이 바람에 춤추고… 일남아‥ 얼마나 좋

겠느냐… 그 다음에 한해가 지나고 열해가 지나서 네가 백발이 되면 어린 아해들이 달려와 무릎 끌고 „당신의 의병에 다니섰지요?" 물으면, 일남아! 너는 사자와 같이 머리를 높이 들고 대답할 것이다. 그들은 또다시 „당신이 의병대장 홍범도를 아십니까?" 물을 것이다. 그러면 너의 이야기는 그들에게 노래가 되여 천대 만대로 떨칠 것이다.

금점군: (흥분되여 충열의 어께를 치며) 이 사람. 충열이! 자네 정말 훌륭히 말하였네. 우리 대장님은 그들의 앞에 초상같이 일어설 것이네.

우진: (등장하여) 충열이! (모두 침묵에서 뻐서난다)

충열: 네! (일어난다)

우진: 대장님이 지금까지 올라오지 아니하는 것을 보니, 무슨 일이 있는 모양이요.

충열: 글세 말입니다. 사람을 보내여 볼가요?

우진: 이 밤에 어대루 보내겠소?

수산: (나서면서) 제가 나려가 보랍니까?

우진: 그만두오 (좀 다니다가) 어쨌던 사변이 생긴 것 같으니… 좀 기다려 보다가 아니 오면 행군하는 수밖게 없소.

충열: 어대루가요?

우진: 내가 방금 통지를 받았는데 우리가 지금 포위 중에 든 모양이요.

의병1: (놀라며) 포위라니? 그러면 우리가 지금 둘려 쌔웠단 말이요?

우진: 네!

의병1: 그러면 인차 손을 써야 하지요.

금점군: 그러나 글세 손을 써도 대장님이 있어야 하지요.

우진: 우리가 퇴진하여 가게 된다면… 대장님은, 만약 무사만하다면 찾아올 것이요.

충열: 그러나 내 생각에는 더 기다려 보는 것이 낳을 것 같습니다.

우진: 여하간 나가서 토의하여들 보기오. (나간다)

충열: (일동과 같이 퇴장하다가) 야, 일남아!

일남: 예?

충열: 너는 여기서 저 양순이를 좀 삶여보아라. (퇴장)

일남: 예! (양순이 곁에 나 사과보고 자리에 앉으며) 누이님은 어디루 가셨는가?

의병2: (등장하여) 모도 어대루 갔느냐?

일남: 이재 금방 나들갔소.

의병2: (낮게) 너는 듣지 못하였느냐? 일본 군인들이 지금 우리를 외워 쌋다는 것이 적실하냐?

일남: 글세 이재 여기서 그런 말슴을 하더니…

의병2: 그런데 글세, 이런 난판에 우리 대장님은 어대 가서 먼하니 낮잠을 자는 모양인가?…

일남: 모르지요.

의병2: 허 그것참! 수탄 사람을 두어두고… (퇴장한다)

일남: 참말 웨, 오시지 않는가? 돌려 쌔웠으면 또 앞서처럼 산쥐노름을 해야 하겠군! (양순이를 살펴본 후)

노래: 불탄 향촌 연기 속에
　　　우리 엄마 울지 마소
　　　의지 없난 나의 엄마
　　　갈 발 없어 허덕일 제
　　　엄마 어인 어린 마음
　　　눈물 한숨 어이 하랴.
　　　성난 하늘 검은 구름
　　　여지없이 몰려가고

버들 방천 꼬독개지

다시 곱게 움이 틀 제

내가 엄마 품에 안겨

그립던 맘 설토하리.

홍범도: 모도 어대로 들갔어?

일남: 여기서 근심하며 기다리다가 저 박그로들 나갔습니다.

홍범도: 지금 곳 나가서 오라 일너!

일남: 예! (퇴장한다)

홍범도: (양순이 겯으로 가더니) 너도 아비를 잘못 맞나 고생이로구나.

　　　　(앉아 쓰다듬어 준다) 눈 없는 철도 제 갈 길을 아는 모양이야…

양순: (잠꼬대를 한다) 어머니, 일없습니다. 참으십시요. 어머니!

홍범도: 아니 이게 웬일이냐? (흔들며) 야, 양순아!

양순: 예! (일어나며) 누구십니까?

홍범도: 내다. 정신을 차려라!

양순: 네?… 아부지 (울면서) 아부지…

홍범도: (안고 쓰다듬으며) 양순아, 일없어 울지 말아!

양순: 아부지, 어머님은… 악형을 당합니다.

홍범도: 그것을 내가 죄다 짐작한다. 양순아, 울지 말아… 그래 상처가

　　　　통세나지 않느냐…

양순: 일없습니다.

일남: (등장하여) 지금 모다웁니다.

홍범도: (일어나며) 양순아, 곳 우름을 끈처!

양순: 예! (눈물을 싯는다)

　　　　(충열, 우진, 서기 ,금점군, 수산, 의병1 등장한다)

홍범도: 자! 여기 둘려 앉으시요.

의병1: (앉으면서) 지금 적군들이 우리를 돌려 쌌다는데 어찌되여 이

리지체 되였습니까?

홍범도: 누가 그런 엉투리없는 말공부를 하여?!

충열: 밖게서는 지금 글로 인하여 야단입니다.

홍범도: 내가 직접 아래웃촌을 돌아보고 오는 길인데 무슨 쓸데없는 말성들이야?!

수산: 그러면, 또 어느 놈이 허언포를 터뜨린 모양이지요.

홍범도: 수산이!

수산: 예!

홍범도: 밖게 나가서 내가 왔는데, 그 말들은 잡소리라고 전해!

수산: 예! (퇴장한다)

홍범도: 모도 똑똑히들 들으오. 금만칠 성별이 꼬리를 돌구면 행군할 터이요!

우진: (놀나며) 아니? 어대로 행군한단 말입니까?

홍범도: 내 나려가 죄다 살펴보았는데… 충열이는 동무한 십여 명 다리고 치강이네 집에 든 괴수 놈들을 잡아야 될 것이요. (나무 가지를 집어 땅바닥을 쭉쭉 끗으며) 이것이 동네가 아니요? 이 다리께로 들어가면 바로 요집이 치강이네 집인데… 이 오른편 인즉 물언덕이 구비를 짚어 이렇게 돌아지지요…

의병1: 옳습니다. (가르치며) 여긴즉 똑마루 우리집입니다.

홍범도: (다시 끗으며) 남아지 군인들은 이 다리 밑으로서 자최 없이 이리루 나가 갠 옆에 숨어 있다가 첫 총소리가 나거던 동네를 둘려싸되 조니네 집과 그 앞 허무언네 집을 골방진에 몰아넣어야 될 것이오. 거기에는 적병들이 주둔하였소. 그런데, 충열 이 치강이네 집으로 갈 것이 아니라 내가 집접 갈 터이야. 그리고 충열이는 이재 말하던…

우진: 가만 게십시요. 그러니 우리가 토벌대와 전쟁하게 된다는 말슴

입니까?

홍범도: 그래!

우진: 대장님! 차라리 우리가 퇴병하는 것이 낫지 않을가요?

홍범도: 퇴병하다니? 어대루 퇴병하여? 올은 쪽으로 돌아서면 압녹강이요, 왼쪽으로 돌아서면 두만강이 가로막혔는데… 갈 곳이 어대란 말이요…

금점군: 옳습니다. 죽어도 제 땅에서 죽어야 합니다.

홍범도: 그러니 별말 말고 지금 곳 나가서 준비들 하오!

일동: (일어나며) 예!!

홍범도: 그리고 내 평생 말하였지만 동무들의 생명을 중히녁이오. 원쑤 열 명을 잡노라고 제 동무 한 사람이라도 잃어버리는 그러한 대장은 멍텅구리 대장이요. 한 사람도 일치말고 원쑤를 잡는 그가 웃뜸이요.

충열: 예! 염여하지 마십시요.

금점군: (나가다가) 아하… 잊을 번 하였군! 대장님 (양순이 앉은 자리에 가서 내복을 가져오며)

이것을 입으십시요. 동무들께 논아주고 남은 것입니다.

홍범도: 무엇이야?

금점군: 내복입니다.

홍범도: 나는 싫여, 다른 사람을 주어!

우진: 그러지 말고 입으십시요.

의병1: 아, 늘 그럴 것이야 무었입니까?

홍범도: 내 염여는 마오. 그런데 저그니들은 어찌되였소?

금점군: 죄다 입엇습니다. 한 벌 식 모도 논아주고 공으로 남은 것입니다.

홍범도: (웃으며) 홍, 일남이 맛다나 강동아즈버니 거줏말마오! 당신이 무슨 용빼는 재간이 차서 내복 칠십 벌을 가지고 일백오십여

명을 입히고 한 벌은 남겨까지 두었소?

금점군: 글쎄 어쨌던 대장님이 입으십시요.

홍범도: 가만있소. (금점군에게) 당신이 입었소? 못 입었지요. (차례로 나려가며) 당신은? 못 입었지요. 당신은? 당신은? 못 입었지요? 그런데 나는… 대장이라고?… 나 같은 대장은 여기 몽여선 사람은 죄다 대장이요. 야, 일남아!

일남: 예! (척하여 선다)

홍범도: (앞가슴을 헤쳐 보면서) 이것이 무엇이야? 이 젊은 총각 들었소다. 삼수읍을 점령하면 고은 시약씨에게 장가나 들겠는지 한데… (내복 주며) 자, 이것을 속히 갈아입어!

일남: 저는 일없습니다.

홍범도: 아니, 이것 봐… 무슨 대답이야. (농담으로) 대장님의 명령이니 어서 속히 갈아입어!

일남: (얼는 받아들고) 예! 속히 갈아입지요.

(일동 웃는다)

홍범도: (웃으면서) 이년석! (엉덩이를 치면서) 그래, 그렇게 대답해야 하지… 자… (일남 기뻐하며 퇴장) 그러면 인제는 나가서 준비들 하오!

일동: 예! (나가려할 때에 월향이 등장)

월향: (돌아보고) 대장님!

홍범도: 예!

월향: 제 좀 당신을 조용히 보아야 하겠으니…

홍범도: 나를요?

월향: 예!

홍범도: 그렇게 하지요. 당신들은 잠간 나들가시요.

일동: 예! (퇴장한다. 우진이는 좀 따게 눈치보며 퇴장)

홍범도: 나는 당신의 말슴을 기다립니다.

월향: (박글 내다보며 앉는다) 저는 야마도를 보려고 촌에 나려갓다가 오는 길인데…

홍범도: (놀나며) 아니, 야마도를 보다니? 대저라 당신이 어떠한 녀자요?

월향: 내요?

홍범도: 그래!

월향: 실상 갈 발 모르는 철없고 불측한 게집이지요. 속은 넝매처럼 팔리고 외형만은 당신 앞에 남아 있습니다.

홍범도: 무엇이야? 여보, 당신이 혼나가지 않았소?

월향: 대장님! 제가 지금 죄다 실토하려고 합니다. 내가 일본대위 끼쯔끼를 죽였다는 것은 그놈들이 꿈여낸 거짓 사실이고 또는 내가 여기 올 때에 당신을 해하려고 온 것입니다.

홍범도: 끈치시요. 더 말치 않아도 죄다 똑똑하오. (일어나더니) 지금 불상한 백성들의 생사를 결단하는 이때에 그대의 그 어리석은 작난이 누구에게 요구된단 말이요? 그러니 당신이 무엇을 원하우?

월향: 원하는 것이 없습니다. 그러니 당신은 주의 하십시요! 나보다도 더 위대한 사람이 당신 주위에서 검은 그림자처럼 돌아치고 있습니다. 그 사람은…

홍범도: (성을 내며) 망할년! 끈처!! 무엇이 어찌고 어쨌서? 네가 아모리 나의 진정한 동무들을 모해하려고 애써도 그것은 안 돼!

우진: (등장하여) 대장님! 행군하기에 준비가 되였습니다. (대답이 없다) 대저라 무슨 일입니까?

홍범도: 우리는 부엉새처럼 저 요망한 년을 받들어 드렸지! 더 길게 말할 것 없이 인차 처리하여 버리게! (퇴장)

우진: 예? (범도 나간후) 당신이 지금 누구를 팔아먹소?

월향: 그대들이 팔다 남은 제가 저를 팔지요. 그 다음에는 헌 넝매인 당
　　신들에게 손을 댈 겄입니다.

우진: 그 독사에 혀끝을 좀 줄 구시요. 그렇지 않다가는…

월향: 우진씨! 그러나 늦었어요. 벌서 흥정은 시작되였습니다.

우진: 끈치시오 끊저! 만약 입을 다물지 못하겠다면 다시 열지 못하게
　　만들 터이니…

월향: 좋습니다. 마음대로 하여 보시요.

우진: (손을 쥐며) 무엇이야?

월향: (뿌리치며) 이것을 놓아! 우리는 세상에서 종자도 받지 못할…

우진: (손목을 끌어 비탈아 쥐고 앞으로 끌어오며) 어째? 이 망할 년…

월향: (목을 한손으로 틀어 쥘 때 월향은 그 손을 물고 발로 차 던진다)
　　야, 이 강도놈아! (품에서 칼을 빼었다)

우진: (단총을 꺼내여 쏜다. 월향이 넘어진다)

충열: (일동함께 등장하여 놀나며) 우진이 이게 웬일입니까?

일남: (보고 놀라며) 아, 누이님!

의병1: 일남아? (일남이를 가슴에 포용한다)

우진: (총을 넣으며) 대장님! 저년이 나를 칼로 찌르려는 것을 내가 총
　　으로 쏘앗습니다.

홍범도: 잘 하였어!

(불이 죽는다)

제3막 2장

촌, 밤이다.

보초1: (총을 쥐고 왔다갓다 하며 하펌을 한다) 누구요?

보초2: 내야! (들어오며) 담비구 업지 않거던 좀 줘!

보초1: 아, 웨 벌서 다 피웠나?

보초2: 여섯 놈이 모다 들어 어기 피우다나니 한 짐이면 어찌 견디나…
　　　있으면 두니, 서너 대 주어!

보초1: (끄어내며) 주기는 줄 터이나… 제 앞 타거던 돌우 물어주어!

보초2: 앗다 빡하기도 하다. 제터리 뽑아 제구멍에 꼽겠다.

보초1: 그놈 별소리 다한다. 내 탓이냐? 세상이 그렇게 강박하단다. (준
　　　다. 그리고 저도 피운다)

보초2: 그야 세상이고, 인심은 인심이 아니냐? (나가런다)

보초1: 좀 더 짓거리다 가지? 나는 혼자서 말동무도 없고 하니 그런지,
　　　어찌 조우러운지 눈알이 폭폭 쏘다지는 것 같애.

보초2: (나가다 돌아서 앉으며) 우리는 여섯 놈이 되다나니 답답하지는
　　　않으나 아, 벌서 세 놈은 우리를 믹끌 넣고 들어눕어 코를 씩씩
　　　굴러.

보초1: 나도 누가 있었으면 눈을 좀 댓다 떼겠구만. 혼자 다나니 어찌
　　　할 수 없어.

보초2: 아, 그러면 좀 자다 날 게지! 누가 온다고 그러나? 이 밤에 혼 나
　　　가서 자지 않고 다니겠나?

보초1: 실상 그러해. 사람이란 밤이면 단잠을 자고 낮이면 버둑거려야
　　　하는데… 아, 이건 글세 무슨 죄를 맞나 이 모양이야… 덩덩하
　　　니 굿이라구 좀 잘못 덤비였어…

보초2: 돈이나니 그 노릇이지!… 별 수 있나 똥집이 사람을 죽이너니.

보초1: 홍, 그러나 이렇게 밤잠을 자지 못하고 밤낮 호미자루를 쥐고
　　　땅을 뛰젓더면 어느영 벌서 부자가 되었을 걸…

보초2: 그러나 땅을 뛰저서는 부자가 되는 법이 없어! 우리 동네 최대

감은 한뉘밭머리도 구경하지 못하였으나 네구에 통경단집에
일평생 금의 옥반에 거드러지게 호강하데…

보초1: 그야 그 양반의 팔자가 그러하니 할 수 없지…

보초2: 팔자? 팔자말고 칠자가 어떠한가? 거저 다 제 욕심 많고 소가죽
이를 얼골에 쓴 듯이 거이 죽는 사람에게서라도 앗을 것만 있으
면 마주 발바 죽이고 앗아내는 그놈이라야 부자가 되네!

보초1: 참말 그는 그럴 듯해. (낮게) 우리는 이렇게 눈을 쥐며 뜯지만…
(집안을 가르치며) 저 양반들은 저렇게 편이 누어 쉬여도 돈은
아마 우리보다 몇 곱절식 더 받겠지.

보초2: 하, 받다마다 원홍씨는 본래 돈 있는 량반의 자식이니 더 말할
것 없지만… 저 재덕이는 한 푼 없는 백수 건다리로 삼수읍에서
장날이면 촌사람의 돈을 속여 내먹던 놈이 일로 전쟁 때에 일본
용다리 노릇을 하여 댓바람에 재산가가 되고 지금은 저런 대장
까지 되지 않았나…

보초1: 그러고 보니 우리는 무엇을 직히는 셈인가? 거저 쓸 데 없이 행
금통을 당기는 셈일세!

보초2: 홍, 우리 같은 부모의 공 자식들이 없으면 저런 어른네들이 장
수노릇을 하는가? 구영 빠진 엽전이 우리에게 굴레를 씨워서
채를 치면 걸고 혁을 단기면 서야해!

보초1: 나는 이번 거름이나 무사히 돌아가면 팽개치겠서… 공것멋게
생기지 못한 놈이 잘못 덤비다가는 등 빼가 늘어나겠어…

보초2: (피우던 담배를 피우며) 아, 참! 이것 봐 앉아서 말공부하다나니
어느 사이 벌서 두 대나 피웠네. 한 대 더 주게.

보초1: 말은 제 말하고 (끄어내며) 담배는 내 담배 축내지.

보초2: 어쨋던 고맙네. (주는 담배 받아가지고 퇴장)

보초1: (왔다갓다하며) 세울나면 동무나하게 두얼 세우지… 제길할 자

식들! (와서 다시 앉으며) 이렇게 조우러울 때에는… (하펌을 하고) 하늘에 별이나 헤자! 별하나, 나하나, 별둘, 나둘, 별셋, 나셋, 별넷, 나넷, 별다섯, 나다섯, (급히 일어나면서) 누구요?

홍범도: 내요. (등장하였다)

보초1: 내라니 누군가 말이야. (총을 재운다)

홍범도: 홍범도군대에 편지 가지고 갓던 사람이요!

보초1: 성명이 무엇이야?

홍범도: 김치강이요. 이집 주인이요.

보초1: (눈을 구부리며) 그러면 까딱 말고 선 자리에 서있어! (방문을 두드리면서) 대장님! 대장님! 하, 깊이 잠든 모양이구. (다시 문을 두드리면서) 대장님!!

원홍: (안에서) 웨 그래?

보초1: 저기 어떤 사람이 왔답니다.

원홍: (밀장을 열고) 누구야?

홍범도: 예, 제 왓습니다.

원홍: (눈을 비비며 보고서) 들여놓아. (문을 철석 닫는다)

보초1: (범도에게) 들어가시요.

홍범도: 예! (말없이 정지문으로 들어간다)

보초1: (다시 와서 앉으면서) 별자식! 나는 또 가슴이 철렁하였지! 아까 몇까지 헤였던가?! (하늘을 보다가) 삼태성이 넘어가는 것을 보니 새날이 멀지 않갓구나. (담배를 꺼내어 찬히 보며) 참말, 이놈에 담바구가 사람을 죽이는 구나! 구야, 구야, 담바구야! 실큰 피우구나 보잣구나! (피운다) 별하나, 나하나, 별둘, 나둘, 별셋, 나셋!

원홍: (방문을 열고 떨리는 목소리로) 보초병!

보초병1: (놀라 일어나며) 예!

원홍: 저기 나가 보초병들을 죄다 불러오시요!

보초병1: 예! (나가려 하는데)

원홍: (뒤에서 하는 말을 바다오우는 듯) 저… 보초병! 소리 없이 조용히 청하여 오시요.

보초병1: 예! (나간다)

금점군: (후원으로 나와서 살펴보고) 이 사람들! (모도 나와서 숨는다. 더러는 뒤지 뒤로 피한다)

보초병1: (보초병 삼인을 다리고 들어와서 문역으로 가더니) 대장님! 명령대로 보초병들을 죄다 다려 왔습니다.

의병들: (사면에서 나오며) 손들어!!! (보초병들 눈이 둥글해 든다)

홍범도: (안에서) 내걸어! (원홍, 재덕, 자던 차로 밖그루 나온다. 먼동이 터서 오른다) 수산이!

수산: (밖에서) 예! (들어온다)

홍범도: 어떻게 되였는가?

수산: 다 준비되였습니다. 신호만 기다립니다.

홍범도: (단포를 공중에 대고 쏜다. 그러자 박게서 불시로 총소리 요란하다 좀 침묵 되였다가 사람들 소리가 난다)
  이 두 놈을 따로 내세워!!!

금점군: 예! (원홍과 재덕을 따로 내세운다)

홍범도: (헌 옷을 벗으면서) 자, 보아라! 내가 홍범도야! 내일 아츰에 흙다리께서 맞나자 하였으나 사이가 없어서 찾아 왔서!

재덕: (홍범도가 옷을 버슨 다음에 주먹으로 가슴을 치며) 글세 내가 그럴 줄 알았서!

금점군: (잡아 일구며) 이 자식, 이저는 늦었어!

재덕: (원홍을 보며) 보십시요. 내 무어라고 합데까? 이제는 죽었습니다.

원홍: 끈치십시요. (격분하여 한다)

금점군: (비죽이 우스면서) 당신들도 죽기는 즐겨하지 않는구만…

충열: (급히 등장하여) 대장님! 군인들을 죄다 사로잡았으며 무기까지 압수하였습니다.

홍범도: 우리군인들은 상한 사람이 없소?

충열: 없습니다. 죄다 무사합니다.

홍범도: 주민들은?

충열: 주민들도 역시 무사합니다.

수산: (급히 등장하여) 대장님! 저놈들이 군팔노인과 주민 7, 8명을 바으로 동저 모양간에 거더 거더 넣은 것을 발견하였습니다.

홍범도: 지금 곳 나가서 풀어 여기로 다려와!

수산: 예! (나간다)

홍범도: (의병1에게) 당신은 나가서 포로병, 주민, 우리 동지들을 저 마당으로 다려오시오.

의병1: 예! (나간다)

충열: (재덕이와 원홍을 보고 웃으며) 아니, 당신들이 어찌다 이 모양이 되였소? 우리들은 구면이요? 기억들 되십니까? 저 삼수읍에서… 그때에 내가 처음으로 거즛 소리를 질넛댔습니다. 그러나 지금은 정말입니다. 이다음에 놀라지 말기 위하여서는 우리 대장님을 똑똑히 보아두시요.

원홍: 그때에는 우리가 아모 관계없는 사람들이였지요.

충열: (재덕을 보며) 당신도 그렇소?

재덕: 예!

충열: (가르치며) 이 복장과 견장은 우리나라 것입니까? 아니지요. 왜놈에 것이지요. 그때에 그것 타려 오섰으니까 몰랐을 수도 있지요.

군팔: (농민들과 같이 들어오며) 이 사람 범도! 우리는 자네 아니더면 죽을 번하였네.

홍범도: 일없습니다. 죽기는 웨?

농민: 우리는 머리끼를 뽑아 신을 삼아 들여도 이 은혜를 갚을 것 같지 못하오.

일동: (밖에서) 옳습니다. (아우성친다)

(배재 뒤에는 수탄 사람과 연옥의 시체를 단 것이 나타난다)

의병1: (들어오며) 대장님! 죄다 몰여 왔습니다.

홍범도: (높은 데 올라서며) 여러분들! 내 말을 들어보오.

어머니: (사람들을 헤치고 들어와 범도에게 발에 업디면서) 이 사람! 내 딸 연옥의 원쑤를 갚아주게! (운다)

홍범도: (일구며) 어머니 (울면서) 어머니 웬 일이십니까?

어머니: (울면서) 저 못쓸 놈들이… 이 사람, 나는 저, 말짱 꼭대기에 달린 연옥이의 어머네.

군팔: (어머니를 위로하여) 저 대장님이 말씀을 하게 좀 참으시요.

홍범도: (일어서 연옥의 시체를 가르치며) 당신들이 보시요. 우리가 앉아서 저런 죽엄을 기다려야 하겠소? 아니요 일어서서 제 손으로 제 가슴으로, 제 힘으로 물리쳐야 될 것이요. (원홍을 가르치며) 저 원홍이란 놈은 선조로부터 우리나라 국록을 타먹고 나려왔소. 네 놈이 무엇이 부족하냐? 수년 동안 전우대 참영으로 백성의 돈 수만 원을 받아먹다가 나라가 망하게 될 것 같으면 그 나라를 것잡는 것이 백성의 도리일진댄, 너는 왜 적에게 돈에 팔려서 제 산천을 팔아먹고 또는 의지 없는 불상한 백성들을 못살게 굴지? 만약 일본사람들이 우리를 죽이고, 농촌을 불질으고, 총으로 쏘고 칼로 찔으는 것은 맛당한 일이라하자. 그것은 그놈들이 남의 땅을 빼앗아 제 땅을 만들려니까 그럴 수밖에 없다 하자! 그러하되 너의 놈들은 무엇을 위하여 미친 개 모양으로 형제의 살점을 보고 춤을 넘구느냐? 이 홍범도는

무식한 놈으로써 한 가지만은 똑똑히 안다. 제 땅을 남에게 빼앗기지 말 것을 백성을 팔아먹는 개무리들을 어째야 한다는 것을 잘 안다.

목소리: 옳습니다. 그 놈들을 죽이십시요.

일동: 개 같은 놈들을 교수대에 다시요.

홍범도: 이 놈들아! 저 소리를 들어라 내가 꾸며 내여 말하는 것이 아니다. 백성들의 원한이다. 우리는 너이들보다 무엇이 못하여서 부모처자를 바리고 산간에서 입을 것을 못 입고 굶으며 고생의 길로 나선 줄 아느냐? 종자도 받지 못할 너의 놈들은 죽여야 맛당하다.

목소리: 옳습니다. 죽이시요, 총으로 쏘시요.

목소리: 교수대에 다시요. 그놈들을 산장을 하시요.

홍범도: 보아라 백성들의 판결이다. 자, 그러면 누가 저놈들을 죽이겠습니까?

목소리: 제가 죽이겠습니다. 나에게 주십시요.

어머니: 이 사람, 내가 죽이겠네. 내가 연옥의 원쑤를 갚겠네.

우진: (살펴보다가 급히) 어머니, 가만 게십시오. 대장님. (저도 좀 올나서면서) 여러분들! 제가 죽이겠습니다. 나의 아부지와 어머니인 당신들, 나의 누이와 형제인 당신들, 여러분들은 이 나의 이마에 허물을 보시오. (가르치며) 여기에서 흐른 피 값으로 사정없이 원쑤를 갚겠습니다. 그리고 당신들의 원한, 이 늙은 어머니의 사랑하는 딸의 원쑤, 또는 삼천리강산을 그대로 영원히 보장하기 위하여 정직한 당신들의 아들인 이 우진이가 (단포를 꺼내어 흔들며) 일본개놈들을 용서 없이 죽이겠습니다.

일동: 옳소 속히 죽이오.

홍범도: 그러면 우진이, 속히 방천에 끌고나가 없애버리게!

우진: 네! (급히 나려와 두들렁거리며) 이놈들아, 걸어라! 일본개가 무엇이라는 것을 내가 똑똑히 보여줄 것이다! (원홍이와 재덕이를 다리고 퇴장한다)

충열: (급히 등장하여) 대장님!

홍범도: 그래?

충열: 포로병 중에는 일본 놈 오십육 명, 조선 놈 일백삼십칠 명입니다. 그중에서 포로병 두 명이 자원병으로 우리군대에 가입하려 합니다.

홍범도: 남아지는?

충열: 벙어리처럼 입을 다물고 서서 눈만 두리번두리번합니다. 어떤 놈들은 딱딱 마주섭니다.

홍범도: 마주서? (왔다갓다하며 생각한다)

보초1: (섯다가 범도에게) 대장님, 저를 바다주십시요.

홍범도: (보초1을 말없이 뜨더 보다가) 충열이!

충열: 예? (밖에서 총소리 두 방이 난다)

홍범도: 딱 마주서는 놈들을 골라서 없애바리게!

충열: 예!

(폐막)

제4막

배경은 제일막과 같이 삼수읍이다. 때는 저녁이다. 야마도가 복판에 서서 원홍과 재덕을 보면서.

야마도: 만약 우진이가 아니었더면 당신들은 이 자리에 서있지도 못하였을 것이오. 그러면서도 우진이를 나무려?

재덕: 나무리는 것이 아니라 그가 웨 우리에게 제 때에 통지하지 않엇는가 말입니다.

야마도: 끈치시요. 전시에서는 눈이 앞에만 있어야 할 것이 아니라 뒤에도 반듯이 있어야 해요. 만약 지금으로부터 삼, 사 년 전에 대일본 천황폐하의 군대가 한꺼번에 사면을 살펴보지 못하였다면 여승구를 점영하지 못하였을 것입니다.

원홍: 그러나 글세 우리야 그놈을 산 채로 포로하려다가 그리되었지요.

재덕: 그런 것이 아니라 이번에 실패된 원인은 원홍씨가 쓸데없는 주창을 세운 데 있는 겄입니다.

원홍: 재덕씨, 빔니다. 남을 너무나 허무하게 그럴 필요가 없습니다. 그것은 당신의 본 없는 행사입니다.

재덕: 좋습니다. 나는 맥없고 시드러진 양반이 아니라 당신을 부러워하지 않습니다. 그것은 옛날에 듣던 잡소리입니다. 내가 백정의 자식이라 하여 당신이 그렇게 말하지요. 어대루 갓습니까? 양반이? 온홀메는 양반인− 당신도 나라를 팔아먹고, 쌍놈인− 나도 산천을 팔아먹습니다.

야마도: 끈치시요. (상을 치며 일어선다. 두 사람 소리 없이 앉는다) (전화가 울리니 야마도 잡고) 네, 들습니다. 무엇이야? 신문에 어떤 재료들을 줄 수 있는가? 가만 게십시요. (전화통을 잠간 막으며) 신문에 무엇을 기재 할 수 있을가요?

원홍: 무엇에 대하여요?

야마도: 토벌하려 갓던 결과를 요구합니다.

재덕: 거기에 대하여 수치스럽게 무엇이라고 하겠습니까? 아직은 군대 비밀이라고 하였으면 낫을 것 같습니다.

원홍: 글세, 거참 딱한 문제입니다. 저도…

야마도: 아닙니다. 그래도 결과를 광포해야 합니다. (다시 전화기를 들고) 들습니까? 전합니다. 신문에 실을 만한 재료는 이번에 우리군대의 거름은 농촌에서 설개는 강도단들을 죄다 모조리 잡으나 다름없으며 특히 홍범도란 놈을 우리가 무장적 힘으로써 깊은 산중으로 추격한 결과에 그 강도단의 반수 이상을 죽이엇으며 홍범도란 놈은 부상을 당하여 백두산으루 혼자 도망하였다고 전하시요! 그리고 큼직한 활자로 뚜드러지게 공포할 것은 이번 사변에 있어서 활동이 비상한 자들은 김원홍과 림재덕이라고 하시요. 네! 아 하이! 하이!

원홍: (자기 일흠이 나올 때에 일어나며) 아니… 야마도상! 그것은 옳지 아니 합니다.

재덕: 이 양반! 전술이 그것을 요구합니다.

야마도: (웃으며) 원홍씨! 들습니까? 저 말이 옳습니다.

원홍: (일어서며) 저… 제 좀 골머리가 불안하여지니 집에 가 누워야 하겠습니다.

야마도: 이저는 별일 없으니 가십시요.

원홍: 그러면 밤 펑이들 주무시요.

야마도: 네! (원홍이 퇴장한다)

재덕: (비웃으며) 홍, 그래도 양반이라고… 이번 일은 저 양반이 죄다 망첫습니다.

야마도: 저도 그것은 대강 짐작합니다. 그런데 (전화 소리 난다. 야마도 바다 들고) 네!… 들습… 아니, 무엇이야?! 그래… 그래… 죽다니 가만있어. (재덕에게) 지금 곳 나가서 마차를 나에게루 보내시요.

재덕: 아니, 무슨 일이 생겼습니까?

야마도: 글세 속히 마차를…

재덕: 네! (급히 나간다)

야마도: (다시 들고) 아노! 아노! 아니 이놈들이 벌서 전화 줄을 끊었는 가? (메치며) 박아…

허철: (들어오면서) 대장님! 큰일이 났습니다. 지금 북문, 남문, 서문으로 홍범도군대 의병들이 막 쓸어 들어옵니다. 귀신도 모르게 깜쪽같이 성을 넘어 들어와, 여하간 한 사람도 산 것 같지 아니 합니다. 소리 없이 날아들어 온 모양입니다. (총소리 요란하다)

야마도: 그러면 어찌하여야 하겠는가? 밤으로 본대에 통지하여야 하겠는데.

허철: 대장님! 옛습니다. 나의 두루막을 입고 나의 뒤를 따루십시요.

야마도: (급히 바다 입고) 자, 다되였서! (두 사람 급히 퇴장한다)

치호: (급히 등장하여) 재덕! 아니, 모다 어데루들 가섯는가? 지금 성안에 여러 천명 의병들이 들었다는데… 재덕씨… (방안으로 들어가며) 재덕씨!

경태: (등장하여) 야마도상! 어대루 가섯는가! 허, 큰일낫군! 지금 성안에 밀란이 났는데… 내 상점을 어찌하는가? 여러 천 명… (퇴장)

기수: (달아 들어오며) 원홍씨! 큰일 낫습니다. 원홍씨! (살펴보다가) 빌어먹을 자식들, 이런 시절에 또 어느 기생집에가 뒤여진 모양이야! 여러 천여 의병을 다리고 홍범도가 왔는데 이 일을 어찌하면 좋아! (안방에서 나오는 것을 보고) 거 누구요?

치호: 아모도 없소다.

기수: 당신 들었소? 의병들이 여러 천여 명이 성중에 들었다오.

치호: (그제야 보고) 의병이 들엇으면 좋지! 내 너 놈을 면바루 맞났다. 네 놈이 또 내 밭에다 표말을 만들어 세웠지? (잡아 쥔다)

기수: 아, 당신 혼나가지 않았소? 이게 어느 때기에 토지이야기를 하시

요? 일후에 말할 섬하고 속히 몸을 피합시다.

치호: (더 힘스레 밧작 잡아 쥐며) 홍! 너도 목숨이 중한 줄 아느냐? 이 망하여 뒤여질 자식아! 나는 일반이다. 내게는 토지가 없어지는 날이면 내가 죽은 몸이다. 어제 저녁에 또 네가 내 토지에다 표말을 만들어 세웠지? 이놈!

기수: (목을 풀며) 허, 훼 이러시오? 저는 저 앞서 그런 후에는 김참봉에 집 토지에박겐 표말을 세우지 않앗서요.

치호: (더 틀어쥐며) 아, 이놈! 죽이기 전에 바로 말해! 너 같은 날강도 놈 외에 또 하늘 아래 어느 놈이 강도란 말이냐?

기수: 예… 말하지요. 치호씨에 토지에다 어적게 표말을 세운 것은… 목을 좀 티워 주시오. 죄다 말할테니… 일진회 회원들이 한 것이 아니라 저… 그 무슨 회사라던가? 거기에서 기차길을 놓으라고 그런대요.

치호: 나의 토지에다?

기수: 예! 바로 그댁 토지를 께서 나려간답니다.

치호: 그러면 나는 어디가 농사를 짊어?!

기수: (목을 헤치며 목을 숨을 내쉬며) 일본 사람들 외야 남의 숨차하는 것을 아느랍니까? 내가 그들하고 이것은 일진회 회원의 밭이라고 하니까 그것은 관계없다고 하며 오히려 더 좋아 하던데요.

치호: 망할 놈들! 토지는 내 토지인데 나와는 물어 보지도 않어?

기수: 지금은 식그럽다고 물어보지도 않는대요. 눈을 감으면 코를 슬적 베여 간답니다.

치호: (눈에 불이 일 듯 생각하다가 불시로 주먹으로 상을 치며) 안 돼! 아니 줘! 선조들이 몇 천 년 나려오며 갈아먹던 밭을 누구를 주어? (총소리 요란히 난다)

기수: (놀라며) 여보시오! 밭은 차츰 문제요. 그까짓 것 다 앗으라지요!

위선 목숨 사는 것이… 자, 피합시다.

치호: 싫여! 밭을 앗는다면 나부텀 죽여! 토지가 없어도 죽고, 칼에 맞아도 죽어, 자 죽여!

기수: (수상하게 보며) 이 사람들 저것을 보라니, 저 강도놈들이 나의 밭에다 철도를 놓네. 야, 저기 몽치를 가저 오너라! 저놈에 악물을 마사 치우자! (소리 질으고 넘어진다)

치호: 아, (받아 안으며) 이 양반이 졸도하시는구만! 어쩌면 좋아?

일동: (급히 사처로 들어오며) 손들어!

기수: (안앗던 치호를 떨구고 흔든다)

홍범도: (눈질하니 동무들이 수색한다) 네 놈이 웬 놈이냐?

기수: 저는 기수라 하는데 농민이올시다.

홍범도: 저 사람은 웬 사람이야?

기수: 그도 역시 그렇습니다.

홍범도: (달아가서 인차 보더니) 누가 이렇게 만들었어?

기수: 저 우리가 토지문제로 인해 왔다가 어더 마자서 그리 되였습니다.

의병1: 안에는 대장님! 아모도 없습니다.

홍범도: (나사서면서) 내가 홍범도야. 바로 말해!

기수: (놀나며) 네? (펑덩 앉는다) 몰랐습니다. 사람을 살려주십시요. 저 사람은 급질해 넘어지고 저는 일진회 회원이외다.

홍범도: (의병1에게) 저놈을 체포하여 내가고 이 사람은 들어내다 냉수를 처서 정신 차리게 하여!

의병들: 예! (그대로 실행한다)

충열: (여러 사람들과 함께 등장하여 예하면서) 대장님, 유치장과 감옥에 가친 사람들을 죄다 석방하였는데 더러는 여기로 옵니다.

홍범도: (들어오는 자기 부인을 보더니 급히 나가며) 여보, 마누라! 이게 웬 일이요? (대답이 없다) 그래 나를 알아보지 못하오?

충열: 대장님! 그놈들이 안질을 멀구었으며 혀를 끈었습니다.

홍범도: 무어야? (급히 붓잡으며) 여보, 마누라! 여보! (쥐어 흔들며) 여보, 마누라! 내가 양순의 아부지요. 웨, 나를 모르겠소. (역시 대답 없다. 너무 기막혀) 저 망할 놈들이 성한 사람을 잡아다가 이게 무슨 일이야?

금점군: 놈들은 우리가 듣지 말라고 귀를 버이며, 세상을 보지 말라고 눈을 멀구며 발은 말을 하지 말라고 혀를 버혀 내여! (격동되여) 놈들아! 하늘도 무정치 않으면 벼락을 맞으라! (격동되였다)

홍범도: (생각에서 떨쳐나며) 일없어. 하늘과 땅이 마주치기 전에야 값을 받을 날이 있겠지…

양순: (급히 들어오더니) 어머니! (달녀가 안긴다. 어머니는 아무 대답 없다. 양순이는 어머니를 한참 쳐 보다가 불시로 울면서) 어머니! 내가 양순이요. (어머니를 끌어앉고 늑겨 운다)

충열: (양순이를 말리며) 야, 양순아! 울지 말아라. 울어서 소용없다. (부축하면서) 좀 누어 쉬게 모시여 내가자! (세 사람 천천히 퇴장한다)

용준: (동무들과 같이 등장하여 기쁜 어조로) 대장님, 이 사람들!

일동: (기뻐하며) 아, 이 사람! 용준이 자넨가?

홍범도: (기뻐하며) 아니, 용준인가? (끌어안고 잔등을 두두리며) 이 사람, 그래 얼마나 고생하였는가?

용준: 대장님, 일없습니다.

홍범도: 그래 훌륭한 포수가 되려면 악한 즘생에게 물려보아야 하느니.

용준: 옳습니다.

홍범도: 그런데… 윤경이는 어데로 갓나…

용준: (낮은 성대로) 윤경이는… 혹독한 악형을 끝까지 익이지 못하고 그만…

홍범도: (놀나며) 응? 무엇이야… 이 사람 그래 윤경이가 죽엇단 말인가?

용준: 네! (모도 놀난다)

홍범도: 아니, (한참 멀리 보면서) 그래, 그런 백두산 포수에게도 죽엄이 있단 말인가?

용준: 그는… 죽으면서 마즈막 목숨까지도 항상 즐겨하며 부르던 평양 수선가를 불넛습니다.

금점군: (눈물이 그렁그렁하여) 그런 죽엄은 원통한 죽엄이나 그러나 깨끗한 죽엄이네.

용준: 옳습니다. 그는… 말하기를 무섭은 물고를 당하면서도 혀를 물어 피와 함께 나오는 말을 도루 넘기며 죽었습니다.

홍범도: 윤경이는 나와 할날에 같이 나서서 죽을 고패도 여러 번 당한 사람이야… 이 사람들! 우리 윤경의 마즈막 길을 손에다 무기를 튼튼히 잡음으로써 전송하세!

일동: 예! (모두 무기를 굳게 잡는다. 더러는 치여든다. 침묵히 서 있다)

충열: (나와서 무슨 영문인지 몰나 삷여보다가 용준을 보고) 이 사람, 용준이!

용준: (기뻐하며) 충열인가? (두 사람 안고 돈다. 모다 웃는다)

수산: (일남이와 함께 등장하면서) 대장님!

홍범도: 그래?

수산: 두 발 가진 도야지 두 마리와 그의 주인을 포착하여 왔습니다. (웃는다)

홍범도: (무슨 영문인지 몰라) 도야지?

일남: 아닙니다. 우리가 서대문을 직히는데 어떤 자가 소술기를 몰고 오겠지요. 그래서 저 순산이 웬 사람인가 물으니 저는 농민인데 도야지 두 마리를 실고 성 밖그루 가는 길이라고 하겠지요. 그래

서 나는 술기 우에 올라가보니 자 루 안에 무었인지 있습니다. „이것이 무엇이요?" 하니 그는 잠간 어물거리다가 „그것이 글세 도야지 색끼들입니다" 합데다. 그래서 나는 이 총 박죽으로 툭 나려 치니 도야지면 „꿀" 하겠는데… 아무 소리도 없습니다. 그래 나는 피뜩 따게 생각하고 „어라" 하고 다시 한 번 힘자라는 대로 첫지요. (웃으며) 그러자 „아이고" 하는 두 발 가진 도야지 소리가 납네다. 그래 우리는 소술기 채로 몰아왔습니다.

(일동은 웃는다)

홍범도: 그런 일은 참 잘 하였다. 수산이!

수산: 예?

홍범도: 속히 여기로 디레와!

수산: 예! (돌아서서 동무들과 눈질하여 같이 나가더니 인차 허철이와 자루 두 개를 들어 디레온다)

홍범도: (허철이를 보고) 대저라 당신이 누구요?

허철: 저는… 저 농민이올시다. (눈을 징그리며 변모하려 한다)

홍범도: (찬찬히 보면서) 내가 당신을 꼭 어디에서 본 듯한데.

의병1: (앞으로 나오며) 가만들 게시요. 여보, 당신이 이쪽으로 좀 돌아서요.

허철: (그 소리를 못들은 척하며) 네, 저… 제가 그 어느 때던가요. 저…

의병1: (쥐어서 돌과 세우며 찬찬히 다려다 보니 알아 마치고) 아… 약간 생각납니다. 우리한테 탄환 속에 재를 넣어 팔아먹던 양반입니다.

홍범도: (깨치고 웃으며) 옳지, 그래! 그런데 전근이 참 눈이 좋네.

의병1: 우리야 포수들이니까, 생간을 너무 많이 먹어서 그렇답니다. (허철에게) 여보, 당신이 철장사는 언제 바리고 도야지장사로 넘어갔소? (대답이 없다) 예이 (뺨을 치며) 망해 뒤여질 자식아! 누구를 잡아먹으려고 그러느냐?

홍범도: 충열이!

충열: 예?

홍범도: 저놈을 체포하여 내가게!

충열: 예! (등을 밀며 나간다)

홍범도: (상에 와 앉으며) 일남아!

일남: (기척하여 서면서) 네?

홍범도: 네가 잡아온 도야지들을 이리 가저다 좀 구경 식혀! (충열이 등
　　　장한다)

일남: 예! (수산에게 머리를 기웃하며 무겁은 자루를 끄서다가 수산이
　　　와 함께 웃아구리를 푼다. 수산이 푼 자루에서는 원홍이가 나오
　　　고 일남이 푼 자루에서는 재덕이 나온다. 모도 놀란다)

의병1: 아니… (곁에 사람들과 낮게 말한다)

금점군: 이게 무슨일이요?

의병2: 죽은 사람들이 살았구만!

충열: 대장님, 대저라 이게 웬일입니까?

수산: 참, 신기한데?

의병1: 앞서 누가 죽이려 갓던가?

홍범도: (천천히 곁에 가서) 실상 너이 놈들도 나보다도 난 놈들이다.
　　　(낮게) 바로 말해!

원홍: (울상을 하며) 저… 대장님! 살려주시요.

홍범도: 글세 (높게) 말하라는데 웬 잡소리야?

원홍: 예! 우진이가 헷총을 놓고 우리를…

재덕: (자루 안에 앉아서 원홍을 발로 차며) 에, 이 바보야!

일남: (총박죽으로 종아리를 차며) 도야지거던 제 굴에 있지…, 족질은
　　　웬 족질이야‥

홍범도: 그래, 그 놈이…

일동: 우진이라니? 이게 무슨 소리요?

충열: 우진이라니? 그럴 수 없어! (단총을 내여 전우며) 바로 말해! 그렇지 않으면…

원홍: 죽을 놈이 그실 것이 무엇입니까? 우진이도 우리와 같은 놈입니다.

홍범도: (불시로 상을 치며 기막혀 나오는 소리로)
　　　에… 이 내가 우직한 놈이야… 제 가죽 안에서 좀이 나는 것을 모르다니… 글세 뒷 뒤에다 변절자를 세우고 원쑤의 탄환 앞으로 뛰여 들어가는… 이러구야 누구를 믿으리란 말인가… (침묵) 아니다. (주먹으로 상을 치며) 아니야, 이 사람들! 충열이! (모도 어쩔 줄 몰으며 말하렬 때)

충열: 네?

홍범도: 저놈들을 내가게!

충열: 예! (다리고 나갈때 일동은 기막혀 본다)

홍범도: (사람들께 향하여) 누가 알아? 우진이 어대로 갔어?

수산: 아까 남문을 돌아 보겠다고 갓습니다.

홍범도: 지금 곳 가서 다려와!

수산: 예! (퇴장한다)

양순: (울면서 등장한다) 아부지, 어머니가 상사 났습니다.

홍범도: (놀나며) 응? (잠간 섯다가 급이 나간다)

일동: (문역에 가서 디레다 본다. 더러는 보다가 한숨을 쉰다. 쓸쓸한 음악소리가 난다)

홍범도: (천천히 나와서 상에 맥없이 앉으며 멀리 하늘을 바라본다) 너무도 일즉이 죽었어!

의병1: (담배를 피우며) 옳습니다. 나라가 망하니 의지 없는 백성들은 제 명에 가지 못하고 저 모양이 되지요.

금점군: 그러나 일없습니다. 강물이 높은 산에서 나려 흐르지 올려 흐르는 법은 없습니다. 나의 가슴에 불을 떨구는 그놈에게는 제 가슴에 더 큰 불이 떨어질 것입니다.

우진: (수산이와 같이 등장한다) 대장님! 사대문을 죄다 돌아보았는데 모다 안정한 상태에 있습니다.

홍범도: (천천히 일어나며) 좋아… 우진이 이리 와 앉게‥

우진: 네! (앉으며 땀을 싳는다)

홍범도: (낮게) 우진이! 저… 재덕이와 원홍이를 확실히 죽였는가…
(양순, 일남 등장한다)

우진: (좀 놀나며) 네! (일어나서) 확실이 죽였습니다. 그런데 새삼스럽게 그것을 묻습니까?

홍범도: (상을 가르치며) 앉게!

우진: (당황하여 하며) 예! (앉는다)

홍범도: 죽였다니… 어떻게 죽인 것을 바로 말하게‥

우진: 글세 (사면을 삶여보다가) 이 총으로써 버들방천에 끌고나가 쏘아 죽이였지요.

홍범도: (상을 치며) 이놈, 바로 말해!

우진: 대장님, 웨 이러십니까? 네 알 만합니다. 삼사 년 동안 딸아 단니며 피 흘린 대신에 이러십니까?

홍범도: 피를 흘렸어? 누구를 위하여 피를 흘렸는가 말이야!?

금점군: 개자식! 제 식양을 채우기 위하여 남의 피를 빨아먹었지?

우진: 네, 알 만합니다. 대장님! 저를 죽이십시요. 저는 확실히 간신들의 모해에 들렸습니다. 그러나 저 맑은 하늘에 하나님만은 내가 청백한 것을 똑똑히 나려다 볼 것입니다.

홍범도: 끈처! 세상에는 하나님보다 더 무서운 땅벼락이 있어! 충열이!

충열: 예?

홍범도: 저기, 그… (눈질한다)

충열: 예! (문을 연다)

홍범도: (우진에게) 너도 사람의 가죽을 썼으니 사람의 체면이 있다면 이 자리에서 염통이 터져 즉살하리라!

우진: 무슨 일에 내가 그렇게 죽어야 합니까?

홍범도: 만약 가죽이가 모자라지 않아 눈이 생겼거던 (가르치며) 저것을 보아!

우진: (머리를 돌려 원홍과 재덕을 보더니)
      아니… 에… 머저리들!

홍범도: 네가 상금도 죽지 않고 숨을 쉬느냐?
      (좌우로 다니며 생각하다가 불시로 탄총을 꺼내 우진 앞에 놓으며) 였다. 이 홍범도의 머리가 요구되거던 가저라! 만약 네가 그것으로써 나를 죽이지 못한다면 내가 너를 살과두지 않을 것이다.

우진: (떨면서) 대장님! (울면서) 대장님! 한번만 용서하여 주십시오.
      (단총 쥐려다 일동 엄격히 보니 떨며 물러선다)

홍범도: (천천히 단총을 쥐면서) 오냐, 용서해주마! (총으로 쏜다. 우진이 넘어진다) 수산이!

수산: 네?

홍범도: 저 안에 세 놈을 없애 바리게!

수산: 네! (급히 퇴장하여 원홍, 재덕을 끌고 밖그로 나간다)

군팔: (급히 등장하여) 이 사람 범도!

홍범도: 예?

군팔: 이 사람. 큰일났네. 지금 장진에서 일본군대가 떠나온다는 긴급한 통지를 받고 오는 길이네.

홍범도: 장진에서?

군팔: 그래.

의병1: 그러면 어찌하여야 합니까?

군팔: 어찌하다니? 지금 곳 퇴병하여야 하지.

금점군: 옳습니다. 장진에는 본대가 있으니 큰 힘이 올 것입니다.

의병1: 대장님, 더 지체 말고 속히 피하여 가는 것이 났습니다.

홍범도: 아니요. 뒤로 물러갈 것이 아니라 앞으로 나아가야 하오. 원쑤
가 우리를 딸아오며 치게 할 것이 아니라 도루 마중하여 나가
며 우리가 원쑤를 없애야 될 것이요.

충열: 대장님! 옳습니다. (밖에서 총소리 세 방 나더니 수산 등장하여 총
을 넣는다)

홍범도: 자, 이 사람들!

일동: 예!! (기착한다)

홍범도: 모도 지금 나가서 성안에 백성들을 깨워가지고 무장들을 시
키게!

일동: 예! (퇴장한다)

홍범도: 충열이!

충열: 예!

홍범도: 자네는 지금 곳 코코수를 시켜서 높이 별추군을 불게하게!

충열: 예! (퇴장한다. 박게서 코코 소리 나며 구령소리 엿이여 난다)

군팔: 이 사람, 범도! 자네 어찌할 작정인가?

홍범도: (나사 서면서) 일없습니다. 들습니까? 구령소리가 얼마나 뚜렸
합니까? (침묵) 보십시요. 온 성 안, 온 백성들이 잠을 깨여 일어
날 겄입니다. 불 붓듯 일어나는 백성들 앞에는 높은 산도 평전
이 될 것이며 깊은 바다도 두렵지 않을 것입니다.

충열: (동무들과 함께 등장하여)

대장님, 우리 죄다 행군하기에 준비되였습니다.

홍범도: 자, 그러면 모도 나의 뒤를 딿아 앞으루 나가게!!!

일동: 예!!! (음악은 행진곡을 높이 울린다)

폐막

(소형극)

둥굴소 어떻게 새끼를 낳는가?

태장춘

등장인물들 : 1. 홍영감 – 꼴호스 소모리꾼
           2. 사냥꾼 – 검사부 심사원
           3. 꼴호스 – 책임일꾼

(강역 버들밭이다. 통나무가 있는데 홍영감이 그 위에 앉아 담바를 피운다. 한쪽에서 소 영각하는 소리가 들려온다. 홍영감은 일어서서 내다본다)

홍영감–(이상한 목소리로) 마우… 우매… (채쭉을 흔들며 휫바람을 분다) 이라, 이라… 망할 놈 송아지 욕심 많은 주인의 성질을 닮아 늘상 가로 삐여져.

사냥꾼–(등장하며) 안령하십니까?

홍영감–예. (찬히 보다가) 차림새를 보아하니 사냥 오신 것 같은데요. 무엇을 좀 잡엇습니까?

사냥꾼–아직은 잡지 못하엿습니다. 토끼 한 머리를 보앗는데 그것도 그만 헷방을 놓앗습니다.

홍영감-당신이 실토정하는 것을 보니 아마 햇내기 사냥꾼인 모양입니다 그려.

사냥꾼-실상 그렇습니다. 주일날이면 드믄드믄 다니는 터인데 그도 금년부터 처음 시작하엿습니다.

홍영감-하여간 피차 알고 지냅시다. 저의 성은 홍가요 일홈은 보통으로 영감이라고 불으오. 낳은 예순일곱이오.

사냥꾼-예… 그러니 당신이 그 분입니다 그려. 저의 성명은 김 블라지미르라고 합니다. („까스베크"를 옆주머니에서 끄집어 내여 권하면서) 담바를 피우십시요.

홍영감-그런 담바는 슴슴하여 입에 물지도 않습니다. 이런 굴초래야 피우오. 그런데 당신이 어대에서 나를 알앗단 말이요?

사냥꾼-로인이 우수운 이야기를 잘하시며 또 대단 쾌활한 분이라고 동무들이 말들합데다.

홍영감-내가 쾌활하거나 우수ㅂ은 이야기를 잘하여 그런 것이 아니라 세상에 우수ㅂ은 일들이 많으니 그런 것이지요.

사냥꾼-그러면 그 우수운 일들을 좀 이야기 하십시요.

홍영감-글쎄… (뒷뒤를 썩썩 긁더니) 요 몇홀 전에 사냥꾼이 자동차를 타고 왓댓는데 총 두 자루, 약철, 사냥개, 식료-무엇 할 것 없이 자동차가 그득 찻소. 첫날 새벽부터 총소리로 이 방천을 힛득 번저 놓앗으나 사흘이 지나도록 사냥중태는 그양 텡텡 비엿댓소. 내 몽농을 놓아서 토끼 한머리를 산 채로 잡앗는데 그 사냥꾼은 분이 나서 이십이 원을 주고 사더니 종아리를 매여 나무가지에 달아 매놓고 삼십 보쯤 나와 쌍혈대로 연방 두 방이나 쏘앗소.

사냥꾼-그래서요?

홍영감-토끼가 그만 달아낫소.

사냥꾼─달아나다니?

홍영감─마츰 토끼를 동여맷던 농오리가 총에 맞아 끊어지고 토끼는 내 꼬리 봐라 하고 껑충껑충 뛰여 달아낫소.

사냥꾼─참 우수운 일입니다. 그래, 그 사냥꾼은 어찌하엿습니까?

홍영감─춤을 탁 밧고 돌아서 자동차에 뛰여 올으더니 자동차 뒤에 산덤이 같은 문지만 일어낫을 것 뿐이지오.

사냥꾼─그도 아마 나 같은 사냥꾼이던 모양입니다.

홍영감─해가 아직도 많은데 당신이야 무엇을 좀 잡겟는지 아오?

사냥꾼─무엇을 잡는다고 그럽니까… 그런데 이 꼴호스 목축업은 어찌되어 나갑니까?

홍영감─홀륭이 되어나가오. 아마 전구역적으로 최우등일 것이오.

사냥꾼─그것 참 히한한 일입니다.

홍영감─더 두말할 것 있소. 우리 페르마에서는 둥굴 송아지가 새끼를 낳는다오.

사냥꾼─무엇이랍니까?!

홍영감─둥굴송아지… 다시 말하면 수소가 새끼를 낳는단 말이오.

사냥꾼─(웃으며) 롱담을 하지 마십시오. 로인이 아마 꿈여낸 것이겟지요.

홍영감─나는 꿈여낼 줄 모르오.

홍영감─그러니 둥굴소가 새끼 낳는 것을 친히 보섯다는 말슴입니까?

사냥꾼─글세… (사냥꾼을 주심히 처다보다가) 가만 있소. 당신이 혹 암행어사나 아니요? 어찌 되여 그리 까긍히 뭇소?

홍영감─지금 어듸 암행어사가 있습니까? 보시는 바 저는 사냥꾼입니다.

사냥꾼─(담바를 두어 모금 피우더니) 우리 조합 책임자 한 분이 젖소 한 머리를 내 소무리에 넣엇다가 작년에 찾아갓소. 그후 몇홀이 지나 그 분은 자동차에다가 저기─저 (가르치며) 검정 둥굴송아지를 요만침한 것을 실어왔소. 금년 여름에 문서를 가지고 소 찾으려 왔댓는데 그놈에 문서는 무슨 놈에 독갑의 감투 끈인지, 저 둥굴송아지 대신에 젖 짜는 얼럭 암소요. 얼럭 암소의 새끼는 저 둥굴송아지라고 문서에 치부되엇겟지.

홍영감 – 아니, 가만 게십시요. 어떻게 되엇답니까?

사냥꾼 – 다시 말한다면 저 검정 둥굴송아지 대신에 젖짜는 얼럭 않소를 가저갓단 말이오. 그러니 둥굴소가 새끼를 낳은 셈이 아니오.

홍영감 – 네, 이제야 저는 어떻게 둥굴송아지 새끼낳는 법을 대강 알앗습니다.

사냥꾼 – (대통을 툭툭털며) 일없소. 부우럼은 곰다도 때가 되면 툭-터지는 법이오… 그 외에도 우리 조합에는 미즙즈그러한 일들이 퍽 많소. 늙고 무식해서 소모리나 하니 이것은 전부 밤중인가 역이오.

책임자 – (안경은 행세로 쓰고 군복 비슷한 의복을 입엇다) 홍영감이 여기 있는 것을 그리 찾앗소.

사냥꾼 – 선생님 오섯습니까?

책임자 – (사냥꾼이 감발을 다시 하고 장화를 신는 것을 보더니) 아니, 그게 누구요? 낌?!

사냥꾼 – 다 무사하우? (악수한다)

책임자 – 무사하지 않고. 그런데 사냥은 언제 배왓소?

사냥꾼 – 처음이오.

책임자 – 그래 꿔ㅇ 몇 마리나 잡앗소?

사냥꾼 – 아직 잡지 못 하엿소.

책임자 – 처음이면 잡을 생각도 마오. 지금 꿔ㅇ은 너무 미루나라서 솟으면 꼬ㅇ지도 구경하지 못하오.

사냥꾼 – (웃으며) 배속에서부터 사냥꾼으로 난 사람이야 없겟지.

책임자－(코웃음 치듯) 구역 검사부 심사원 동무, 당신의 기술로써 **땅**에서 걸어다니는 투기업자, 도적놈, 협잡꾼들은 실수 없이 잡을 수 있으나 공중에서 날아다니는 날즘생들이야 **좀 달은 문**제이지오.

홍영감－(혼자 말하듯) 아니, 저 사람이 구역 검사부 심사원이구만…

책임자－내게 시간이 있엇으면 (해를 처다보고) 지금이라도 한 십여 마리 잡아줄 수 있는데. 그러나 시간이 있어야지… (홍영감 있는 데루 가면서) 사냥꾼이 되려면 약철부대나 없새야지. 그렇지 않으면 허통이오.

홍영감－사냥꾼이 되려면 위선 근해야 됩니다.

책임자－홍영감! (한쪽켠ㄴ에 다리고나가 조용히 말하며 글장을 끄집어내 준다) 이것이 글장이오. 저기 나가서 나의 자동차 운전수와 함께 우리 검정 둥굴소를 자동차에 실소.

홍영감－나는 허리를 풀체서 돕을 수 없으며 둥굴소에 대해서는 내게 말할 것이 있소.

책임자－(낮은 목소리로 성을 내며) 말은 무슨 말이요? 영감에게는 글장만 있으면 그만이 아니요?

홍영감－(글장을 알뜰히 넣으며) 글장은 내게 꼭 요구되오. 그렇지만 둥굴소는 어듸던지 못 실어가오.

책임자－영감이 혼 나가지 않앗소?

홍영감－아직은 제 정신이오.

책임자－무엇이라오?

사냥꾼－로인, 당신이 말슴하시던 새끼 낳는 그 둥굴소 임자가 이 사람입니까?

홍영감－예, 확실히 그 사람입니다.

책임자－홍영감, 당신이 무슨 말을 하오? 누가, 또 어느 사람이 확실하단 말이오?

홍영감─내 말하는 그 사람인즉 확실히 당신이오. 그리고 내가 이전에
　　　　도 말하엿고 지금도 말하며 또 앞으로도 말할 것이오. 당신이
　　　　작년에 가저 온 저 둥굴송아지 대신에 젖찌는 얼럭 앓소를 가
　　　　저갓지요. 또 무엇이 부족하여 둥굴송아지까지 가저가려고
　　　　왓소?

책임자─당신이, 당신이 지내 혼 나간 정신병자가 됏소. 무슨 망탕 말
　　　　을 하는지 갈래를 캐ㄹ 수 없소.

사냥꾼─갈래를 캐ㄹ 수 있소. 둥굴송아지가 새끼를 친 것이 아니라 당
　　　　신의 어듭은 마음이 둥굴소가 새끼를 치라고 한 것이오.

책임자─홍영감! 나는 정말 당신이 그런 줄은 몰랏소. 그러나 앞으로
　　　　보재오.

홍영감─보고 싶으면 지금 실큰 보오. 혹시 오래 동안 다시 맞나지 못
　　　　하겟는지 세상일을 어찌 아오?

사냥꾼─나도 오늘 사냥을 필하엿소. 당신 자동차가 둥굴소를 실지 않
　　　　고 빈 것이 가겟는데 당신과 함께 갈 수 있겟지?

책임자─심사원 동무, 알아들엇습니다. 가려면 갑시다 (밖에서 소 영
　　　　각하는 소리가 들려온다)

홍영감─(이상한 목소리로) 마… 움매… 이라, 이라 (채쭉을 휘젓으며)
　　　　마… 우매… 둥굴소야! 새끼를 아니 낳게 되엿으니 너는 평안
　　　　하게 되엿다.

(종막)

<레닌기치>, 1953.4.3.

(단막 희극)

뉘 탓인가?

김광현

등장 인물들
오성남 (45세)
그의 안해―분접 (40세)
성남의 딸―라야 (17세)
이웃집 로파―리씨 (55세)
모를 사람 (35세)
청년 (22세)

사건은 상점주임 성남의 사택에서 벌어진다.

응접실 정면에는 문보가 치여진 유리창이 있고 한켜ㄴ에 체경이 놓여 있다. 무대 복판에 책상과 의자 두 개가 놓엿다. 오른쪽에―주방으로 나가는 문, 왼쪽에―침실로 통하는 문.

분홍색 명주 쁠라찌에를 입고 귀뿔에 귀엣고리를 늘어떠린 라야가 굽 높은 신발을 열심히 닦고 있다.

라야―암만 애써도 되잰인걸. 어째ㅅ으나 든 먹자는 일이야. 에익! ―

모르겠다. (신발솔을 홱ㄱ 집어 던지고 체경 앞에 다가서서 머리를 곱게 빗겨 넘기려고 애쓴다) 이만하면 내 생각에는 곱은 것 같으루 한데… (호호호 웃는다. 이때에 밖에서 자취 소리가 들린다. 라야는 손으로 입을 가리우며 치솟는 웃음을 억누른다) 좀 부끄러운 것 같으루 한데… (유리창 앞에 다가서서 밖을 내다보고 돌아선다) 까블루크가 요로케 더 커ㅅ으면 정말 검지겟는데… (몸을 휘젓으며 돌아간다) 따라ー라듸ー라ー라, 따라ー라 듸라라… 영도는 내보다 키가 더 큰데 (남자에게 동동 매달려 그의 낯을 처다보며 돌아가는 형용을 하며) 따라ー라 듸라라… (이때에 분접이 들어오ㄴ다)

분접ー바로 양반집 딸이로구나. 응… 아무렇게라도 먹은 걸 꺼지워야지.

라야ー모르거던 말을 마오!

분접ー네 무스게라늬?! 그래 네 아는 게 그리 많더라. 그리 글을 잘 읽어서… 번둥ー번둥 놀지말고 그냥 학교루 다녀ㅅ더면 어느영 칠년제나 졸업햇을게다.

라야ー비웃지 마오.

분접ー저 말버릇을 보오… 글을 읽으면 네 써먹지 내 써먹겟늬?

라야ー책을 보자면 골머리부터 아프니 글세 어떻게 글을 읽겟소. 몇달 꾸르쯔를 해서 춤 교사질이나 해먹지ー일있소.

분접ー더럽다!… 미성년에 시집이나 가지 말앗으면!…

라야ー바루 눈치나 아는 것처럼 거저 „시집이, 시집이" 하면서… 어째 놀리우? 야… 참?

분접ー저런 저… 사람이 기차서 죽겟지. 그것두 그래두 자식이라구… 나도 딸을 둔 어미가 되고 보니 아닌 게 아니라 겁이 난다 겁이 나… 밉으나 곱으나 제 게니 할 수 없지.

라야ー그러챈이면 때려 죽이겟소?

분접 — 쫓겨 가는 메누리처럼 작작 대답질해라! 사람이 되라구 이르면 눈을 땅땅 다라매고 저렇게 맞우서지… 너는 거저 너 아비 버릇을 잘못 굳첫네라.

라야 — 그래도 다 내만하라구 하오.

분접 — 에구—에구!… 어찌 저렇게도 제 애비 심통할가. 사람이 기차서… 모도 저렇게 제 잘난 멋에 산다는 말이 옳아. (무엇을 싼 종이 봉지를 주며) 엿다. 그래도 그것도 별게라구…

라야 — (종이봉지를 받아 헤친다) 아야! 어듸서 소꼴라드를? 마마, 헌거 ㅊ을 다 팔앗소?

분접 — 웅, 팔앗다. 빠빠 일하러 갓냐?

라야 — 집에 잇소.

분접 — 어째서 지금도 일하려 가지 않고…

(라야가 침실로 들어가 버린다. 밖에서 인기척이 들린다. 이윽고 이웃집 로파가 들어오ㄴ다)

리씨 — 이 집 사람이 있는가?

분접 — 아매 왓숨둥 (의자를 내놓으며) 날래 여기와 앉읍소.

리씨 — (의자에 앉는다) 이 사람, 내 자네 집으로 오ㄴ 일이 있네.

분접 — 예. 말슴합소.

리씨 — 우리 넷째 손녀 있지 않은가?… 저, 올랴 말이네. 그게 글쎄 재간이 비상해서 여기—저기 끌려 다니는 모양이네. 노래도 잘하고 춤도 잘 춰서… 저, 그게 무스게라던가?… 음… 생각나네. 올림삐아대… 옳지—그 올림삐아대루 오블라쯔찌루 빅이뜨려 간다네. 그래 소비전이나 가추어 줘야 하겟는데… 어찌겟는가? 집에는 없고 해서 자네 한테루 왓네. 쉰 냥만 나를 뀌여주게.

분접 — 없스꾸마.

리씨 — 이 사람, 이 집에 없다구 해야 뉘기 고지 드ㄷ겟는가? 그러지 말구 어서 주게. 요새 큰 사람이 월급을 타면 내 인차 가저올 테니 어서 주게.

분접-(좀 생각하다가) 아매니 낫지 다른 사람이라면…

리씨-이 사람, 내 그런 줄 아네. 념려를 말라니. 내 인차 가저올 테니…

　　(라야 등장)

라야-울랴너 크나맴둥.

리씨-오냐. (자기 곁으로 지나가는 라야를 노려보더니) 야, 네 좀 섯거라. 네 그게 무에냐?

라야-(옷에 무엇이 묻엇는가 하여 두리번-두리번 살펴보다가) 무스거 그럼둥?

리씨-그 귀에 따링기-따링기 달린 것 말이다.

라야-예-에… 그게 쎄리기 아님둥.

리씨-쎌기?… 쎌기? 그게 금이냐? 오ㄱ이냐?

라야-모르겟스꾸마.

리씨-거 과연 히구하다. (귀엣고리를 다처보려고 하니 라야는 한 거름 옆으로 물러선다. 분접에게) 자네 생각에는 어떤가? 내 귀에 쎌기를 걸고 다녀ㅅ으면 보기 좋겟는가? 아마 싸답지 않어.

라야-별 소리를 다 하꾸마! 내 좋으면 좋지 아매게 무슨 상관이 있슴둥?!

리씨-아… 그게야 물론 그렇지… 거저 그렇단 말이다.

분접-제 애비 재간이 좋아서 저런 호강이 아님둥.

리씨-자 낳이 아마 우리집 울랴보다 세 살이 이상이지… 그러나 아직은 일쩍지비. 우리 울랴는 아직 저런 법을 모르잰인가.

　　(라야가 로파에게 눈총을 쏘고 휙 도라저 나가버린다)

분접-아닌게 아니라 자 일도 걱정이꾸마.

리씨−물은 인진하는 대로 흐른다구 지금부터라도 바로 인진해야 하너
　　　이. 이 사람 아직은 늦지 않엇네. 좀 된 방망이질 하라니. 망치가
　　　가벼ㅂ구야 예기 드논다구… 원 될 수 있는가? 래일부터라두 학
　　　교루 뜰가 보내라니.

분접−글세, 어듸 말을 듣습둥… 어제도 선생님이 한 분이 우정 찾아와
　　　서 저하고 글을 읽으라고 얼마나 선전햇겟습둥… 제 애비 말이
　　　나 어듸 듣는가… 정말 아닌 게 아니라 큰 우환이꾸마.

리씨−정 글을 읽기 싫여하면 일이라도 시키라니… 아차, 신선 노름에
　　　도끼 자루 썩는 줄 모른다구 너무 오래 있엇구. 이 사람, 자네 일
　　　이 정말 감사하네.

분접−아매두 별 말슴 다하꾸마.

　　　(리씨 퇴장. 성남이 하품을 하며 침실에서 나오ㄴ다)

분접−이렇게 상점 문을 늦게 열어서 일없소?

성남−일이야 어째 일없겟소만 할날 늦어서야 간대루 쫓기우겟소. 팔
　　　것만 제 때에 팔면 되는 겐데 뭐… 여보, 거기 한 잔 가저오.

분접−일하러 가겟는데… 술을 마여도 분수가 있지 저렇게 마일 변이
　　　라곤…

성남−어제 저녁에 어찌 마엿던지 해정 생각이 나서 딱 죽겟소.

분접−죽기까지야 하겟소. 정영 그렇다면 열 잔이라도 마시우 (분접이
　　　주방에 나가서 주안을 갖후어가지고 들어오ㄴ다. 성남이 한 잔
　　　부어 마인다)

성남−그래, 순옥이네 집에 갓다 왓소?

분접−이재 거기서 오는 길이오.

성남−얼마나 팔앗습데?

분접−꼬쓰쮸ㅁ 한 벌 거리를 팔앗더구 또, „도쓰찌세니예" 꼴호스에
　　　서 한 사람이 와서 사겟다구 햇다던가… 그런 게 지금 돈이 채

뫼지 않어 가저 못가는 모양이더구.

성남-순옥이하구 단단이 말하오, 아무 사람에게나 더궁 더궁 팔지 말라구.

분접-내 말하재이면 그게 어떤 게라구 그거 모르겟소. 우리 일을 그보다 더 실속 있게 해 줄 사람은 어디서 구하지 못할 게오. 짝패가 좋아서 아모 근심도 없소.

성남-그렇긴 하오만 그래두 늘상 명심해야 하오… 그래 얼마식 팔앗답데?

분접-량백 냥 거름으로 팔앗더구.

성남-그런 세르쯔찌는 값이 눅고도 질이 좋아서 사자는 사람이 많은 겐데… 국가 값이 150냥이니까 적어도 량백 한 이십 냥식 받아야 할 겐데 과연…

분접-내 오늘 시험 삼아 바사리에 나갓다 왓소. 마침 좋은 기회를 타서 꼬쓰쮸ㅁ 한 벌 거리를 팔앗소. 한 메뜨르에 220냥식 받앗소.

성남-(놀라며) 무스게라오?!… 그렇게 바사리 노름을 하다가 이제 어느 때 큰 일을 치자구…

분접-별로 멜리채란 게 나와서 돌아다니는 게… 그래서 어찌 오시러운지…

성남-그렇찮쿠 그래… 앞으로는 절대 그러지마우. 사람이 이런 일 해 먹자면 무스거 많이 궁리를 해봐야 하오. (자기 머리를 가르키며) 이것이 핏득 핏득 일해야 하오. (눈알을 좌우로 굴리며) 이렇게 눈치 빨라야 한다는 말이오.

분접-그렇다는 말이 옳소. 오늘 내 헌거ㅊ을 팔구 생각해보니 과연 우둔한 짓을 햇거든.

성남-당신이 재비로 헌거ㅊ을 팔각질은 마오. 순옥이 혼자 팔아도 얼마던지 팔 겐데… 여보, 어제 상점에 값이 눅고 색이 좋은 세르쯔찌가 왔는데 그거 얼마간 가져와야지?…

분접 - 집에 있는 것도 아직 채 팔지 못했는데…

성남 - 물건 사는 사람을 앞에 세워놓고서도 깜쪽같이 속여 먹을라니 남이 보지 않을 적에야 조금씩 집으로 끗어올 수 있지, 내 뉘기라구… 거저 가저오ㄴ 물건 값만 제때에 물어들여 놓으면 되는 겐데, 근심도 마오. 뒷재체는 내 하지 않으리.

분접 - 글쎄, 분수 좋아서 일없을라면 일없을 게구…

성남 - 분수란 게 다 뭐요 (머리를 또 가르키며) 이게, 이게 일을 잘해야 한다구 내 금방 말햇지비… 에이, 이저는 가봐야 하지.

(성남이 퇴장. 사이… 분접이 방에 너저분한 것을 정돈한다. 이 윽고 문밖에서 인기척이 들린다)

분접 - 여보, 거기서 비를 가지고 들어오. (대답이 없다. 건가래 떼는 소리) 아니하던 건가래질은 작작하고 빨리 비를 가저오. (인기척 은 들리나 사람은 들어오지 않는다. 분접이 주방으로 통한 문을 열면서) 여보 어째 그리 오라오?… (주방에서 목소리 : „안녕하 십니까?")

분접 - (미안쩌ㄱ해 한다) 아이구, 기차기두! 실례 햇스꾸마. 나는 우리 집에서 온다구… 어서 들어옵소. (모를 사람이 등장한다)

모를사람 - 이 집이 오 성남댁이 옳습니까?

분접 - 예. 그러쯔꾸마.

모를사람 - 저는 아바이 꼴호스에서 왔습니다. 순옥의 종친 되는 사람 입니다. 꼬쓰쮸ㅁ 감을 사겟는데 색이 맘에 드는 것이 없 어서 사지 못하고 있다가 순옥이 글쎄 이 집에 가서 보라구 하니…

분접 - 에구, 없스꾸마 (의아해한다)

모를사람 - 의심해 마십시요. 내 순옥이 말하니 오ㄴ 것이지… 그렇지 않으면…

분접 — 저… 글쎄… 순옥이 보냈다고 하니 집에서 쓰자고 두엇던 것이지만 아마 낮아야 하겟스꾸마.

모를사람 — 헌거ㅊ을 볼 수 있습니까?

분접 — 봅소. (분접이 침실에 들어가 헌거ㅍ을 가져다가 손님에게 보여들인다) 이게 꼬쓰쥬ㅁ 한 벌 거리꾸마. 집 주인이 해입자고 두엇던 겐데 돈이 바빠서… 아마…

모를사람 — 그래 값은 얼마입니까?

분접 — 작년에 바사리에서 250냥 꺼름으로 샀스꾸마.

모를사람 — 글세… 하여튼 색은 퍽 좋습니다. 그러나 값을 좀 내리우십시요.

분접 — 에이구… 한푼이라도 내려우지는 못하겟스꾸마.

모를사람 — 글세… 그 값으로 샀다구 하니, 어찌겟습니까… (헌거ㅍ값을 치른다. 분접이 돈을 받은 후 헌거ㅍ을 종이에 싸서 그에게 준다) 잘해 입겟습니다. 안녕히 계십시요.

분접 — 평안이 단녀갑소. (모를 사람을 바뢰어 보내고 다시 들어오ㄴ다) 순옥이 종친 오래비 얘기를 늘 하더니 — 저런 사람이구…
(분접이 침실로 들어간다. 성남이 무엇을 싼 종이 봉지를 들고 들어오ㄴ다. 분접이 침실에서 나오ㄴ다)

성남 — 엿소.

분접 — 그게 무스게오?

성남 — 무스겐가?… 홍!… 선물이지 무스게겟소. 할 수만 있으면 무스게던지 할날에 한 가지식이라두 내 집으로 꼬서들이어야 한단 말이오. 그래야 내 것이 되지…

분접 — 쉬!… (창문 쪽으로는 눈질한다) 누가 듣겟소. 종용 종용히 말하오.

성남 — (머리를 꼬덕인다) 얼시구 절시구 내사랑 에헤 둥둥 내 사랑…

(자기 안해를 포옹하려 하니 그는 몸을 피한다)

분접-또 한잔 마엿구.

성남-(의자에 앉는다) 한 잔뿐이겟소. 재간만 있으면 얼마던지 마일
　　수 있지. (호호호 웃는다) 그렇다구 이 성남이란 사람하구 무스
　　게라구 떠버릴 자식이 없지. (저를 가리키며) 이 사람은 더 없이
　　잘낫단 말이오 허허-허!…

분접-야… 과연 잘낫소.

성남-아므럼, 나기야 잘낫지. 헌거ㅊ 한 자 사도 이 사람을 몰래우고
　　서는 못 산단 말이오.

분접-우통을 작작 쓰오… 자랑 끝에 쉬 쓸는다구…

성남-당신 말도 옳소. 그러나 근심할 게야 없지비. 당신하구야 아무
　　말이라도 할 수 있으니까… 에-헤-헤!… 내 뉘기라구? 내 근
　　심은 말구 당신이나 조심하오. 들엇소? 명심하란 말이오.

(분접이 종이 봉지를 헤치고 손수건을 끄집어낸다).

분접-어듸서 요리 곱은 것을?… (또 하나, 둘, 셋을 끄집어내들고) 어
　　쩨 또 상점 손수건을 다 걷어오지 않앗소? 돈은 가져가지 않고
　　거저 끄어들이는 재간만 하다가 어느 때 이제 큰 봉변을 당하구
　　야 말겟소.

성남-가만 있자, 오늘 며칠이라?

분접-스므날이오.

성남-음… 그러면 2-3일 어간으로 앞서 가져오ㄴ 헌거ㅊ 본 값을 갓
　　다 들여놓아야지. 그러면 될 게 아니오? 여보, 그 손수건들을 간
　　수햇다가 아들이 나면 코수건을 하오. 어찌다가 코저벌이나 나
　　게 되면 그거 밑어서 어찌겟소.

분접-그래도 당신이야 아들만 나면 물고 빨상 할 겐데…

성남-그거야 물론이지.

분접—이번에는 꼭 아들이오.

성남—아들을 기다리면 딸이 나고 아들을 기다리면 딸이 나고… 또 이번에도 딸인지 누가 안답데?

분접—그래, 아들이 나면 당신이 어찌겠소?

성남—한 잔 톡톡히 먹이지. (낯살을 찡그리며 두 손으로 머리를 붓잡고) 아이구, 골머리야!… (이윽고 무엇을 생각한 듯이 버럭 일어나서) 거기 다섯 글째짜리를 가저오.

분접—불시로 여섯 글째짜리는 해서 어찌자구?

성남—글세 가져오란데두.

(분접이 옆주머니에서 오푼 짜리를 끄집어내어 성남에게 준다).

분접—엿소.

성남—(오 푼짜리 한 면을 가로치며) 이 게르브가 있는 면은 당신의 것으로 가정하고 이 면은 (반대편을 가르친다) 내 것으로 가정하기오.

분접—무슨 영문인지 알아야 말이지, 대관절 당신이 오늘 제정신이오, 남의 정신이오?

성남—남의 정신이라구? 아니지, 꼭 내 정신이지. 아들을 그리워하는 것도 제정신이구, 돈을 모이려는 것도 제정신이구, (자기 부인을 포옹하려 하며) 당신을 곱아하는 것도 제정신이구…

분접—정말 당신이 오늘은 별나냥 하오. 아모래도 제정신이 아니라니.

성남—내 정신이 나갈 조건이 없지. 술 량백 그람에 취햇겟소? …여보, 지금 우리 점을 치기오. 이 돈을 우으로 울려 뿌리면 어떻겟소?

분접—어떻긴 어떻겟소―떨어질 게지.

성남—이것이 떨어져 당신의 면이 이렇게 우으로 내놓이면 당신 말과 같이 우리 집에 아들이 날 것이구 그와 정반대로…

분접—이거 싹 거더치우오. 세상에 그런 점이 어듸 있다구.

성남—있으면 있는 게지… 자! (돈을 집어던진다. 그것이 떨어지자 인차 쥔다) 이거, 이거 보오.

분접-그래, 점괘가 잘 나왔소?

성남-(돈을 취켜들고 분접을 끼고 무대 전면으로 나오ㄴ다) 귀하고도 귀하신 아들님! (돈에 입을 맞훈다) 이 점이 맞는 날이면 나는 당신을 위하여 잔치를 차릴 것이오. 국수도 누르고 찰떡도 치고 소도 잡고 군악대도 청하고 저…

분접-히극은 그만 놀고 저기 나가 점심이나 받소.

성남-더 먹을 데 없소. 아니, 그래 내 당신의 맘에 들지 않소, 왜 대답하지 않소?

분접-이거 좀 그만 하오. 죽을 사람이 삼 년 전부터 정신이 나간다더니 당신이야 정말…

성남-그래 당신 생각에는 내 죽을 것 같소?… 않 되오, 안 돼!

분접-글세… 옳소.

　　(이때에 한 청년이 등장한다)

청년-라야네 빠빠를 쎌뽀에서 오라고 합데다.

성남-나를? 누가 그럽데?

청년-회장이 말합데다.

성남-회장이?… 그리고 또 다른 사람들은 없습데?

청년-어쩐 사람들입지 둘이 있습데다.

성남-둘이? 누군지 모른단 말이지. 좋소. 지금 가겠소.

　　(청년이 퇴장)

분접-(당황해 한다) 어째 부를가? 무슨 일이 생겼는가?

성남-일은 무슨 일이 생겼을라구… 하여튼 가보면 알겟지.

　　(성남이 퇴장. 분접이 침실로 들어간다. 무대는 잠간 동안 빈다. 이윽고 라야가 손수건으로 눈물을 씨ㅅ으며 들어와 의자에 앉는다. 상에 머리를 대고 흐느끼어 운다. 분접이 등장한다)

분접-(라야가 우는 것을 보고) 무슨 일이늬? 누구와 싸왓늬?… 어째 말하지 않늬? (라야는 더 섧ㅂ게 운다) 무슨 일이 그리 슲으냐? 내나 제 애비 죽어서는 그렇게 섧ㅂ어하지 않을 게다. 에미나 한내 있는 게 저렇게 애를 매끼니 어찌 살겟소… 어째ㅅ던 좋지 못한 징조라니… 무슨 일이냐? 씨언히 말이나 해라!

라야-(울음 섞인 음성으로) 저… 웅… 으웅… 저… 영도란 아이… 으웅… 웅…

분접-누구 어떻다니? 소문이 잘 낫더라! 저기 이러저거라, 보기 싫다. 우리 집에 네 우환거리네라, 우환거리!…

    (뜨ㅁ. 성남이 등장. 그는 실색햇다)

분접-어듸 아프오?

성남-아프오?!… 생각하면 사람이 겁이 나서 못살겟소!

분접-무슨 일에 그리 결나서… 그렇다구 내하구 싸우겟소?

성남-싸우잰이면… 어째서 사람을 잘 알아보지도 않고 헌거ㅊ을 팔아서 이렇게 망하게 하오?!

분접-무슨 일에 또 오늘 집에 들어와서 저렇게 사람을 못살게 굴까?

성남-누구야 못살게 구는지 정말 모르겟소… 아니, 헌거ㅊ은 누구서 팔라고 합데?

분접-뉘기라니?… 저렇게 생사람을 잡겟다니!…

성남-(극히 격분되어) 지금 무스게라오?… 그래 오늘 헌거ㅊ을 아니 팔앗소? 지금 저거, 저거 보오. 큰일이 낫는데도 눈도 깜짝하지 않는 거!… 조로케 퇴미한 건 세상에 없다니.

분접-야… 당신이 과연 늠늠하오.

성남-정말 사람을 기를 채운다니!…

분접-그만하오. 싸우겟소? 그래. 무슨 일에 오라구 햇습데?

성남-무슨 일에?!… 제 남정을 물어 먹엇으니 속이 씨언하겟소.

분접-앗다, 과연!… 어찌라구 사람을 이렇게 성화를 시키오, 야? 물어 먹다니? 정말 생사람을 잡겠다니… 과연 기차서…

성남-아니, 그래 오늘 헌거ㅊ을 팔지 않았소?

분접-앗다, 과연!… 내 팔앗다구 아니합데.

성남-누구한테 팔앗소?

분접-뉘긴지 어찌 알겟소. 코 있고 눈 있고-당신 같으루 한 사람입데. 내 이름을 물어밧으니 알겟소?!

성남-이름이야 묻던 않 묻던-알아야지…

분접-바사르에 몇 백 명 사람이 나왓던데 그 속에 누구누구 끼엇는지 어찌 안다오?

성남-내 지금 바사리 이야기오? 바사리는 바사리구, 제 집에 오ㄴ 사람이야 어떤 자식인지 모르고 그렇게 덤벙 덤벙 판단말이오?

분접-야… 그런 거 나는… 그러면 진작 그렇게 말할 게지… 오늘 우리 집에 왔다간 사람은 순옥의 종친이 되는 사람이랍데.

성남-종친이, 종친이?! 종지는 어떻겠소, 순옥한테 어듸 그따위 종친이 있답데? 그 자식은 주에서 오ㄴ 검열원이라우. 상점 잠을쇠에 쑤르구치까지 찍엇소.

분접-(눈이 휘둥그래진다) 아이구 기차기두… 그러면 이 일을 어찌겟는가?!

성남-어찌겠는가?! 더러운 게, 저기 나가 두에지요, 두에저!

분접-이제 일이 그렇게 되거 어찌겟소. 빨리 돈을 물어들여 놓기오.

성남-이런 우둔한 게라구. 지금 어듸 돈 문제오? 돈이야 극상하면 한 삼천 량 되겟지만…

분접-그러면 어찌겟소 글세?

성남-어찌다니?… 저렇게 소처럼 우둔한 게라구!

분접-그렇잰이면 어찌겟소. 어느 때 순옥이 종친 이야기를 하더라니 꼭 그 사람인 줄만 알구. 자꾸 사정하니 팔앗지비… 글세 일이 이렇게 될 줄이야 뉘기 알앗겟소.

성남 – 뉘기 알앗겟소?!… 과연 사람이 더러워서… 저기 물러나오 물러나, 보기 싫소!

분접 – 앗다!… 일이 잘못되면 거저 „네탓 네탓" 하며…

성남 – 그래 누에 탓이오?

분접 – 아니, 그래 내 탓이오?

성남 – 당신 탓이 아니구 누에 탓이겟소?!

분접 – 이거 싹 거더치우오. 제 손으로 제 눈을 멀궈놓고도 누에탓만해서… 그래 내 무스게라구 합데? 이 일을 그만두자구, 아므 때에 들켜도 들키운다구…

성남 – 이익!… (버럭 일어나 의자를 취켜들고 분접이를 박으려 한다)… 망할 것!

분접 – 아!… (몸을 피한다 이때에 라야가 울면서 말린다. 분접이 라야에게) 이 집에서 원판 네부터 없새 치워야 하네라 (라야를 치려고 하니 그는 침실로 달아 들어간다. 성남이 쥐엿던 의자를 내려놓고 맥없이 앉는다. 이때에 이웃집 로파 리씨가 등장한다)

리씨 – 이 집 사람이 있는가?… 이 사람, 내 너무나 반가워서 이 집으루 왓네. 우리 집 큰 사람이 일을 잘해서 레닌 훈장을 탄다네. 신문에까지 낫다네 (두 사람의 기색을 보다니) 이 사람, 이 집에 무슨 사고가 생겻는가?… 혹시 어듸서 부고나 받지 않엇는가?

성남 – 아닙니다… 별일 없습니다. 저… 내 골이 아파서…

리씨 – 웅… 그런거 나는 또… (호호호 웃는다) 정말 나는 놀랏네. 이 사람, 모질 아프면 병원에 가서 진찰시키고 약을 먹으라니. 지금은 좋은 약들이 많아서 아무 근심도 없네. 이 사람, 분접이! 엿네. 마침 큰 사람이 오늘 돈을 가저왓네. (주머니에서 돈 50원을 끄어내어 분접에게 준다) 정말 잘 썼네… 저, 이사람, 이 늙은 게 시키던가 말고 아므러나 큰 병원에 가서 뵈우라니. (돌아서 나 가려 하며) 나는 급해서 가겠네, 다시들 보겠네.

(폐막)

<레닌기치>, 1957.3.19./3.22.

(단막희극)

밭 갈이

진우

등장인물
꼴랴 – 뜨락또르 운전수 (28세)
기남 – 쁠루가또르 (25세)
순금 – 식모 (40세)
원필 – 수의, 순금의 남편 (45세)
올리가 – 분조장, 기남의 애인 (22세)
상철 – 브리가지르 (30세)

배경
  농막 식당 한쪽 면이 보이고 식당에 있달아 지은, 기둥과 지붕만 잇는 정자가 있다. 기둥 곁에는 걸상이 놓였고 전면 왼쪽에는 기름통이 있고 식당 앞에는 장의자가 놓였다. 무대 후면으로는 중 아시야의 이른 봄 풍경이 보인다. (막이 열리면 머리를 붕대로 동인 기남이와 꼴랴가 무대에 나타난다)

꼴랴. 내 일이 참 우습다.
기남. 무엇이라구?

꼴랴. 저를 생각해서 뜨락또르에 앉으라고 했는데 그냥 우기고 가대기에서 내리지 않더니, 끝내 큰코치지 않았니?

기남. 제 책임은 제가 지켜야 한다. 그리지 않아도 밭가리가 가치 없게 되는데, 뻘루가또르가 가대기를 떠나서야 되니?

꼴랴. 꼴호스 일은 네가 혼자 다 할 작정이냐? 그래도 밭갈이에 들어가서는 네보다 내가 더 알께따.

기남. 물론 기술자가 더 알겠지. 그러나 네 하는 행동이 내 마음에 들지 않는다는 말이다.

꼴랴. 네 마음에 들지 않으면 그만 둘께지, 무슨 잔소리 그리 많으냐?

기남. 밭갈이가 가치 없으면 수확을 제대로 내지 못하는 것이 아니냐? 나는 수확을 위해서 그런다.

꼴라. 우리가 밭갈이를 잘 못해서 수확이 낮아진다구? 이거 또 새 농학 박사가 나젰군. 네 그 농학 크루스크에서 배운 학리를 가지군 나를 가르치지 못해. 너 때문에 로력 날'자를 더 벌 것도 벌지 못하겠니? 내 5년째 뜨락또르를 타지만 내가 간 밭을 나무리는 사람은 없어.

기남. 이전에는 어떻게 됐는지 나는 잘 모르지만, 금년에는 밭을 더 가치 있게 갈아야 할 것이다. 꼴호스 관리 위원회에서는 나를 뻘루가또르로 내면서 밭갈이를 가치 있게 하라고 했어. 그리고 저지단 책임자인 올리가는 농학 크루스크를 최우등으로 필하면서 자기 분조에서 수확을 많이 내겠다고 맹약했고 밭을 잘 갈아달라고 나하고 청까지 들었어.

꼴라. 이전에도 그렇게 갈았으니 앞으로도 그렇게 갈면 돼. 그러니 긴 잔소리 말고 내 시키는 대로만 해! (이때에 순금이가 나온다),

순금. 저녁을 차려논지 오랜데 식기 전에 어서들 들어와 먹게.

꼴랴. 지금 곧 들어가겠서요. (기남에게) 네가 준 맹약도 그렇지만 나도 꼴호스에 준 맹약을 실행해야 할 게 아니냐?

순금. 음식이 다 식는다는데도…

기남. 아주머니 지금 곧 들어가겠서요. (꼴랴에게) 네가 꼴호스에 맹약을 할 때 밭을 많이 갈되 가치있게 갈겠다고 했겠지 대강대강 많이 갈겠다고는 하지 않았겠지?

꼴랴. 네 그따위 소리를 함부로 하다가는 하나 절머 빼울 수 있다. (식당으로 들어간다)

기남. 말하는 걸 봐서는 재간이 아깝다. 에! 오늘 참 큰 코 칠 번 했거든. (머리를 만진다)

순금. 기남아, 너는 저녁을 먹지 않을테냐?

기남. 속이 와자자자해 나는 게…

순금. (가까이 오며) 일을 같이 하면서 말다툼은 웨 그리 하느냐? 아니, 네 어째 머리는 동여 맷느냐?

기남. 좀 상했습니다만, 일을 못 하게까지는 되지 않았습니다.

순금. 어쩌다가 상했느냐? 가대가 우에서 졸고 있었더냐?

기남. 거기 어디라구 졸고 있었겠습니까. 뜨락또르가 섰을 때 가다기에 씨운 검불을 빼내느라고 가대기 어간에 들어서서 한참 역사를 하는데, 그만 꼴랴가 뒤도 돌아보지 않고 불시에 뜨락또르를 내몰다 보니 어쩌는 수 있습니까. 몸을 바짝 추면서 내뛰였는데, 가대기 밑에는 안들었지만 께나프 긁에 이마를 긁히면서 나가 쓰러졌습니다.

순금. 저런! 큰 일이 날 변 했구나!

기남. 말을 마십시오. 내 하두 약빠른 덕에 살아났지요, 조금만 늦게 서둘었드면 그만 가다기 밑에 들 변 했습니다.

순금. 그만하기도 다행이다. 배고프겠는데 어서 들어가자. (두 사람은 식당으로 들어간다. 좀 지나서 꼴랴가 문을 콱 닫고 나온다)

꼴랴. 보자 보자하니 어저는 꼴호스에서 백막 얼기만 칠 작정이라니
  (성난 기색을 걸상에 와 앉는다)

순금. (뒤따라 나오며) 이 사람, 꼴랴, 어째서 저녁을 안 먹고 나왔는가?

꼴랴. 꼴호스에서 어저는 소고기를 안 보냅디까?

순금. 보냈다는 것이 미처 당도하지 못했네. 오늘 저녁은 그런 대로 먹
  고 중식에나 아침에는 소고기가 있을 것이네. 소고기 떨어지기
  전에 기별한 것이 그렇게 됐ㅅ네. 그래도 나로는 잘하느라고 집
  에서 깍두기도 가저오고 감자채까지 만들어 놨는데…

꼴랴. 내, 아주머니 일이 좋지 않아서 그런 것이 아니오. 그 잘나게 수
  응해 주면서 밭갈이를 가치있게 하라구…

순금. 꼴호스에 대한 불평은 책임자들이 오면 말할 섬하고 어서 들어
  가 저녁을 먹고 일해야 하지 않겠는가.

꼴랴. 내, 뜨락또르를 세울가바 겁이 나요? 불쾌한 생각으로는 뜨락또
  르를 세울 수도 있지만 내게는 밭을 많이 가는 것이 중요하거던
  요. 어서 기남이나 먹고 나오라구 하시오. 지금 밭갈러 나가겠는
  데요.

순금. 저녁을 안 먹고?

꼴랴. 중식에야 고기 있겠지요. 그때까지는 먹지 않고 일할만 해요 (밖
  으로 나간다)

순금. (혼자 말로) 까다로운 사람이거던… (식당으로 들어간다)

기남. (음식을 씹으며 나온다) 야, 꼴랴! 네 어째 저녁을 안 먹고 나왔느
  냐?

꼴랴. 야, 이 머저리야! 뜨락또르 운전수들께는 고기를 떨구는 법이 없
  어. 그렇게 버릇을 구처 놓으면 이 앞으로도 고기 없을 때가 자주
  있을 거야.

기남. 그렇지만 당장 배고픈 것은 어찌하니? 까ㄱ두기와 감자채도 소

고기만 못지 않구나. 너는 먹어두 안 보고 공연히 트집부터 쓰는구나. 정말 둘이 먹다가 하나가 죽어도 모르겠더라. 후초, 참깨에 마늘까지 넣었더라, 어서 들어가 먹어봐라!

꼴랴. 안 먹는다고 말했으면 그만이야. 나를 보통 뜨락또르 운전수로 알지 말아라.

기남. 정말 너를 보통 뜨락또르 운전수로 봐서는 안 되겠다. 고집이 센데…

꼴랴. 그렇다, 그래!

기남. 그것은 머저리 고집이 아닐까?

꼴랴. 야, 빼ㄹ손에서 좀 물러나거라.

기남. 먹고 아니 먹는 건 네 자유다. 그렇지만 이제 나가면 날을 밝힐 테ㄴ데 저녁을 안 먹고 견디ㄹ 수 있겠니? 그러니 진작 같이 들어가 먹는 게 좋겠구나.

꼴랴. 그만 까부리고 네가 어서 먹고 나오너라. 중식에 고기가 없어 보지, 그때엔 좀 본때를 보이겠다.

기남. 싫으면 그만 둬라. 나는 배를 채워야 하겠다. (식당으로 돌우 들어간다)

꼴랴. 네 지금은 잘 까부린다마는 몇날이나 견디어내는가 어디 두고 보자. 내가 누구인지 모르는 모양이구나 (배를 만지며) 실상 배도 고픈데… 이렇게 배고프고서야 온밤을 배겨 내는 수 없지… 에, 이제라도 들어가 먹을까? 그놈애가 어찌 구수하게 말 하는지… 이제 들어가 먹기는 좀 뭐ㄹ한데…

기남. (나오며) 에! 저녁을 잘 먹었군. 날마다 소고기 탕에 이밥을 먹으니 좀 새가 나던 차에 오늘 저녁에는 군을 떼ㅅ거든… 흥, 그 까ㄱ두기가 어찌도 맛있는지… 야, 엔간하면 들어가 먹는 게 좋겠다!

꼴랴. 야, 거 참 잔소리 많다.

기남. 네 성질은 참 이상하구나 먹어 보지도 않고 투정질부터 하는구나.

꼴랴. 투정이 무슨 투정이야? 내, 너를 어찌라니? (멱을 들어 쥔다)

기남. 이 손을 놔라!

꼴랴. 놓라구? 아니 놓겠다.

기남. 그러면 마음대로 해라. 어디 처 눕히겠으면 눕혀라. 힘을 믿고 살던 시대는 지나간지 오래다. 네 글세, 너의 조수를 처 눕히고는 소소한 잡심부름은 누가 하겠니? 허허.

꼴랴. (쥐었던 기남이를 밀어 던지며) 다른 사람을 요구 할테다.

기남. 다른 사람을? 네 성미를 내니 맞추지. 다른 사람 같우면 그만 뺑송이를 한지도 오랬을게다. 너를 찬찬히 여겨 보면 기계에 나사못이 빠진 것처럼 어디 좀 부족되는 것이 있는 것 같구나.

꼴랴. 네, 입이 성한 것이 걱정이냐?

기남. 그러니 글세, 가까운 처지에 의를 끊겠니? 어서 밭가리하려나 나가자.

꼴랴. 그저 웃기나 하지 (두 사람은 퇴장한다)

순금. (식당에서 나와 그들이 가는 것을 보며) 저 사람이 풍을 벌써 몇 번이나 일궈ㅅ는가? 성을 내여 바위를 차면 제 발이나 터진다네 (이때에 말발굽 소리 나더니 원필이가 소고기 자루를 메고 들어온다) 아니, 당신이 왜 소고기를 친히 가지고 왔서요?

원필. 식당에 고기 떨어졌다는 말은 들었으나 급히 보낼 사람이 있어야지. 그래 내 말 잔둥에 처가지고 왔소. 모두 30낄로그람이랍디다.

순금. 가저다 주니 감사해요. 그러지 않았드면 중식에도 고기가 없을 변 했서요.

원필. 힘든 일을 하는 사람들인데 고기 없이야 되겠소? 그래 내 할 일이 아니지만 말등에 처가지고 왔소.

순금. 잘 했서요. 저녁을 자시고 나왔서요?

원필. 안해라는 게 글세 이렇게 멀리 나와 있으니 때때로 정담도 할 수 없구려. 나그내면 바로 나그내라지…

순금. 그리워 하다가 만나면 더 반갑대요 (두 사람은 서로 처다 보고 웃는다)

원필. 이런 정신 봐라. (협랑을 들춘다)

순금. 무엇을 잃어 버렸서요?

원필. 잃어버린 게 아니라, 이애 철수에게서 편지 온 것을 그만 잊을 변했소.

순금. (편지를 읽으며) 그 애들이 여기로 오겠다구 했구만. 인제는 그립지 않게 되였군.

원필. 농업 대학을 필하고 도시에 떨어저 일한다는 게 어디 말이 되우?

순금. 글세 말이애요. (이때 기남이가 들어 와서 기름통을 땅에 던지며)

기남. 에이! 내 정말 운전수 못된 게 분해.

원필. 기남아, 그래 일하는 재미 어떠냐? 머리는 왜 동였서?

기남. 좀 다첬습니다. 이건 문제 아닙니다. 내 그만 결난 김에 미처 인사를 못했습니다. 실례했습니다. 평안하십니까?

원필. 웅, 평안하다. 근데 무슨 일에 결났단 말이냐?

기남. 별 큰 일이 아닙니다. (기름통에 앉아 담배를 꺼내 물고 성냥을 켜대려 한다)

원필. 네, 어디서 담밸 피우려고 그러니?

기남. (와락 놀라 일어나며) 아! 내야 그저 마량간 만치 알고… 이깨우지만 않았더면 큰일 날 변 했습니다.

원필. 조심해야 해. 너는 벤진통 곁이 아니라도 기름 밴 몸이 돼서 불이 달릴 수 있어. 마량간에서 내 없을 때면 필경 네가 담배질 했던 모양이구나! 거기도 역시 담배질 해서는 안 돼.

기남. 당신 말씀이 옳습니다.

순금. 기남아, 근데 왜 밭을 안갈고 들어 왔서?

기남. 서로 제 책임을 지켜야 하는 건데… 꼴라는 엇가기만하고 나를 별별 지지한 심부럼을 시키ㅂ니다. 뿔루가또르는 가대기를 조절해야 하는데… 그러나 어찌겠습니까? 운전수 못 된 게 다 내 탓이지요.

원필. 네 가대기 우에서 먼지 먹기 실ㅎ으니 허드레 잡소리를 하지 않느냐? 좀 쉬고 싶으니 들어 왔겠지?

기남. 쉬는 게 문제 아닙니다. 저때는 험해서 뿔루가또르 없이는 밭을 가치 있게 갈지 못하겠는데… 이것을 가저오라, 저것을 가저오라, 심부럼만 시킬 작정입니다.

순금. 그 애가 저녁을 먹지 않고 나가더니 그 성푸리를 너하고 하는 모양이구나. 가만있거라, 근데 뜨락또르 소리가 어째 나지 않느냐? (기둥에 귀를 대고 듣는다)

기남. 기둥에서 뜨락또르까지 라지오를 달아 났습니까? 하하하.

순금. 빨쥐 같이 약은 체 해도 너는 아직 모른다. 아무리 먼 데서도 기둥에 귀를 대면 밭가는 소리는 땅을 울리며 기둥에 쉽게 전해 지는 거야. 뜨락또르가 확실히 섰다.

기남. 아주머니 내기 합시다. 거리가 멀어서 들리지 않겠지요. 그 꼴라의 욕심에 뜨락또르를 세울 수는 없습니다.

순금. 뜨락또르가 섰어. 어서 나가 봐라.

기남. 닭 한 마리 잡을 내기 놉시다.

순금. 머릴 뗄 내기라도 해봐라.

원필. 내가 증인으로 서지. 어서 나가 보고 들어오너라.

기남. 내 지금 곧 나가 보겠습니다. (나간다)

원필. 이 소고기를 아마 식당으로 들여가야 하겠지?

순금. 들여가야 해요. 내 지금 중식에 소고기를 끓여야 하겠서요. 꼴라가 저녁을 안 먹고 나갔으니 날을 밝히지는 못 할게요. 속히 끓여서 밭으로 내가야 하겠서요. (둘이 맞들고 들어간다. 이때에 분조장 올리가가 들어온다)

올랴. 기남아, 기남아!

순금. (급히 나오며) 올랴! 네 어째, 이 밤에… 무슨 일이 생겼느냐?

올랴. 아니, 내 저… 기남이를 보려구 그럽니다. 내 지단을 가는 것을 보자구 나왔습니다. 그런데 나는 지금 기남이를 꼭 봐야 하겠는데요…

순금. 금방 밭가는 데로 나갔는데, 아마 길에서 어긋난 모양이구나. 근데 뜨락또르는 왜 섰느냐?

올랴. 뜨락또르는 내가 세웠습니다.

순금. 네가? 아니, 네 어째 뜨락또르를 세웠단 말이냐?

올랴. 그 지단은 내 불조의 지단입니다. 그런데 뿔루가또르 없이 밭을 가치 없이 갈았습데다. 너무 깊은 데도 있고 야트은 데도 있고 설게 간 데도 많습데다. 그래서 그렇게 갈겠거든 뜨락또르를 세우라고 했습니다. 뿔루가또르 없이 그 떼를 가는 것은 허락하지 않는다고 했습니다.

순금. 그러니 차라리 좋다고 뜨락또르를 세운 모양이구나.

올랴. 그래, 나는 기남이를 찾는 중입니다. 어찌하여 가대기를 버리고 어디 가서 무엇을 하는가 알아 보려고 찾는 중입니다.

순금. 이제는 밭에까지 다 나갔을 게다. 어서 나가 봐라. 뜨락또르를 오래 세워서는 안된다.

올랴. (술병을 품에서 꺼내며) 지금 곧 나가겠습니다. 그런데 이걸 보십시오. 치운데 밭을 가느라고 고생한다고 술까지 사가지고 나왔는데 기남이는 가대기 곁에 없습니다. 그 떼는 다른 떼보다 매우 험합니다.

순금. 그 사람, 꼴랴하고는 관계할 줄 알아야 한다. 심술이 많고 자존심이 많은 사람이어서 엇가기만 하면 말릴 수 없는 사람이야. 그 사람과는 떼ㄱ떼ㄱ하지 말고 잘 달내여라. (술병을 가지고 식당으로 들어갔던 올랴가 돌아 나오다가 기남이와 마주친다)

기남. (올랴를 끌어 안으며) 이게 누구냐? 올랴!

올랴. 이러지 말어, 너는 빈 말뿐이구나.

기남. 올랴! 그래 무슨 일때메 그러느냐?

올랴. 너는 꼴호스와 공청 동맹에 준 맹세를 그렇게 실행하늬? 가대기를 버리고 어디가 다니는거냐?

기남. 글세 내 말을 들어라. 나는 가대기를 일시도 떠나지 않으려는데, 나를 별 지지한 심부름을 자주 시키니 글세 낸들 어찌란 말이냐! 그런데 뜨락또르는 어째 세웠니?

올랴. 나는 내 지단을 그렇게 가치 없이 가는 것을 허락치 않는다.

기남. 옳다. 나도 그렇게 생각한다. 그래서 나는 좀 그와 함께 밭을 가치 있게 갈아 보자고 했다. 그러니 그 애는 뜨락또르가 고장이 나서 밭을 갈지 못한다고 하더라.

올랴. 번번히 일을 잘 하던 뜨락또르가?

기남. 기술자들에겐 거의나 다 심술이 있는지 걸피ㅅ하면 고장이 났다지. 기계를 모르는 사람들이야 고장이 생겼다면 새겼거니 하지. 증명하지 못하니 어찌는 수가 없지. 그래서 나두 기계를 다루는 법을 배우려고 올에 나섰는데 그만 기술자를 잘 만나지 못했다. (이때에 순금이 나오자 원필이도 뒤따라 나왔다)

순금. 어째서 뜨락또르를 세웠더냐? 올랴가 갈지 말라고 해서?

기남. 처음에는 그래 세웠댔지만… 그러나 내 가서 좋은 말로 밭을 같이 갈자고 하니 뜨락또르가 고장났다고 하겠지요. 나는 고지 듣지 않고 사빠쓰노이 루츠까를 한 10여 번 것잡아 돌리었습니다. 암만 애쓰고 돌려도 발동이 걸리지 않습데다. 전지가 없습데다. 지체 말고 곧 뜯어 고치자고 하니 밤에는 못 고친다고 말하겠지요.

순금. 뜨락또르가 정말 고장난 것 같더냐?

기남. 내 생각에는 심술 때문에 생긴 고장 같지만, 모르다 보니 할 수 없지요. 그러기에 누구든지 기계를 잘 알아야 되겠다고 나는 생각 합니다.

원필. 사실이다. 차라리 말이나 소가 병들었다면 나도 나가서 고칠 수 있겠지만 내라는 사람도 기계에 들어가서는 전무식이니까.

순금. 기남아! 네 지금 가서 꼴랴를 다려 오너라. 내 그 애하고 좀 말해 보겠다.

기남. 네! 내, 지금 곧… (나가려는데 꼴랴가 들어온다)

순금. 꼴랴, 이리 좀 오게!

꼴랴. 여기두 좋와요. (걸상에 가 앉는다)

순금. (꼴랴의 곁으로 가서) 어쩨 뜨락또르를 세웠는가?

꼴랴. 저 아가씨 호통에 세웠지요.

순금. 그래 뺄루가또르 있는데 그 험한 지단을 되는 대로 가는 것을 누가 좋와할 사람이 있겠냐. 꼴랴더면 아니 그러겠는가?

꼴랴. 나두 그것이 잘못인 줄 알고 기남이와 같이 밭을 갈자고 뜨락또르에 불을 일구자니 불이 일어나 줘야지…

순금. 그래 어디 고장이 생겼는지 뜨ㄷ어 보았는가?

꼴랴. 날이 밝아야 뜨ㄷ어볼 작정이오 어디에 고장이 생겼다고 내 말하면 아주머니 알암죽해서 그렇게 까긍 까긍 물어요? 기계를 모르는 사람들에게 알아 듣게 말하자면 강습을 열어야 하겠으니 그렇게는 못할 게 아니얘오?

순금. 누구야 알든 모르든 꼴랴는 어디에 고장이 생긴 것을 알기나 하오?

기남. 저리 하면 안 됩니다. 소에게 경을 읽고 있지…

꼴랴. 빼ㄹ 손에서 물러나거라.

원필. 병든 마소라면 내 어느 녕 나가 봤겠소. 여보, 순금이, 어서 나가 보우!

꼴랴. 재간이 있으면 해부라도 해 보우.

원필. 여보 사람이 그리도 협기가 없는가요?

순금. 나가 볼 생각은 있지만 남이 맡은 기게에 글세 어찌 함부로 손을 대ㄴ단 말이오?

기남. 하, 재간이 있으면 해부라도 해 보라고 하지 않았습니까.

순금. 그럼 어디 나가 볼까.

　　　(순금, 올랴 나간다)

기남. 운전수 동무 밤 평안히 주무십시오.

꼴랴. 뜨락또르가 재채기를 하게돼'군.

원필. 소 웃다가 꾸리기 터질 지경이야.

꼴랴. 무엇이래요?

원필. 자네를 대접하자고 잡던 소 일이 생각나서 말이네.

꼴랴. 그 소가 어쨌단 말이오?

원필. 곡식을 먹였건만 제각하면 구시를 떠엎지, 가대기를 마스지 해서 애를 먹었네. 그러다가 나중에는 그놈의 심술꾸러기 죽고 말았네.

꼴랴. 어느 녕 잡아야 할 것이였구만.

원필. 그러기에 소갈이 우둔하다는 속담이 있지 않는가. (이때에 뜨락또르 발동기 소리 들린다) 자네, 저 소릴 듣는가? 저게 아마 뜨락또르 소리지? 그렇지, 확실하군. 식모가 밭을 갈고 있으니 중식은 누가 한다? (꼴랴를 힐끔 쳐다 본다. 꼴랴는 부끄러워 밖으로 나간다) 아마 이러다가는 식모 한 분을 잃엄쪽 한데. 울며불며 중식은 아마 내가 하게 되였군! (식당으로 들어간다. 이때에 모또지클 소리 나더니 브리가지르 상철이 등장한다)

상철. 아주머니! 식모 아주머니!

원필. (앞치마를 띄고 나오며) 식모 아주머니는 왜 찾는 거요?

상철. 아니, 이게 누구요? 수의 노릇은 거더 치우고 식모 직업으로 넘어 갔습니까? 하하하…

원필. 넘어 갔다네.

상철. 아주머니는 어디로 갔습니까?

원필. 내쫓았네.

상철. 내쫓다니, 리혼을 했단 말입니까?

원필. 리혼이라니, 그 무슨 말을… 늙으막 정분이 그렇지 않다네. 내 지금 안해 대신에 작식 공부를 하고 있네. 안해가 밭갈이를 나갔으니 밭갈이'군들을 누가 끓여 먹여야 하겠는가? 식당에 남아있는 내가 끓여 먹여야지…

상철. 듣고도 모르겠습니다.

원필. 거 알고 모를 게 있는가? 저것을 못 보는가? 저것은 순금이가 밭을 가는 거네.

상철. 롱담하지 마십시오. (이때에 꼴랴가 미안한 기색을 띄고 들어온다)

원필. 롱담이고 아닌 것은 저 사람을 보면 모르겠는가?

상철. 밭갈이'군은 여기 있는데… (밭가는 쪽을 내다 보며) 그 아주머니 뜨락또르 운전하는 재간까지 있구만…

원필. 말말게, 그 직업을 내놓았으니 말이지 한다하는 운전수였네, 허나 지금은 나이 원쑤지… 자넨 이 밤에 왜 나왔는가?

상철. 브리가지르 돼가지고 자기 지단 가는 것을 살피지 않아서야 됩니까?

원필. 그건 물론이지. 올랴는 자네 먼저 나왔네.

상철. 올랴가? 책임감을 지켜야지. 작년에 밭갈이를 설궈서 공 로력을 많이 허비했으니까. 기게도 잘못 리용하면 수혹을 잃는 것입니다.

원필. 밭갈이를 설구면 기음도 선다는 농부들의 말이 있지 않은가?

상철. 옳습니다. 내 지금 받가는 것을 나가 봐야 하겠습니다. (퇴장한다)

원필. (꼴랴를 처다 보며) 자네 저녁을 아니 먹었다지? 내 지금 육회를 치겠네. 배고프고서는 일을 바로 못하는거네. 뜨락또르도 연료가 떨어지면 굴지 못하는 것이 아닌가? 내게도 자네 같은 아들이 있는데, 농업 대학을 필하고 주에서 일하다가 우리 꼴호스로 일하려 오겠노라고 편지를 썼네. 자네도 일후에 대해 보게 될 게네. 지금 모든 힘을 농업에 집중하는 것을 나보다 자네가 더 잘 알것이네. 그런데 자넨 지금 어찌고 있는가? 이 사람, 자네 지금도 자기 잘못을 깨닫지 못하는가?

꼴랴. 잘못했습니다. (벌떡 일어나 밭가는 데로 달아 나간다)

원필. 저도 량심이 있다면야… 어, 중'식군들이 들어오면 배고프겠는데 (조급히 식당으로 들어간다)

기남. (들어오며) 집안에 누가 있습니까?

원필. 내 지금 중식을 끓인다. 그래 뜨락또르가 일을 잘 하더냐?

기남. 더 말 마십시오. 아주머니 나가서 대번 병점을 얻어 냈습니다. 기게의 분절을 척척 뜨ㄷ어 보더니 마그네또 꼰딱뜨에 무엇이 끼운 것을 제깎 손질하겠지요. 인차 나는 투츠까를 돌구어 놓으니 불시에 프르룽 소리를 내며 연기를 내뿜ㅁ겠지요. 가대기 우에 앉으라는 명령이 내리자 곧 나는 그 우에 올라 앉았습니다. 아주머니는 곁에다가 올랴를 앉히고 타륜을 잡아 돌리니 움실움실 굴러가는 게 바로 제틀이지요. 아주머니와 올랴가 성수 나서 노래를 부르는 바람에 나도 성수 나서 함께 노래를 불렀습니다. 가대기를 안고 도는 시꺼먼 흙오리는 밝은 전광에 번들 거리며 그 뒤 그 꼬리를 물듯 런니어 넘어가는데 어느 누가 감히 밭갈이 가치 없다고 말하겠습니까?

원필. 그런데 너는 또 어쩨 뺑소니를 쳤느냐?

기남. 내가 뺑소니를 친 게 아니라 꼴랴가 달려 나와서 부끄러운지 운전대에는 오르지 못하고 나를 교대해 제가 가대기를 살피겠다고 합데다. 하는 수 없지요. 기술 없는 놈이 늘 몰리울 판이지. 이런 기회에 중식이나 끓일가고 들어오니 그 일 조차 할 수 없게 됏ㅅ으니 쉬는 수밖에 없습니다. 그런데 중식은 무얼 끓였습니까?

원필. 소고기 탕에 이밥이 있고 육회에 술까지 있다. 순금이 말하기를 그 술은 너의 애인 올랴가 너를 위해 사왔다더라.

기남. 이거, 참 술까지 (이때에 올랴가 들어온다) 올랴! 그 떼를 필했늬?

올랴. 조금 남았다. 지금 아주머니와 꼴랴가 밭을 간다. 아주머니는 꼴랴를 보더니 뜨락또르를 세우고 꼴랴를 운전대에 올려 앉혔다. 꼴랴는 몹시 부끄러워 하며 운전대에 오르더니 솜씨 있게 밭을 갈더라.

기남. 그럼 가대기에는… (나가려 한다)

올랴. 가대기에는 브리가지르가 앉아 살핀다. 나는 중식이나 끓이자고 들어왔다. (들어가려고 한다)

기남. (팔을 붙잡아 앉히며) 중식은 벌써 다 되였단다. 좀 앉아 쉬여라. 네 나를 위해 술까지 사왔다지? (안고 입 맞춘다. 이때에 원필이 물 웨드로를 들고 오다가 주춤하고 놀라 발끝으로 살금살금 걸어 집 뒤로 사라진다)

올랴. (포옹에서 벗어나며) 이것 좀 놔라, 누가 보겠다.

원필. (집 뒤에서 빈 웨드로를 들고 들어온다) 웅, 어느새 올랴 들어 왔구나! 어쩨 다른 사람들은? 웅 저기 모두 들어오는구나.

순금. (들어오며) 밭을 가다나니 중식이 늦어 안 됏ㅅ군.

원필. 당신 대신 중식은 내가 끓였소.

순금. 정말?

원필. 정말이 아니구.

상철. 그 직업을 오래 게속 하기를 바랍니다.

원필. 에, 그래서는 안 되네.

　　　(일동 웃는다)

기남. 자, 여러분! 식당으로 청합니다. (손짓으로 인도하고 제가 먼저 집으로 들어간다. 무대는 붉어오기 시작한다)

순금. 벌써 날이 밝는구나, 꼴랴! 배고프겠는데. 어서 들어가게.

꼴랴. 아주머니, 나는 차츰 들어가겠습니다. (부끄러워한다)

순금. 인제는 꼴랴의 심정을 알 만하네. 나도 실상 내버렸든 일이지만 그 어간에도 재미가 나데.

원필. 이러다가는 내 아마 이 앞치마를 벗지 못할 수도 있다. (일동은 하하하고 웃는다 이때에 기남이가 비청거리며 나온다) 아니, 네 혼자 다 마시고 나오지 않느냐?

기남. 기다리다 못해 나는 그 좋은 육회에 좀 마섰드니 골이 팽 돌아갑니다. 아이… 벌써 발이 말을 듣지 않는데.

원필. 아무리 장래 신부가 사온 술이 기론 그런 법이 어디 있느냐?

기남. (정식하면서) 내, 어디 당신들 몰래 혼자 마실 사람입니까? 더욱이 꼴랴를 남겨 두고… (일동 하하 웃는다. 이때에 노래 소리 들려 온다)

순금. 벌써 일'군들이 밭으로 나가는구나!

상철. 우리 브리가다 동무들이군.

올랴. 옳습니다. 우리 분조 동무들입니다.

　　　노래:
　　　광활한 넓은 벌에 아침 해 솟아오른다.

로력의 선수들아, 일 밭으로 어서 나가자
새로운 기게 기술 능숙한 우리 솜씨
수확고 위해서 정력을 기울리자.

(완)

<레닌기치>, 1960.1.24./1.26./1.27.

(경희극)

우니웨르쌀까

진우

(전일막)

때 – 현대.
곳 – 중앙 아시아 한 농촌.
사람들
리 순옥 – „우니웨르쌀까"란 별명 가진 처녀.20세.
리 인수 – 순옥의 아버지. 때하니크. 50세.
장 경희 – 순옥의 어머니. 보통 로력자. 45세.
김 니꼴라이 – 뜨락또르 운전수. 옥순의 애인.23세.
유 인자 – 니꼴라이 어머니. 보통 로력자. 46세.

순옥의 집 정원, 한 켜ㄴ은 집인데, 집 왼쪽 창문, 창문 앞에는 나직한 울타리로 둘러막힌 화단에 연분홍 빛 장미화가 만발해 있고 바른 쪽 층계로 올라가면 출입문이다.
무대 오른켜ㄴ은 정자인 양 큰 나무가 섰고 그 아래에는 하절용 탁자와 의자들이 놓여 있다. 그 맞은 편 울타리 가에는 앉아 쉬는 장의자가 놓여 있다.

막이 열리면 꽃나무 울타리 곁에 순옥의 어머니 경희가 무엇을 바라보고 서 있는데, 나무 앞으로 꼴랴의 어머니 유 인자가 나타난다.

경희－정작 기다리자니 참 시간이 더디 가는 것 같애. 인제는 구락부에서 헤여질 때가 되였는데…

인자－순옥이를 기다리시오? 나도 집에서 꼴랴를 기다리다가 가깝증이 나서 이렇게 나왔소.

경희－(의자에 가 앉으며) 오늘이야 제 애비가 순옥이 노래를 잘 부른다는 것을 알게 될 거요. 오늘 저녁에야 내 의견이 서겠지. 흐르는 물도 에우기에 달렸다고 단 하나뿐인 딸을 못 에워 넣다니 말이 되오? 내 원…

인자－이 집 딸이 길을 잘못 들었다고 에워 넣겠소? 인물이 잘 났지, 행세 범절이 얌전하지, 재간 있지, 손부부리가 여물지, 막히는 일이 없지, 밭갈이를 못 하는가, 후치질을 못 하는가, 기계로 목화 수집을 못 하는가, 노래를 못 부르는가 무엇이 부족해 그러시오.

경희－녀자가 기계를 부리다니? 나는 우리 순옥이가 기계공이 된 것을 언짢ㅎ게 생각소. 그게 제 애비를 본 받아 그렇게 된 거라오. 아들도 없이 금이야 옥이야 자래워서 십년 제를 졸업시켰는데 가라는 대학으로는 아니 가고 기름투성이 될 줄이야 누가 알았겠소? 어쨌던 그렇게 된 것은 제 아비 탓입니, 제 아비 탓이야! 처음 그 일을 시작할 때에 이태 리력이 있어야 대학에 받는다니까 내바려 두었지. 이태가 지났으니 올에야 될 수 있소? 딸 하나를 제 길에 못 에워 넣겠소?

인자— 이 집 순옥이는 기계공으로 소문을 놓고 있는데 무슨 잘못 된 게 있어서 그러오? 우리 꼴랴도 기계에 들어가서는 누구만 못 하지 않지만, 이 집 순옥에게는 꼼짝달싹 못 한다오. 여북하면 „우니 웨르쌀까"라고 하겠소?

경희— 붙는 불에 키질이라고 순옥이 듣는 데선 아예 그런 칭찬을 하지 마오. 꼴호스에서 이태 동안이나 기름쟁이질을 했으면 됐소. 금년엔 안 되오. 꼭 음악 대학으로 보내야 하겠소.

인자— 음악 대학으로?

경희— 어째 그리 놀라오? 우리 순옥이는 타고난 성악가라오. 체격이라던가 인물이라던가, 특히 목소리가… 지금은 남자 바지를 입고 매일 기름투성이가 되어 다니니 그렇지, 쭉 빼고 나서면 누가 감히 그 예를 기름투성이ㅡ„검둥이"라 하겠소?

인자— 그야 그렇지 않구. 그러나 순옥이는 남복을 입고 다녀도 녀자답고 미끈해 보이더구만. 나는 이 집 순옥이를 볼 때마다 너무 욕심이 나서 못견딜 지경이오. 우리 꼴랴도 순옥이가 제 맘에 든다고 한두 번만 말하지 않았다오.

경희— (낯빛이 변하며) 말말까리에 장을 빈다더니 그래, 당신이 그 집 꼴랴를 대고 우리 순옥이에게 혼사'말을 하는 셈이겠소?

인자— 저이들끼리 하는 일에 별 혼사'말이 있소? 부모 되어 자식들의 눈치도 알아야 합머니!

경희— 저이들끼라니? 그 따위 지각산이 없는 말을 하겠거던 우리 집으로 더는 다니지 마오. 우리 순옥이는 아직 나이도 어리거니와 음악 대학을 졸업하기 전에는 시집을 보내지 않을 것이오. 또 시집을 보낸다고 해도 고로대에서 손을 꼽는 배우나 인세네르 중에서도 이마를 튀겨 가며 고르지, 기름투성이 뜨락또리쓰트에겐 주지 않을 테니 바라지도 마오.

인자-이재사 알고 보니 당신은 참 눈이 높아 게시군. 그런 게 왜 당신 처녀 때 기름투성이 뜨락또리쓰트인 순옥의 아버지한테로 시집 은 왔소? 남편을 잘 만나 한뉘를 깨'내 나게 사니 흥타령을 하는 셈이구면. 그리고 저마다 다 우리 꼴랴만한 사위를 삼으라고 하 우. 새기둔 집들에서는 침을 꿀떡꿀떡 삼킨다오. 그 애는 벌써 통신 대학에서 이태째 공부를 하오. 그 애가 무엇이 부족해서 그렇게 나무리오? 한 동리에 살면서도 당신의 마음이 그런 줄은 몰랐소.

경희-몰랐으면 인제 속시원이 알고 우리 순옥이를 며느리 삼으려니는 생각도 마오. 어쨌던 기름투성이에겐 주지 않는다고 하지 않소?

인자-지금 젊은이들이 부모가 줘서 시집 장가를 간다구? 저이들끼리 눈이 맞으면 되지. 호랑이 담배 피우던 때 생각을 거더 치우오. 당신이 기혼해 자빠져도 꼴랴와 순옥의 정을 못 끊을 거요. 못 끊어!

경희-이 안깐이 아무 저즈래를 쳐도 치겠다니. 헛소문을 내여 우리 순옥이에게 루명을 씨우자는 게지. 그런 말을 다시 번지면 부지 깽이로 혀를 지저 놓을 테오. (달려든다)

인자-너무 높이 올려 뛰였다가 잘 못 떨어지면 허리를 풀치움머니, 조심하오. 이 집 딸이나 내 아들이나 다 같은 기계공인데, 꼴랴 를 그렇게 깔볼 건 뭐요? 그렇게 나무리다가 부끄러워서 그 애 술을 어떻게 받겠소?

경희-홍, 혼사가 다 된 것 같다. 비우를 쓰면 아무 일이나 되는 줄 아 오? 너무 용렬하게 달라붙지 마오!

인자-당신은 망탕 소리를 탕탕 하오마는 내 입에서는 언제든지 그런 말이 안 나올 게요. 당신은 우리 꼴랴를 나무리지마는 나는 언 제든지 이 집 순옥이를 나무리지 않을 게요. 그리고 당신과도 틀리지 않을 게요. 그러다가 사둔댁이나 되면 무슨 낯으로 대하겠소?

경희—바로 사둔이 되는 것 같다.

인자—되구 안 되는 건 두고 봐야 알지. (일어 서며) 순옥이가 오면 그 얼굴이나 한번 더 보고 갈가 했더니 어찌나 와들랑거리는지. 참 성미도…

경희—(미안한 생각이 들어) 나도 꼴랴가 못 쓸 사람이란 건 아니오. 순옥이를 공부도 더 시키고 또 고로대 사람을… 어쨌든 그리 노여 워 할 게야 있소?

인자—그만한 일에 노여워하긴. 모든 것이 저희들께 달렸지, 우리 말이야 상관있소. 잘 있소. 사둔이… (급히 퇴장)

경희—또 사둔? (격동되였다가 진정하며) 훙, 우리 순옥이 꿈이나 꾸는 걸 개고 저리는가? (자동차 소리가 난다) 인제 모두 헤여지는 모양이군. (울타리에 가서 내다본다. 자동차가 와서 서는 소리가 난다)

인수—(들어오며) 자동차를 그대로 세워 두고 어서 들어오너라.

순옥—(밖에서) 내 좀 자동차에 먼지를 씨ㅅ고 들어가겠어요.

경희—밤낮 자동차에 매달려 저러는 새면, 내 일을 한 가지라도 도와 줄 게다. 딸이 사내애 짓을 하는 것은 다 당신 탓이오. 당신 탓이야! 저게 다 당신을 닮아서 저렇소!

인수—속담에도 „잘란 외가를 닮지 말고 못 나도 제 아비를 닮으라"고 하였는데, 그건 대단히 잘 된 일이지. 그런데 여보, 오늘 저녁에 가 보니 우리 딸이 기계에만 명수인 게 아니라, 노래에도 명창이라우. 아주 잘 부르던데… (의자에 앉는다)

경희—(기뻐하며) 그래 내 늘 당신을 답답한 사람이라고 하지 않습데. 노래를 잘 부른다 부른다 해도 그렇게까지 잘 부를 줄은 몰랐지

요? 인젠 내가 저애를 기계에서 영 떼자고 하는 말이 옳은 걸 알
거요.

인수 - 옳구 그르구 뚱딴지같은 말은 그만 두고 내 말을 듣소. 막사하
는 사람이 나와서 이번에는 리 순옥이가 신 아리랑을 부릅니다
하니 박수 소리에 온 구락부가 떠들써ㅇ하기에 나는 그만 두 눈
이 히뜩 뒤집어 드렸수.

경희 - 참 아버지도 좋소, 사람들은 다 안 지도 오랜데.

인수 - 일도 하기 전에 아완쓰 타는 격으로 노래도 하기 전에 환영부터
받으니, 환영 대답을 못하고 망신이나 하면 어쩌랴 하고 거져
송곳 방석에 앉아 있으라니까…

경희 - 제 딸 재간을 모르니 그렇지.

인수 - 그래 숨이 한 줌만해서 앉아 있노라니까 웬 걸 그 애가 우리 집
쩰레위손 영사막에 뵈는 명배우처럼 무대에 쑤ㄱ 나오는데 식
이 됐단 말이오. 겁도 안 먹고 관중을 향해 생긋 웃고 신 아리랑
이를 냅다 부르는데, 목소리도 좋으려니와 내용이 제법 잘 됐단
말이오. 나도 아리랑이를 많이 듣기도 하고 친히 불러도 보았지
만 우리 애가 부르는 건 정말 신 아리랑이란 말이오. 나는 웃음
집이 흔들흔들해 안절부절 못 하며 앉아 있었지. 그런데 내 곁
에 앉아 구경하던 이 앞집 꼴랴 아버지가 내 무릎을 툭 치면서
귀에 대고 훌륭한 딸을 두었다고 칭찬하더란 말이오.

경희 - 누가? 꼴랴 애비가? 그게 다 생각이 엉뚱해 그런다오. 순옥이를
며느리나 삼을가구.

인수 - 옳지, 그래 꼴랴가 꽃묶음을 가지고 무대에 올라 가 순옥이에게
준 게군.

경희 - 그래서 그러지 않구. 그러나 가난한 집 아이가 이밥 비위를 안
하는 게 낫지.

인수 ─ 꼴랴가 어쨌소? 참 똑똑하고 순직하고 장래성 있는 청년인데. 그리고 기계에도 우리 순옥이만 못 하지 않다오.

경희 ─ 당신은 밤낮 기계, 기계, 듣기만 해도 입안에 신물이 도우. 우리 순옥이는 배우로 태여 났는데. 그 따위 촌바위 기름투성이 꼴랴에게 주겠소? 그러지 않아도 이재 꼴랴 어미가 와서 비뚜름이 말하는 것을 시칼로 베듯이 뚝 끊어 보냈는데…

인수 ─ 누가 사위를 삼는다고 해서 그 야단이우? 거저 씩씩하고 쓸모 있는 청년이란 말이지, 꼴랴와 순옥이는 새 농기계에 대한 창안을 작성하는데 나는 그 애들을 도와준다오. 참 기특한 애들이지.

경희 ─ 창안이 아니라 별 걸 다 한 대도 기름투성이야 면치 못하지.

인수 ─ 거 참 잔소리도 많다. (흘겨 본다)

　　　(이때에 순옥이 꽃묶음을 가지고 들어와 상 우 꽃병에 꽂고 물을 떠다가 준다)

경희 ─ 예술에 뒤'전이던 너의 아버지는 오늘 저녁 네 노래를 듣고 아주 만족해하신다.

인수 ─ 네가 입었던 그 조선 옷은 어디서 가져 온 것이기에 그리도 눈부시냐?

순옥 ─ 어머니께서 지으셨어요.

경희 ─ 그러니 당신은 기계만 기계라 했지 예술에 들어가서는 밤중이라도 하지 않소? 내 누구라고 딸을 남만 못 하게 차려 내 놓으리란 말이오.

인수 ─ 당신 기술에 의례히 그랬을 게우. 저 애가 분홍 저고리에 록색 치마를 입고 무대에 나선 걸 보니 한복을 입어야 조선 여자 태도가 난단 말이오.

경희 ─ 돈이 없어 좋은 옷을 못 입히겠소? 그러나 밤낮 기름태비를 해 가지고 다니니 옷장에 옷이 싸여 있어도 갈아입지 못 한단 말이오. 그러니 저애를 어서 그 일에서 떼여 고로대로 공부를 보내 게오.

인수-허, 허, 허… 기계에서 떼라구? 허, 허, 허…

경희-남은 속이 상해서 그러는데 왜 너털웃음은 웃소? 저 애를 그냥 기름투성이를 만들 작정이오?

인수-허, 허, 허… 저 애가 남복을 차리면 내 눈에는 끼끗한 아들이 되 여 보인단 말이오, 더구나 기계에 들어가서는 내 재간을 다 넘 겨 가졌는데… 글세 그런 애를 기계에서 떼라구 허, 허, 허… 여 보, 거 참 소 웃다가 꾸러기 터질 소리오.

경희-그래 너는 어떻게 생각니?

순옥-(웃으면서 뒤로 어머니를 포옹하며) 어머니, 오늘 저녁엔 이렇 다 저렇다 말할 수 없어요. 난 어머니가 성내실가 겁나요. 어머 닌 오늘 저녁에 저의 노래를 듣지 못 하였었는데, 제가 어머니 를 위해 노래를 불러 드리는 게 좋지 않아요?

인수-그렇지, 우리 딸이 참말 얌전해. 어머니는 네가 배우 되기를 한 평생 소원하니 어머니 앞에서 노래를 자주 불러 드려라.

경희-당신도 오늘 저녁엔 예술 맛을 좀 아는 모양이구려.

인수-알구 말구, 애, 잔소리가 더 나오기 전에 어서 불러라.

순옥-(노래를 부른다) 아리 아리랑 아리랑 고개는 조심할 고개,
　　　　　잘 넘으면 사랑 엉킨 행복의 고개,
　　　　　잘못 넘으면 울며불며 리혼의 고개,
　　　　　리혼 끝엔 홀홀단신 쓸쓸한 고개,
　　　　　아리랑 아리랑 아리랑 고개는 류다른 고개.
　　　　　다들 넘어도 우리 청년들 조심할 고개,

경희-그게 처녀애들이 단단히 들어 둘 노래구나!

인수-좀 듣기나 하우.

순옥-(노래를 계속한다) 아리랑 아리랑 아리랑 고개는 조심할 고개,

　　　한 잔 두 잔 량이 넘어 주정'군 고개,

　　　주정 끝에 눈통 볼통 터지는 고개

　　　술만 마셔 주독 박인 알까골 고개

　　　아리랑 아리랑 아리랑 고개는 류다른 고개

　　　다들 넘어도 우리 청년들 조심할 고개

인수-그것은 남자들이 단단히 들어 두어야 할 노래구나!

순옥-(노래를 계속한다) 아리랑 아리랑 아리랑 고개는 조심할 고개

　　　배울 시절 허송 세월 건달의 고개

　　　든 것 없고 거ㅌ 치례하는 썰랴가 고개

　　　제 잘란 체 엄벙덤벙 날치는 고개

　　　아리랑 아리랑 아리랑 고개는 류다른 고개

　　　다들 넘어도 우리 청년들 조심할 고개,

인수-거 참 신통한 비판이지, 들었소? 그러기에 사람을 거ㅌ을 보고 판단해서는 안 된다오. 사람은 로동을 사랑해야 하고 로동을 사랑하는 자라야 행복한 법이오.

순옥-아버지 말씀이 옳습니다. 로력을 사랑하지 않는 자는 공산사회를 건설하지 못 합니다. 그리고 새 사회의 사람은 이것저것 다 할 줄 알아야 합니다. 그러기에 저는 이렇게 인민 극장 배우가 되지 않습니까? 이만 하면 어머니의 소원도 이룬 셈이지요. 어머니, 그렇지 않아요? 때문에 어머니가 나를 기계공에서 영 떼시려는 건 동의할 수 없습니다.

경희-그러면 그 기름투성이 직업을 버릴 수 없단 말이지? 그래 대학으로 안 갈 작정이냐?

순옥-저는 벌써 량 년째 농업 대학 통신과에서 공부하지 않아요? 일하면서 공부하고 공부하면서 일하겠습니다.

경희-안 된다. 안 돼! 당장 그 일을 거둬 치워라.

인수-어째 그냥 야단만 치오? 아이가 출연하고 속이 쓸쓸해 하는데 중식을 먹일 생각은 안하고…

경희-탁 그래 보우, 아비 딸이 한 편을 해 가지고 내 속에 피를 채워 주오. 이 집에서는 나 하나만 없어지면 그만일 게요, 아이구! 나는… 나… 난. (기절해 쓸어지는 체 한다)

순옥-(달려가 붙잡으며) 어머니, 이게 웬 입니까? 어머니, 어머니 정신을 차리세요!

인수-(역시 다가 와서) 여보, 갑자기 왜 이래오? 이렇게 속이 비좁을 변이라군… 여보, 좀 진정하우. 나이가 사십을 넘어도 그전 뱉은 늙을 줄 모른단 말야. 제 마음에만 안 들면 이렇게 죽어 자빠지니 참 대사야. 애, 얼른 집에 들어가 약상자에서 나사띄르늬 쓰삐르뜨나 가져 오너라!

순옥-네, (급히 집으로 들어간다)

인수-여보, 좀 정신을 차려오, 여보, 호흡이 불편하우? 가슴이 답답하우? 여보, 왜 대답이 없소? 애, 왜 그리 오래냐? 찾았느냐?

순옥-아무리 뒤저도 없습니다.

인수-내 지금 들어가마. (안해를 장의자에 반걸서 눕히고 급히 뛰여 들어간다)

경희-(천연한 태도로 들어가는 남편을 보고 나서 관중석을 향하여) 계집애를 그냥 기름투성이로 처박아 두자구? 그 기계를 팽개치지 않고 견디여 내나 보자! (인수와 순옥이가 나오는 자취 소리가 들린다) 아이구, 아이구! 으, 으, 으! (죽는 시늉을 한다)

인수-(달려 나오며) 었다, 내 네 어미 허리를 글어 안을 테니 너는 이걸 어머니 코에 대였다, 떼ㅅ다 해라!

순옥-네. (코에 대면 흑흑 느끼고 떼면 안전한 듯이 숨을 푸푸 내쉰다)

인수 - 인젠 정신이 좀 드는 모양이구나!

경희 - (딸의 손목을 잡고) 순옥아, 당장 말해라! 그 농기계를 팽개치겠니?

순옥 - (아버지를 쳐다본다. 아버지는 대답하라고 눈짓한다) 어머니께서 사생 결판을 하시는 데야 할 수 없지요. 어머니 말씀대로 하겠습니다.

경희 - 그러면 나는 죽지 않겠다. 왜 죽겠니? 이 좋은 세상에 네가 남부럽지 않게 사는 것도 보지 못하고… 그런데 그 꼴랴란 애 하고는 애당초 관계도 말아라! 아이, 머리야… 내 인젠 좀 누워야겠다. 몸이 오싹오싹해 나는 게 - 아이 머리야, 가슴이야… 순옥아, 너는 들어가 내 자리를 펴고 당신은 방에 불이나 좀 때오.

순옥 - 네. (급히 들어간다)

경희 - 으 흐 흐 흐 흐 (일부러 오한이 나는 듯 몸을 떤다)

인수 - 와들와들 떠는 걸 보니 오한이 나는 모양이군! 내 지금 불을 때께. (급히 들어간다)

경희 - (들어가는 것을 보고) 소뿔은 단김에 빼라고 저레 다짐을 받아야지! (인기척이 나는 것을 듣고) 으 흐 흐…

순옥 - (나오며) 자리를 펴 스습니다. 어머니, 어서 들어가 누우세오. (어머니를 부축한다)

경희 - (겨우 일어나는 척하며 병자의 음성으로) 네 정말 그 직업을 버리겠니?

순옥 - 저는 이미 말했습니다.

경희 - 정말이 아니면 너는 내 얼굴을 다시 못 본다.

순옥 - 어머니, 그 일에 대해선 죄다 잊어버리시고 자리에 누워 푹 쉬기나 하세요.

경희 - 오냐, 오냐! (순옥은 어머니를 부축해 가지고 집으로 들어간다)

− 사이 −

(이때 꼴랴가 조심히 걸어 들어온다)

꼴랴−벌써 잘 수는 없는데, 왜 이리도 조용할까? 늙은이들은 주무서
  도 순옥이만은 자지 않을 텐데… 순옥이, 무대에 올라서면 배
  우, 밭으로 나가면 기계공! 오, 순옥이! 이 얼마나 아름다운 이름
  이냐? 아마 순옥이도 고단해 자는가 보다! 낮에 일하고 저녁에
  노래 부르고 곤해 자는데, 깨우는 건 좋지 못 해! (돌아서 나가려
  다가) 아니야, 일을 위해선… (결정적으로) 순옥아, 순옥아!

순옥−(나오다가 꼴랴를 보고 자기 입을 가리키며 소리치지 말라는 시
  늉을 하고 집안을 한 번 더 들여다 본 후 꼴랴와 같이 의자에 앉
  는다. 꼴랴의 옷차림을 보고) 왜 작업복은 입었니?

꼴랴−자려고 들어 누웠으나 얼른 잠이 오지 않아 이 궁리 저 궁리 하
  는데, 문득 생각이 나더구나.

순옥−무슨 생각이?

꼴랴−네 생각이지? 무슨 생각이겠니?

순옥−허튼 소릴 말고 제대로 말해라! 무슨 일이 생겨서 밤에 작업복
  을 입고 달려 다니느냐?

꼴랴−정말이다. 네 생각이 나서… 아니 너와 말할 생각이 나서… 들
  어 보란 말야. 요즘 우리가 한 개씩, 한 개씩, 만들어 놓은 풀뿌
  리 들춰내는 자름자름한 보섭 날이 있지 않니?

순옥−그래, 그래. (다가앉는다)

꼴랴−그것을 한 데 맞춰 볼 생각이 나더구나. 그래 우리가 궁리한 대로
  다 맞춰 놓았으니 후치'날보다 더 촘촘해 좋을 것 같더라, 그것을
  우니웨르쌀까 뒤에 달아 시험해 보니 되기는 되는데, 그리 흡족
  하지는 못 하더라. 네 없이는 될 것 같지 않아 너 데리러 왔다.

순옥−좀 기다려라. 오늘 저녁에 우리 어머니께서 까무러쳐셨는데 인

제는 거의 진정되시는 모양이다. 어머니가 잠이 드시면 우리 같
이 가자! 너두 아다싶이 나더러 이 직업을 버리라고 하시다가
듣지 않으니 그만 까무리치였단다. 그러지 않아도 꺼리는데 너
는 그 모양을 해 가지고 왔니? (수건을 내여 주며) 옛다. 이 수건
으로 낯에 검댕이나 씻어라!

꼴랴 —비단 수건으로? 아까운 수건을 바리겠다. 그만 두어라. (수건을
도로 주고 손으로 낯을 씻는다는 것이 도리어 큰 광대를 그렸다)

순옥 —호 호 호… 검댕이를 지우다는 것이… 도리여 어리광대를 그렸
구나!

순옥 —호 호 호. (웃음을 그치고 수건으로 꼴랴의 낯을 씻어 준다)

경희 —(안에서) 순옥아! 네 거기서 누구와 그렇게 히히덕거리느냐?

순옥 —저 혼자… (손짓으로 꼴랴에게 숨기란 신호를 준다. 꼴랴는 화
단 울타리를 넘어 가 꽃 속에 숨긴다)

경희 —(나오며) 혼자서? 무엇이 그리 우수워서…

순옥 —아니, 저, 저… 낮에 순희란 애가 게으름뱅이 왈랴 꾀'병을 하다
가 들키우던 얘기를 하던 것이 우수워서…

경희 —응, 그러냐? 그런 걸 나는 또… 그 보기 싫은 꼴랴란 애가 왔는
가고… 네 다시 그 애와 맞우 서만 보아라. 그 때엔 나를 다 본다
는 게다! (이때에 꼴랴가 불쑤ㄱ 일어서니 순옥이는 손짓으로
그를 도로 숨기게 한다)

순옥 —어머니는 별 걱정을 다 하십니다. 어서 들어가 주무시기나 하세요.
(어머니를 모시고 들어간다)

꼴랴 —(툭툭 털고 일어 서며) 생각하면 분해 죽겠다. 내 무슨 죄 지은
일이 있다고 도적놈처럼 숨기면서… 그런데 저 로친이 나와 무
슨 원쑤를 맺은 일이 있어서 저래? 보기도 싫은 꼴랴라고?
(집 안에서 경희가 다시 나오는 기척이 들린다, 꼴랴는 다시 꽃

속에 숨긴다)

순옥－(집 안에서) 어머니, 누워 주무시지 않고 또 어디로 나가세요?

경희－변소로 간다. (나오면서) 필경 꼴랴란 놈애가 왔댔는데… 요놈 이 어디 숨었어? 붙잡아 내여 단단히 혼을 내 줘야지. 다신 우리 순옥의 뒤를 따라 다니지 않게서리… 이도 안 난 게 콩밥을 떠 먹으려구… (사방을 살핀다)

꼴랴－저 로친이 정말 사람의 부아를 돋구거던… 대들어 한 바탕 넉ㅅ 살을 먹이면 좋다! 아니야 그러면 우리 일은 다 틀려. 순옥이를 보더라도 참아야지! (경희가 꽃포기 쪽으로 돌아 서니 또 숨긴다)

경희－(꽃포기에 다가 와서 찬찬히 들여다보며) 가만 있자. 이놈의 꽃 포기가 바람도 안 부는데 학질에 걸린 사람처럼 왜 부들부들 떨 까? 옳지, 요놈이 여기 숨었구나! 내 요놈을… (울타리에 기대 세운 장'대기를 쥐여 내려 갈기려 한다)

꼴랴－(장'대기를 피해 쑤ㄱ 나서며) 아까운 꽃나무를 꺾겠습니다, 어 머니!

경희－(뒤로 좀 물러서며) 어머니라니? 내 어찌하여 자네게 어머니가 되겠는가?

꼴랴－순옥의 어머니면 제 어머나 마찬가지지요.

경희－너도 마음은 엉뚱하구나. 이 야밤중에 남의 집 화단에는 왜 숨 겼니? 꿀벌이 아니니 화분 훔치려 온 건 아닐 게고…

꼴랴－제가 지나 가다가 전등불 속에서 이 집 꽃들이 하도 아름다워 보이길래 꽃 한 송이만 따려고 들어 왔습니다. 제일 고운 꽃 한 송이 말입니다.

경희－응, 그러니 네 꽃 도적이로구나. 오늘 저녁에 구락부 무대에서 우리 순옥에게 준 그 꽃묶음도 우리 꽃으로 만들었지?

꼴랴－아닙니다. 그건 내가 손수 가꾼 꽃입니다.

경희 - (더욱 우쭐해서) 모를 소리야. 남의 꽃을 도적해다가 남의 처녀를 홀려 내려구? 우린 이런 선물을 요구치 않아. 이왕 훔친 거니 가지고 가게! (꽃묶음을 병에서 빼여 꼴랴에게 안긴다)

순옥 - (문 가에서 엿보다가 달려 나와서 못 본 척하고) 꼴랴 잘 왔니? 새로 만든 기계 장치를 같이 맞추어 보자고 약속해 놓고 깜짝 잊었구나! (눈짓한다)

꼴랴 - (꽃 묶음을 다시 병에 꽂아 놓고) 나는 네가 나오는 가구 꽃 곁에 앉아 기다리다가 꽃도적에 몰려서 하마터면 멜리쩌야로 갈 번했다.

순옥 - 네 우리 어머니가 하신 말씀은 탄하지 말아라, 그건 다 롱담이란다. (어머니에게 달려가 팔을 잡아 흔들며) 그렇지요? 어머니! 예?!

경희 - (꼴랴에게) 결난 김에 함부로 한 말을 과히 섭섭해 말게! 그러나 다시는 남의 뜰악에 살금살금 기여 들지 말게!

순옥 - 어머니 제가 들리라고 했어요. 지금 나와 꼴랴는 우리 꼴호스 농사를 완전히 기계화하자고 애를 씁니다. 꼴호스원들의 힘든 로력을 덜고 꼴호스를 취세우려는 것입니다.

꼴랴 - 순옥이와 내가 고안한 새 기계 장치는 풀뿌리를 없애 치우는 데 큰 무기로 될 것입니다. 어머니는 손톱이 달ㅎ게 풀 뿌리를 주어 내지 않게 될 것입니다.

순옥 - 시간이 간다. 어서 마쓰쩨르쓰까야로 가자. 자동차에 앉아서… (가서 꼴랴의 팔을 낀다) 어머니, 어서 들어가 주무시오.

꼴랴 - 어머니, 패ㄴ히 불안을 끼쳐 미안합니다. 안령히 게십시오. (두 사람은 나아간다. 자동차에 불 일구는 소리가 난다)

경희 - (나가는 뒤를 바라보다가) 사람이 가슴에 피차서… 에기 모르겠다. 될 대로 되라지! (꼴랴 어머니 인자가 무엇을 싸 들고 들어오

다가 듣는다)

인자-옳소, 사둔이 인제 옳게 생각소. 될 대로 되게 내버려 두오! 저희
들이 좋아 하면 됐지!

경희-또 왔소? 누가 오래서…

인자-오라긴? 내 내 발로 걸어 왔지? 그래 얘들은 갔소? 집에 있소?
(이때에 자동차 떠나는 소리가 난다) 얘들아, 먹을 것을 좀 가지
고 가거라! (소리를 지르며 달려 나간다)

경희-어미 아들이 다 찰풀이야, 붙으면 떨어질 줄 몰라…

인수-(달려 나오다가 경희를 보고) 아니, 까무러쳐 죽는다던 사람이
자리에 누워 진정시키진 않고 이건 또 무슨 짓이오? 나는 당신
이 와들와들 떠는 걸 보고 집을 덥히느라고 괘ㄴ이 땀을 흘렸
지. (이마를 씻는다)

경희-공연한 수고를 끼치여 미안하오. 내 심장 병도 끝난 것 같소. 저
걸 좀 보우. 꼴랴란 애가 와서 독수리가 닭 차 가듯이 우리 순옥
이를 차 가지고 갔다오. 내가 꾸며낸 심장병 희극도 여기서 막
이 닫쳤소! (들어앉는다)

인수-(곁에 와서 앉으며) 저애들은 대담한 애들이오. 저애들은 자기들
이 하려고 마음먹은 일은 꼭 성공하고야 말 것이오. 저 애들은
공산주의 건설에서 큰 기둥이 될 것이오. 우리는 새 시대에 산다
는 것을 당신도 알아야 하겠소.

경희-몸이 또 으쓸으쓸해 나오. (인수에게 기댄다)

인수-이렇게 안아 달라는 말이지! (꽉 글어 안는다. 이때 인자가 돌아
지나가다가 이것을 본다)

인자-아니, 사둔네들은 밤중에 연애를 하오! 하하하! (웃으며 나가며
두 사람이 놀라서 떨어져 멍해 있을 때 막이 닫긴다)

<레닌기치>, 1963.1.29./1.30.

(막간극)

싱거운 사람

문리준

청년 – (담배를 꼰아 물고 나오면서) 어, 참 날씨도 좋구나. 이렇게 좋
　　　은 날에 목화 따라가라구? 별 철모르는 사람들을 다 보겠네.
　　　이런 날에는 처녀들이 있는 데나 가 놀아야지. 그런데 다 밭으
　　　로 나가고 있어야지… 어디로 간다? (고개를 숙이고 생각다가
　　　신이 나서) 그렇지, 그래 틀림없지, 까샤는 꼭 집에 있을 거야.
　　　그를 찾아 가면 온 하루를… (다리 춤을 추며 나가려 한다)
로인 – (들어오면서) 여보, 젊은이, 말 좀 무릅시다.
청년 – (조선말을 모르는 듯이) 츠또? 츠또?
로인 – 젊은이 말 좀 무릅시다.
청년 – (버르장머리 없이) 무스게라오?
로인 – 레닌 꼴호스로 가자면 어느 길로 가야 하오?
청년 – (건방지게) 에또 쁘랴모, 쁘랴모… (로인의 코 끝에 손가락을
　　　대고 가리킨다)
로인 – (귀가 먹은 듯이) 뭐라는지 통 알아들을 수 있어야지, 좀 똑똑
　　　히 말해 주게!

청년 – 쁘랴모, 쁘랴모 이찌. (더욱 우줄댄다)

로인 – 젊은이, 난 로씨야 말에는 젠벽이네.

청년 – 그것두 모르오? 꼬꼬지 꼬꼬지 가라는데두. 남이 볼 일이 급해 가는데 이런 성화가 있나…

로인 – 이리로?

청년 – (푸접 없이) 다, 다!…

로인 – 중한 소산지 지체시켜 미안하네. 젊은 사람, 고맙네. (인사를 하고 나간다)

청년 – 별 늙으댁이를 다 보겠네. 남의 좋은 걸음을 막 잡으며 (튀 하고 침을 배알는다. 한 젊은 녀성이 체모단을 들고 들어온다)

청년 – (반갑게) 드라쓰께 제우스까, 어디로 갑니까? 내가 뽀모가이 해 드릴까요? 체모단을 이리 주시오. (면목 아는 사람처럼 친절하게 체모단을 받아 쥐려 한다)

젊은 녀성 – 아니, 괘ㄴ찮습니다. 무겁지 않습니다. (사양한다)

청년 – 처녀 동무, 왜 그렇게 사양합니까? 이렇게 알면 다 구면인데… 어려워 말고 이리 주세요. (또 체모단을 빼앗으려 한다)

젊은 녀성 – (체모단을 주지 않고) 무겁지 않은데. 동무, 말 좀 무릅시다.

청년 – (다가 서며 친절하게) 무슨 말씀이오? 뽀살루이쓰따.

젊은 녀성 – 레닌 꼴호스로 어떻게 갑니까?

청년 – 레닌 꼴호스? 나와 같이 가면 됩니다. 나는 거기 삽니다. 체모단을 주세요. (재빨리 체모단을 넘겨 쥔다)

젊은 녀성 – 감사합니다. 수고하시겠습니다.

청년 – 자 갑시다.

젊은 녀성 – 잠간만 기다리세요. 저기 나의 남편이 옵니다.

청년 – (눈이 둥그래지며) 뭐? 남편이?

젊은 녀성 – 여보 빨리 오세요. (막 뒤에서 „곧 가오" 하고 대답한다)

청년 – (체모단을 놓고 얼른 팔목시계를 보며) 아차 잊었군! 처녀 동무,
　　　아니 녀성 동무, 나는 볼 일이 급해서… 도쓰위다니야. (급히
　　　나아간다)

젊은 녀성 – 호 호 호… (간드러 지게 웃다가) 별 싱거운 사람 다 보겠
　　　네 (호 호 호 계속해서 웃으며 퇴장)

– 막 –

<레닌기치> 1963.2.17.

며느리

김남석

등장 인물
김안나
리수라
리상수
고영희
김웨라
김택선
박정숙

제1장

깨끗한 너른 방이다. 벽에는 괘종, 그 아랜 책상, 구석에는 책들이 가득 차있는 서가, 방 한가운데에는 탁자와 의자, 다른 한 구석 자그마한 상 우에 놓여 있는 라지오 수신기에서는 음악이 들려온다.

김안나 : (비를 들고 등장) – (시계를 쳐다보고) 아이구 늦었구나 ! 애기어미먹을 죽을 끓이느라다나니 그랬구나 ! 인젠 산아원에서 떠난지 오래겠는데 (바삐바삐 서둘며 장판을 쓴다. 다 쓸고나서) 너무도 기쁘니 가슴이 울렁거려 비질도 겨우 했네. 어쩌면 이리도 즐거운가 (혼자서 춤을 춘다) 얼씨구 좋구나, 절씨구 좋구나.

박정숙 : (등장) – 동갑이 어째서 독갑이처럼 혼자 말하고 혼자 춤추며 야단이오? 하-하-하.

김안나 : (놀라는 듯이 몸을 움츠리고나서) – 독갑이 온 걸 나는 다른 사람인가고 놀랐네 그려.

박정숙 : (일부러 성내면서) – 독갑이라니? 내 어디 독갑인가? 당신이 독갑이지!

김안나 : – 동갑이 노여워마오. 동갑이란 말을 독갑이라고 했소. 사람이 너무 기뻐도 정신이 얼떨떨해지는구려.

박정숙 : – 동갑이 오늘은 어째서 그리 기쁘오? 어디 서방감이 생겼소 !

김안나 : – 나이 륙십에 서방감이 다 뭐요? 서른 살에 혼자나서 서른다섯에 좋은 서방감이 생긴 것도 상수란 놈애를 보고 그만두었는데. 여보, 동갑지, 어째 기쁘지 않겠소? 내 과부로 나서 스물아홉 해만에 장손을 보고 오늘 내 그놈을 안아보겠으니 내 어찌 기쁘지 않겠소? 동갑이 오늘 마침 잘왔소. 어찌다나니 이렇게 때마침 왔소?

박정숙 : – 때마침 잘왔다는 게 뭐요? 난 안그런 딸집에 가 한달 있다가 오다나니 동갑이네 집에 이런 경사난 건 깜쪽같이 모르고 그저 동갑이 보고 싶어 왔소. 그렇게 되어 이렇게 빈손에 와서 몹시 미안하오.

김안나 : – 별소리 다 하구려. 일후엔 또 오지 않겠소.

(이때 웨라가 애기를 안고 그 뒤엔 수라가 꽃묶음을 들고 또 그 뒤엔 상수와 웨라의 모친 고영희가 무슨 보자기들을 껴안고 등장한다)

김안나 : (두팔을 버리고 달려들며) ─ 내 금동아, 옥동아 ! 날시 찬데 몸이 얼지나 않았느냐? 내 어서 안아주마!

김웨라 (흠칫 멈춰섰다가 돌아서면서)

─ 어머니도 철없스꾸마 늙은이 목욕도 안하구 어지런 몸에 어찌 애길 안쑴둥.

김안나 : (팔을 버린 채로 멈춰서서 너무도 어이없어 어쩔 줄 몰라하다가) ─ 음, 늙은이 목욕도 안하고 어지런 몸에 애길 안지 말라구?

고영희 : ─ 웨라, 네 말이 옳다. 우리네야 그런 걸 어디 알았니?

김안나 : ─ 사돈댁이 그렇게 말하지 맙소. 내 오늘 아침에 목욕을 했어요. 옛날에도 우리 어디 그런 걸 몰라서 그랬소? 구차하게들 살다나니 그랬지. 지금 우리 집 완나칸을 봅소. 내 너무도 기막혀 말을 못하오.

박정숙 : ─ 남이 남의 말을 한다구, 글세 저 동갑이 오늘 산아원에서 며느리 아들을 낳아가지고 온다고 기뻐서 야단을 쳤소. 첫손자─장손을 안아보겠다구 하는데 어쩌면 그리도 지독하오.

리수라 : ─어머니 말씀이 참 옳은 말씀이야요.

리상수 : (어린 애기를 웨라한테서 빼앗아 안고서) ─ 마마, 노해말고 손자를 안소. 밤낮 손꼽아 기다리던 손자오. 할머니 손자를 못 안으면 누가 안겠소.

김안나 : ─ 상수야 그러지 말고 그 애ㄹ 제어미한테 줘라. 그러다가 어린게 탈이나 나면 어찌겠니?

리상수 : ─ 웨라, 사람이란 례절이 있어야 하오. 례절이 없으면 사람

이 아니오. 어머니 너무도 량팔을 버리고 애길 안으려는데 기뻐서[1] 애길 보이지도 않고 돌아서다니, 그게 어디서 난 버릇이오?

김웨라 : (성을 내면서) ― 내 버릇이 어떻단 말이오? 난 늙은이 애길 안는 걸 싫여하오. 전염병이 옮으면 어쩔테요?

리상수 : (음성을 높이며) ― 우리, 오누인 어머니 품속에 안겨 젖 먹고 이렇게 자랐소. 글고 이때까지 우리 어머니 짙은 음식을 먹으며 살아와도 전염병엔 걸린 일이 없소. 그래 어머니에게 무슨 전염병이 있단 말이오. 어서 말하오.

고영희 : (상수를 밉살스레 보다가) ― 이 사람 상수, 일없는 안해를 나무라지 말고 철없는 자네 어머니나 나무라게.

리상수 : (장모를 향하여) ― 당신은 웨 원리 없는 짓을 해요. 당신이 원리 있다면 딸을 책망하고 타이를 꺼야요. 우리 어머니 뭘 잘못하였단 말이야요? 쑤ㄱ그루에서 쑤ㄱ이 난다는 말이 명담이야요. 당신은 차라리 남의 일에 삐치지 말았으면 좋겠어요.

고영희 : (성을 내면서) ― 웅, 아 사람 자네 그게 무슨 말인가? 남의 일에 삐치지 말라구! 웨, 남의 일이겠는가? 그래, 자네 안해가 뉘 딸인가? 어서 말하게, 말해.

리상수 : ― 당신은 참 우둔답답이야요. 당신과는 어이없어 말 못하겠어요. (애기를 안은 채로 퇴장)

리수라 : ― 사돈댁이 노해할 것 없어요. 꼼꼼히 생각해 봅소. 당신도 할머니 된지 오래지요. 그런데 저 올케가, 친할머니 첫손자를 안으려 하는데 돌아서서 보이지도 않으니 우리 마마의 마음이 어떻겠어요. 생각해 봅소.

고영희 : (마지못해 하는 어조로) ― 젊은 사돈댁 말이 옳소.

---

1) '기뻐서'가 '너무도' 뒤로 가야할 것이 인쇄할 때 실수가 있었던 듯.

리수라 : – 사돈댁! 당신며느리 첫 애길 안고 집으로 들어올 때 손자를 제껴 받아 안아보지 않고서 남 보듯 하겠어요.

고영희 : – 젊은 사돈댁의 말이 옳소.

박정숙 : – 수라 말이 딱 바른 말이오. 난 남이라도 낯이 뜨끈뜨끈해 나오.

고영희 : (머리를 숙이고 서있다가) – 흥 늙은이 집에 있어 이게 무에란 말이오?

리수라 : (성난 어조로) – 아니 늙은이 집에서 어쨌단 말이요.

고영희 : – 이 추운 날씨에 집안이 뜨뜻하게 불이나 때야지. 성한 사람 발이 시린데. 몸 푼 어미 어찌 산답데.

리수라 : (화를 내며) – 사돈댁이 점점 별 트집을 다 부리구려. 낯이 화끈화끈하게 더운데 이에서 더 덥히면 한증을 하겠나뇨? (퇴장)

고영희 : – 아니, 그게 성한 사람들이니 그렇지 몸 푼 사람이야 어디 그렇소?

박정숙 : – 아예 이러쿵저러쿵 시비를 마오. 이런 시집을 나무라면 어쩌오.

김안나 : (등장) – 웨라, 밥과 국을 끓였네, 식기 전에 어서 나가 먹으세. 내 상에다가 갖춰놨네.

김웨라 : (안락의자에서 일어나면서) 불을 잘 때잖어 집이 추워 죽겠네. 발이 어는 것 같은데.

리수라 : (등장) – 내 석탄을 잔뜩 지폈소. 좀 있으면 빼치까에서 불이 날꺼요.

리상수 : (등장하여 듣고만 있다)

김웨라 : (나갔다가 인차 들어와 안락의자에 쓸어져 운다)

고영희 : – 야, 네 어째 먹지 않고 울기만 하느냐?

김웨라 : – 마마 정주에 나가 보우. 먹을 만한 음식인가구

리상수 : ─ 웨라, 왜 공연히 생트집을 부리오. 도대체 이게 어떻게 된 일이요?

고영희 : (씽 나가더니 국사발 들고 들어와서 김안나의 앞에 놓으면서) ─ 사돈댁이 이게 무엠둥? 몸 푼 몸이 이런 걸 먹고 어찌 젖이 나겠슴둥. 끝날 같은 아들을 낳아가지고 온 며느리를 먹이기 그리도 아깝슴둥?

김안나 : ─ 사돈댁이, 옛날부터 몸 푼 어미에겐 미역국에 돼지고기 좋다기에 끓인 것이요.

박정숙 : ─ 동갑의 말이 옳소. 몸 푼 뒤엔 미역국에서 더 좋은 것 없다우.

고영희 : ─ 이 집에선 거저 말치장만 하네. 웨라, 네 그리다간 여기서 지쳐죽겠다. 그리지말구 우리 집으로 애길 안고 오너라, 내 닭을 잡아 푹 고아주마. (퇴장)

김안나 : ─ 사돈댁이 어째서 그렇게 처리하오. 우리 집엔 닭이 없는 줄 아오. 내 닭이 아까봐 그러는 것 아니야요. 몸 풀구 인차 닭고기를 먹으면 젖이 없어진다구 해서 그리는거요. (가슴을 안고 한참 서있다가 졸도한다)

리수라 : (달아와 어머니를 껴안으며) ─ 마마 이게 웬일이요?

리상수 : (역시 어머니한테 달아와서 가슴을 짚어본다)

리수라 : ─ 오빠는 빨리 가서 의사를 불러오우! 의사를! …

막이 닫친다

제2장

무대장치는 전장에서와 같다.

리상수 : ─ 웨라, 두 주일이나 병원에 누워계셨으니 속이 썰썰할꺼요. 집에 있는 앓탈ㄱ을 잡아 푹 고아 어머니에게 대접하오.

김웨라 : ─ 아니 씨암탈ㄱ 몇 마리 있는 걸 잡으면 어찌오. 장에 가서 수탈ㄱ이나 한 마리 사오오.

리상수 : ─ 웨라, 그래선 못쓰오. 가는 정이 있고야 오는 정이 있다우.

김웨라 : ─ 하, 그러기에 수탈ㄱ 한 마리 사오라구 하지 않소. 오는 정이 있으라구.

리상수 : ─ 사람이 제 어미를 닮아두 저렇게야 어찌 닮는가? 약저울에 달아도 서로 기울어지지 않을 거야 (퇴장)

김안나 : (등장) ─ 오늘은 쉬는 날인데 상수는 어디로 갔네?

김웨라 : ─ 어디로 갔는지 내 따라다니니 알겠슴둥.

김안나 : ─ 웨라, 어디 아푸네?

김웨라 : ─ 아푼 데 없으꾸마.

리상수 : (등장) ─ 웨라, 내 암탈ㄱ 열두 마릴 사다가 닭 굴에 넣었소.

김웨라 : ─ 그걸 잘 사왔소. 알도 내우고 병아리도 치게 참 잘했소.

김안나 : ─ 장수는 농학기사니 닭두 잘 칠꺼다.

박정숙 : (등장) ─ 동갑이 그래 인젠 몸이 완쾌해졌소? 난 한 번도 병원에 못 가봐 미안하오.

김안나 : ─ 동갑이 말만해도 고맙소.

리상수 : ─ 마마 생일날이 바로 돌아오는 일요일인데 그려.

김안나 : ─ 내 생진날은 음력인데 어찌 아니?

리상수 : ─ „레닌기치"신문을 받아보면 그런 걸 다 알게 되오 : 신문호마다 음력 날자와 양력 날자가 가지런히 적혀있길래 그걸 알긴 어렵지 않소.

박정숙 : ─ 이 집 생원은 참 기특하기두. 저런 사람은 지금 드무오. 어머니 생진을 쇠자구 저렇게 명념이 큰 사람은 내 처음 보오.

김웨라 : - 참 별일이 다 있소. 늙은이의 생진을 다 쇠자구 드니.

리상수 : - 웨라, 자식이란 언제든지 부모 앞에서 자식의 대답을 해야
하오.

김안나 : - 상수야, 그만 둬라, 또 말썽을 일구지 말고.

리상수 : - 한 해에 한 번씩인 마마 생진날을 내 어찌 거저 지내워보내
겠소. 웨라! (협랑에서 돈을 내어 주면서) 이게 량백 원이오.
이 돈으로 찹쌀이랑, 소고기랑, 돼지고기랑, 과실이랑, 채소
랑 다 사오. 내 오늘 사온 닭 두 마린 오늘 잡아 대접하고 열
마린 생일에 잡아 쓰오. 동네 로인들을 청해다가 즐겨 노시게
준비하오.

박정국 : - 참 무던하오. 저런 아들은 두ㅅ으니 어쨌든 동갑이는 행복
한 사람이오.

김택선 : (수라와 함께 등장) - 어머니 인젠 완쾌하서요? 난 자주 와보
지 못해서…

김안나 : - 별소리 마세. 그래 어린 것들이 잘 있네? 난 그 애들이 보구
싶네.

리수라 : - 첫날엔 마마 당장 상사나는 것 같슴데.

김안나 : - 차라리 그 때 죽었더면 좋았겠다. 늙은 게 오래 살아 무엇
하겠니?

리수라 : - 마마 우리를 자래우느라고 번한 세상을 못봤는데 인젠 오
래오래 앉아 락을 봐야ㅂ지 !

김택선 : - 인젠 락을 봤지요. 아들, 며느리, 손자, 딸, 사위, 손군들이
잔뜩 슬하에 있으니 이에서 더한 락이 어디 있겠소?

김웨라 : - 택선아즈바니, 들어봅소. 내겐 지금 겨울신발이 없는데도
늙은이 생일을 쇠겠다구 닭 열두 마리를 사오고 또 돈 량백
원을 내놓았으꾸마.

리상수 : - 웨라, 겨울신발이 몇 켤레라야 되오. 내 사온 것도 네댓 켤레 되지.

김웨라 : - 그러면 신발은 아니 싸두 일 없다 치고. 돈을 좀 모아 뒀ㅅ다가 꼴랴 첫돐생진을 차리지 않겠슴둥?

김안나 : - 내 손자 생진이에 버젓이 차려야지.

리상수 : - 웨라, 그런말 하기 부끄럽지 않소? 마마 생일은 그만두고 어린애 생진은 잘 차리겠다구! 내 당신 마음을 알 수 있소. 어린애 생진을 핑계해서 돈 벌일 할 작정이지.

김웨라 : - 아니, 그래 내가 그 법을 냈단 말이우?

리상수 : - 법은 무슨 법이야 그저 돈벌일 하자구 궁리해 낸거지.

김웨라 : - 흠 누가 어린애 생진에 돈을 내라하우.

리상수 : - 돈이 생기지 않는다면 누구든지 아이 생진을 그렇게 굉장히 채려놓고 숫한 사람들을 청하지 않을꺼요.

박정숙 : - 일러놓고 보니 떡 장사란 말이오

리상수 : - 그럼요. 제법 떡 장사지요.

김웨라 : - 그래 당신들이 그 법을 고치겠소.

리상수 : - 그런 것을 안 하면 고치는 거지. 애들에게 소용되는 놀음감같은 것을 가져온다면 그건 반가운 일이요.

김웨라 : - 아니, 그래 가져다주는 돈을 받지 않고 돌려주는 건 좋은 일이요?

리상수 : - (탁자를 주먹으로 치며) - 엑, 기막혀 죽겠네. 안 돼. 내 있고선 그런 짓을 못 해. 이 집에선 돈 귀신이 살아 못 가. (상수 퇴장하는데 고영희 등장)

고영희 : - 웨라야, 너희네 또 싸웠구나?

김웨라 : - (흑흑 느껴운다)

김안나 : - 사돈댁이 오셨소. 이 사람, 어머니 오셨는데 그래선 못쓰네.

김웨라 : ─ 이렇겐 못살겠소. 늙은이 생일을 쇠겠다고 돈 수백 량을 내여 놓으면서도 꼴랴 생진은 말도 못하게 하니 어쩐단 말이우?

고영희 : ─ 나는 나이 륙십이 거의 돼도 생일이란 말도 못 듣고 산다. 그 돈을 쓰지 말고 두었다가 꼴랴 첫 돌 생진이나 차례라.

김웨라 : ─ 어린애 생진을 차리는 건 돈벌이라우. 그리고 나를 돈귀신이라우. 기차 죽겠소.

고영희 : ─ 웅 가져다 주는 돈을 받지 않고 어쩐다드니? 상수는 길에 떨어진 돈을 보고도 피할 사람이군!

김안나 : ─ 사돈댁이 이렇구 저렇구 시비할 게 없소. 내 생일을 쇠지 않으면 그만이지.

고영희 : ─ 생일은 안쇠ㄴ다?! 믿기 어렵소. 상수란 사람이 남의 코도 제 코라고 하며 떼내는 사람인데. 웨라, 꼴랴 생진은 내 차려주마 우리 집에 돼지를 잡아 반체는 팔고 반체는 꼴랴 생진에 쓰마 그만한 돈은 들어올 꺼다.

박정숙 : ─ 여보, 웨라 모친, 내 생각엔 당신이 그런 말을 그만두고 제 딸이나 책망하는 게 좋암직하오.

고영희 : ─ 아니, 이 로친은 사돈에 거둔도 안되는데 무슨 상관이 있어 시비를 하오? 내 원 보다가 처음인데…

김택선 : ─ 웨라어머니, 좀 진정하세요. 부모가 상사 난 다음에야 소 잡고 돼지 잡고 제사를 지내지 말구 살아계실 적에 닭 한 마리라두 잡아놓고 생일을 쇠면서 부모 대접하는 게 아마 더 좋을겁니다.

고영희 : ─ 그건 참말 그렇소.

김택선 : ─ 웨라 듣소. 상수가 어머니 생일을 차리겠다구 하는 것이 바로 그래서 하는 말이오. 그런데 웨라는 몇 푼 되는 돈이 아까워 그렇게 행동하니 돈 귀신이란 말을 들어 싸우.

김웨라 : ― 돈 귀신이라문 어쩌구 물 귀신이라문 어쩌구 내겐 돈이 제
일이요. 난 그 돈을 두었다가 꼴랴 생진을 쇠겠소.

리상수 : ― 웨라, 당신이 너무도 염치없는 짓을 하오. 난 당신과 못 살
겠소. 오늘부텀 이집에서 나가 당신 맘대로 살아가오.

리수라 : ― 상수, 어머니 생진은 우리 차려오마. 살고 안 사는 건 너희
들끼리 해결해라, 우린 상관하지 않을 테다.

(막이 닫친다)

<레닌기치> 1971.7.28./7.29.

(단막극)

돌아온 남편

리상희

때 : 현대
곳 : 어느 한 도시
나오는 사람들 : 아버지 41세, 어머니 38세, 아들 16세, 녀자 29세, 간호부 20세

(어머니가 응접실에서 재봉침으로 바느질한다)

(동갑 등장)

동갑. 동갑이 잘 있소?

어머니. 아이구, 동갑이 왔소? 어서 들어오오.

동갑. 너무두 왔다간지 오래서 어찌는가 볼려고 왔소.

어머니. 어찌기는 어찌겠소? 잘 지내오.

동갑. 잘 있다니 마음이 놓이오.

어머니. 그렇게 걱정해주는 일이 고마ㅂ소.

동갑. 무슨 새 소식이나 없소?

어머니. 소식이 무슨 소식이 있겠소?

동갑. 그래 그 남정에게선 아무 소식도 없단 말이오.

어머니. 남정이 다 무에요. 아여 틀린 일인데.

동갑. 틀렸단 말이 옳은 말인 것 같소. 새살림에 정신이 빠진 모양이오.

어머니. 누가 기다린다고 그러오? 나는 이ㅈ어버린지두 오래오.

동갑. 동갑이, 그러니 대사란 말이오. 세월은 자꾸 달아나지. 나이는 자
꾸 늘ㄱ어가지. 오래지 않아 우리도 로친이 되고 말것이오.

어머니. 막아낼 도리가 없는 걸 어쩌겠소.

동갑. 그러기에 말이오. 듣소? 꽃이 피었을 때 나비가 오는 법이라오.

어머니. 나는 무슨 말인지 알아듣지 못하겠소. 그런 깊은 문제를 세우
오?

동갑. 이것이 어디 깊은 문제오? 우리는 아직 꽃다운 나이오. 가을 서리
가 내리기 전에 나비를 붙잡아야 하오. 아직 퍼러 젊은 나이에.

어머니. 저마다 그런 팔자를 타고나지 못했으니 제 팔자대로 살아가야
지.

동갑. 팔자가 별 것인 줄 아오? 제 주먹으로 제 팔자를 꾸려야 하오.

어머니. 어디 그렇게 모든 일이 마음대로 되오.

동갑. 마음을 먹고 일이 되도록 힘쓰란 말이오. 버리고 간 남정을 기다
리지 말고 다른 남정을 얻으란 말이오. 하루 이틀도 아니지. 벌써
몇 해를 혼자 있소?

어머니. 그런 권도를 가지고 왔구만.

동갑. 생각해 보오. 그렇게 이런 생각 저런 생각을 하면서 주추ㅁ거리
다가는 세월을 고만 놓쳐버리오. 밤낮 네 벽만 바라보고 빈 방을
지키겠소?

어머니. 아들 하나 있으니 내게는 더 바랄 것 없소.

동갑. 집에는 그래도 남자 주인이 있어야 하오. 남정 없는 녀자는 굴레
벗은 말과 같소. 고삐를 끌어주는 사람이 있어야 하오.

어머니. 동갑이. 굴레를 벗어던져야 하오. 고삐를 잘못 끌리우면 구렁
　　　　창에 빠질 수 있소.
동갑. 그러기에 사람다운 남자를 만나야 하오. 그래도 녀자가 늘상 남
　　　정의 신세를 입는 법이오. 고집을 너무 부리지 말고 마음을 슬쩌
　　　ㄱ 돌리오. 마땅한 사람이 있단 말이오.
어머니. 그래 동갑이 중매를 왔소?
동갑. 어쨌든 내 말을 들어보오.
어머니. 들을 말이 없소.
동갑. 동갑이, 아니, 들어보고 말하오. 박응봉이를 알지. 사람이 원래
　　　야ㅁ전한 사람이오. 착실하지, 부지런하지. 살리ㅁ군이오. 아직
　　　50전이지. 가장집물이 없는 것이 없소.
동갑. 동갑이, 그런 말은 들으려고 하지 않소.
동갑. 나는 동갑이를 생각해서 하는 말이오. 빈 집에서 빼빼 말라가는
　　　동갑이를 생각해서 하는 말이오. 푸지고 홍성거리는 살림을 해
　　　야지.
어머니. 말만해도 고마ㅂ소. 그러나 너무 걱정하지 않는 것이 좋을 것
　　　　이오.
동갑. 저런, 동갑이두, 그러지 말고 마음을 슬쩌ㄱ 돌리오. 그 사람이
　　　나를 찾아와서 간절하게 청을 들더란 말이오.
어머니. 어느 남자가 상처하는가고 기다리는 내 신세인 줄 아오?
동갑. 어찌겠소. 그래도 제 살아나갈 도리를 해야지.
어머니. 그런 도리가 아니래도 살아갈 수 있겠지.
동갑. 그 사람에겐 자동차도 있소.
어머니. 허어, 내 팔자에 자동차를 타고 다니다가 발이 부르트면 어찌
　　　　겠소?
동갑. 저렇게 원 못나기두. 늘ㄱ으막에 좀 호사를 해보면 어떻소.

어머니. 동갑이두 말재간이 있소. 실로 이야기는 깨고소한 이야기오.

동갑. 원래 사람이 야ㅁ 전하다보니 야ㅁ 전한 녀자를 구한단 말이오..

어머니. 그럼 나같은 사람도 야ㅁ 전한 축에 든단 말이오?

동갑. 더 말해 무얼하오. 허락만 한다면 두 손으로 받들어 업고 다닐 것이오. 파리도 천리마의 등에 앉으면 하로에 천리를 간다오.

어머니. 내게는 너무 지나치는 일이오.

동갑. 저렇게 고집불통이라군.

어머니. 제 손으로 벌어먹어도 입살이는 넉넉하오. 아들 녀석이나 공부시키면 내게는 더 바랄 것 없소.

동갑. 동갑이, 두고 생각해보오. 당장 대답하라는 것은 아니오. 그리고 정이라는 것도 그렇소. 고ㅂ다고 서로 어로만지고 서로 받들면 정이 저절로 드는거요. 아들이나 하나 낳아보오. 정말 받들어오ㄹ릴 것이오.

어머니. 오ㄹ라가지 못할 나무는 처다보지도 말라오.

동갑. 들어오는 복을 물리치다니. 복이 들어오ㄹ 때엔 두손으로 덥써ㄱ 잡아줘여야 하오. 놓처버리면 뒤따르지 못하오. 어디좀 생각해보우.

어머니. 생각해 봐두 그 말이 그 말이오.

동갑. 그래 그 사람이 무엇이 부족하단 말이오?

어머니. 어찌 남의 남자에 대하여 이렇다 저렇다 말하겠소. 이 이야기는 그만 두고 동갑의 이야기나 들어보기오.

동갑. 내 걱정은 마오. 나는 근심걱정이 없어 잘 살아가오.

어머니. 동갑이는 참말 유복한 사람이오.

동갑. 누구의 덕인 줄 아오? 그게 다 남정의 덕이지.

어머니. 동갑의 가정은 실로 부러운 가정이오.

동갑. 그러기에 동갑이도 좋은 남정을 얻으란 말이오.

어머니. 동갑이는 부럽소. 세상일을 그렇게 다 즐겁게 내다보니. 보는 것이 다르단 말이오.

동갑. 달라서 그런 것이 아니오. 근심걱정이 없으니 그렇지. 동갑이는 근심과 걱정에 시달려 그렇지. 새살림을 꾸려보오. 사람도 자연이 달라지오.

어머니. 그 말도 그렇기는 하오. 동갑이는 훌륭한 선전원이오.

동갑. 그런데 동갑이 내 선전에 걸리지 않으니 대사란 말이오.

어머니. 걸리던 안걸리던 선전의 방식이 훌륭하오. 사람이 저마다 세상만사를 그렇게 내다보고 처리해야 할터인데, 그러지 못하는 사람이 있으니 과연 대사란 말이오. 내같은 사람이 바로 그런 사람이오.

동갑. 그러기에 마음을 슬쩌ㄱ 돌리란 말이오. 마음을 널리 쓰고 앞을 멀리 내다봐야 하오.

어머니. 그럴런지도 몰라.

(아버지 등장)

아버지. 순녀, 고생이 어떻소?

어머니. …

동갑. 아이구 ! 철호아버지 왔소?! 아니, 이게 몇 해만이오?

아버지. 네, 평안하시우.

동갑. 동갑이는 어쩨 그렇게 우둑허니 서있소?

아버지. (가까이 오면서) 노여ㅂ게 생각할 것이오.

어머니. (물러서면서) 가까이 오지 마오.

동갑. 동갑이두, 주인이 왔는데, 어찌 그러오?

어머니. 불청객도 주인이오?

동갑. 동갑이, 마음을 조ㅁ 돌리오.

아버지. 그럴 것이오. 불청객이라구.

동갑. 철호아버지, 동갑이 너무 노여워 그러는 거요. 그리 짐작하고 마음을 풀어주오.

어머니. 마음을 풀어주나 얽어매나 그 행세에 그 대접이지.

아버지. 행세 값이라.

동갑. 나는 가야겠소. 두 분이 조용히 이야기하오. 중매군도 이제는 필요 없소.

(동갑. 퇴장)

아버지. 아니, 중매군이라니.

어머니. 과부의 집에 중매군이 다니기 례사이지.

아버지. 과부라니?

어머니. 생과부는 과부가 아니오?

아버지. 생과부라구?

어머니. 실컷 제멋대로 돌아다니다가 변명하러 왔소?

아버지. 변명이 아니라, 용서를 빌러 왔소.

어머니. 빌 것도 없고 용서할 것도 없소.

아버지. 아니, 순녀, 용서하고 화평하기오. (돈을 상우에 내놓으며) 이게 3천량이오. 그러지 말고 화평하기오.

어머니. 우리는 싸운 일이 없으니 화평할 것도 없소. 오던 길로 도로 가는 것이 좋을 것이오.

아버지. 집이라구 찾아오니 이 모양이군.

어머니. 당신집이 어데 있소? 허튼 소리를 작작하오. 이건 당신집도 아니오, 여기는 당신의 식구도 없소.

아버지. 남자에게는 온 세계가 제 집이라구 하던 말대로 조ㅁ 돌아다녔소.

어머니. 그믐밤 중이오. 이게 어느 세상이라구, 그런 말을 입 밖에 번지오.

아버지. 한번 실수는 병가의 상사라구. 원숭이도 나무에서 떨어지는 때가 있다오.

어머니. 홍 말은 잘 꾸며대오. 핑계 없는 무덤이 없다오.

아버지. 용서를 빌러 왔소. 그래도 우리에게는 자식이 있지 않소? 10여 년을 살아오지 않았소.

어머니. 10여년을 거미줄 사랑으로 살아왔소. 부부간이랑 정의 실오리로 겨우 매여놓은 사이오. 그것조차 끊어지는 날에는 이웃보다 못한 타남이오. 갈라진 후에는 원쑤가 된다오.

아버지. 그건 우리는 원쑤란 말이오?

어머니. 그래 당신은 어떻게 생각하오?

아버지. 그건 너무 지나친 말이오.

어머니. 이 말이 당신 비위에 거슬린단 말이오? 시키는 대로 허리를 굽석거리며 하늘 같이 받들어오던 순녀가 아니란 말이오. 나는 이름까지 고첫ㅅ소.

아버지. 큰 결심을 했구만. 그럼 순녀의 이름은 무엇이오?

어머니. 영죽이라오.

아버지. 영죽, 참대. 군세ㄴ 참대.

어머니. 혼자 살아가는 5～6년 동안에 세상물정을 나는 많이 알았소. 그러니 앞으로 우리가 나갈 길은 각각 다르오.

아버지. 아닌 게 아니라, 나도 이제는 많은 것을 깨달았소. 그래서 집으로 돌아온 것이오. 지난 일을 생각하면 나로서도 제 몸이 스스로 미워나오.

어머니. 오늘 와서 당신이 그런 말을 하지만 어느 날 또 무슨 바람이 터질른지 누가 아오?

아버지. 내 말을 믿지 않으니 난처한 일이오.

어머니. 어떻게 당신의 말을 믿는단 말이오. 당신에게는 다른 가정이 있지 않소?

아버지. 그야 림시로 지내던 일이지.

어머니. 대체 누구나 다 이 세상에서 림시로 사는 것이오.

아버지. 자식도 없는 가정이 가정이란 말이오? 그리고 원래 내가 그 녀자의 꾀임에 넘어갔던 것이오.

어머니. 제 정신은 어데다 두고 남의 꾀임에 넘어갔단 말이요? 자기 잘못을 남에게 넘겨씌우려는 거요?

아버지. 옳은 말이오. 제 정신이 있었더라면…

어머니. 하루 밤을 자도 만리장성을 쌓는다오. 그러니 당신은 또 한 녀자를 망첫ㅅ소. 그 녀자의 신세는 어떻게 되겠소?

아버지. 살림살이를 다 꾸려주었으니 평생 근심 없이 살 만하오. 새 남편을 얻으면 그만이지. 그것쯤은 그 녀자의 솜씨에 그다지 어려운 일이 아닐거오.

어머니. 행실이 얌전하오. 이 집 저 집에 불행을 남겨놓고 이 가정 저 가정에 눈물과 한숨ㅁ을 뿌려놓고 바람 부는 대로 물결치는 대로 그날그날을 보내니.

아버지. 그 녀자의 근심은 할 것 없소.

어머니. 당신의 생각에는 사람의 일생이 소경의 막대걸음인 줄 아오? 오늘 이러고 래일 저러고.

아버지. 이제부터는 나도 맹세하오. 나도 딴사람이 되려고하오.

어머니. 당신 같은 남자는 낚시군이오. 낚시군이 낚시를 던져놓고 어느 눈먼 고기가 낚시에 걸리는가고 눈이 발개 기다리오. 손이야 발이야 빌다가도 녀자가 한 번 낚시에 걸리기만 하면 그뿐이오. 장가만 들면 시침이를 따고 제법 호령질이고, 세상에 그런 남자가 얼마인 줄 아오. 아예 당신의 낚시에 걸린 것이 내 잘못이지.

아버지. 정말 맹세하오. 영죽이.

어머니. 내가 당신께 시집와서 얻은 것이 무엇이오. 사실 처음 얼마동안은 기다렷ㅅ소. 돈을 한짐 지고오는가고, 행여나 사람이 되어오는가고 기다렷ㅅ소. 그리다가 2년 전에 륵막염에 걸려 병원에 누어있는 동안에 나는 깨달았소.

아버지. 과연 못할 일을 하였소.

어머니. 한 달 병원에 입원하여 있는 동안 지난 일을 곰곰히 생각했소. 어린 것이 집에서 혼자 어떻게 살아가는지 근심할 때 내 가슴이 어떠했겠소?

아버지. 영죽이, 짐작할 만하오.

어머니. 그날부터 당신을 기다리지 않았소. 지금 내가 기다리는 사람은 중매군이오. 당신은 내게서 용서를 빌 것이 아니라 그 중매군에게서 용서를 빌어야 하오. 당신이 만약 이제 깨다ㅅ고 왔다면 이것부터 깨달아야 하오.

아버지. 이처럼 비는데도 당신의 마음은 그리도 차갑고 무정하단 말이오?

어머니. 누가 할 말을 누가 하오?

아버지. 나의 일생은 이제 당신께 달렸소.

어머니. 내 마음이 이처럼 차갑게 됐으니 몇 해를 두고 얼었는지를 알아야 하오. 이 마음은 평생 녹지 못할 것이오.

아버지. 내가 과연 그런 사람이였던가!

어머니. 후회할 것이 무엇이오.

아버지. 그러나 나는 이제 버림받은 사람이로군.

어머니. 누가 버림을 받았는지 알 수 없소.

아버지. 이제 나는 무엇을 바라고 산단 말이오?

어머니. 그런 말은 서푼 싸지 않는 공담이오.

아버지. 그럼 마지막으로 철호나 보게 해 주오.

어머니. 그것은 막을 수 없는 일이오. 그러나 아이에게서 큰 대접을 받으려니는 생각도 하지 마오. 당신에게는 아무런 권리도 없기는 하지만.

아버지. 그래도 애비로 아들의 얼굴이나 한 번 보고 이야기할 수야 있겠지.

어머니. 아이를 만나는 것도 처음이자 마지막인 줄 알아주오.

(어머니 퇴장)

아버지. 제 집이라고 찾아오니 이 모양이로구나. 그래도 아들이야 애비를 버리지 않겠지. 부자간에는 혀ㄹ육의 정이 있으니까 … 비록 철없는 것일망정…

(어머니와, 아들 등장)

아버지. 철호야, 여기로 오너라.

아들. …

아버지. 어쩨, 몰라보겠늬? 내가 왔다. 네 애비가 왔다.

아들. 제게는 아버지가 없어요.

아버지. 잊어버렷ㅅ단 말이냐?

아들. 내게는 아버지가 없어요.

아버지. 철호야, 그게 어찌 된 말이냐?

아들. 어머니가 사진을 태워버리던 날부터는 아버지가 없어요.

아버지. 사진을 불태우다니…

어머니. 병원에서 나오던 바람에 벽에 걸렷ㅅ던 당신의 사진을 불살라 버렷ㅅ소. 악이 나면 노루도 찬다오.

아들. 그날부터 내게는 아버지가 없어요.

아버지. 그래도 너는 나의 자식이 아니냐?

아들. 저를 그렇게 부르지 말아요.

아버지. 그게 웬 말이냐? 제 자식을 자식이라고 부르지 말라니.

어머니. 그래 당신은 큰 대접이나 받을 줄 알았소?

아버지. 애비가 자식의 훈계를 받게 됐구나.

아들. 그러니 없는 자식을 부질없이 찾아다니지 말아요.

아버지. 세상에 이런 기가 막히는 일도 있을까? 꿈에 너를 만나던 날이 바로 그 날이었구나. 내가 산 비탈길로 내려오다가 내려다보니 네가 본체만체하고 걸어가겠지. 비는 축축 내려 퍼붓고 하늘에는 구르ㅁ장이 푹 덮혔지. 오ㅅ은 온통 젖었고 디디려니 바위돌은 미끄러운데 지나가는 너를 따르려다가 그만 구울러 떠ㄹ어지니 꾸ㅁ이더란 말이다.

아들. 그 꾸ㅁ이 바로 작별의 꾸ㅁ이였소.

아버지. 그러니 아들까지 잃어버린 내 신세로루나!

어머니. 이제야 망녀ㅇ이 알리는 모양이오.

아버지. 그러니 지난 일은 한가ㅈ 보잘것없는 꾸ㅁ이였구나. 안해도 남정으로 보지 않고 아들도 애비라고 부르지 않으니 내 신세 이 모양이로구나.

어머니. 큰 대접을 받으려니 생각했소?

아버지. 할 수 없는 일이다. 나는 너희들을 원망하지 않는다. 모두 다 내 잘못이다. 그러니 어데로 간단 말인가? 내가 이다지도 정신없이 몇 해를 살아왔는가? 정말 작별인가부다.

어머니. 불청객은 오던 길로 가야 할 것이오.

아버지. 그래, 오던 길을 도로 찾아가야 한다? 오던 길이 나갈 길이라?

(문을 두드리는 소리가 들리니 어머니가 문을 연다)

어머니. 누구를 찾아왔소?

녀자. (문밖에서) 이 집이 철호네 집이지오?

어머니. 그랬소.

(녀자 등장. 아버지 도ㄹ아선다)

녀자. 그럼 바로 찾아왔군.

어머니. 도대체 누구를 찾소?

녀자. 저 애가 철호로구만. 말과 같이 야ㅁ전한데.

어머니. 그 애는 어떠ㅎ게 아오?

녀자. 알구말구요. 내가 바로 저 애의 작은어미오.

어머니. 망칙한 일도 원…

(아들 퇴장)

녀자. 이상하게 여길 것이 없소. 나는 제 남정을 찾아다니오.

아버지. 어째 여기로 왔소?

녀자. 아따나, 큰집 구경도 하구, 철호두 보구.

어머니. 무슨 렴치에 큰집이라구 감히 입을 버리오?

녀자. 큰집이니 큰집이지. 그래 안해가 남정을 따르지 않고 누구를 따르겠소?

아버지. 내가 당신의 간사한 꾀임에 빠져서 일생을 망쳤소. 우리는 이미 갈라졌으니 타남이오.

녀자. 너무나 달코ㅁ한 살림을 하다가 이제 와서 꾀임에 빠졌다니 그게 어디 될 말이오. 우리는 여러 해 동안 정답게 살아오지 않았소?

아버지. 내가 떠날 때 영영 하직이라고 말하지 않았소?

녀자. 안 되는 말이오. 죽으나 사나 우리는 같이 있어야 하오. 이제 와서 어찌 그리도 무정한 양하오.

어머니. 말성이 오래ㄹ 예산이오?

아버지. 영죽이, 만사를 용서하오. 그럼 오늘 결말을 매ㅈ기오.

녀자. 그럼 그렇지, 결말을 매ㅈ아야지.

(아버지와 녀자 퇴장)

어머니. 망칙스럽고 꼴이 사나운 일도 다 있지. 제가 무엇이기에 부끄

러운 줄도 모르고 큰집이니 작은어머니 하면서 떠들어대는 건
가. 세상에는 불상한 인간도 다 있지.

(아들 등장)

어머니. 세상에 사람이란 천층만층구만층이란다. 별로 생긴 머저리도,
루추한 사람도 수둑하다. 하루살이 살림을 하는 사람들이다.
그런데 네가 오늘 똑똑히 처리해서 고맙다. 그런 애비는 그렇
게 대접해야 한다.

아들. 이제 와서야 후회하는 모양이오.

어머니. 그러나 우리를 원망할 수야 없지. 당연한 일이니 벌을 받아야
지. 더구나 녀편년이 따라다니는 것을 보아라. 저런 찰거마리
에게서는 떠러지지 못한다.

아들. 보아하니 수단이 많은 녀자요.

어머니. 수단뿐이겠니, 갖은 재간이 다 있는 것 같다. 그 사람의 말과
같이 오늘 우리가 결말을 매ㅈ았으니 영영 끝장이다. 철호야,
너는 나의 희망이오. 나의 미래이다. 희망을 바라고 미래를 내
다보니 부러울 것이 무엇이며 부족할 것이 무엇이냐?

아들. 어머니, 과연 희망의 새날이 밝아오ㄹ 것이오.

어머니. 그렇다. 희망의 새날이 오ㄹ 것이다.

(녀자 등장하며 헐덕거리며 의자에 주저앉는다)

어머니. 무얼 하려 또 왔소?

녀자. 나를 쪼ㅊ지 마오. 이 일을 어쩐단 말이오. 저 사람이 환장했소.
도망쳐도 그저 도망친 것이 아니오.

(철호 퇴장)

어머니. 그래 붙잡지 못했소?

녀자. 붙잡다니. 나가면서 별의별 욕지거리를 다 하지. 나중에는 괴락
까지 하오. 사람이 이 집에 오더니 저렇게 달라졌소. 제정신이

아니오. 지나가는 따ㄱ씨를 붙잡아 타고 가버렸소.

어머니. 손목을 꼭 붙잡고 갈 것이지.

녀자. 뿌리치는 걸 어찌 하오. 이전에는 그렇지 않았는데. 요즘에 와서는 신경질을 부리면서 수심을 끼기에 집 생각을 한다고 눈치를 차렸ㅅ으나 막을 도리가 있어야지. 가을철 농사가 끝나니 떠난 다지. 사람의 마음이 몇 달어간에 저리도 변한단 말이오.

어머니. 그러니 당신 같은 사람의 수단으로도 안 된단 말이오?

녀자. 비웃지 마오. 그러나 처음에야 내 마음대로 일이 돼갔지. 열 번 찍어 안 넘어지는 나무가 없다고 녀자의 수단에 안 넘어가는 남자가 있다구? 그래서 살림을 시작했지. 그러나 당신 앞에서 죄지은 일은 없소. 몇 천리 밖에서 호ㄹ로 떠다니는 사람을 붙잡은 것이니. 내 잘못은 없소. 남의 남정을 빼앗은 것도 아니오.

어머니. 그래 그 사람에게 가정이 있는 줄 몰랬소?

녀자. 그야 내게 상관없는 일이지.

어머니. 행실이 얌전하오.

녀자. 행실이 다 무엇이오. 례절을 지키는 사람이 따로 있지. 우리 같은 란농지이군이야 언제 례절을 지킬 새 있소?

어머니. 당신은 내 가정을 마사버렸지만 나는 그런 사람이 아니오. 어디 나가서 찾아보오.

녀자. 나ㅊ선 도시에 와서 내 어찌 찾겠소? 그래도 이 집으로 다시 들어오겠지.

어머니. 다시 오지도 않을 것이고 설마 온다 해도 이 집에 있을 것이 아니니 거리에 나가 찾아보오.

여자. 내가 어디로 가겠소. 여기서 저녁때까지 기다리게 해 주오.

어머니. 우리 집은 불청객을 받아드리는 집이 아니오.

녀자. 불청객이란 말은 옳은 말이오. 그러나 내 처지에서는 무관해오.

얼마동안만 기다리게 허락하오.

어머니. 당신은 실로 찰거마리오.

녀자. 찰거마리? 실로 대답할 말이 없소.

　　　(간호부 등장)

간호부. 이 집에 철호란 아이가 있습니까?

어머니. 있소. 무슨 일이오?

간호부. 그 애 아버지가 자동차에 다쳐서 병원으로 실어왔습니다.

녀자. 저런 끔찍하게도 원, 저 사람이 실로 환장했네.

어머니. 끝내 재국을 쳤구만.

간호부. 지금 수술할 준비를 하고 있습니다. 그래 기별을 전하리 왔습
　　　니다.

녀자. 어디를 다쳤소?

간호부. 한 쪽 다리를 찍어야 한답니다.

녀자. 다리를 찍다니. 이게 무슨 말이오. 그런 지ㅅ을 치려고 기어코 여
　　　기로 온 게지.

간호부. 그럼 저는 가겠습니다.

(간호부 퇴장)

어머니. 술에 취했던 모양이지.

녀자. 이것이 모두 당신의 잘못이오.

어머니. 그런 잡소리는 치지 마오.

녀자. 집이라고 찾아온 주인을 내쫓으니 저 모양이지. 아들조차 애비
　　　를 모른다고 하니 저 사람이 아마 죽으려고 한 게지. 나가면서 끝
　　　장이라고 하던 말을 이제야 깨달았소.

어머니. 싫다는 사람을 남정이라고 따라다니더니 잘 됐소. 당신 때문
　　　이오.

녀자. 아니오. 내 죄는 없소. 당신들의 잘못이오.

어머니. 어서 찾아가서 형편을 알아보오.

녀자. 알아볼 것이 무엇이오. 끝장을 맺았는데. 내게는 상관없소. 이제는 당신이 퓸 데리고 사오.

어머니. 아아, 당신네 사랑이란 그렇소? 남편이라고 천 리 밖에서 따라온 정성이 그것이오?

녀자. 앉은뱅이하고 평생 고생하리란 말이오? 퍼렇게 젊은 나이에 다른 남정을 구해야지. 이제는 저녁때까지 기다릴 것도 없소. 불청객은 물러가야지.

(녀자 퇴장)

어머니. 하루살이 살림살이 그렇지. (아들을 부른다) 철호야 ! (아들 등장) 야, 너의 아버지가 자동차에 다쳐서 병원으로 실어갔단다. 어서 가보자.

아들. 그게 무슨 말이오? 몹시 상했다오?

어머니. 수술을 하리란다. 몹시 상한 모양이다. 어서 가보자. (어머니, 아들 퇴장)

막

<레닌기치>, 1974.3.30.

(단막극)

복덕방에서

리상희

나오는 사람들
최영죽 - 중학교 교원 (30세)
황태석 - 최영죽의 남편 (32세)
박씨 - 황태석의 모친 (55세)
김씨 - 최영죽의 모친 (56세)
학생의 부친
학생의 모친
한거리에 사는 로인

무대 : 황태석의 집. 책들과 고급 유리그릇이 잔뜩한 최신식 가구가 보기 좋게 갖추어졌다. 무대가 열리면

● 황태석 흥얼거리며 고급 유리잔들을 들어 불빛에 비추어본다. 최영죽은 책상 앞에 앉아서 무엇인가 열심히 쓰고 있다.

황태석 : 이것 보오. 아무래도 값이 있는 물건은 다르다니. 글쎄. 불빛
　　　　에 막 빛을 내거든

● 흡족히 중얼거린다.

최영죽 : ….

황태석 : 여보, 오늘은 아무런 핑계도 대지 못하오. 이 그릇을 사준 량
　　　　반이 먼저번에 자동차바퀴를 사주었다고 한턱낸다오.

최영죽 : 학년도 말인 줄 당신도 알지 않아요. 여름에 진행할 학생들과
　　　　의 사업안을 작성해야 교원평의회에서 보고하지요.

황태석 : 그까짓 몇 푼 안 되는 일을 버리고 고이 집에서 쉬라는데 참,
　　　　애를 먹이고 있네.

● 최영죽은 마땅치 않은 눈길을 남편에게 보낸다.

● 박씨 들어온다(최영죽에게)

박씨 : 이 사람, 그만 좀 쉬게. 저 태석이하고 바람도 씨워야지

황태석 : 들소. 당신은 늙은이보다 못하단 말이요. 청하는 사람이 있겠
　　　　다, 차가 집 앞에 서있겠다. 그저 나서기만하면 될 걸…또 혹
　　　　시 당신에게 요구되는 뺄라찌예도 남다른 걸 구해줄 걸…

최영죽 : 아이구, 그 옷에 묻혀죽겠소. 있는 것만 해도 십 년은 입겠는
　　　　데 당신은 또 욕심을 내누만…

황태석 : 다른 여자들은 남편이 사주지 않아서 야단인데 이 집에서는
　　　　많다고 트집이네.

박씨 : (멍하니 아들과 며느리를 쳐다보다가) 그러지 말구 나가보게.
　　　　이렇게 일만 하다나면 머리가 아프겠는데

● 로인이 들어오며 반색한다.

박씨 : 아, 이게 웬 일이요. 참, 오래간만이요.

로인 : 한마을에 살아도 뭐, 새가 없어서…안녕들 하오?

박씨 : 령감은 그래 어떠하오?

로인 : 말 마오. 병이 중하다오. 그래서 이렇게 찾아온 것이오.

최영죽 : 참, 안됐습니다.

로인 : 그래서 청들 일이 있어서 왔소.

최영죽 : 어려워 말고 말씀하세요.

로인 : 제집일 때문에 남의 집에 걱정을 끼쳐서 미안하오. 글쎄, 아들이 모쓰크와병원으로 데려가 보겠다는데 돈이 없어서… (황태석에게) 생원이 어떻게 보살펴주오. 다른 집으로 갈 집이 없소.

황태석 : 그런 일에 어찌 모른다 하겠소. 도와드리지 않구요. 그래 얼마나 요구되오. (최영죽에게) 여보, 차를 들여놓지 그러오.

● 최영죽 나간다.

황태석 : 그래 얼마나 쓰실라오?

로인 : 한 500루블리 요구되오.

황태석 : 몇 달 계약하겠소?

로인 : 서너 달은 걸려야 물어주지요.

황태석 : 좋소.

● 수판을 가져다놓고 수판알을 이리저리 굴린다.

● 최영죽 차그릇이 든 쟁반을 들고 들어온다.

황태석 : 그럼 넉넉잡고 다섯 달 계약합시다. (나간다)

로인 : 이 집 생원은 참 무던하기두…

박씨 : 한 거리에 멀지 않게 살면서 왜 도와주지 않겠소. 더구나 돈이 있는데.

● 최영죽은 차를 따루어 권한다.

● 황태석 들어와 돈을 헤여 로인에게 준다.

로인 : 이런 고마운 일이라구. 참, 고맙네. 그럼 가보겠쉬다. (로인이 나간다)

● 모두 말없이 차를 마신다.

박씨 : 그러니 그 집 아들들이라는 건 다 쓸데없어. 령감이 아퍼 모쓰크 와를 간다는데 돈 한 푼 없어서…(끌끌 혀를 찬다)

최영죽 : 어머님도, 그럴 때도 저럴 때도 있지요. 그래도 그 로인들의 자식들은 모두 떳떳하게 제 직장을 지켜가면서 사람답게 산 답니다.

황태석 : 아이구. 또 그 소리에. 당신은 고생을 못해봐서 떳떳하다니, 사람답다느니 그런 공소리를 치는 거요. 나처럼 어머니 하나 믿고 공부해 보았어야 세상물정을 알 걸.

최영죽 : 그래도 그때 대학생시절 우리 서로 만났을 때는 당신도 훌륭 한 생활을 꾸리자고 하지 않았어요.

황태석 : 이만하면 아주 훌륭하지.

● 박씨 아들과 며느리 얼굴을 번갈아 쳐다보다가 나가버린다.

최영죽 : 난 이런 것을 바라지 않았소.

황태석 : 영죽이, 이러지 마오. 당신이야 얼굴이 잘났지, 옷을 잘입지, 손에 금반지가 가득하지. 어디 내놔도 아주 그럴듯한 미녀인 걸. (황태석은 은근히 말하며 안해를 끌어안는다)

최영죽 : 당신은 한 가지만 알고 다른 것은 모른단 말이오. 참 답답한 일이지.

● 학생의 모친과 부친이 들어온다.

학생의 모친, 학생의 부친 : 안녕하십니까.

최영죽 : 어서 들어오십시오

학생의 모친 : 우리는 오늘 달래 선생을 찾아온 게 아닙니다. 글쎄 우 리 집 아들놈이 그렇게 애를 먹이더니 누가 대학에 입 학할 줄 알았겠어요.

최영죽 : 아, 경호가 대학에 입학하였군요!

● 모두 반가워하며 서로 축하한다. 황태석이도 반가운 얼굴을 하고 악수를 나눈다.

학생의 부친 : 사실 그 애가 사람 된 것은 이 집 영죽선생의 덕택입니다. 친자식처럼 그 애를 보살펴 주고 많이 가르쳐 주시더니

학생의 모친 : 편지에 꼭 선생을 찾아가 뵈우라고 했지 않겠습니까.

최영죽 : (행복한 미소를 띠우며) 감사합니다. 그건 내가 해야 할 임무였습지요.

학생의 모친 : (들고 온 큼직한 종이 꾸러미를 내놓으며) 이건 우리 가정이 선생한테 드리는 선물입니다.

최영죽 : (놀라며) 이게 무슨 말입니까? 당장 치우시오.

학생의 부친 : 우리 그럴 줄 알고, 다른 게 아니라 경호 녀석이 그린 그림을 가져왔으니 펴보십시오.

최영죽 : … (조심스럽게 종이를 뜯는다)

● 모두 최영죽의 손을 주시한다.

최영죽 : 오!!!

● 최영죽은 자기의 초상을 남편에게 보여준다

황태석 : (시무룩하게 있다가 안해가 반갑게 보여주자 억지웃음을 띠운다) 음…괜찮게 됐소.

최영죽 : 감사합니다.

학생의 모친 : 그럼, 우린 가보겠습니다.

● 인사를 나누고 학생의 부모들이 나간다.

● 최영죽 생각에 잠겨 지완에 앉아있다.

● 황태석은 다시 홍얼거리며 가구들을 돌아보며 보이지 않는 먼지를 씻어낸다.

● 로인 들어온다

로인 : 이런 미안한 일이라구…글쎄 돈을 가져갔는데 큰아들이 크림료

양소로 아버지를 보내겠다고 직장에서 료양권을 받아와서 돈이 쓸데없이 됐다오.

최영죽 : 그 참, 잘됐습니다. 크림에는 공기도 좋고 지금쯤은 휴식 철이 끝나가니 그리 복잡하지도 않을 걸요.

● 로인이 돈을 내놓는다.

로인 : 550루블리입죠. 약속을 지켜야지요.

최영죽 : 가만있어요. 할머니, 돈 500루블리를 가져가시지 않았어요?

황태석 : 당신은 참견 말게. 우리 약속이 다 있는 건데.

최영죽 : 당신이 오해하는군. 할머니가 돈 500루블리가 아니라 550루블리를 가져오셨어요.

로인 : (당황하여) 아… 아… 자네 모르는소리네.

황태석 : 영죽이. 할머니 차를 대접하오.

최영죽 : 차? 차!? (모든 것을 깨달았다는 듯 원망스럽게 남편을 본다)

로인 : 미안하오. (나가버린다)

최영죽 : 아…내가 그렇게도 눈이 멀었었구나. (방안을 휘둘러보면서) 이게 다 그런 돈으로 산 물건이군…

● 얼굴을 싸쥐고 뛰여나간다.

● 박씨 들어온다

박씨 : 무슨 일이 있었니? 영죽이가 울면서 어디로 가더라.

황태석 : 그 로인이 영죽이 앞에서 돈을 내놓는 바람에 눈치를 챘어요.

박씨 : 내 그래 뭐라고 하던. 그런 노릇을 하려면 영죽이가 아무쪼록 모르게 하든지. 그만 거더치우랬지. 치사스럽지 않어?

황태석 : 어머니도 그 소리애요. 그래 우리가 이렇게 잘 살게 된 게 다 어떤 노력으로 되었습니까?!

● 최영죽, 김씨와 들어온다.

김씨 : 안녕들합니까. 얘가 왜 이래요? (딸을 가리키며)

박씨 : 어서 들어오십시오.

황태석 : 어머니 오셨습니까!

김씨 : 글쎄, 울며 막 뛰여 들어와서는 다시 집으로 가지 않겠다고 하지 않겠어요.

황태석 : 영죽이, 공연히 트집을 잡지 마오. 여태까지 다른 돈을 써왔소? 너무 호화스러워 그러는군…

● 최영죽, 허공만 보고 있다.

김씨 : 무슨 돈…

황태석 : 어머니도 아시다싶이 내가 구두쟁이 일을 한다고 영죽이가 야단은 쳤지만 대학을 필하고 기사로 일할 때보다는 형편이 낮아지니 가만있지 않았어요.

김씨 : 아닐세. 영죽이는 그때 나더러 몇 번 말하더니 후에는 자네가 무슨 일을 하건 정직하게 일을 해서 돈을 벌고 안해 생각이 극진한데 내버려 두겠다고 한거요. 돈이 많아 그런 건 전혀 아니요.

황태석 : 아, 그건 다 쓸데없는 소리라는 걸 왜 모르오. 도덕이니, 량심이니. 다 돈이 있어야 지키는 거요.

● 최영죽 경멸에 찬 눈길을 남편에게 던지고 나가버린다.

김씨 : 자네, 그게 무슨 말인가?

박씨 : 태석아…

황태석 : 흥…

● 김씨, 맥없이 일어나 나간다.

<레닌기치>, 1981.8.29.

(경희극)

만호아저씨는 어디로 가리

전향문

전 1막 3장

제1장

때. 현대, 여름이다.
곳. 어느 도시에서
나오는 사람들
만호. (59세)
정순. (그의 안해)
뻬쨔. (그들의 아들, 28세)
갈랴. (그들의 딸, 23세)
유라. (갈랴의 애인, 27세)
복선. (유라의 어머니)

무대. 만호의 집, 새로 지은 다층집 응접실이다. 정면으로 넓고 밝은 창문, 방 가운데 원탁과 의자 몇 개, 적당한 곳에 자그만한 책상, 책상 우엔 뜨란지쓰또르와 전화가 각각 놓여있다. 오른편으론 복도를 거쳐 부엌과 밖으로 나가는 문이 있고, 왼쪽으론 침실로 통하는 사이문이 있으나 보이지는 않는다. 창 넘어론 시가의 일각이 보인다.

● 막이 오르면 정순이 창문을 연다. 창을 타고 흘러드는 갖가지 소음들 (이 소음은 이 연극이 끝날 때까지 간단 없이 들려온다)

갈랴. (등장, 큼직한 가방을 들었다) 마마 늦어서 미안해.

정순. (반가워하며) 사오라는 건 빠짐없이 다 샀냐?

갈랴. 상점매대에 보이는 건 골고루 샀어.

정순. 아무튼 너의 아버지께서 갓 쉬ㄴ아호ㅂ을 맞는 날인만큼 그저 기쁘게만 해 드리자!

갈랴. 이거면 잔치상이래두 차릴 수 있는데 뭐.

정순. (빙그레 웃으며) 큰 상이라도 받고 싶은 게로구나, (사이) 하긴 우리 생활이 쭈ㄱ 폈으니 무엇인들 못 하겠니,

갈랴. (입을 삐주ㄱ거리며) 잔치상을 누가 차려줘야 받지?

● 부엌에서 기름 튀는 소리, 물 끓는 소리

정순. 원 애두, 어련히 때가 되면 받지 않을려구 (부엌으로 나가는데)

갈랴. (정색해서) 마마! 오늘 빠빠가 그 녀자두 청했다면서?

정순. (눈이 둥그레지며) 그 녀자라니?

갈랴. 어머나! 저렇게두 시침을 딱 떼신다구, 우리집, 맏며느리 될 사람 말예요.

정순. 원 애두…

갈랴. 어제밤 빠빠가 마마한테 말하는 것 다 들었거던요.

정순. 그래 네 오빠가 그 처녀를 맘에 있어하던?

갈랴. (껑충뛰) 그걸 내가 어떻게 알아요.

정순. 공연히 너의 아버지가 주책을 떠시는 것만 같다.

갈랴. 오빠ㄴ 그 여자가 맘에 안든데?

정순. 맘에 있었으면 벌써 혼살 치렀지 뭣 때문에 이태씩이나 두고 의붓애비 제삿날 밀 듯 질질 끄ㄴ단 말이냐.

갈랴. 내 생각에두 결혼 문제 따위는 아직까지 오빠 안중엔 없는 것 같아.

정순. 그러니 탈 아니냐. 나이 스물여덟이 적기나 적으냐, 그느무 연구원인지 학사원인지에만 정신이 팔려 혼사일엔 원두쟁이 쓴 외보듯하니 말이다.

갈랴. 탈은 무슨 탈이예요, 오빠야 군대 갔다와서 대학을 맞추느라고 늦어진걸.

정순. 꼭 강건너 불보듯 하는구나,

● 부엌에서 물 끓는 소리, 기름 튀는 소리,

정순. 얼른 옷 갈아입고 나오너라 (나가려는데 초인종 소리) 아버지 오시나부다. 얼른 문 열어드려라.

● 갈랴. 급히 퇴장, 이윽하여 만호(망태기를 들었다) 갈랴 등장.

정순. 일찍 오셨군요.

만호. 상준빈 다 됐소?

정순. 거의 돼 간다오.

갈랴. 빠빠! 오늘 그 녀자두 온다면서요?

만호. (나무람조로) 그 녀자가 뭐냐, 형님 될 사람보구.

갈랴. 어머나! 약혼두 안했는데 벌써부터 형님이예요?

만호. 오늘부턴 형님이 되는 거다. 오늘만은 생일두 생일이거니와 너희 오래비 혼사 문제두 매듭을 지을 작정이니까.

정순. 뻬쨔가 혼살 맺겠답니까?

만호. 맺구 안 맺구가 어딨어, 속으룬 잔뜩 좋아하면서두 닥찌가 안 떨어져 그렇지.

정순. 그럼 사돈되실 랑주께서 같이 오시는 거죠.

만호. 일전에 통질했으니 곧들 오시겠지.

갈랴. 그럼 오빠한테두 알렸나요?

만호. 제 애비 생일이니 오겠지만두 내 미타해서 방금 전화로 련락해 줬다.

갈랴. 오빠ㄴ 그 녀자하구 약혼 안 할 거에요. (생각)

만호. 네가 뭘 안다구 쌍지팽이질이냐, 남의 집 처녀를 이태씩이나 두고 붙들어 놨으면 체면두 차릴 줄 알아야지.

정순. 그야 어디 뻬쨔가 붙들어 놨나요 당신이…

만호. (말을 가로 채며) 듣기 실ㅎ소!

● 부엌에서 기름 튀는 소리

정순. 아이구, 난 모르겠으니 당신 마음대루 하시구려 (급히 부엌으로 퇴장)

만호. 명실의 얼굴을 볼 적마다 낯이 뜨거워 어디 다닐 수나 있어야지, 남의 집 처녀를 지지하게 소문만 퍼뜨려놓군.없이 사올 거예요.

갈랴. 그야 빠빠가 퍼뜨린 게 아니예요?

만호. 네가 뭘 안다구 야단이야. (구럭에서 종이에 싼 뭉치를 내주며) 옛 다! 어머니한테 줘라.

갈랴. (펼쳐보며) 어마나! 칠면조를 다 사오셨네.

만호. 통째루 삶아야 한다.

갈랴. (나가며) 오빠 장가갈 꿈도 안 꾸는데 칠면조 사와선 야단이시야. (코노래 부르며 퇴장)

만호. 조렇게 철딱서니가 없다구야 쯔쯔…

●만호 상의를 벗어건다. 열어제낀 창문으로 처녀들의 꺄르르한 웃음 소리

만호. (창가로 간다) 참 좋은 세월이로다! 빨라찌예만 해도 천하만색이구나.

갈랴. (등장, 창가로 다가서며) 빠빠ㄴ 그게 부러우세요?

만호. 그저 이 세상 고운 색깔은 여자들을 위해 만들어진 것 같다니까…

갈랴. 여자들이 곱고 화려하게 차려 입고 나서니까 질투가 나시는 모양이지.

만호. 이제 다 늙은 게 질투는 무슨 질투.

갈랴. (야유조로) 정 부러우시다면 빠빠도 여자로 태어나셨을 걸! (깔깔 웃는다)

만호. 요런 망할 년! (갈랴의 머리를 가볍게 쥐어 박는다)

갈랴. 아야야!

● 두 사람 유쾌히 웃는다.

만호. (창가에 서서) 그런데 갈랴야, 저게 옷이냐 몸 가리우게냐?

갈랴. (밖을 보며) 저게 바로 현대 모다거던요.

만호. 흥 모다! 그래 무르팍과 앞가슴이 훌겅 드러난 것도 모다란 말이냐?

갈랴. 지금은 옛날처럼 긴 치마를 안 입고 몸에 딱 맞게 해 입는 시대거던요, 그러니까 빠빠도 낡은 고집만 부리시지 말고 시대에 맞게 사고를 하셔야지요!

만호. 뭣이 어째?

갈랴. (손시계를 보며) 어머나 내 정신 좀 봐! (옆방으로 뛰여 들어간다)

만호. (어이없어) 하, 조렇게 까분다구야, 꼭 삭정이 우에 올라앉은 까치 궁뎅이 같다니까.

정순. (등장) 갈랴는 어딜 보내셨소?

만호. (그 소린 듣지 않고) 아직 멀었소?

정순. (곡해하여) 저렇게두 답답하시다구 아 먼델 보내면 어떻해요.

만호. 잘은 놀아댄다, 그저 제멋대루라니까.

갈랴. (소리) 여기 있어요.

정순. 웅, 저 방에 있구만. 그런 걸 난 또 (방에 대고) 얼른 나와 거들어 줘야지.

갈랴. (소리) 곧 나가요.

만호. 여직 멀었소?

정순. (곡해하여) 벌써 사다 랭동기 안에 너놨소다.

만호. 자 이런!

● 갈랴 나들이차림으로 등장

정순. 또 어딜 갈려구 그려냐!

갈랴. 과일 사러 보낸 사람을 찾아봐야겠어요.

정순. 아깐 다 사왔다면서.

갈랴. 매대에 보이는 것만 샀댔지 과일도 샀댔나.

정순. 그럼 저물기 전에 얼른 갔다와야지.

만호. ?!

갈랴. (뽀루퉁해지며) 무슨 사람이 그렇게두 신용이 없어!

만호. 그게 누구냐?

갈랴. 제 동무예요.

만호. 동무?!

갈랴. 린접상점엔 떨어졌다기에 중앙상점으로 보냈더니… (시계를 본다)

정순. 그런 걸 동무에게 부탁하면 어떻커니?

갈랴. 그이는 틀림없이 사올 거예요.

만호. 그예 도대체 누구냐?

갈랴. 빠빠는 별 걸 다 참견해서.

만호. (짚이는 데가 있어) 남자냐 여자냐?

갈랴. 사오라는 과일만 사오면 되잖아요.

만호. 이 애비가 알아두 못써?

갈랴. 차차 아시게 될 걸 가지구.

만호. ?!

갈랴. 그럼 갔다오겠어요.

정순. 돈은 줬냐?

갈랴. 자기 돈으루 사온댔어

만호. ?!

정순. 제 좀 봐라 (돈을 주며) 손님들 오시기 전에 돌아와야 한다.

● 갈랴 퇴장.

만호. (갈랴가 나간 쪽을 보며) 여보 이리 좀 와 앉소

정순. 가뜩이나 바쁜 사람보구.

만호. 요먼저 주일에 왔던 녀석이 몇 시에 갔지?

정순. 깜빡 잠이 들어서 딱히는 몰라두 밤이 퍽 깊어서야 갔지요.

만호. 갈랴가 어제 몇 시에 들어왔지?

정순. 자정이 넘어서야 들어온 것 같은데…?!

만호. 틀림없군, 미친 녀석헌테 빠진 게 (생각)

열어제긴 창문으로 서늘한 바람이 들어온다.

정순. (부엌으로 나가며) 여보 창문 좀 닫구려.

만호. (창가로 거리를 내다본다, 놀라며) 저게 우리 갈랴 아니오?!

정순. (창가로 간다) 그 옆에 있는 총각은 누구요?

만호. 하하, 이만저만한 사이가 아니로군!

정순. 저 총각 키두 크고 여간 잘나지 않았군요.

만호. 옳지! 팔까지 척 끼구.

정순. 꽃다발까지 사들었군요.

만호. 하하 꽃송이를 갈랴의 코끝에 갔다 대까지주면서. 아니 저것들
　　이 련애질을 하잖소?

정순. 크ㅁ 직한 구럭에 과일까지 사 들었군요.

만호. (창문을 닫으며) 안방에 가 내 옷 좀 내오우.

정순. ?!

만호. 아 얼른!

정순. 꼭 어린애 같구려.

만호. 아 저런 꼴을 보구두 참으란 말이오.

정순. 아이들이 돌팔매질을 한다구 돌로 치겠소?

만호. 안돼! 제 오래비가 새파란 총각으로 있는 한 련애질은 못해!

정순. 두고 봅시다, 요즘 애들이란 같이 밀려다닌다구 속에 꾸ㅇ꾸ㅇ
　　이가 있는 건 아니잖소?

만호. 나이든 처녀애가 총각 뒤를 졸졸 따라다니는 거야 뻐ㄴ하잖소.

정순. 설마 다 큰 애가 못쓸 짓을 할라구.

만호. 그 설마가 사람 잡소.

정순. 나이 스물셋이면 있을 법도 하잖소?

만호. 일전 주일날에도 왼 녀석을 데려다 밤늦도록 히히덕거려서 혼을
　　내 놨더니 아직두 정신 못 차렸거던.

정순. 이제 와서 어쩌시자는거요, 공연히 빼쨔 잔치 날 기다리다 딸 과
　　년해지기 전에 좋은 사위감을 골랐다면 우리 한 짝이 되여 뒤ㅅ받
　　침 해주ㅂ시다.

만호. 당신이 그러니까 갈랴가 더 기가 나서 저런단 말이요. 다시는 저
　　녀석과 만나지 못하게 버르ㅅ을 떼놔야지 (웃옷을 걸쳐 입고 황
　　황히 나간다)

정순. 저렇게두 성미가 급하시마구야. 꼭 보리짝 사람이라니까…….

● 정순. 혀를 차며 만호 나간 쪽을 물끄러미 바라 볼 때

−암전−

제2장

때. 전장에서 10분 후 전장과 같은 장소.

● 용명되면 만호등장

정순. 갈랴는 어째 혼자 들어오시유.

만호. 앗차 이런! 금시 이리루 오기에 난 또 집에 온 줄 알았더니…

정순. 손님이 올 텐데 어딜 그리 싸다니오…

만호. 제기랄 (급히 퇴장)

정순. 어딜 가시유?

● 쾅 문 닫기는 소리.

정순. 에이구 저리도 성미가 급하시다구야 꼭 불붙는 산 같으시다니까.

● 전화벨소리.

정순 (송수화길 든다) 예예, 주인께선 방금 나가셨는데요, 뭐라구요? 명
실이가 아직 안와서 기다리신다구요, 좌우간 한번 더 전활하시겠
다구요, 그렇게 말쓰ㅁ드리지요, 예, (수화기를 놓는다)

● 갈랴, 유라 등장, 유라 과일구럭을 놓쿠ㄴ 갈랴와 귀속말로 무엇인
가 주고 받군 인차 나간다. 정순. 유라를 보지 못한다.

갈랴. 마마 과일 좀 보세요 (이마의 땀을 홈친다)

정순. (놀라며) 그 무거운 걸 혼자 들고 왔냐?

갈랴. 동무가 여기까지 들어다주고 갔어.

정순. 그게 도대체 누구지?

갈랴. 마만 들을 적마다 꼬치꼬치 따지셔.

정순. 남의 눈은 속여두 이 에미 눈만은 못 속인다.

갈랴. 마마는 그저 의심만 하셔

정순. 아버지께서 노발대발하셨다!

갈랴. 빠빠 어디 가셨어?

정순. 방금 네가 요 아래 상점 앞에서 웨ㄴ 총각하구 히히닥거리는 것을 보시구 널 찾으러 나가셨단다.

갈랴. 아이 속상해, 빠빠 날 어린애처럼 생각하신다니까.

정순. 그래두 시침을 뗄 작정이냐?

갈랴. (결심한 듯) 그렇지만 이것만은 말할 수 없어

정순. (휙 돌아서며) 그만둬라!

갈랴. 마마 성나셨어?

정순. 듣기 싫다!

갈랴. 마마 용서해.

정순. 자식이란 에미한테 속일 일이란 없는 거다.

갈랴. 그건 나두 알어.

정순. 그런데?

갈랴. 실은 빠빠가 무서워 그래, 마마가 고자질 하실가봐.

정순. 원 애두. 언제 고자질 하는걸 봣ㅅ냐?

갈랴. 가재는 게 편이라구. 마마들은 자식보다 빠빠하구 더 가깝거던요.

정순. 쓸데없는 소리!

갈랴. (간청하듯) 그럼 마마 비밀을 지켜 주실래?

정순. 원 애두…

갈랴. 마만 정말 고마워,

정순. 에미한테 그런 말하면 못쓴다. (사이) 너 점찍어둔 남자 있지?

갈랴. (얼굴을 붉힌다)

정순. 방금 만난 그 사람이냐?

갈랴 (고개만 끄덕인다)

● 잠시 침묵이 흐른다.

갈랴. 꼭 그 사람하구 결혼한다군 할 수 없어.

정순. 그럼?!

갈랴. 성격이나 취미 같은 거나 서로 알려고 그저 호기심에서 사귀여 보는 거야.

정순. 원 애두, 흰말 엉데ㅇ이나 백말 궁뎅이나 그게 그 소리지 뭐냐. 그래 무얼 하는 사람이지?

갈랴. 요 먼저 주일날 우리 집에 와서 놀다간 사람 마마두 보시지 않았어.

정순. 학교선생이란 사람!

갈랴. (고개만 끄덕인다)

정순. 거 키두 크고 여간 잘생기질 않았던데.

갈랴. 마만 정말!…

정순. 그래?! (생각)

갈랴. 나이는 나보다 세 살 우이지만 나보다 아는 게 얼마나 많은지 몰라.

정순. 나이 봐선 퍽 애티나 보이던데.

갈랴. 고생없이 컸으니 그렇지 뭐야.

정순. 하긴 그렇다! (혼잣소리로) 스물셋하구 스물일곱이라 꼭 안상마침이구나 :

갈랴. (얼굴을 붉힌다)

정순. 량부몬 다 계시냐?

갈랴. 어머니 한 분밖에 안 계셔

정순. 바깥어른께선?

갈랴. 병으루 돌아가셨대

정순. 딱하기두 하지…

갈랴. 그런데 그 집 어머니가 자주 않으서, 그러니 혼사 일을 버쩌ㄱ 서
두는 거지 뭐야.

정순. 한번 만나봐야겠다

갈랴. 정말 그렇게 해주시겠어.

정순. 아문, 그래야지.

갈랴. 마마 정말 고마워.

정순. 그렇지만 내 눈에 빗나가면 네가 아무리 좋아해두 그건 다 허사
로 되는 거다.

갈랴. 요 먼저 보셨다면서.

정순. 뚜ㄱ배기봐선 장맛 모른다구 사람속이란 정작 대면해서 알아내
야 하느니라, 더우기 인륜대사란 그렇게 소호ㄹ히 하는 게 아니다.

갈랴. 만나보시면 알겠지만 마마 눈이라구 빗나갈 리 있겠어.

정순. 제 좀봐라! 사랑에 미치면 눈은 머는 거란다

갈랴. 어머니! 그런 말이 어딧어?

정순. 이건 경험에서 얻은 거란다.

갈랴. 그럼! 내 눈이 멀었단 말야.

정순. 그렇다!

갈랴. 그럼 마마두 눈이 멀어서 빠빠한테 시집왔어요?

정순. 그렇다! 그때ㄴ 눈이 멀어서 왔단다.

갈랴. 그런데 지금 그렇게 다정히 지내서?

정순. 그야 그럴 수밖에.

갈랴. (웃으며) 마만 연극배우야. (사이) 마마두 런애했어?

정순. 런애가 다 뭐냐, 머리를 숙인 채 잠간 얼굴들이나 보구 부모들이
정해주는 사람한테 시집가던 시대ㄴ데,

갈랴. 그래두 마만 시집 잘왔지 뭐야.

정순. 그러니 속인들 얼마나 써ㄱ었겠니, 생각만해도 ㄲㅁ찍하다.

갈랴. (깊은 생각에 잠긴다)

● 초인종소리 –

정순. 아버지 오셨나부다

갈랴. (놀라며) 뭐라구 할까?

정순. 쩌ㄱ하면 아버질 의제기루 떠 넘기면서 묻긴, 자식두, (나간다)

● 갈랴 안방으로 내퇴. 무대 잠시 공허.

만호. (소리) 갈랴 안왔소

정순. (소리) 방금 들어왔수다.

● 만호, 김씨 등장.

만호. 갈랸 어딜 갔지?

갈랴. (나오며) 빠빤 제가 어린애ㄴ줄 알고 찾아다니세요.

만호. (화가 머리끝까지 나서) 뭐가 어째?

갈랴. …

만호. 그래 어딜 갔다 왔지? (의자에 앉는다)

갈랴. …

만호. 갑짜기 입이 붙었나 (큰 소리로) 어서 말을 못해!

정순. 귀청 떨어지겠수, 좀 차근차근 타일르시구려.

만호. 당신은 저리 가 있소, 당신이 있으면 일이 되다가두 틀려!

정순. 에이구 저렇게두 심하시다구야. (혀를 차며 물러나 문가로 간다)

만호. (정순은 보지 않고) 만난 사람이 누구지?

갈랴. (고개를 들며) 남자 동무예요.

만호. 뭐뭐 남자동무?!

갈랴. (반발적으로) 사랑하는 사람이예요,

만호. (펄쩍 뛰며) 뭐ㅅ이 어째?

갈랴. 우리나라 헌법엔 만 열덜ㅂ살부터ㄴ 결혼의 자유가 있잖아요.

만호. (기가 차서) 그래서?

갈랴. 누구나 그 헌법을 지키는 것은 공민된 응당한 도리지 죄는 아니
잖아요.

만호. (원탁을 탕 치며) 이 애비 앞에서두 법이야!

갈랴. (만호의 눈치를 살피며) 이건 극단한 얘기구 빠빠가 좀 더 타협적
으로 나오신다면.

만호. (딴의 과격을 느끼며) 그래서 에헤ㅁ. 헤ㅁ…

갈랴. 정말 부드럽게 나오시는데,

만호. (좀 누그러지며) 알아차렸으니 말해봐라

갈랴. (애교를 부리며) 진작 그렇게 나오셨으면 벌써 말했을 걸, 빠빠
성부터 내서. (정순의 눈에 대고 눈을 꺼ㅁ벅한다)

만호. (어색해 하며) 에에헤ㅁ!

갈랴. (심드렁하게) 사실은 그 남자가 치근더ㄱ거려서,

만호. 뭐ㅅ이 어째구 어째?

갈랴. 찰거머리처럼 따ㄱ 붙어 다니는 걸 어떻해요,

만호. 네가 실ㅎ다는데두.

갈랴. (정순의 눈치를 보며) 아주 실ㅎ은 건 아니구…

만호. (큰 소리로) 그러니까 따라다닌단 말이다.

갈랴. 강물은 흐르는데 제가 따ㄱ 부딪칠 자리에 선 걸 어떻게 피하란
말예요.

만호. 뭐, 뭐, 강물은 흐르는데 따ㄱ 부딪칠 자리에 서있어, 아니 네가
언제 그렇게 유식해졌냐?

갈랴. 매일 한 책상에서 코를 맞대고 일하는 교원이란 말예요,

만호. (말을 가로채며) 교원이건 교장이건 그것만은 않된다. 네 오래비
장가가기 전엔 어림두 없다! (사이) 그것도 그렇지, 설사 한다 손

쳐도 길바닥에서 만난 사람한테ㄴ 절대루 않돼!

갈랴. 그게 어디 길바닥에서 만난 사람예요.

만호. 길바닥에서 만났건, 책상머리에서 만났건 만난 건 매일반이다. 내말 알아들었지.

갈랴. (생각에 잠긴다)

만호. 어련히 때가 되면 이 애비가 사위 하나 못 골라내려구.

갈랴. (새침해지며) 정 그러시다면 저로서도 달리 생각할 수밖에 없어요.

만호. (몰이해하여) 그래야지 벌써 그렇게 말했어야지, (나즉히) 이건 너한테만 말해두지만 이 아버진 너를 제일 믿고 있단다. 너를, 아, 뻬쨔 하는 짓 좀 보지 기껏 키워 대학까지 졸업시켜 노니까 이젠 제 애비말도 안 듣고 제 멋대로 하는 꼴 좀 보지. 아버진 네 오빠보다 우리 갈랴를 더 믿는단 말이다 알았지?

갈랴. (손바닥으로 입을 가리우고 키득키득 웃는다)

정순. (따라 웃으며) 아니 어젠 우리 갈랴보다 뻬쨔를 더 믿는다구 하시군, 오늘은 또 뻬쨔보다 갈랴를 더 믿는다구요.

만호. (어리둥절해) 아니 당신 여직 거기 서 있었소?

정순. 아 저리가 서 있으라구 하시지 않았어요.

만호. 허허, 거 일이 맹랑하게 됏ㅅ군.

● 세 사람 호탕히 웃는다. 웃음 뒤엔 많은 것을 생각케 한다.

만호. 애, 갈라야! 우리 저 방에 들어가 네 오래비 혼사 문제나 상론해 보자.

● 만호, 갈랴를 데리고 안방으로 들어간다.

● 부엌에서 기름 튀는 소리 물 끓는 소리.

정순. 아이구 내 정신 좀 봐! 기름과자가 다 타겠네! (급히 퇴장하려는데 유라가 꽃묶음을 들고 등장)

유라. 안녕하십니까? (깍듯이 절을 하곤) 얼마나 반가우시겠습니까, (꽃묶음을 내밀며) 이거 갈랴동무 부친께서 갓 쉬ㄴ 아호ㅂ을 맞으시는 기념으로…

정순. 가만, 어디서 오셨지?

유라. 전번 주일날 놀다간, 갈랴동무와 한 학교에서 일하는…

정순. (생각을 더듬더니) 내 정신 좀 보지, 이렇게두 기억력이 무디다구야

유라. 갈랴동문 어딜 갔습니까?

정순. 안방에 있다우, 불러드릴까.

유라. 뭘 괜찮습니다.

정순. (유라를 찬찬히 뜯어 본다) 거 미끈하게두 생겼다! (무릎을 탁친다)

유라. (어리둥절해) 예?!

정순. 아 아니야 아무것도 아니래두. (사이) 참, 이름은 어떻게 부르시지?

유라. 전명철인데 동무들은 거저 유라라고 부릅니다.

정순. 전명철! 전유라! 이름두 곱기두 해라. (유라를 찬찬이 뜯어본다)

유라. (얼굴이 빨개진다)

정순. 집엔 어머니 혼자 계시다면서?

유라. (놀라며) 그건 어떻게 아십니까?

정순. 우리 갈랴를 통해 다 들었다우.

유라. 네?!

정순. 오늘 같은 날이야 어머님두 모시구 올 게지.

유라. 갈랴동무의 요구도 있고 해서 어머니를 모시고 왔습니다.

정순. (깜짝 놀라며) 저런 사람 봤나, 아 오셨으면 얼른 모시구 들어올 게지.

유라. 문 앞에 서계십니다.

정순. (나가다 잠시 생각에 잠긴다) 우리 저 사랑방으로 어머니를 모셔

얘기나 해보세.

● 정순 유라의 손을 잡고 급히 퇴장할 때

-암전-

제3장

때. 전장에서 계속 되는 시간. 전장과 같은 장소.

● 무대. 용명되면 만호, 갈랴 옆방에서 나온다. 환한 얼굴들이다.

만호. 그러니 네 결혼문제는 내게 맡겨야 한다.

갈랴. 그럼 조건부이겠요?

만호. 조건부건, 무조건부건 간에 이 애비말만 들으면 틀림없다. 그 사람과 관계ㄹ 딱 끊으란 것두 실상은 너를 위함이지 나를 위해서겠냐.

갈랴. 빠빠 정말, 제 속을 너무도 몰라줘!

만호. 네가 잘못해 화를 입으면 그게 이 애비한테두 미친단 말이다. 그래두 내가 네 속을 몰라준다구, 허참!

갈랴. (딴생각에 잡혀) 정 그러시다면 이 문젠 깊이 생각해 봐야겠어요.

만호. (곡해하여) 그거 참 좋은 일이다. 깊이 생각해 처리해야 한다. (사이) 그건 그렇구…이제 네 오래비 오면 네 생각을 해서라두 오늘만은 약혼식을 꼭 해야 한다구 너도 아버지 편을 들어야 한다.

갈랴. (그 말엔 아랑곳하잖고 팔목 시계를 보며) 어마나 내 정신 좀 봐 (급히 뛰여 나가다 뻬쨔와 마주친다) 오빠!

● 뻬쨔. 선물뭉치를 들고 등장.

뻬쨔. 아버님 늦어서 죄송합니다.

만호. (대건히 처다보며) 자식두. 너 참 잘 왔다! 잘 왔어! (뻬쨔의 어깨를 툭툭 쳐준다)

뻬쨔. (갈랴를 보며) 넌 더 예뻐졌구나!

갈랴. 어마나! 내가 무슨 요술쟁인가, 예뻐졌단 미워지구, 미워졌단 예뻐지구…

● 세 사람 유쾌히 웃는다.

만호. (비양조로) 너머 예뻐서 탈이지.

갈랴. 빠빠 정말! 아이 속상해 죽겠네!

● 만호, 뻬쨔 다시 웃는다.

만호. 곧바루 오는 길이냐?

뻬쨔. 네 조금전에 와서 부엌에서 요기를 하구 또 어머니와두 예기했습니다.

만호. (그 말엔 별로 관심도 없이) 그래 그전에 쓴다던 학사 론문은 거의 끝내가냐?

갈랴. 학사 론문이 그리 쉽겠어요.

뻬쨔. 요지음은 눈코 뜰 새 없이 바쁩니다. 시월 명절 전으로 론문을 끝내려고 하니까요.

만호. 아무튼 더 큰 사람이 되여 나라의 은덕에 보답하겠다는 결심만은 좋은 일이다. 그래두 인생이란 문주경전이랬다구 사사일두 해놓구 국가일도 해야 하느니라.

뻬쨔. 원 아버님두!

만호. 그런데 네 얼굴이 예전보다 퍽 못쓰게 됐구나.

갈랴. 가기두 싫은 장가를 가라가라 하고 성화를 메ㄱ이시니 그렇지요.

만호. (갈랴에게) 하하! 반줄 좀 하래두 반줄! 아, 저자식은 아버지 말이라면 쐐기만 박자구 들거던.

●세 사람 유쾌히 웃는다.

만호. 좌우간 세수나 멀겋히 하구 옷이나 얼른 갈아 입거라, 장 안에 한 벌 사다 놨다. 향수도 좀 치거라.

삐쨔. 원 아부지두 뚜ㅇ딴지 같이 향수는 무슨 향수에요.

만호. 저런 녀석 봤나?!

삐쨔. 그 일 때문에 온 줄 아세요?

만호. 자ㄴ 소리 말고 오늘만은 내가 하라는 대루 해야 한다.

삐쨔. 장부일언이 그렇게두 허튼 줄 아세요.

만호. 그럼 그 먼데서 오긴 뭣하러 와?

삐쨔. 아머지 생일이라 하시지 않았어요.

만호. 이태씩이나 두고 너를 기다린 명실이도 좀 생각해 줘야지.

삐쨔. 기왕 늦어진 거 학사 론문이나 발표하고 천천히 가는 것이 좋잖아요.

만호. 총각이 다 늙는대두!

갈랴. 빠빠나 늙지 오빠두 늙을가봐 야단이세요?

만호. 네까짓게 뭘 안다구 야단이냐. 거 별게 다 쌍지팽일 집고 나선다니까…

삐쨔. …

만호. (강경히) 아무튼 약속한 일이니 오늘만은 하늘이 무너져도 약혼만이래두 해놓구 보자

갈랴. 떠ㄱ 먹을 사람은 꿈도 안 꾸는데 공연히 동치미부터 담궈 놓시군 야단이시야.

만호. (버럭 화를 내며) 냉큼 물러가지 못해!

●갈랴. 위압에 눌려 부엌으로 나간다.

만호. (뒤에 대고) 얼른 상이나 차리라고 일러라. (삐쨔에게) 이 녀석아! 나이 서른이면 이런 일이야 아버지보다 네가 발 벋고 나서야지!

뻬쨔. 네, 원, 참!

만호. 애빈 여직 너 하나만을 믿구 살아왔어 너 하나만을…이걸 알아
줘야지 어디 너 같아서야 자식 키우겠냐.

뻬쨔. (벌죽벌죽 웃는다)

만호. 그저 오늘만은 그렇게 웃어야 한다. 웃어서 나쁜 일 하나도 없다!
내말 알아들었지, 하하하…

● 뻬쨔. 어처구니가 없어 같이 따라 웃는다.

정순. (등장) 여보 왔어요 왔어.

만호. 오긴 누가 왔어?

정순. 누군 누구겠소. 안사돈 되실 분이 오셨지.

만호. (당황하여) 뭐뭐?! 안사돈이?!

정순. 그렇다지 않소.

만호. 바깥사둔께선?

정순. 아 참, 아까 전화루 당신을 찾기에 잠간 밖에 나가셨다구 했더니
한번 전활 더 거시겠다구 했는데…

만호. (제만으로) 늦어서래두 꼭 오시겠지, 그건 그렇구 당사자도 왔소?

정순. 기둥을 치면 대들보가 올린다구 저렇게두 말귀가 어두ㅂ다구야.

만호. 자, 그럼 어쩐다?!

정순. 손님들이 우루루 밀려오기 전에 상부터 차려 혼사부터 맺자면서
요.

만호. 암, 그래야지, 그렇구말구, 그래야 손님들이 척 들어오면 오잦바
람으루 저리 며느리부터 자랑할 겨ㅁ, 누이 좋구, 매부 좋구 그
럼, 안사돈이니 당신이 나가 사랑방으로 얼른 모셔야지.

정순. 벌써 그렇게 했수다.

만호. (큰소리로) 잘했어, 잘했어요, 그래서 내 여직 임자를 못잊는다
오 하하하하…

정순. 에이구 끔찍이두 생각해 줬겠수다. 그누무 호통바람에 정신이 빠졌다니까…

● 일동 유쾌히 웃는다.

정순. 상은 우리끼리 차릴테니 당신은 얼른 새옷이나 갈아 입으시구 사돈댁을 맞으셔야지요, 거 텁석부리수염두 화단처럼 매끈히 가꾸시고.

만호. 그렇지, 그럼 내 얼른 옷갈아 입을테니 상부터 빨랑빨랑 차리라 구. (좋아서 어쩔줄 모른다) 갈랴야! 갈랴! 갈랴야!

갈랴. (등장) 부르셨어요?

만호. 내 면도칼 어딨지?

갈랴. 책상 서랍에 있어요.

만호. (서랍에서 면도칼을 꺼내들고) 뻬쨔야, 우린 들어가서 치장 좀 하 자꾸나! (뻬쨔의 등을 밀며 옆 방으루 들어간다)

● 갈랴, 뜨란시스또르를 틀어 놓는다. 경쾌한 음악이 흘러나온다. (이 음악은 박력이 있고 빠른 곡조여야 한다)

정순. 자 그럼 얼른 상이나 차리자꾸나.

● 갈랴. 새물새물 웃는다.

● 정순, 갈랴 들랑달랑하면서 원탁 우에 갖가지 음식을 차리느라고 일 대 부산을 피운다.

● 뜨란시스또르 음악 점점 고조된다.

● 정순, 갈랴. 음식을 차리며 무엇인가 소곤거리단 간드러지게 웃어댄 다. 마치 그들의 웃음에 화답하는 양 창을 타고 흘러드는 처녀들의 까르르 한 웃음소리, 분주히 오가는 자동차들의 경적소리 한층 고조된다.

정순. 갈랴야! 거 스까프 안에서 술 내오너라.

갈랴. (접시를 원탁 우에 놓으며) 이거야 미처 손이 자라야지. (부엌으 로 나간다)

정순. 차근차근 하자꾸나, 에이구, 이럴 때ㄴ 고양의 손이래두 빌리구
　　　싶구나.

갈랴. (술을 갖다 놓으며) 마마 과일은 얻다 뒀어?

정순. 이런 정신 좀 보지 – 진작 수도 안에 담궈 놀 걸.

갈랴. (다급히) 어디있어요

정순. 저 책상 밑에 있다.

갈랴. 과일구럭을 들고 부엌으로 나간다.

만호. (등장 멀검히 차렸다. 원탁을 보며) 별달린 술도 갖다 놔야지

정순. 저, 저, 거사니에 있수다.

만호. 거사니가 어디야?

정순. 데데 뭐사니에 말이우다.

만호. 하, 저렇게두 더ㅁ 빈다구야.

정순. (원탁에서 눈을 떼며) 아 늘상 감춰두고 자시는 데 있잖소.

만호. 차 이런! (내퇴)

갈랴. (등장, 과일을 원탁 우에 놓는다)

정순. 큼직한 걸루 골라 들여왔지?

갈랴. 네.

만호. (량손에 별그린 술병을 들고 등장)

정순. 자빠지시겠소, 조심조심 다니시구려.

만호. 아따 내 걱정 말구 임자나 조심해요.

● 뻬쨔. 옆방에서 량손에 의자를 들고 나온다.

만호. 하 저런 바보 같은 자식 봤나, 이런 때ㄴ 나오면 안 되는거다. 어
　　　서 들어가 있거라.

뻬쨔. (히물히물 웃는다) 내 원 참!

만호. 어서 들어가지 못해! 거 넥타이 좀 바루 매구, 저 녀석이 좋아서
　　　어쩔 줄 모른다니까, 그저 오늘만은 벙글벙글 웃어야 한다. (원탁

을 보며) 됏ㅅ다! 너두 안방에 들어가 있구. (정순에게)임자두 얼른 옷 갈아입어야지.

정순. 늙은 게 옷은 갈아입어 뭘 하우 (사이) 그럼 내 사랑방에 계신 안 사돈께 선식이나 차려 드리고 오리다. (나가는데)

만호. 더울 텐데 시원한 수박이나 차게 해서 대접하우.

정순. 분부대로 하겠으니 걱정 마시우다. (퇴장)

만호. (갈랴에게) 아 들어가 있지 못해!

갈랴. 빠빠 나보구만 야단이시야. (만호의 위압에 누ㄹ러 부엌으로 퇴장)

만호. (뻬쨔를 보고) 너 아직두 안 들어 갔냐? 야야 이 애비 속 좀 작작 태워라.

뻬쨔. (시물시물 웃을 뿐)

만호. (성을 벌커ㄱ 내며) 그래 약혼식을 망쳐버릴 작정이냐?

뻬쨔. 망치기는 왜 망쳐요 어차피 약혼식만 하면 되잖아요.

만호. (뻬쨔의 어깨를 툭치며) 진작 그렇게 말할 게지, 미친놈의 자식. 이태씩이나 두고 애비 속을 박박 태우더니 거 이제서야 조개딱지가 떨어졌군. 하하하…

● 뻬쨔. 따라 웃는다.

만호. (뻬쨔의 옷매무새를 바로 잡아주며) 오늘만은 이 소리 저 소리 함부로 해선 못 쓴다. 그리구 장모어른 들어오시면 이태씩이나 끌게 해 죄송하다고 사죄부터 해야 한다. 사람된 건 이럴 때 알아보는 거다.

● 뻬쨔 더 크게 웃는다.

만호. (뻬쨔의 어깨를 툭 치며) 됐다! 꼭 터진 팥자루 같구나!

● 두 사람 호탕이 웃는다,

만호. (원탁을 흡족히 바라보며) 뻬쨔야, 얼른 들어가 있거라! (뒤ㅅ짐을 지고 무대를 한 바퀴 빙 돈 다음 객석을 향해) 공든 타ㅂ이 무

너지랴구 오늘이야 내 아들 뻬쨔의 약혼식을 하게 됩니다. 하하
하…

정순. (등장) 여보, 여보! 모셔올까요?

만호. 얼른 모셔오우. (자기 옷차림을 바로잡는다)

● 이윽하여 정순이, 갈랴, 뒤따라 꽃묶음을 든 유라, 선물뭉치를 든 복
선 등장한다.

갈랴. (복선에게 만호를 가르키며) 아버지예요.

복선. (머리 숙여 인사하며)처음 뵙습니다.

● 만호. 어리둥절해 서있다.

정순. 아 뻐쨔ㅇ다리처럼 서계시지만 말구 어서 인사 받으셔야지요.

만호. (억지로) 역시, 역시 처음 뵙습니다…에헤ㅁ!

갈랴. (정순을 가르키며) 어머니예요.

정순. 벌써 인사 드렸다

● 만호 더욱 당황해 한다.

갈랴. (뻬쨔를 가르키며) 큰 오빠예요.

뻬쨔. 아까 오자바람으로 인사 드렸다.

● 만호. 눈이 휘둥그래진다

갈랴. (유라에게) 아버지께 인사 드려!

유라. (가깝게 다가서며 꽃묶음을 만호 앞에 안겨주며) 얼마나 기쁘시
겠습니까, 생일겨ㅁ 약혼식을 함께 맞으시게 되니…

만호. …?!

유라. (의젓하게) 물론 갈랴로부터 상세한 얘기가 있었으리라고 믿습
니다만 제가 바로 갈랴의 남편 될 전유라입니다.

● 만호. 들었던 꽃묶음을 밑에 떨군다. 정순 떨어진 꽃묶음을 얼른 집
어서 다시 만호에게 안겨준다.

● 화석처럼 굳어지는 만호.

갈랴. (유라에게) 오빠한테 인사드려.

유라. 아까두 인사했지만 많이 지도해 주십시요. (손을 내밀어 악수한다)

뻬쨔. 원, 천만에!

복선. (선물뭉치를 내밀며 만호에게) 자, 그럼 바까ㅌ 사돈님 절 받으시구려! (절을 한다)

● 만호. 안절부절 못한다.

● 어색한 침무ㄱ 잠시 흐른다.

정순. 우리 주인께선 워낙 성격이 무뚜ㄱ뚜ㄱ해서 그러니 량해들 해주십시요, 자 그럼 어서들 앉읍시다.

● 객석을 향해 갈랴, 유라 나란히 앉고 정순, 뻬쨔 마주 앉는다.

복선. 바까ㅌ 사돈님 같이 앉읍시다

● 만호. 어쩔 줄 몰라 한다.

정순. 연극은 끝났쉐다. 꽃묶음만 들고 부처님처럼 서계시지만 말고 어서 와서 앉으시구려 (힘있게) 오늘만은 하늘이 무너져도 약혼식만은 치루어야 한다면서요?!

● 만호. 두 손으로 머리를 싸쥐고 화석처럼 굳어진다. 초인종 소리 요란히 울리는 가운데

－서서히 막－

끝

<레닌기치>, 1975.6.7./6.11./6.12.

(전—막 경희극)

사돈 맺는 날

전향문

때. 현대, 논에 물댈 무렵.
곳. 어느 꼴호스에서.
나오는 사람들 :
태원. 관수원.
정실. 그의 처.
혜숙. 그의 딸.
병택. 관개관리소 일군.
철호. 그의 아들.
처녀. 1, 2, 3. 기타 마을 사람들.

무대.
  아담하게 꾸려진 태원의 집이 무대 측면으로 놓였는데 방과 부엌으로
통하는 문만 보인다. 마당 한 옆에 한 그루의 복숭아나무. 가지엔 꽃들이
만발하다. 적당한 곳에 나무통이 놓여 있고 멀리 농촌풍경이 전망된다.
  막이 오르면 :

● 무대 잠시 비여있다. 아침이다. 복숭아나무가지에서 새들이 지저귀ㅁ 소리, 그리 멀지 않은 곳에서 들려오는 개구리들의 합창소리—

● 정실. 방에서 나와 혜숙의 신발을 나무통 뒤에 감추고 부엌으로 들어가 웨드로를 들고 물 길러 급히 좌측으로 사라진다.

● 이윽하여 혜숙 방에서 나와 신발을 찾는다. 인적소릴 들으며 얼른 고무장화를 집어 들고 복숭아나무 뒤에 가 숨는다.

● 정실 웨드로를 들고 좌측에서 들어와 부엌으로 들어간다.

● 혜숙 이 틈을 타서 고무장화를 신고 좌측으로 사라진다.

● 새들의 지저귀ㅁ 소리. 개구리들의 울음소리—

● 정실 부엌에서 나와 고무장화가 없어진 것을 보며 놀랜다.

정실. 아니, 이 어른이 벌써 들로 나가셨나? 참, 이 일을 어쩐다? (방에 대고) 얘, 혜숙아 얼른 일어나거라! 해가 동천에 소ㅅ는구나

● 방문이 열린다.

정실. (문가로 간다) 뭘 그리 꾸물거리느냐, 얼른 일어나 세수하고 방부터 치워야지!

태원. (방에서 나오며) 왜 새벽부터 야단이야!

정실. (놀래며) 에쿠, 난 또, 혜숙인 줄 알았구만.

태원. 잘은 놀아댄다!

정실. 혜숙이도 깨우시구려

태원. 방금 전에 나갔어.

정실. 뭐요??

태원. 물대러 논으루 나갔다는데 왜 그래?

정실. (화를 내며) 아, 어제밤에 말씀드린 건 (자기 귀를 가르키며) 이리루 내 보내셨소?

태원. 뭐야?!

정실. 오늘 거기서 맞선 보러 온다지 않소.

태원. (기가 차서) 허, 내참, 벼마대가 왔다 갔다 하는 이 바쁜 철에 맞선이 다 뭐야.

정실. 그럼 사람까지 보내 정해 논 날을 물리자는 거요?

태원. 물리긴 왜 물려, 가을로 미루면 돼지.

정실. (돌아서며 방백) 에이구, 머리에 기름통이 쏟아져두 끔쩍 안 할 위인이라니까…

태원. 뭐야?

정실. 오늘 철호가 관개관리소에서 일보신다는 자기 아버지를 모시고 우리 혜숙일 보러 온다는 거ㄹ 뻔히 알면서도 그 애ㄹ 내보내시면 어떻허우.

태원. 누가 할 소릴 누가 하는지, 이 바쁜 철에 하루 쉬면 어떻게 되는지 알기나 하구 지껄이냐, (세수하러 부엌으로 들어간다. 문은 열려 있다)

정실. 논에 물대는 일도 바쁘지만 혜숙이 혼사 일도 때를 놓쳐서야 되겠소.

태원. 물대기 한철이 일년 농사일을 가림한다는 거ㄹ 알기나 하구 지꺼렸으면 말 같기나 하지.

정실. 우리가 하루 빠진다구 꼴호스에 풍년들 게 흉년들겠소.

태원. (부엌에서 나와 수건으로 얼굴을 문지르며) 그 씨두 들지 않는 소린 쥐여 뿌려!

정실. 당신은 바쁜 벼파종 한철일 때도 나를 만나러 이틀이나 걸어와선 사흘 밤이나 주무시고 갔습디다.

태원. 차, 이런! 그래 그 때 하구 지금하구 같은가?

정실. 지금 사람들은 시집 장가두 안가고 산답디다.

태원. (방으로 들어가 웃옷을 걸치며) 이태 전에 알마아따에서 하신 브레스네브 어르신데의 말씀을 잊어 버렸소?

정실. 또 선전사업이요?

태원. 우리 카사흐쓰딴땅에서 알곡 10억뿌드를 거둬야 온 나라 인민들이 량식 걱정 모르고 살 수 있단 말이요, 그래서 온 공화국 농부들이 물대기 운동에 한결같이 떨쳐나선 이때 맞선이 다 뭐 말라붙은거냐 말야.

정실. (털써ㄱ 주저앉으며) 애이구, 나도 모르겠소.

● 이때 밖에서 (어 동갑이 일 나가세) 하는 소리—

태원. 곧 나갈테니 어서 먼저 가세나. (부엌으로 들어가 차를 마시고 나가려는데)

정실. (태원의 팔소매를 잡으며) 여보, 오늘만은 제발 집에 계셔주오, 제발 좀 빕시다, 빌어요.

태원. 참 이런!

정실. 그러지 않아두 내 저 건너편에 사는 브리가지르한테 가서 엊저녁에 말해뒀소.

태원. 뭘 말해 둬?

정실. 오늘만은 집에 큰 일이 있으니 좀 사정을 봐 달라고 했지요.

태원. 그래 그 사람이 승낙을 합데?

정실. 내 톡톡히 한턱을 쓴다고 했지요.

태원. 음, 그러니까 당신이 브리가지르 녀석에게 톡톡히 한 상 차리겠다 이 소리군! (나가며) 이 녀석 나한테 비판 좀 받아봐라!

정실. (쫓아가 앞을 막으며) 여보, 생각 좀 해보시오, 어제 장보러 구역에 갔다 오는 덕봉 할머니를 만났었는데 글쎄 그 집으로 벌써 딴 데서 두 군데에서나 혼사말이 들어왔다잖소.

태원. 그래서?

정실. 그러니 우리가 손을 안 쓰면 십 년 공부 나무아미타불이 된단 말이요 (사이) 오죽하면 이 바른 철에 오늘루 날을 정했겠소.

태원. 그래 그 집에서 온답데?

정실. 바깥사두ㄴ 될 분께서 무슨 볼 일도 있고 해서 오늘 아침으로 꼭 오신다잖소.

태원. 철수두?

정실. 물론 철수가 모시고 오겠지 사돈 될 분만 혼자 오시겠소.

태원. 어떻게 생긴 두상인진 몰라두 구역 관리소에서 일한다는 사람이 시기두 분간해낼 줄 몰라… 이 바쁜 통에 선을 보러 오다니…

정실. 바깥사두ㄴ 될 분이 혜숙이와 당신을 보러 오는 만큼 당신이 집에 꼭 있어주서야지 얼음판에 소 탄 사람처럼 어름대다간 신랑감 놓쳐요.

태원. 그렇지만 우리 장가 시집갈 적관 생판 틀려.

정실. 틀리긴 뭐가 틀려요?

태원. 지금 애들은 서로 사궈보고 한다네.

정실. 하두 답답해 궁합을 맞춰보니까 글쎄 료ㅇ과 배암이 돼서 써ㄱ 좋다는군요.

태원. 흥, 저희들끼리 눈이 맞고, 맘에 들구, 사상이 통해야지 궁합이 다 뭐 말라 비틀어진거요.

정실. 그럼 당신은 혜숙이가 련애질 해도 좋겠소?

태원. 그게 잘하는 일이야!

정실. 뭐요??

태원. 나도 그렇게 못해 지금까지 후회가 막심하지, 내가 눈을 감고 임자를 데려 왔으니 말이요.

정실. (펄쩍 뛰며) 뭐요?!

　　그래 내가 당신을 따라 왔소? 당신이 나를 쫓아 왔소? 입은 삐뚤어졌어도 주라민은 바로 불렀다구 말이 났으니 말이지 그때 나를 두고 동네 총각들은 물론 구역소재지에 사는 청년들까지도 얼마나 침을 흘리며 나를 쫓아 다녔는지 알기나 하시우?

태원. 투에, 거 잘두 났었구만!

정실. 그게 사실이 아니란 말이오?

태원. 그러니 내 탓, 네 탓, 할 거 없이 저희들끼리 가을까지 시간을 두고 사귀보래.

● 이때 밖에서 (아저씨 일 나갑시다) 하는 소리—

태원. 어 나가세나 (나간다)

정실. (돌아서서) 내, 참, 밖에서 빈 포대를 줏어들이면 집에서 쌀독을 잊어버릴 위인이라니까.

● 혜숙 급히 등장.

혜숙. 어머니! 아버지 어디 가셨어요?.

정실. 방금 일 나가셨다.

혜숙. 어머니, 이를 어쩐다?

정실. 왜, 무슨 일이 생겼냐?

혜숙. 하참, 요렇게두 발이 안 만는다구, 글세 아버지가 엊저녁ㄱ에 수문을 열어 논 채 들어오셔서 우리 논판에 벼들이 모두 물 속에 잠겼으니 이를 어쩐담?

정실. 뭐야?

혜숙. 게다가 오늘 아침 구역에서 간부 한 분이 내려 오셨는데 이웃 꼴호스에선 물이 모자라 채소밭이 바짝 말라붙었는데 우리 꼴호스에선 금싸락 같은 물을 함주로 쓰고 있다고 막 화를 내시며 수문 관리원이 누구냐고 묻기에 겨우 도망해 왔지 뭐예요.

정실. 글쎄 그렇다니까, 집에서 새는 바가지 나간들 안 샐라구… 쯔쯔….

혜숙. 논두렁마저 터졌으니 이를 어쩐담?

정실. 논두렁만 터졌으면 괜찮겠다, 사람 분통이나 터뜨리지 말았으면…

혜숙. 그게 무슨 말예요?

정실. 오늘 널 보러 철수가 사돈 될 분을 모시고 온다누나.

혜숙. (놀라며) 철수동무가요?

정실. 그래서 너의 아버지에게 집에 좀 계셔주십사 했더니 이 바쁜통에 혼사가 다 뭐 말라비틀어진 거냐구 호되게 코방만 맞았다.

혜숙. 어머니두, 아무렴 이 바쁜 철에 그 먼데서 나를 보러 오시겠어요.

정실. 모르는 소리 말아. 하두 이러저러한 말이 떠돌기에 내 요먼저 주일날 사람을 보내 혼사를 맺자고 청을 들었더니 바깥사둔 될 분께서 볼 일도 있다고 해서 꼭 오신다누나.

혜숙. 어머니! 철수동무는 왜 나에게 련락도 안 하고 있을까요?

정실. 도회지사람들이란 다 엉큼하거던. 그런즉 슬쩍 와봐서 마음에 들면 하구 그렇잖으면 걷어 치우자는 배심 놀음이지 뭐냐.

혜숙. 철수동무네 부모들은 그런 사람들이 아닐 거예요.

정실. 다 네 속 같은 줄 아냐, 잔말 말고 어서 들어가 옷 갈아입고 머리나 빗거라. (방백) 제발 안사둔 되실 분이 와주셨으면 좋겠는데 하필 바깥사둔 되실 분이 올 건 뭐람!

혜숙. 어머니 너무 근심마세요. 철수동문 안 올 거예요. (고무장화를 벗는다) 어머니 제 신발 어디 있어요?

● 정실이 방으로 들어가 가죽구두를 내온다.

혜숙. 어머니두, 일할 때 신는 신발 말예요.

정실. 제 좀 보지. 이제 곧들 오실 테ㄴ데 몸치장 해야지.

혜숙. 어머니두, 내 아버지한테 말하구 올께요. (뛰여 나간다)

정실. (쫓아가며) 얘, 혜숙아, 혜숙아, 저애 좀 보지 맨발로…

(다시 들어와 나무통 뒤에 감춰 둔 혜숙의 신을 한 짝씩 량손에 들고 팔을 내두르며 달려 나간다)

● 무대 잠시 빈다.

● 이때 처녀 1. 2. 3 등장하여 정실이가 나간 쪽을 바라본다. 처녀 1은 세뜨까를 들었다.

처녀1. 애들아! 저것 좀 보지! 막 신바람이 났구나!

처녀2. 무슨 일이 생겼기에 량손에 헌신짝을 들고 획획 젖으면서 저렇게도 정신없이 달려가실까?

처녀3. 아이구 저러다 자빠지시면 어떻허실라구…

처녀1. 애들아, 너희들은 그것두 모르니.

처녀2. 3. 뭐ㄴ데, 뭐야?!

처녀1. 엊저녁에 혜숙어머니가 브리가지르를 만났더니 그 동무가 말하는데 오늘 구역에서 혜숙이한테 맞선 보러 온다누나.

처녀2. 3. 그래?

처녀1. 그러니 혜숙이 마음은 얼마나 높뛰며, 어머닌들 왜 신바람이 안 나겠니. (처녀2에게 다가서며) 오? 사랑하는 혜숙동무! 그간 더 예뻐졌소. (처녀2를 품에 안는다)

처녀2. (처녀1의 품에 안기며) 저도 못 견디게 보고 싶었어요.

● 처녀 1, 2. 서로 끌어안고 볼을 마춘다.

● 처녀들 일제히 깔깔 웃어댄다.

처녀2. (처녀1에게) 그런데 철수동무! 잔치는 언제 하시겠어요?

처녀1. (처녀2에게) 그렇게도 못 참겠소?

처녀2. (돌아서며) 아이 난 몰라요.

● 처녀들 다시 한바탕 자지러지게 웃어댄다.

처녀2. 애들아, 저기 혜숙이 아버지가 오신다. 얼른 달아나자!

처녀1. (쎄뜨까를 보이며) 내 이 콩나물을 혜숙 어머니한테 주고 갈게 너희들은 먼저 가있어.

처녀2. 3. 그래, 그래.

● 처녀 2, 3. 급히 사라진다.

● 이때 태원이 급히 등장.

처녀1. 안녕하세요?

● 태원 인사도 안 받고 급히 방으로 들어간다.

처녀1. (쫓아가며) 무슨 일이 생기셨나요?

태원. (열어놓은 방문 사이로) 글쎄 오늘아침 구역에서 웬 싱거운 두 상이 내려와선 물 공급 사업을 잘못했다구 이웃 꼴호스에서 구 역에다 대고 손해배상금을 우리 꼴호스에다 대고 물라는 신소장 을 해결한다누나. 그래 내 물공급 일람책을 가지러 오는 길이다.

처녀1. 물을 너무 헤프게 쓰니 그럴 거예요.

태원. 아무렴, 저수지가 옆에 있는데 물을 아껴 쓸라구. (방문을 닫는 다)

● 처녀1. 쎄뜨까를 놓고 나가려다 병택이와 마주친다.

병택. 저 말 좀 물읍시다.

처녀1. 네.

병택. 여기 물 관리원으로 일하는 박태원댁이 어디쯤 되는지요?

처녀1. 네, 바로 이집입니다.

병택. 음, 면바로 찾아왔군. (집을 찬찬히 보며) 집 꾸린 걸보니 큰 살림 군이군.

처녀1. (병택을 수상한 듯 찬찬히 살핀다)

병택. (처녀1을 유심히 보며) 어르신네는 어딜 가셨소?

처녀1. 네, 집에 계십니다.

병택. 음, 마침 집에 있구만, 그런데 이 어르신이 이처럼 바쁜 철에 아직 도 일을 안 나가고 집에서 뭐ㄹ한담?!

처녀1. 방금 문서철을 가지러 오셨답니다.

병택. 문서철? (돌아서서 방백) 아니 이 어르신네가 물 관리원이 아니라 사무원인가? (다시 돌아서며) 새기는 여기 사오?

처녀1. 네… 왜 그러서요?

병택. (방백) 에이쿠, 이거 큰 실수를 할 번했군. 이 처녀가 바로 내 며느리 될 사람인 것두 모르구 (주머니에서 혜숙이와 처녀1이 같이 찍은 사진을 꺼내보며 역시 방백) 바로 이 처년 걸 내가 점을 딴 처녀에게 잘못 찍어 놨군. (만연필을 꺼내 혜숙의 얼굴 곁에 각기 표를 해놓군 처녀1의 얼굴 곁에 동그라미표를 한 후 처녀1을 뚫어지게 훑어본다)

처녀1. (이상한 듯) 어째 사람을 찬찬히 보시오? 제가 뭐 잘못한 짓이라도 했나요?

병택. (돌아서며 방백) 아니 며느리 될 새기가 어쩌면 시아버지 될 사람 앞에서 저리도 존염성이 없을고?

처녀1. 네?

병택. (복숭아나무를 보는 척하며 처녀1을 유심히 쳐다보며) 네, 저 복숭아나무가 아주… 아주…

처녀1. (자기 모욕감에 사로잡혀) 뭐라구요? 그래 복숭아나무가 어쨌단 말예요?

병택. (돌아서며 방백) 에이쿠, 이거 작아두 고추알이군!

처녀1. (성을 내며) 뭐라구요?

병택. 네 저… 복숭아나무에 꽃이 곱게 피었단 말이외다.

처녀1. (표독스럽게) 남의 집 복숭아나무에 꽃이 곱게 피고 밉게 피구 간에 손님한테 무슨 상관이요?

병택. (놀라며 돌아서서 방백) 에이쿠, 아주 몹쓸 처녀군?!

처녀1. (역시 놀래며 방백) 아주 이상한 령감인데?!

병택. 네??

처녀1. 네??

병택. (어처구니없어 나가며 방백) 자식 보면 부모 알구 부모 보면 자식

안 다구 내가 이집엘 들리길 잘했지 철수 녀석 말 듣고 혼살 맺었
단 큰 봉변을 당할 번했군.

처녀1. (따라서며) 뭐라구 말씀하셨어요?

병택. (돌아서며) 내, 저 상대를 말았어야 했을걸, 그만… (어리벙댄다)

처녀1. (성을 박딱내며) 뭐요? 저 같은 사람은 촌 처녀라고 대상을 말아
야 한다구요? (대들며) 아니 이 령감이 어째 이 모양일까?

병택. (자기 부주의를 얼때려 뭉게며) 아니 저, 대상이 아니라 엊저녁
에 친구와 장기를 둘 때 상대를 안했어야 이겼을 걸 그만 상과 상
을 바꾸는 통에… (어물대며 방백) 에이쿠 이거 잘못 걸렸군!

처녀1. (몰리해하며) 뭐요? 그래 촌 녀자는 장기루 보이세요? 놀음감처
럼… 내 원 참, 기가 막혀서… (방백) 내가 뭐 저보고 시집을 보
내달래나…

병택. 그런 게 아니라 처녀의 성격이 너무 그러면 시집가기가 좀 좀…

처녀1. 곤난하단 말이지요? (나가며) 아무럼 저런 령감 아니면 시집 못
갈라구 (모욕감을 참지 못해 얼굴을 싸쥐고 뛰여 나간다)

병택. (방백) 저것 보지, 시집을 못가서 안달이 났군! (돌아서 처녀1이 나
간 쪽을 보며) 에쿠, 이거 큰 땀을 뗏ㅅ군. (수건을 꺼내 땀을 씻으
며) 미친놈의 자식―눈이 멀어도 분수가 있지 저런 몹쓸 말광랑
이 처녀한테 혼이 빠져 정신을 못 채리니 내참 기가 막혀서…, (땀
을 문지르며 나가는데 태원 방에서 서류철을 들고 나온다)

태원. (병택을 보며) 당신은 누구요?

병택. (돌아서며) 지나가던 길손이외다. (방백) 허, 이거 잘못 걸렸군!
(나가려 한다)

태원. (방백) 허, 거 아주 수상한 령감인데!

병택. 네?

태원. 당신은 어디서 왔으며 누굴 차ㅅ느냐 말이요? (유심히 살펴본다)

병택. (정색해서) 네, 저는 구역에서 이 마을 수문관리체계와 물공급상
　　태를 보러 내려온 사람올시다.

태원. (문서철을 떨구며 돌아서서 방백) 에이쿠, 이거 잘못 걸렸군!

● 이때 정실이 들어온다.

병택. 네?

태원. (얼굴 문서철을 집어 들며) 네, 저, 저, 우리 마을 수문체계는 정상
　　적이올시다.

병택. 정상적이라구요?

태원. 그럼요, 우리 마을만은 저수지가 곁에 있어서 수문만 틀어놓으
　　면 밤이나 낮이나 물이 콸콸 쏟아지다 보니 물걱정 모르고 농살
　　짓지요.

정실. (태원의 옆구리를 쿡 찌른다) 우리 령감님은 자랑하길 좋아해
　　서…

병택. (비웃으며 방백) 허 이거 딸이나 바깥 사두ㄴ 될 사람보다 안사
　　두ㄴ 될 분이 조심성이 있군.

정실. 네?

병택. 네. (집을 보며) 집이 아주 훌륭하군요.

태원. 네, 자랑은 아닙니다만 이만하면 이 마을에선 손꼬ㅂ히는 집이
　　지요.

● 정신 태원의 옆구리를 찌르다 태원이 몸을 돌리는 통에 그만 자빠
진다.

태원. (일으켜 주며) 차. 이거 왜 그래, 집이 좋다는데.

병택. (비양조로) 그럼요!

태원. (정실에게) 저것 보라구 집이 좋다잖소.

병택. (어처구니가 없어 돌아서며 방백) 허, 이거 바깥주인은 큰 자랑
　　쟁이군.

태원. 네?

병택. 자랑 끝에 쉬 쓴다는 말이외다.

태원. 지당한 말씀이외다.

병택. (방백) 허, 저것 보지. 자아비판도 곧잘 한단 말야.

태원. 네?

병택. 자아비판을 잘해야 한단 말입니다.

태원. 네? (어안이 벙벙해) 그런 누굴 두고 하시는 말씀인지요?

병택. 일테면 옆에 마을에선 물이 귀해 채소밭들이 말라가고 있는데 이 마을에선 밤이나 낮이나 수문을 노상 열어 놓구 있으니 말입니다.

태원. (곡해하여) 그러문요, 우리 마을이야 저수지가 가까워서 물을 물처럼 쓰지요.

병택. (하두 어처구니가 없어) 뭐요?

태원. (신이 나서) 아무리 왕가물이 들어두 우리 마을 논들에선 개구리들의 울음소리가, 참, 저 지금 젊은이들 말마따나 개구리들의 멜로지야가 대교향곡에서 울리는 씸포니야 소리처럼 울려 퍼지지요.

병택. (놀래며, 방백) 저것 보지─아는 것두 많탄 말야 (어처구니없어 한바탕 웃어댄다)

태원. 네?!

병택. (정색하나 역시 비양조다) 표현이 아주 예술적이란 말이외다. 즉 서정적인 정서가 말마다에 아주 그윽히 풍겨 나온신단 말이외다.

태원. (돌아서서 방백) 허, 그느무 두상, 생긴 거 봐선 아주 유식하군!

● 정실 태원의 팔을 꼬집는다.

태원. 아야야! (이마를 찡그린다)

병택. (돌아서며) 아니 어디가 편찮으시요?

태원. (곡해하며) 그런 게 아니라 이래봐두 젊었을 땐 농촌 소인예술단두 지도했고 또 합창단도 지휘해서 구역 꽁꾸르쓰 때마다 상장은 도맡아 놓고 탔쉐다.

병택. (하두 기가 차 돌아서서 방백) 이것보지— 예술에도 아주 조예가 깊단 말야! (역시 한바탕 웃어댄다)

● 정실 태원의 옆구리를 쿡 찌른다.

태원. 아! 아! (허리를 만진다)

병택. (돌아서며) 아니 발송련습을 하시오?

태원. (정실에게 눈을 흘기며) 아니 그런 게 아니라 저, 마누라가 옆구리를 찔…찔러서…

병택. 옆구리가 아니라 머리를 찔러 수술을 좀 해야지요.

태원. 뭐요??

병택. 물을 물처럼 쓰고 있다니 말이외다.

태원. (더욱 어리둥절해 하며) 뭐라구요?

병택. 금같이 귀한 물을 밑 빠진 독에 한정없이 쏘ㄷ아부으니 머리가 잘못된 게 아니고 뭐겠소. 그러니 머리 수술을 좀 받아야죠.

정실. (사정이 태원에게 불리하게 조성되는 것을 눈치채며) 상을 차릴까요?

태원. (손짓으로 정실에게 그만두라고 제어하며) 아니 이 어른이 사람을 어떻게 보구 이래, (개ㄱ석을 향해 방백) 밑 빠진 독이라니?! 그래 내가 밑이 빠졌단 말인가? 우리 마누라의 밑이 빠졌단 말인가?

병택. 네?

● 정실 태원에게 눈총을 쏜다.

태원. (겨우 자제하며) 금년엔 엄격한 급수사령체계에 의해 물 공급 사업을 철저히 하고 있어. 일전에 중앙에서 내려오신 신문기자선생도 내 이름을 신문에 내겠다고 적어갔습니다만…

병택. (비양조로) 그러문요, 신문에 내도 아주 크게 내야지요, 댄 논에 물을 대고 또 대고 해서 벼가 물에 잠기도록 물을 대니까요.

태원. 솔직히 말씀드려 우리 마을과 이웃 마을과는 사회주의경쟁을 맺었지요, 그러니 이 경쟁에서 이기자면 자연 우리가 물을 물처럼 써야 하지 않겠습니까?

병택. (돌아서며 방백) 어이쿠, 이거 큰 리기주의자군!

태원. 네?

병택. (돌아서며) 리기주의가 농후하시단 말이외다.

태원. (몰리해하여) 그러문요, 여기에선 리기주의가 앞장서야 사회주의경쟁에서 옆에 마을을 꾸ㄱ 내려 누를 수가 있으니까요.

병택. (놀래며) 뭐라구요?

태원. 이웃 마을은 채소 꼴호스고 우리 마을은 벼재배꼴호스니 사정이 좀 다르지요.

● 정실 술을 사러 상점으로 나간다.

병택. 다르다니요?

태원. 쌀은 없으면 죽지만 채소 못 먹어 죽은 사람은 여직 없으니까요.

병택. 그럼 사돈되실 어른께선 참. 령감께선 오이랭국이나 열무김치 같은 것은 통 안자시겠소?

태원. 뭐, 별루… (우물쭈물 댄다)

정실. 별루가 뭐요? 요즈음 한참 더울 때ㄴ 한 끼라도 오이랭국이 없으면 밥상을 집어차면서두. (나간다)

태원. (돌아서며) 허, 내 참!

병택. (돌아서며 방백) 허, 사돈될 령감이 큰 거짓말쟁이였군!

태원. (돌아서며) 네?

병택. 그래서 논두렁두 안 다지구 논뚜ㄱ에 매질도 안하구, 또 쥐구멍도 안 메꾸고 밑 빠진 독에 물대듯 밤새도록 수문을 열어 놔 잘 소ㅅ아 오른 벼포기까지 자빠뜨리는가요?

태원. 벼포대가 높아졌다 낮아졌다 하는 이 바쁜 절에 그까짓 쥐구멍은 막아 뭘 하며 그까짓 소소한 일에 손 돌릴 여유가 있겠소. 수문만 열어 놓으면 물이 콸콸 쏟아지는 판에.

병택. (돌아서서 방백) 하하! 이 어른이 수술을 받아도 아주 큰 대수술을 받아야겠군.

태원. 뭐라구요?

병택. (수처ㅂ을 꺼내며) 쥐구멍만한 구멍으로 하루 24시간 동안 물이 얼마나 새는지 아시오?

태원. 이 바쁜 통에 그걸 누가 사발에 담아 봤어야 알지요.

병택. 뭐요?

태원. (돌아서서 방백) 아니 사내자식이 어쩌면 저리고 쬐쬐할까?

병택. 네?

태원. 네?

병택. 그럼 알아두시오. (수처ㅂ을 뒤진다) 모르면서 아는 척하는 사람은 모르는 사람보다 더 못하니까요.

태원. 그러문요.

병택. (방백) 홍. 대답은 찰떡ㄱ같이 잘하는군! (역시 수처ㅂ을 뒤적거린다)

태원. 네?

병택. 네, (수처ㅂ에 적어논걸 보며) 하루 24시간 동안에 쥐구멍만한 구멍으로 무려 천립방메뜨르나 되는 방대한 량의 물이 새여 나간단 말이웨다.

태원. (깜짝 놀라며) 뭐요?! 뭐?! 무려 천메뜨르나 되는 물이 새여 나간다구?

병택. 천메뜨르가 아니라 천립방메뜨르란 말이요.

태원. 천립방메뜨르는 천메티보다 천배나 더 많겠수다.

병택. (어처구니가 없어 돌아서서 방백) 저러니 자기 흠을 모른단 말이
지! 하하하… (비웃는 웃음)

태원. 천메티? 천립방? (돌아서서 믿어지지 않는 듯 방백) 허 이 령감이
아주 유식한줄 알았더니 큰 허풍치기군 (다시 생각하며) 뭐 천립
방?? 천메티?!

방택. 허, 내 참.

태원. (자존심이 상한 듯) 아는 게 너무 많아서 큰일이외다.

병택. 뭐요? (벌커ㄱ 성을 내며 방백) 내 저런 령감하구 사돈을 매ㅈ단
큰 뽀ㅇ을 빼겠군. (나가려는데)

태원. (역시 성을 내며) 뭐요?

병책. (나가며) 딸과 다를 게 하나두 없단 말이외다 (태원에게 강경히)
래일 구역으로 올라오시오. 수술대는 든든히 갖춰 놀테니. (급히
나간다)

태원. (쫓아나가며) 뭐뭐, 수술대는 갖춰 논다구 아이구, 이거 저령감이
구역에서 왔다는 걸 감박 잇었군. (급히 쫓아 나가며) 여보! 여보!

● 이때 술을 사들고 들어오는 정실이와 마주친다.

정실. 여보 손님은 어디 가셨소?

태원. …?!

정실. 또 자기 자랑 끝에 실수를 했구려.

태원. 아차, 이 일을 어쩐다?! (생각에 잠긴다)

정실. 쏟아 논 물인데 어쩌겠소, 물처럼 내버려 둬야죠.

태원. 뭐야?

정실. 당신은 그느무 자랑 끝에 망한다니까.

태원. 또 내 탓이오?

정실. 그럼 내 탓이오?

● 이때 혜숙 급히 등장.

혜숙. 어머니! 오셨어요, 오셨어!

정실. 오긴 누가 와?

혜숙. (기뻐서) 철수동무의 아버지가 오셨어요.

정실. 뭐야?

혜숙. 아까 아침에 수로에서 만난 분이 구역에서 내려오신 철수동무의
　　　 아버지래요.

태원. 누가 그러던?

혜숙. 아니 왜들 이러세요, (정실이와 태원을 번갈아 보며) 철수동무가
　　　 방금 차로 도착했어요.

태원. (짐작이 가는 듯 개ㅇ 기는 어조로) 그럼 같이 오질 않고, 그 두상
　　　 이 먼저 내려왔단 말이냐?

정실. (태원의 옆구리를 쥐여 박으며) 사돈 되실 분 보고 두상이 뭐요?

태원. …?

혜숙. 같이 내려오다 철수동무만 이웃마을에 들려 공청 브리가당원들
　　　 의 채소밭을 돌아보고 오느라 늦었다는군요.

정실. 철수가 구역공청위원회에서 일한다고 했지?

혜숙. 구역공청동맹위원회 지도원이예요.

정실. 이거 큰일 났구나. 이 일을 어쩐다?!

혜숙. 왜요?

정실. 아무래도 방금 전에 우리 집엘 왔다 가신 그 분 같아서 그런다.

혜숙. 그 분이라니요? 누가 왔다 갔어요?…

태원. 아직은 몰라 더 두고 봐야지.

정실. 두고 보다니요. 상점엘 가서 들으니 구역에서 내려온 손님이 한
　　　 분밖에 없다는데 그분이 철수의 아버지지 누구겠소?

태원. 아무리 봐도 선보러 온 사람 같진 않으니 더 두고 봅시다.

혜숙. 아버지, 철수동무가 말하는데 선보러 온 게 아니래요.

태원. 그럼은 그렇겠지.

정실. 그럼은 뭐요?

혜숙. 아버지께서 물 공급 사업을 잘못해서 이웃마을에서 구역에다 신소 했다지 뭐예요.

정실. 그래서?

혜숙. 그래서 그 문제를 해명하러 오셨대요.

정실. (털썩 주저앉으며) 내 그런 줄 알았다!

태원. (정실에게) 그것 봐! 아무렴 이 바쁜 철에 선보러 왔을라구.

정설. 에이구 또 자기 자랑이요 망신을 당하구두.

태원. 망신은 무슨 망신…

정실. (혜숙에게) 아직도 늦진 않았다. 내 그 어르신네를 모셔다가 사죄를 할 테니 넌 얼른 옷 갈아 입고 머리나 빗거라. (급히 나간다)

● 이윽하여 정실이가 나간 맞은켠 쪽에서 처녀 1, 2, 3 등장.

처녀1. 도령님 행차요 (소리를 지르다 태원의 눈길과 마주치자 얼른 처녀들 뒤에가 숨는다)

● 이윽하여 철수 급히 등장.

철수. (태원에게) 안녕하십니까? (다급히 혜숙에게) 이게 어떻게 된 일이요?

혜숙. 네?!

철수. 아버지하구 무슨 얘길 했길래 아버지께서 그처럼 노발대발 하시게 했소?

혜숙. (펄쩍 뛰며) 전 아무 말도 한 게 없는데요.

철수. 뭐요? 차, 이게 어떻게 된 셈이요?!

처녀1. 아버지께서 뭐라고 하셔요?

철수. 방금 전에 혜숙동무집에서 혜숙동무와 얘길 나누셨다면서 노발대발하셔서 날보고 미친노ㅁ 이라고 욕만 하시니 말이요.

혜숙. (놀라며) 전 만난 일이 없는데요.

철수. 뭐요?

처녀1. 아까 어머니가 주는 콩나물을 드리려고 여길 왔었더니 웬ㄴ 령감이 날보고 복숭아나문 어떻고 뭐 또 날보고 장기라니…상대를 안했어야 한다고 날 모욕하기에 한바탕 쏴주었더니 아마 날 혜숙동무로 혼돈하시지나 않았는지요.

철수. 차 이런, 그러니 아버지께서 정옥이를 혜숙동무로 혼돈하신 게 틀림없군. (급히 뛰여 나간다)

● 혜숙 한쪽 구석에 가 안타까워한다.

● 무대 잠시 서먹한 분위기 속에 잠긴다.

● 처녀1도 자기 실수를 뉘우치며 한쪽 구석에 가 서있다.

● 이때 정실 등장하고 뒤따라 (아버지) 하고 부르는 철수의 목소리—

● 이윽하여 철수 병택의 손을 잡고 끌고 들어오다싶이 등장

철수. 아버지 난 또 아주 가셨는 줄 알았군요. 좌우간 왔던 김에 만나서 저리 해결 짓고 가셔야지 그렇게 고집만 부리시면 어떻합니까?

병택. 미친노ㅁ의 자식…

철수. (허ㄹ떠ㄱ거리며) 아버지, 인사하세요 (태원을 가르키며) 이분이 혜숙동무의 아버지예요.

병택. (딴전을 보며 심드렁하게) 아까 인사했다.

● 일동 놀란다.

태원. 허, 내, 참. (뒤통수를 극적거린다)

철수. 혜숙동무두 만나셨다구요?

병택. 미친노ㅁ의 자식, 그래 아버지 말한 건 뒤등으로 들었냐? (급히 한쪽 구석에 서있는 처녀1을 가르키며) 저기 저 새기가 혜숙이

지 누군 누구냐!

● 일동 손으로 입을 가리우고 키득키득 웃는다.

병택. (신이 나서 큰소리로) 그래도 내가 사람을 잘못봤어! 미친놈의
　　　자식!

철수. (안타까워하며) 아버지! 이 동무는 옆에 집에 사는 혜숙의 동무
　　　고 (혜숙일 가르키며) 바로 이 처녀가 혜숙입니다.

병택. (놀라며) 뭐야?! …?!

철수. (혜숙에게) 아버님께 인사 올리오.

혜숙. (공손히) 먼 길을 오시느라 고생이 많으셨겠습니다.

병택. 음, 역시 혜숙이는 착한 처녀였었구나!

● 혜숙 맨발을 병택 앞에서 감추느라 얼른 방문 옆에 놓은 가죽구두를
집어 든다.

병택. 일없다! 일없어! 농군의 발은 언제나 그래야 하느니라, 허 이거
　　　내가 사람을 헛본 탓으루 큰 실수를 할 번했구나.

● 일동 호탕이 웃는다.

● 병택, 처녀1과 혜숙을 번갈아 보며 주머니에서 혜숙이와 처녀 1이
같이 찍은 사진을 꺼낸다.

병택. 그럼 그렇겠지 내가 점을 옳게 찍어 놓구두 그만… (만연필을 꺼
　　　내 처녀 1의 얼굴 곁에 동그라미 표식을 지우고 혜숙이 얼굴 곁
　　　에 동그라미표를 그려 놓는다)

철수. 아버지 그 사진은 이제 필요 없는데요.

병택. 아참 그렇지. (얼른 주머니 안에 넣는다)

● 일동 다시 폭소.

태원. 그저 내 잘못한 탓이니 용설하시오.

정실. 그저 내 덤빈 탓이니 량해ㄹ하시오.

병택. 원 천만에, 그저 내가 사람을 헛본 탓이지요.

● 일동 다시 폭소.

병택. (웃으며) 하긴 나하구 사돈하구 같이 살 건 아니다보니 아이들 혼사 문제는 저 애들에게 맡기구 우리 사돈 간을 맺읍시다 (태원의 손을 굳게 잡으며) 그렇지만 사돈 초면에 박절한 얘길해서 않됐소만 사돈님 물 관리 잘못한 탓만은 호되게 비판에 부쳐둬야 합니다.

● 일동 호탕하게 웃는다.

태원. 허허, 이거 정말 내 탓이 크우다. 사실은 우리 마을이 사회주의경쟁에서 이겨야 큰 상을 타⋯타⋯타다⋯

정실. 또 자랑이요?

● 일동 다시 폭소.

정실. 자 사돈님, 우리 저 안방으루 들어가십시다.

태원. 아이들하구 다들 같이 들어가야지.

정실. 하 참 내 저렇게두 눈치가 없다구야 우리 먼저 들어가야 (철수와 혜숙을 가르키며) 젊은이들도 밖에서 묵은 얘길 나누지요.

● 혜숙은 얼굴을 붉히며 철수 히물히물 웃는다.

태원. 아참! 그렇지 그러니 이게 다 내 탓, 네 탓이 아니라 늙은 탓이지요 늙으면 파이라니 하하하⋯

정실. 늙으면 저 나무통처럼 된다나.

● 일동 웃는다.

태원. 그러니 늙질 말아야 하지요.

병택. 사람이 어찌 늙지 않을 수 있겠소만 마음만은 저 젊은이들처럼 살아야죠.

태원. 천백 번 지당한 말씀이외다.

병택. 저것보지 우리 바깥사돈님이 아주 유식하시단 말이야.

● 일동 다시 웃는다.

병택. 그리구 비판정신도 강하시거던, 좀 고집이 세서 그렇지.

태원. 그러문요, 아유 내가 또 자랑이군,

● 일동 폭소.

태원. 자 그럼 사돈님 들어가서 사돈님께 드리려고 마누라가 사다논 술이나 한잔씩 나누면서 늙지 않고 젊은이들 앞장서 나갈 얘기나 합시다.

병택. 옳으신 말씀이외다.

● 태원 앞서고 뒤따라 병택, 정실 들어간다.

● 처녀들 혜숙에게 손을 혼들며 좌측으로 사라진다.

● 철수 혜숙일 힘 있게 글어 안을 때 개구리들의 합창소리 고조되는 가운데 서서히 막이 내린다.

끝.

<레닌기치>, 1975.9.18./9.19./9.20./9.24.

외딸

채영

등장인물들

1. 춘호 : 중학교 교장	1. 춘호 : Ан Александр
2. 옥순 : 그의 딸	2. 옥순 : Юн Александра
3. 윤일 : 춘호 친구	3. 윤일 : Цой Роман
4. 안똔 : 꺽따리 안똔	4. 안똔 : Ким Роман
5. 순덕 : 안똔의 처	5. 순덕 : Ким Анжела
6. 안드레이 : 안똔의 아들	6. 안드레이 : ЦайДмитрий
7. 순회 : 수공업 교원	7. 순회 : Лигай Лариса
8. 달배 : 학교 수직원	8. 달배 : Ан А. Г. Пан Ал.
9. 웨라 : 교무 주임	9. Вера : Чен Галина
10. 노파 : 학교 소제원	10. 노파 : Лим Р.
11. 소년 : 학생	11. Антон ф : Ким С.
12. 페르마 : 주임	

사건은 꼴호스 지대에서 벌어짐

(막이 열리면 합창 등장인물들이 노래와 춤은 소게 한다)

　　　　존경하는 여러분들
　　　　우리 인사 받으세요
　　　　우리 재간 배우 재간
　　　　여러분게 드립니다.
　　　　복잡한 기술시대
　　　　좋은 휴식 유익해요
　　　　오늘 연극 보시면서
　　　　웃고 웃고 또 웃어요
　　　　좋은 웃음 인간 살림(세상사리)에
　　　　아주 좋은 약이라오
　　　　웃음 웃음 웃음으로
　　　　귀분들의 지친 내음

일동 : 즐겁게 즐겁게 또 즐겁게 하기로 약속합니다.

(춘호의 사택. 옥순이 밖으로부터 소년 애를 몰고 들어와 Самбо[1]식으로 넘어뜨리고 귀를 쥐고 돌아친다)

소년 : 놓아라!
옥순 : 싸홈쟁이! 네 얼머나 용감한가 보자!
소년 : 아이고 귀 빠진다!
옥순 : 다시는 싸홈 안 하겠다 맹세해라!
소년 : 물겠다! (순희 정두로부터 나온다)

---

1) 쌈보. 유도 비슷한 호신술.

옥순 : 앞으로도 애들을 때리겠단 말이냐?

소년 : 네게 무슨 상관있니?

옥순 : 맹세 안 하겠니?

소년 : 아! 사람 죽는다!

순희 : 옥순이! 그만하면 됐다. 용서해라.

옥순 : 이놈을 질 들이려고 벼른 지 오라오.

소년 : 난 죽는다…

순희 : 놓아 보내라. (옥순이, 소년, 궁둥이를 쫓는다)

옥순 : 인제는 싸홈 할 용기 나지 않으리라.

순희 : 그 애 부모들이 알면 좋아하지 않을 게다.

옥순 : 내게 감사를 올려야 하오. 순희 Тётя!2) 나의 Папа3)가 마음에
들어요?

순희 : 너의 Папа는 좋은 분이다.

옥순 : Тётя! 내 Самбо를 배워 줄 테이니, 배우겠소?

순희 : 농담을 하니?

옥순 : Тётя! 남자들이 희롱하면 방어할줄 알아야 하오.

순희 : Самбо 할 나이 지났다.

옥순 : 배워서 나쁘지 않을 게요. 지금 시험해 봐요. 내 남자라 하고…Т
ётя!

이렇게 끌어 안으면 몸을 이쪽으로 피하면서, 이렇게 팔을 꺾으
면 장사라도 항복하오. (순희를 넘어 뜨린다)

순희 : 아이고… 이러지 말아라.

Песня о Самбо4)

---

2) 쪼쨔. 여자 친척. 아주머니.
3) 파파. 아짜.
4) 쌈보의 노래

1. Самбо, Самбо, Самбо
번개 번쩍 돌게 바람
청룡 황룡 바로 치지
이리 꿈실 저리 꿈실

2.
손길 발길 발길 손길
이리 저리 넘나든다
강한 성질 굳은 의지
대담한 자 놀음이다

3.
방패처럼 방어하고
비호같이 승리하자
Самбо, Самбо, Самбо
대담한 자 놀음이다

4.
처녀 총각 총각 처녀
부러운 것 아주 없다
Самбо, Самбо 처녀, 처녀
대담한 자 노름이다

5.
처녀한테 의게 적다
나는 나는 믿지 않아

약한 의지 달련하면
강철 같이 굳어진다

나를 나를 처녀라고
총각 총각 웃지 말아
운다 운다 Самбо, Самбо
대담한 자 놀음이다.

(춘호, 윤일 방에 들어선다. 춘호 기침하니 여자들이 어쩔 줄 모른다)

춘호 : 아저씨에게 인사 올려라!

옥순 : 오! 윤일 아저씨?! (목에 매달려 입을 맞춘다)
　　　　난 눈이 빠지도록 아저씨를 기다렸어요.

윤일 : 나도 네가 보고 싶어 비행기를 재촉했다.

옥순 : 난 아저씨가 어떻게 생겼나 여러 가지를 상상했어요.

윤일 : 그래 네 상상하고 비슷하니?

옥순 : 꼭 같지 않아도 일 없어요.

윤일 : 하.하. 진정한 말이다. 내 네에게 선물 사왔다.
　　　　(윤일이 가방에서 선물을 꺼낸다. 보석으로 만든 패물들을 옥순
　　　　에게 주고 костюм5) 춘호에게) 너에게도 내 같은 양복을 샀다.

춘호 : 고맙다. 우리 쌍둥이처럼 입자.

옥순 : 나가서 자랑을 하겠소. (정주로 나간다)

윤일 : 저 애를 보니 세월이 빨리 흐르는 것이 알린다. 웨 알리지 않았
　　　　니?

춘호 : 뭘?

───────────────

5) 코스튬. 정장.

윤일 : 웨 장가든다고 알리지 않았니?

춘호 : 누가 장가 들어?

윤일 : 귀신아.

춘호 : 하.하.하. 알아 들었다.

윤일 : 무엇을?

춘호 : 다 남이다.

윤일 : 누가?

춘호 : 안해 아니다.

윤일 : 그럼 애인인가?

춘호 : 이건 원, 엉터리없는 말을 하니?

윤일 : 이 능구렁이, 속이지 말고 털어 놓아라!

춘호 : 나를 몰라 이 야단이냐?

윤일 : 젊은 여자가 홀아비 집 정주에서 주인질하니 대체 누구겟는야?

춘호 : 이웃 녀인인데 학교에서 수공업을 녀학생들게 가르친다. 옥순이 점심을 갖추는데 도와 달라 청든 것 같다.

윤일 : 그런가?

춘호 : 인자한 여자다. 소개해 주지….

윤일 : 그건 뭐할라?

춘호 : 좀 있으면 나올 것인데 친구를 소개하지 않을 수 있니… (귀속 말로) 홀몸이다.

윤일 : 내겐 상관없다.

춘호 : 독신 생활을 계속 할 터이냐?

윤일 : 너는 웨 장가들지 않니?

춘호 : 내게는 옥순이 있으니까, 처지가 다르다.

(옥순이 순희와 같이 나온다)

순희 : 이러지 말아라. 내 노음을 내겠다.

옥순 : 아저씨 깨물지 않아요. 윤일 아저씨 온다고 내 Tётя하고 말했지? 어서 인사하시오.

순희 : 안녕하십니까?

윤일 : 안녕하십니까? 저의 이름은 옥순이가 벌써 말했습니다.

순희 : 용서하십시오. (정주로 나간다)

옥순 : 아저씨! 순희 Tётя 마음에 들어요?

윤일 : 그 분이 네 마음에 들면 좋다.

옥순 : 아저씨 맘에 드느냐 묻지 않아요.

윤일 : 네 맘에 들면 내 맘에도 들겠지….

옥순 : 그런데 우리 Папа는 보는 체 마는 체 하오.

(мотоцикл6) 소리 나더니 Андрей7)나타난다)

아저씨! 나의 신랑감이 왔어요.

안드레이 : 평안이 오셧습니까? 선생 말을 옥순이한테서 많이 들었습니다.

윤일 : 그리고 보면 구면이구만….

옥순 : 안드레이! 아저씨가 가져온 선물을 보이마.

(다른 방으로 들어간다. 달배 나타난다)

윤일 : 네 생활이 부럽다. 외롭지는 않구나.

달배 : 교장선새미, 기다리던 손님이 오셨소?

춘호 : 들어오세요. 학교에서 일하는 분인데 인사 올려라!

달배 : 사람들은 나를 권 달배라 부르오. 그래 선새미는 성자를 어떻게

---

6) 오토바이.

7) 안드레이.

쓰시오.

윤일 : 윤일이라 합니다.

달배 : 원동에서 오셧다니… 살기 좋겠지요?

윤일 : 괜찮습니다.

달배 : 선새미와 실속 말이지…. 몇일 전에 나는 꿈에 원동에 가 봤수다.

윤일 : 원동 어느 곳에서 살았습니까?

달배 : 해삼 건너 탕난 수란 곳에서 살앗수다. 촌이 크지 않앗으나 바
다와 강이 합치는 데 앉았다 보니 물고기가 흔햇지요…. 청어
철이면 청어때 밀려드는데…. 바다가 끓는 물가마처럼 번져진
다오.

(꺽따리 안똔, 순덕이 나타난다)

순덕 : 옥순이 Папа 잘 있습둥?

달배 : 안똔이 왔나?

춘호 : Антон![8] 나의 친구와 인사하오. Андрей 부친이다.

(Антон 윤일 악수한다)

윤일 : 윤일이라 부릅니다.

Антон : 박 안똔이요.

순덕 : 우리 주인은 꺽따리 Антон이라 해야 다 아꾸마.

달배 : 머리 힐 때까지 그냥 별명을 가지고 다니겠나.

순덕 : 그래도 그렇게 소문이 난 것을 어찌겠습둥. 선새미 용서합소. 거
저 Антон은 우리 구역에 가득하꾸마. 나는 꺽따리 Антон이라

---

8) 안똔.

해야 우리 나그낸 거 아꾸마.

달배 : 이 사람 안똔, 파종은 필햇나?

안똔 : 필햇소. (초인종 소리. 춘호 나가더니 B.M.같이 들어온다.)

B.M. : 안녕들 하십니까?

춘호 : 인사 올리게. 우리 학교 Завуч⁹⁾네.

윤일 : 윤일이라 부릅니다.

B.M. : Вера Николаевна¹⁰⁾입니다.

(옥순, 안드레이 나온다)

춘호 : 옥순아! 더 올 손님이 없다.

　　　(상차림이 버러진다)

　　　가까이 와서 앉으십시오. 오늘은 나에게 경사로운 날입니다. 여
　　　러 해 동안 보지 못한 나의 친구 윤일 동무가 왔습니다. 차린 것
　　　은 없지만 같이 나누기를 권합니다.

윤일 : 고맙다.

달배 : 교장 선새미 정말 반갑수다.

옥순 : 인제는 아저씨 어디로던지 못갑니다.

순덕 : 선새미 혼자 있다는 말이 정말임둥?

윤일 : 예!

순덕 : 내 말을 잘 들읍소. 녀자 없이는 살기 어렵스꾸마. 돈을 많이 벌
　　　어도 쓸 데 없습꾸마.

춘호 : 음식이 식기 전에 어서 잡수시오.

달배 : 원동 선새미! 오늘 선새미를 대해 보니 나는 고향 친구를 만난

---

9) 자부치. 교감.

10) 베라 니콜라에브나.

것 같수다.

윤일 : 고맙습니다.

순덕 : Антон! 당신두 축하하오.

안똔 : 말을 아니하면 축하 아니 하는 줄 아오?

달배 : 자네 축하를 제일 잘하네. 한잔 더 들게…

순덕 : 순희! 축하 대신에 창가나 한가지 불으오.

순희 : 내 무엇을 안다고 그러우.

순덕 : 제 연애가를 잘 불으지.

순희 : 사람 망신 식히지 마오.

순덕 : 아바이! 술을 권하지 맙소. Антон은 술만 마시면 말 한 마디 번
지지 않쓰꾸마.

달배 : 순희 창가를 불으지 않겠소?

윤일 : 제 한가지 불으지요. (손장단 치며)

경사로세 경사로세

춘호부녀 경사로세

돈이 많아 경사런가

소문 높아 경사런가

근심 없어 경사런가

앓치 않아 경사런가

오도저도 경사로되

더한 경사 하나 있지

옥 같은 딸 두엇으니

이야말로 경사로세 (박수)

옥순 : 아저씨 굉장해요.

순덕 : 선새미 한 가지 더 합소.

옥순 : Папа는 정말 줄(잘) 낫소. 순희 Тётя! 아저씨한테 시집가세요.

순희 : 네….

춘호 : 옥순아!

순덕 : 저 옥순이는 속이 활 열린 시악씨꾸마. 제 생각을 감출 줄 모르
　　　꾸마.

옥순 : Папа도 장가들지 않지, 순희 Тётя 혼자 늙을 필요 없어요.

순희 : 너 말 못할 아이다. (급히 나간다)

옥순 : 순희 Тётя 웨 성을 내오?

춘호 : 곧 나가 용서를 빌어라!

옥순 : Тётя 윤일 아저씨한테루 시집가면 그이한테도 아저씨한테도
　　　좋지 않아요.

춘호 : 너 순희 Тётя를 모욕했다. 나가서 잘못했다 용서를 빌어라!

옥순 : 빌라면 빌지오. 어렵지 않아요. (나가면서) 참 알 수 없소.

B.M. : 용서하십시오. 나는 학교에 나가 보아야 하겠습니다.

순덕 : Антон! 우리도 가게요.

달배 : 안간게 쥐워 꼼짝 못하오.

(супер[11] 내리다)

(옥순이 들어오면서)

옥순 : Тётя 내 말을 듣지 않고 울기만 해요.

Андрей: 옥순아 속을 태우지 말아라. (노래한다)

　　　　나는 너를 하루 못 보면

　　　　그리워서 못 살겠다.

옥순 : 모를 때에도 살았는데

<hr>

11) 막.

하루 못 봐 못 살겠니

Андрей : 모를 때는 잘도 자더니

　　　　알고 보니 별만 센다네

옥순 : 세상만물 보물 중에

　　　너 하나가 제일이다

　　　나와 맺은 굳은 언약

　　　잊어서는 아니된다

Андрей : 저 앞강물 돌아선들

　　　　맺은 언약 잊을소냐

　　　　우리 언제 3arc[12])로 갈가?

옥순 : 네 소원이 있는 때에.

Андрей : 정말이냐?

옥순 : 내 언제 속히던?

Андрей : 넌 언제나 진정이다. (입을 맞춘다) Папа는 집을 대대적으
　　　　로 수리한다.

옥순 : 집을?!

Андрей : 우리 살 방을 신식으로 꾸린단 말이다.

옥순 : 공연히 수고한다.

Андрей : Папа는 하자는 일을 하고야 만다.

옥순 : 내 언제 너의 집으로 시집간다 했니?

Андрей : 농담이냐?

옥순 : 농담이 아니다.

Андрей : 나한테루 시집온다고 약혼한 것은?

옥순 : 네한테 시집간다 했지 너의 집으로 시집간다 했니?

Андрей : 네 나를 놀리느냐?

_____

12) 호적등록과. 혼인 신고하는 곳.

옥순 : 내한테 장가오겠으면 우리 집에 와 살아야 한다.

Андрей : 신부가 신랑의 집으로 가는 것이 조선 풍습이다. 그것을 너
　　　도 잘 알지?

(Андрей 키쓰 하자하니 피한다)

옥순 : 나는 외딸이다.

Андрей : 나는 외아들이다.

　　　　농담이냐 조롱이냐

　　　　오직 나를 사랑한다

　　　　몇 번을 말 했기에

　　　　알 수 없다 너의 변덕

옥순 : 조롱이 아니라

　　　사정이 그러하다

　　　나를 진정 사랑하면

　　　나한테루 와야 한다

Андрей : 신부로 신랑 집에

　　　　가는 것이 풍습이다

　　　　나를 웨 천치라

　　　　비웃기를 소원하니

옥순 : 풍습을 남자답게

　　　소원대로 변해보렴

　　　남녀평등 좋은 시대

　　　풍습의 포로될까

Андрей : 이전부터 있는 풍습

　　　　무슨 일에 변하겠니

아니 될 일 지어내며
공연한 트집이다
옥순 : 내 떼를 쓴다
난 외딸이다
Андрей : 굉장하다
나는 외아들이다.

(억지로 입을 맞추자하니 Самбо식으로 넘긴다)

옥순 : 무슨 일이든지 억지로 하자해서는 안 된다.
Андрей : 나는 성낼 줄 모르는가 하니?
(일나서니 다시 넘군다)
그만 끝이다. 너를 보기도 싫다. (나간다)
옥순 : 내 따라 나가 빌 줄 아니? 환상이다. 가겠으면 가거라! 울지 않을 테다.
(울음을 참는다. 순희 나온다)
내 어찌 Папа를 혼자 두고 갈가.
순희 : 다퉜니? (언쟁이 있엇니?)
옥순 : 나는 그 애한테 시집가지 않는다고 햇서요.
순희 : 웨?
옥순 : 장가들겠으면 우리 집에 와 살라 햇소요.
순희 : 알만하다. Андрей도 독자다.
옥순 : 나는 Папа를 혼자 두고 시집을 못 가겟어요.
순희 : 시집가면 남편 집으로 가는 법이다. 너도 신랑 집으로 가야 한다.
옥순 : Тётя! 나의 어머니는 내 나이 두 살 되는 해에 돌아가셨서요. 아

버지는 철모르는 나를 이만큼 키우는 동안에 그가 얼마나 고생을 했을가 짐작하서요? 그는 나에게 아버지며 어머니애요. 내가 짐승 아닌 이상, 아버지를 혼자 두고 어떻게 시집 갈 수 있어요.

순희 : 울지 말아라! 울지 말아. 나도 눈물이 난다.

옥순 : 나는 Андрей를 사랑해요. 맘속에 그리던 희망 모두 다 공상이다. 잊을 수 없는 사랑 갈라짖기 어려워라. 하늘에 뜬 종달새도 봄향기 노래하여 괴로운 나의 사정 누리고 실토하리.

(Супер을 든다)

제일막 이장

(배경은 전막과 같다)

춘호 : 넌 그냥 혼자 살 뜻이냐?

윤일 : 오래 동안 혼자 습관 되다보니 녀자할 생각만 해도 겹난다.

춘호 : 그래도 가정이 있어야 한다.

윤일 : 그런데 너는 왜 장가들지 않았니?

춘호 : 내겐 옥순이 있으니 가정이 있다.

윤일 : 나의 청춘 시절
길손으로 지나갔어
나는 좋아 하며
어떠한 운명이
나를 기다리는지
가정에 포로될가

몹시 겁나하엿지

춘호 : 젊은 시절 두 번 오지 않아

홀러가면 그만이야

행복을 피하지 말고

즐겁게 맞이하여

귀 밑에 서리 나리면

한하여 소용없어.

윤일 : 홀아비 생활은

적적하고 외러우나

오래 익은 그 생활

버리기 어려워

춘호 : 홀아비 홀아비! 사랑을 모르는 홀아비 외로이 길가는 홀아비 한 숨 쉬는 홀아비

달배 : 선새미네 용서하시우. 오라간만에 만난 친구간에 말할 것이 많 겟는데, 난 염체 없이 저 선새미 한테서 원동 이야기를 듣자 왓 수다. 광물을 찾는 일을 한다지요.

윤일 : 예! 광물 탐사대에서 일합니다.

달배 : 고생스럽게소이다.

윤일 : 쉬운 일은 아닙니다.

(옥순이 나온다)

춘호 : 네 일하러 가지 않았니?

옥순 : 오늘부터 일하지 않아요.

춘호 : 어째서?

옥순 : Зав Ферма[13]와 다투엇서요.

춘호 : 기막히다. 소원이 있어 **Ферма**로 일하러 갔지? 어찌된 사실이
　　　냐?

옥순 : **Папа** 알 일이 아니오.

춘호 : 말하지 않아도 알 만하다.

옥순 : 내 때문에 송사 들던 때는 지났서요.

춘호 : 누가 너처럼 그 고약한 성질을 참아 견디겠니. 일은 웨 버리고
　　　왔니?

옥순 : 웨 성을 내요? **Папа** 알 일이 아니라 말하지 않소.

춘호 : 다 자랏다. 이젠 제 아비도 소용없니?

옥순 : **Папа**! (울음을 참으며 노래)
　　　오! 아버지 웬 말이오.
　　　외로운 이 몸이 이 세상에
　　　미들리 누구야요.
　　　고로우나 즐겁으나 이 몸은
　　　오직 하나요 아버지를 믿어요
　　　굳게 믿어요.

춘호 : 몇 해 몇 날 긴긴 세월
　　　너를 안고 자장가 불렀던가
　　　세월은 흘러 너 자라나
　　　들꽃 같이 되어 나니
　　　지난 일 생각하여
　　　내 아니 기뻐하리.

옥순 : 어지신 아버지
　　　나는 행복해요

춘호 : 너 하나 너 하나

---

13) 페르마 주임.

　　　 나의 기쁨이로다

윤일 : 옥순아. 리유 없이 일을 버리지 않았을 게다.

달배 : 옥순아! 어찌된 사연을 씨원이 말해라.

윤일 : 그 사람이 너를 모욕했니?

옥순 : 나 같은 잘란 인물을 가지고 어째서 지식도 변변치 못하고 불량
　　　 자라고 소문난 Андрей한테루 시집을 가자하는가고 떠버렷서
　　　 요.

달배 : 알만하다…. 실없는 녀석이라구.

옥순 : „당신의 골이 저 암소골보다 못하오.“ 이렇게 말하니 그 두상이
　　　 황소처럼 씩씩거리면서 „눈에 보이지 말라" 하고 고함을 첫어요.

춘호 : 말같이 않으면 귀 박으로 들을 게지…. 이상 사람을 괄시는 웨
　　　 해?

옥순 : 제게 무슨 상관 있어 Андрей를 비난하오?

윤일 : 좀 지나치겐 처리햇다만 나는 찬성한다.

옥순 : 아저씨 말이 내 마음에 들어요.

(Антон, 순덕 들어온다. 옥순이 나간다)

윤일 : 밤 사이에 평안하십니까?

순덕 : 춘호 선새미! 볼 일이 있습꾸마. Антон, 날래 말하오!

춘호 : 무슨 일이 생겻소?

Антон : 제 말을 하오.

순덕 : 다른 일이 아니라 우리는 망신하고 나앉앗으꾸마. 별일이 다 있
　　　 지비…. 말을 하자도 부끄러워 말이 나가지 않으구마.

달배 : 이 사람, Антон! 집에 무슨 일이 생겻나?

Антон : 그 새끼 머저리오.

춘호 : 누구 말이오?

순덕 : Андрей에 대한 말이꾸마. 이 집에 와서 남에 말을 하겠습둥.

춘호 : Андрей? 어떻게 되었단 말이오? 상했소.

순덕 : 죽으나 다름 없으꾸마.

춘호 : 그것이 웬 말이오?

달배 : 아니! 그 Ферма Антон한테 칼에 맞았나?

윤일 : 무슨 말 함부로 하시오?

순덕 : 염통을 칼에 맞으나 다름 없으꾸만.

달배 : 저런 일이라구.

순덕 : 다 옥순이 탓이꾸마.

윤일 : 옥순이 어쩨는가요.

순덕 : 어제 저녁에… 기차 집이….

윤일 : 어서 말씀하시오. 어제 저녁에 어쨋단 말이요?

순덕 : Андрей 집으로 오더니 잔치 때 쓸 индюк,[14] 게사이, 닭, 오리 다 목을 잘라스꾸마. 서른 마리 넘소꾸마. (사이) 쌔쓰개[15]처럼 도야지 목을 자르자는 것을 제구 말렷스꾸마. (운다)

춘호 : 난 큰 일이 생겻나 생각햇소.

순덕 : 우리겐 그에서 더 큰 일이 있을 수 없으꾸마. 옥순이 Андрей게 로 시집을 아니 온다꾸마.

춘호 : 뭐랍니까?!

순덕 : Андрей와 옥순이 약혼한지 한 해 넘쓰꾸마. 선새미 그렇치 않 습둥?! 그런데 지금 와서는 나늡스꾸마.

윤일 : 젊은이들 일에 당신들이 간섭할 필요 있습니까?

순덕 : 제 애비, 에미 시퍼럿게 살아 있는 게 어째서 아들 일에 가만 있

---

14) 칠면조.
15) 삭개. 고려인들이 속어로 카자흐인을 낮추어 부르는 말. 우즈벡인은 벡개로 부름.

겟습둥….

달배 : 연애는 자유라 하지 않앗나. 저의들끼레 정을 맺겟으면 맺고 끈
　　　겟으면 끈으라 가만 두게.

Антон : 망신을 어찌구?

순덕 : 망신 뿐이요? 내서 집을 늘구지 말라 하지 않습데. 메눌이 새집
　　　에서 살라고 소처럼 낑낑 갑자르며 무리를 나로더니…잘 됏소.

Антон : 저, 도야지, 게사이, индюк, 오리, 닭, 목을 싹 자른 것을 누
　　　구를 먹이겟소?

달배 : 이 사람 Антон! 과격을 쓰지 말게. Андрей 장가를 못 가겟나.

순덕 : 아니 갓구마. 제 애비 성질을 달마 한번 마음먹으면 노새처럼 그
　　　뿌리꾸마. Андрей는 옥순한테 미처서 그 애 생각만 하꾸마. 그
　　　것들이 비둘기 한 쌍처럼 구구구구 하면 다니는 걸 볼 적마다 나
　　　는 속이 끌거워 닭 요도, 돼지 먹이려도 소래 넘게 꽉꽉 주엇으
　　　꾸마. (운다) Андрей는 우리게 외 아들이꾸마.

Антон : 끈치오! 울자고 왓소?

순덕 : 아이고. 내 살아 무실해!

달배 : 딱한 일이군.

춘호 : 무엇을 요구하시오? 내 옥순이와 꼭 Андрей한테루 시집가라
　　　명령하지 못할 게 아니오.

순덕 : 우리 조압 사람들은 잔치 할 것만 기다리꾸마. 이제는 Андрей
　　　우리 촌에서는 서방을 못 갓꾸마.

춘호 : 그러니 어찌란 말이오?

순덕 : 선새미 어째 떠듬둥?

춘호 : 당신들이 시비 걸어 왓소?

Антон : Андрей 머저린가 아오?

순덕 : 옥순이 시집 아니 오겟다는 게 옳습둥?

춘호 : 시집이고, 서방이고, 저이들끼리 해결하라 바려 두시오.

Антон : 당신도 그따우오.

순덕 : 딸이나 애비나 다 같은 것들이오.

춘호 : 무엇이라오? 트집을 걸지 말고 순순이 돌아 가오.

Антон : 우리를 딸구오?

순덕 : 지식이 많다구
　　　　우쭐하지 마시오.

춘호 : 들을말 없소.
　　　　말해서 무엇해.

순덕 : 만만해 보이오.
　　　　헤재비 아니오.

Антон : 정말 그렇소.

달배 : 소문난 Андрей,
　　　　장가를 못 가겠나.
　　　　선새님과 시비말고
　　　　순순이 들어가게.

순덕 : 영감은 무엇 알아
　　　　남의 일에 간섭하오.

윤일 : 당신들이 아둔하오.
　　　　쓸데없는 트집이오.

Антон : 이놈 봐!

순덕 : 아둔한 것 설명하오.

춘호 : 윤일이 진정하게

달배 : 샌새미 참으시오.

Антон : 내… 이 일…

순덕 : 거저 두어 안 되오.

춘호 : 어찌라지 우통이오?

순덕 : 당신들 이 동네서

Антон : 못 사오!

윤일 : 제 누구야?

Антон : 껑다리 Антон!

윤일 : 우습워 요절하지

Антон : 이 놈을…

윤일 : 자는 범 깨우지 말아.

Антон : 큰 소리 말아.

(Андрей 들어온다)

달배 : Антон! 저 선새미 유도를 하네 순순이 들어가게.

순덕 : 우리 Антон은 Трактор16) 막 드꾸마. Антон! 가기오!

(옥순이 나온다)

Андрей : Папа, Мама! 잘못햇다 비오.

순덕 : 무스게라니?

Антон: 어째 왔니?

Андрей : 선생님들하고 용서를 비오. 셋까지 세서 빌지 않으면 지금
가서 집에 불을 질으겠소. 하나, 둘…

순덕 : Антон! 날래 비오. 저 애를 몰라 머물거리오. 선새미들, 우리
잘못했으꾸마. Антон!

Антон : 잘못했소.

---

16) 뜨락또르. 트랙터.

Андрей : 여러분들 용서하십시오. (나간다)

달배 : 참, 남자답구나.

춘호 : 저 윤일이 유도라는 것을 노인이 어떻게 아시오?

달배 : 그 소같은 년석이 겁을 넥으라 거짓말 했수다.

– 암 전 –

제일막 삼장

(Антон의 집)

순덕 : 어째 도깨비 담배 피우듯 이렇게 내굴질하오. Андрей 일을 어찌 하겠소. 내버리오?

Антон : 될 대로 되라지!

순덕 : 될 대로 되라지…

　　　아이구 기막혀

　　　사람이 죽겠네

　　　당신이 운수 좋아

　　　남자 성 낫으나

　　　우물 옆에 앉아서

　　　목말라 죽겠소

　　　사내라 우쭐 돼도

　　　나 없이는 못 사오

Антон : 어째서 못 살아

　　　어째서 못 살아

순덕 : 남자가 할 일도

　　　내 처리 바라니

　　　내 뭐 министр[17])요, 상[18])이요?

Антон : 하기야 상이지

　　　밥상, 떡상, 술상

　　　환갑상, 제사상

　　　이 상 저 상 하.하.하.

순덕 : 사람을 놀리오

　　　꼴은 궁리 못하겠소

　　　터전에 허자비

　　　멋없이 키만 컷소

Антон : 우리 조압 사람들은

　　　우리 조압 사람들은

　　　모도들 저만 보면

　　　Антон이네 상이라

　　　학질하듯 벌벌 떠오

　　　계집들이 삐치면

　　　되는 일 없다구

　　　점지 않은 선생들을

　　　제 때문에 괄시햇어

순덕 : 놀란 가재처럼

　　　뒤걸음질 잘두 한다

　　　제 먼저 트집 걸고

　　　나한테 넘겨씨워.

---

17) 미니스트르. 장관.

18) 장관.

Антон : Андрей 죽엇다고
     제 먼저 고함쳤소.

순덕 : 뜨락똘 툭탁이독
     제 먼저 고함쳤소

Антон : 제, 닭, 오리, 게사이
     목 잘랏다고 고함쳤소.

순덕 : 제 꺽따리 Антон이라
     황소처럼 고함첫소.

Антон: 내? 황소처럼?

순덕 : 곰처럼…

Антон : 곰, 저기 물러 앉소.

순덕 : 제 물러 앉소.

Антон : 보기 싫소.

순덕 : 제 보기 싫소.

Антон : 귀신 같은 게…

순덕 : 저는 꺽따리 도깨비요. 내 속은 싹 타서 재로 변하오. 그런데 산
     같이 믿는 당신까지 나를 알아보지 못하니 내 누구를 믿고 살겟
     소. 열일곱 살에 제 안해루 시집 와 공부도 더 못하고 저와 Анд
     рей를 위해 살았소. 자비로는 찬밥을 먹으면서도 애비와 아들
     게는 늘 따끈따끈한 밥과 찬을 가추어 놓았소.

Антон : 순덕이는 보배오. 여자들이 많아도 저 하나 귀엽소.

순덕 : 언제 나를 입맞앗던지… 아득하오.

Антон : 그것이 좋으면 입 맞을 수 있소. 이리 오우!

순덕 : 내 그런다고 말햇지…지금 입을 맞우라오.

Антон : 제 소원을 알 수 없소. 가을 날씨 같소. 입을 아니 맞운다. 트
     집이지 입을 맞우자니 싫다지.

순덕 : 털분19)양 마오.

Антон : 순덕이는 나의 속을 모르오.

순덕 : 속이고 겉이고 보이지 않으면 어떻게 아오.

Антон : 그러면 보이지… (춤을 춘다)

순덕 : Антон! 당신은 세상에 더 없는 남자오.

　　　　(Антон이 입 맞춘다. Андрей 들어온다)

　　　　лампа20)를!

Андрей : лампа 온전한데…

순덕 : 더 밝은 것은 바꾸자 한다. Антон лампа 어디 있소?

Антон : Гараж21) лампа 백촉짜리오. 이것을 Гараж лампа하고 바

　　　　꽈 오너라!

　　　　(Андрей 나간다)

　　　　방정맞게…

순덕 : 당신은 무슨 일이던지 때를 맞추지 못하오.

Антон : 그래도 제 할 일은 다 하오.

순덕 : 망신을 했소.

Антон : 정을 보이지 않는다고 앙탈하더니 입을 맞춘지 아득하오. 제

　　　　소원을 풀어주느라고 흥을 냇는데 그 자식이 방해 햇소.

(Андрей лампа를 맞운다)

순덕 : 지레 정신이 난다.

Андрей : 이재 이 방에 лампа도 백촉짜립데…

순덕 : 그래도 이것이 더 환해 보인다. (사이)

---

19) 싱거운. 깊이 없이 실없는 행동을 할 때 쓰는 말.
20) 램프. 여기서는 전구의 의미인 듯.
21) 자동차 차고.

Андрей : Мама와 Папа는 내 일에 간섭마오.

순덕 : 무스게라니?

Антон : 털도 안 난 것이 날기부터 하자 하니.

Андрей : 내 어린애 아니오.

순덕 : 그래서 선새미들 앞에서 제 부모를 망신 식혓니?

Андрей : 오히려 나를 머저리로 만들었소.

순덕 : 가을에 네 장가간다는 걸 꼴호스 뿐만 아니라 전 구역까지 소문이 페졌다. 밖으로 나가면 여자들이 잔치떡을 언제 먹는가 조른다. 공주나 다려 오는 듯이 자랑을 입이 메지게 해 놓고 오늘에와서 잔치를 아니한다고 하면 우리 낯을 들고 다니게 됐니?

Андрей : 춘호 선새미하고 시비를 걸 필요 있소.

순덕 : 우리 어디 뼈 없는 굼병이냐? 집안 일이 망신꺼리 돼도 벙어리처럼 가만히 앉아 있어야 하니?

Андрей : 춘호 선생님은 우리 일을 알지 못하고 있소.

순덕 : 우둔하지. 선새미 제 딸 일을 모른다구. 옥순이 너한테루 시집을아니 오겠다는 것이 제 생각이 아니다. 어째, 그 원동에서 온 선새민지 무엇인지 오자마자 너하고 그리 지끈하던22) 옥순이 빽돌아섰니?

Андрей : 다른 일이요.

순덕 : 듣기 싫다. 그 선새미들은 지식가들이다. 우리 같이 농사질이나하는 집에다 외딸을 주기 좋아 아니 할 게 빤하다. 그 윤일이라는 게 충동을 한 게 틀림없다. 우리를 아둔한 것들이라고 말하지 않터냐?

Андрей : 누가 그런데?

순덕 : 그 윤일이 욕하던 게 벌써 잊었소.

---

22) 가깝던.

Антон : 잊었소.

순덕 : 기막히지…. 당신을 업수이 보아도 싸오. 벌가지도 밟으면 굼실
　　　한다구. 다시 생각하니 또 분이 나오. 가만 있엇어는 아니 되오.

Андрей : Мама! 없는 일을 지어내지 말고 내 말을 듣소.

순덕 : 들을 말이 없다. „오리 오리 무리를 따른다"고 어느 대학생하고
　　　눈이 맞았는지 모르지….

Андрей : 끈치오!

순덕 : 어째 고함을 치니? 바른 말을 하니 속이 절리니? 이 동네 얌전한
　　　처녀들이 많다. 귀신에게 홀리운 사람처럼 날마다 мотоцикл
　　　타고 남의 동네 먼지를 일구더니…썩 잘 됐다.

Антон : 그만 말하오. 두통이 나오.

순덕 : 두통이 나면 аспирин[23] 먹고 냉수를 마시오.

Андрей : Мама 하고 말할 수 없소.

순덕 : 시악씨에게 채운 놈이 무슨 말이 있니?

Антон : 제게만 입이 있는 줄 아오?

순덕 : 더 말하지 않겠소. 당신들이 어떻게 사는가 보겠소.

Андрей : Папа와 Мама에게 어려운 청을 들자하오. 두 분을 다 노엽
　　　히려 하지 않으니 말하기 좀 어렵소.

순덕 : 깜자로지 말고 씨원이 말해라.

Андрей : 나는 옥순이 소원대로 그 집으로 살려 가자 하오.

Антон : 뭐라!!

순덕 : 아이고 난 죽는다.

Андрей : Мама 어째 이러오?

순덕 : 분이 목에 걸럿다.

Андрей : 그런 일도 있소?

---

23) 아스피린.

순덕 : 야, 이 새끼야! 너는 이 집에 삼대독자다. 제 민족 풍습도 모르는 새끼… 녀자가 시집으로 가는 법이지, 남자 어찌 녀자를 따라 가는 것을 보았니?

Андрей : 그것은 옛날 풍습이요. 지금은 남녀동등인데 누가 누구의 집으로 살려 가는 것이 문제가 아니오.

순덕 : 야 말을 듣소? 야, 이자식아! 이 동네서 어느 집 청년이 녀편에 집에 가 사니?

Андрей : 그것이 내게 모범으로 될 수 없소.

순덕 : 너는 사람들 속에서 살지 않고 인간 없는 사막에서 사니? 남의 눈이 아니라면 벌고벗고 다니겠다. 제사 잘란 체 시악씨를 끼고 동네 네거리로 오르나리더니… 시악씨 집으로 살려 가겠다? 사 람들이 웃느라고 허리 불려 질게다.

Андрей : 웃기 싶으면 웃으라지…내 살림엔 방해 되지 않소.

순덕 : 부모들이 개골망신하는 게 네게는 상관 없니? 이때까지 너 Папа는 소문이 높았다. 꺽따리 Антон이라 하면 모르는 사람이 없 다. 구역적으로 첫째가는 Комбайнер[24]집, 사회사업에서 열성 자, 가정생활에서 모범적 인물… 산 같던 위신이 네 때문에 사 람들의 웃음꺼리로 됐다.

Андрей: Мама 딱하오. 내 무슨 큰 인물이라고 내게 대해 그다지 말 썽이 많겠소?

순덕 : Антон! 당신은 남이오? 아들 일에 상관 없소.

Антон : 못 간다.

Андрей : 어디루?

Антон : 네 가자는 집으로 못 간다.

순덕 : 옳소! Папа 말을 듣니?

---

24) 콤바인 기사.

Андрей : 내 저기로 가도 이 колхоз[25] Комбайнер로 일할 게구… 또
　　　　자주 여기와 있을 게 아니오. 여기서 사나 저기 가서 사나 무
　　　　슨 차이 있소.

순덕 : 온 저녁 말한 것을 허튼말로 들었니? 신랑이 신부 집으로 가는
　　　　법이 없다고 말하지 않니?

Андрей : 또 그 낡은 풍습 말이오?

Антон : 무엇이라?

Андрей : Мама의 뒷떨어진 사상이 옳다고 하오?

순덕 : 내 사상이?

Антон : Мама 사상이 뒤떨어졌다?

Андрей : 나는 바른 말을 하오.

Антон : 야, 이 새끼야! (Андрей를 붙잡아 한다)

Андрей : Папа 주먹으로 해결할 작정이요?

순덕 : 이러지 마오.

Антон : 말을 듣지 않을 때에는 주먹이 상책이오.

(Андрей 피해가다 Антон의 팔을 꺽는다)

순덕 : 동네 집에서 보겠다.

Андрей : 어째 Папа는 Боксер[26]처럼 펄펄 뛰오. Папа 아니라면 거
　　　　져…진정하고 앉소.

순덕 : Антон! 그러면 그렇지. 내 좋은 궁리를 했소.

Антон : 무슨 궁리?

순덕 : 선새미를 장가 보내야 하오.

Антон : 장가를?

---

25) 꼴호즈.
26) 복서. 권투선수.

순덕 : 옥순이 제 애비를 불쌍해 우리 집으로 아니 오겟다 하오.

Антон : 옳소!

Андрей : Мама 유명하오.

순덕 : 어떻소?

Антон : 우리 집 министр요.

순덕 : 남자로 태어났더문야… 내 정말…

Антон : 불시에 어디서 여자를 얻겟소.

순덕 : 곁집에 순희 있는 걸 잊엇소.

Антон : 말을 듣겟는가?

순덕 : 잘 얼리지… 춘호 선새미 잘났지… 지식이 있지… 점잖치… 더
없는 남편감이오.

Антон : 제 말이 옳소.

순덕 : 내 언제 그릇된 말을 합데……

Андрей : Мама! Мама는 이렇소!

Антон : 야, 장단을 처라.

　　　　어머니는 우리 보배

　　　　이모저모 자랑이다.

　　　　일을 하면 앞장이오

　　　　말을 하면 변호사라

　　　　성질은 끓는 가마

　　　　심정은 비둘기라

　　　　이런 분이 있고 보니

　　　　우리 집에 락이로다

순덕 : 아버지를 놓고 보면

　　　　이모저모 토질27) 남자

---

27) 방언인 듯. 양질의 뜻인 듯.

일을 하면 선봉 남자

잠을 자면 곰이로다

성질은 화산이오

성질은 양이로다

이런 분이 있고보니

우리 집에 락이로다.

– 암전 –

제이막 사장

(순희 집 마당. 달배 **скамейка**[28)에 앉았다)

노파 : 순희 집에 있소?

달배 : 보따리는 웨 가지고 다니오?

노파 : (앉으며) 내 집에서 영 나왔소.

달배 : 나오다니?

노파 : 메누리 천대를 더 못 받겠소. (운다)

달배 : 울면 소용 있소. 속만 더 하지….

노파 : 죽을 생각이 나오.

달배 : 산목숨이 헐히 못 죽습네…. 울지 말고 나와 이야기 하시우. 우
리 연애를 해 볼가?

노파 : 무스게라오?

---

28) 긴 의자. 벤치.

달배 : 연애라는 말을 모르오. 연애를 하면 온갖 근심이 다 풀리오.

노파 : 오망을 쓰오.

달배 : 웨 오망이겟소? 노친두 젊엇을 때에는 연애를 해 봣겟지?

노파 : 나는 연애를 아니 했소.

달배 : 이 어물적한 노친이라구. 그런데 시집은 어떻게 갔는가?

노파 : 이런 말 싹 거두오.

달배 : 나는 학교 수직원. 노친은 학교 소재원. 어째 같이 못 살겟소? 집
에서 나왔다니 혼자 어떻게 사오? 늙은것들이 서로 등을 슬슬
글거주는 것도 한 멋이라오. 나도 노친이 같이 살겟다면 집에서
나오겟소.

노파 : 흉한 농담을 건우어. 누가 듣겟소.

달배 : 듣겟으면 들으라지. 무엇을 도적질하오?

노파 : 우리는 다 살앗소.

달배 : 우리 키쓰 해 볼가?

노파 : 무엇이라오?

달배 : 키쓰 해 보잔 말이오.

노파 : 그게 어느 나라 말이오.

달배 : 영국말이오.

노파 : 내사 영국말을 아오?

달배 : 이 말은 세상 사람들이 다 아는 말이오. 입과 입을 맞춘다는 뜻
이오.

노파 : 애구, 흉해라.

달배 : 알아들엇소? 이제는 키쓰하게오. (다가 앉는다)

노파 : 어째 가채비 다가 두오?

달배 : 멀리서 키쓰를 하오?

노파 : 이놈의 두상이 정말 입 맞출 작정이네.

(달배를 밀치니 땅에 쓸어진다)

달배 : 제 무슨 춘향이라구…절개를 지키겠는가.

노파 : 내 교장 선새미하고 이르겠소.

달배 : 작작 떠드오. 사람이 농담을 쓰는데….

노파 : 더럽소. 그것이 농담이오?

달배 : 제 잘란 멋에 산다구. 낯에 주름살이 밭고랑 같은 게…. 제보고
　　　정말 살자구 하겠는가. 내 젊엇을 때에는 어떤 미인들하고….

노파 : 그 상통을 해가지고 자랑은? 빈대눈에 난쟁이 다리, 무스거 보
　　　고 제게 혹하겟는가? 잘두 생겻지….

달배 : 저기 썩 물러 서오.

노파 : 보기도 싫소. 내 말을 걸었던가?
　　　더럽소 쌍두상!

달배 : 실상 저를 불상하다
　　　위로 하자 하였더니
　　　제가 뭘 선녀라고
　　　늙은 사람 괄시하여

노파 : 렴치 없는 늙은 두상
　　　위로란 말 하지 마오
　　　흉한 생각 속에 품고
　　　다가선 것 틀림없소

달배 : 세상에 사람마다
　　　잘난 멋에 산다구
　　　제 무엇 미인이라
　　　제한테 반하겟나

노파 : 연애요, 키쓰오

이말저말 분칠하여

그 상통 보고야

누가 제게 혹하랴

달배 : 귀신 같은 것

무어 상통이라

노파 : 흉한 두상

보기에도 징그럽소.

달배 : 무당년 굿하듯

왜 앙살 피워

노파 : 령감을 안 보면

백년을 살겟소.

달배 : 요 망란 계집년

눈 앞에서 없어져

노파 : 고함질 작작하오

춤추면 물러가오

달배 : (나가는 노파를 보며) 헐이 볼 노친이 아닌데…

(**Ферма** 주임 들어온다)

Ф주임 : 영감! 옥순이를 못 보았소?

달배 : 어제 낮에 제 집에서 보았네.

Ф주임 : 오늘 보았는가 묻소.

달배 : 어제는 딸구고 오늘은 찻나?

Ф주임 : 영감은 그 무슨 말이오?

달배 : 일을 잘하는 처녀를 일을 못하게 했는가 말이네.

Ф주임 : 내 성을 좀 과하게 냈소. 영감이 그 애를 보면 일하러 나오라

고 내 청하더라 전하오.

달배 : 내 심부럼군이 아니네.

Ф주임 : 무엇이라오?

달배 : 웨 그 애가 신랑을 잘못 골랐다 실없이 떠벌렷나?

Ф주임 : 영감이 무엇을 알아 그렇게 말하오. 옥순이 나의 지위 아래서
　　　　일하니 온전한 사람안테루 시집 가라 권고 했소.

달배 : 승겁다기는⋯대체 자네 누군가? 작년에 Андрей 추수를 잘하
　　　　여 구역적으로 소문났네.

Ф주임 : 그건 상관 없소. 사람이 덜 된 것은 комбайн으로는 곤치지
　　　　못하오.

달배 : 자네 덜 됐네.

Ф주임 : 이 영감이 사람을 어떻게 알고 이 모양인가?

달배 : 이 колхоз에서 내 한 두해 살았는가. 내 자네를 배속까지 들어
　　　　다 보네

Ф주임 : 이 영감이 늙어도 삐둘게 늙었군.

달배 : 엑회! 실없는 자식. 내눈 앞에서 썩 물러가!

Ф주임 : 호령에 게걸이 들엇군⋯. 웨 고함을 질으오?

달배 : 늙으니 별 것이 다 업수이 보아.

Ф주임 : 영감이 아니라 쓴감이오. (급히 나간다)

달배 : 오늘은 웬 일인지 재수가 없구나.

　　　　여보라 청년들아
　　　　늙은 사람 웃지 마라
　　　　녹수 천사 모랑화도
　　　　가을 오면 떨어진다
　　　　산골에 흐르는 물
　　　　바다로 흘러가고

창문 밖에 흰 국화

서리 맞고 시드렀다

지팡이 신세 본다

늙은 사람 웃지 말아

등 굽으고 머리 희나

내 마음은 청년이다

(Андрей 들어온다)

Андрей : 어째 이러오?

달배 : Андрей냐? 네 년석 때문에 다퉜다.

Андрей : 내 때문에?

달배 : 글세…꼭 네 때문에는 아니다만은… 옥순이를 보자고 왔니?

Андрей : 소원은 그래도 볼 수 없소. 나를 피해 다니오.

달배 : 옥순이 일이 가엽다.

Андрей : 옥순이야 일 있소. 내 멋이 없이 됐소.

달배 : 옥순이는 경솔이 행동하는 처녀가 아니다. 너를 싫어하는 것이
       아니라 다른 리유가 있다.

Андрей : 다른 리유?

달배 : 둔한 자식! 옥순이 두 살부터 제 애비 품속에서 자란 것을 너도
       알지? 그래 그 애가 제 애비를 버리고 너를 따라 너의 집으로 가
       리란 말이냐?

Андрей : 아바이 말이 옳소. Мама도 그렇게 말하오.

달배 : 너 에미는 역은 여자다.

Андрей : 정말 옳소. 옥순이는 나를 사랑하오?

달배 : 너를 사랑한다.

Андрей : 아바이 아시오?! 난 정말 옥순이를 바다같이 사랑하오.

달배 : 어떻게?

Андрей : 깊고…넓고…파도치듯.

달배 : 찬성한다.

Андрей : 나는 부모들하고 옥순이네 집으로 살려 간다구 말했소.

달배 : 에… 그것은 안 된 말이다. 그래선 못 쓴다. 제 애비 제 에미 망
신 식히자 그러니?

Андрей : 그래서 집에 야단이 났댓소.

달배 : 다른 방침을 얻어야 한다.

Андрей : 그래서…옥순이와 의논하자고 찾소.

달배 : 범이 제 말을 하면 온다더니…저기 옥순이 온다.

Андрей : 만나도록 돕아주오. (피한다)

달배 : 옥순아! 이리 오너라! 너 앓치 않니? 퍽 축햇구나. 이리 와 앉아
라. 금방 Андрей란 자식이 온 것을 가끔 없어지라고 딸구었다.

옥순 : 무슨 일에 그러서요?

달배 : 끊을 것은 저레 끊어야 한다. 네 시집을 가지 않겟는데 그 년석
이 이 동네루 올 필요 있니? 네 옳게 생각했다. 내 이전부터 그
놈을 잘 보지 않았다. 얼골에 심술이 가득 나들지….키라는 게
난쟁이 꼴이지.

옥순 : Андрей 어디 그런 애입까?

달배 : 네 보기에는 미남자냐?

옥순 : 미남자는 아니래도 밉게는 생기지 않았어요.

달배 : 네 얼골을 가지고는 미남자를 어더야 한다.

옥순 : 미남자고 무엇이고 나는 싫어하오.

(Андрей 나오면서)

Андрей : 옥순아…잘 있었니?

달배 : 네 가지 않앗니? 온 바엔 여기와 앉아라!

(옥순이 곁에 앉인다)

Андрей : 우리 일을 의논하려고 너를 찾아왔다.

옥순 : 의논이 무슨 의논이냐?

Андрей : 네 실로 나를 배척하니?

달배 : 그게 무슨 말이냐? 옥순이는 너를 사랑한다.

옥순 : 내…너의 집으로 갈 형편이 못 되지, 네 우리 집으로 올 처지 아
　　　니지…그러니 어찌 같이 살겠니?

(дуэт 옥순 и Андрей[29])

달배 : 세상에 풀리지 않은 일이 없다. 실끝을 얻으면 된다.

Андрей : 아바이 말이 옳다.

옥순 : 나 역시 그 실끝을 찾는다.

Андрей : 실끝이 나젓다.

달배 : 실수 없이 당기면 될 일이다.

(순덕이 나타난다)

순덕 : 너 여기 있구나. 아바이 평안합둥?

옥순 : 안녕하시오.

달배 : 자네 왔나?

---

29) 듀엣, 옥순과 안드레이.

순덕 : 옥순아 네 일이 실로 기특하다. 내 꼼꼼이 생각해 보니 모든 일
　　　이 너 Папа게 달렸다. 너 Папа를 장가를 보내야 한다.

달배 : 자네 말이 딱맞았네

옥순 : Папа 장가 갔으면 얼마나 좋겠소.

순덕 : 억지로라도 장가를 보내야 한다. 아바이! 순희 같은 얌전한 여
　　　자 남편이 없이 혼자 사는 게 옳습등?

달배 : 글세. 온전한 사람이 있어 남편을 하면 좋지…

순덕 : 옆에서 잘 추게 순희를 춘보 선새미게루 시집을 가게 해야 하꾸
　　　마. 그러면 옥순이는 그 날부터 우리 집 메누리꾸마.

달배 : 그것이 그러듯 해. 자네 골이 기이 거저 골 아니네.

순덕 : 녀자라고 만만이 보았습등? 옥순아! 너도 우리 집 사정을 보아
　　　Папа하고 녀자를 얻으라고 졸라대라!

달배 : 저기 선새미 하고 순희 오네.

순덕 : 날래 피합소.

달배 : 피하기는 웨?

순덕 : 방해 하지 맙소

(Андрей, 옥순 나간다. 순덕이 달배를 이끌고 피한다. 춘호, 순희 이야
기하며 들어온다)

춘호 : 10년이 훨신 지나서야 윤일이를 만났소. 이번에 갈라지면 언제
　　　다시 만나련지…. 가기전에 야회를 차리자 예산하오. 그래서 순
　　　희와 의논해 보려고 하오. 특히 음식 차리메 관하여.

순희 : 손님들은 몇 분을 청할 것과 어떤 음식을 가추겠는지 먼저 예산
　　　해야 합니다.

춘호 : 들어가 적어 봅시다.

(양인이 들어간다. 달배 순덕이 나오는데 순덕이 문짬으로 말을 엿듣는다)

달배 : 이 사람! 우리 동네서는 그런 즛을 아니하네.

순덕 : 거저 일이 아니꾸마. 말을 들을가와 서로 그를 쓰며 해석하꾸마.

달배 : 해석하면 좋지…

순덕 : 일이 되는 것 같쓰꾸마. (다시 엿본다)

달배 : 그러지 말게.

순덕 : 궁금해라 속에서 불이 막 붙쓰꾸마.

- 암 전 -

제이막 오장

(학교 공원 한 쪽 손님들이 많이 모였다. 식상 한 면이 보이다. 군중 합창이 끝나면 달배 노인이 소리 곡조에 맞아 노래하며 군중은 춤을 춘다)

달배 : 여기 모인 선생님들
　　　나의 말을 들어보소
　　　친구 만나 반갑을 때
　　　춤장단이 제적이오
　　　　얼시구나 절시구나
　　　　어깨춤이 절로 난다
　　　공산명월 달 밝은 때
　　　친구 생각 절로 난다

달 춤 한 번 추고 보면

불로초를 대신한다.

　　후렴

유수 같은 이 세월이

가고 보면 그만이라

가는 세월 놓치 말고

하는 일도 어서 하라

　　후렴

낯은 비록 늙어지어

밭고랑이 되엿으나

좋은 세월 살다보니

내 마음은 청춘이라

　　후렴

춘호 : **Чай**30)는 강변에서 마시기를 조직했습니다.

　　(모두 강변으로 나가고 춘호, 순희 의자에 앉아 이야기하고, 다른 편으로 달배 순덕이 그것을 보고)

　　윤일이는 믿음직하고 존경할 만한 친구요. 친구들이 많치만 윤일이 같은 동무는 없소.

순희 : 선생님은 웨 나하고 친구 자랑을 하십니까?

춘호 : 그런 리유 있소. 만일 순희 그 사람한테루 시집간다면 실수하지 않을 것이오. 나는 나의 친구와 순희를 행복하기를 바라오.

순희 : 나는 시집가지 않기로 결정했습니다.

춘호 : 젊은 나이에 혼자 산다는 것은 오해요.

순희 : 선생님을 찾겠습니다. 나가 보십시오.

춘호 : 내 한 말을 생각해 보오. (양인 나간다)

---

30) 차이. 차. 식후에 녹차를 마신다.

순덕 : 선새미와 순희 이야기 하는 걸 봄둥?

달배 : 보네.

순덕 : 일이 되는 것 갓쓰꾸마.

달배 : 그리 되면 양 편이 다 좋지.

순덕 : 이제는 소문을 내야 하꾸마. (나간다)

달배 : 그런 소문은 빨리 페지는 법인데. 전에는 저렇게 두 분이 다정스
　　　럽게 말하는 걸 본 일이 없는데…필경 일이 성사되는 것 같군.

(달배 나간다. 옥순이와 Ферма 주임 나타난다)

Ф주임 : 너 나를 괄시 했지만 나는 노여워하지 않는다.

옥순 : 나를 일에서 뗀다 했지오?

Ф주임 : 그건 분 김에 나간 말이다.

옥순 : Зав Ферма로서 그렇게 함부로 말할 수 없어요.

Ф주임 : 내 널 빈다. 내일 일하려 나오너라.

옥순 : 한 번 결정하면 그만이야요.

Ф주임 : 회장 선생님이 네 일하려 나오지 않으면 나를 Ферма에서 뗀
　　　다 했다.

옥순 : 웨 당신 걱정하는 걸 알만하오. 좋은 일 자리를 녹치겟으니 겁이
　　　나서 하는 수작이구만.

Ф주임 : 제발 빈다. 너를 위해 하는 말이다. 나는 너와 너의 아버지를
　　　대단 존경한다. 웨 나에게 해 되는 일을 하자 하니? 일하려 나
　　　오겟니?

옥순 : 백번 빌어도 소용없소.

Ф주임 : 천 번을 청하겠다.

(이때에 나무 뒤에 숨겨 살피던 Андрей 달아나와 Ф주임의 목을 걸어

안고 무대를 끌고 있다)

Андрей : 이 자식아!

옥순 : Андрей! 네 사람을 죽이겠다. 놓아라!

Андрей : 죽이겠다!

옥순 : 목을 놓아라! 정신이 나가지 않았니?

Андрей : 연애를 해 보자구?!

옥순 : 무엇이라니? 달배 할아버지! 이것을 말리십시오!

달배 : 야 이놈아! 살인 치자 이러니?

Андрей : 이런 자식은 죽어야 하오.

(Ферма 주임 정신 잃고 땅에 쓰러진다)

달배 : 맥박이 치지 않누……

옥순 : Андрей! 물을!

달배 : 내 가저오마. (급히 나간다)

옥순 : 무슨 원쑤진 일이 있어 사람을 이 지경 만들었니?

Андрей : 어째 그런 것을 모르겠니?

옥순 : 무슨 일이 있엇니?

달배 : 물을 가져 왔다. (옥순이 Зав Ферма의 낯에 물을 뿜는다.) 숨을 쉬네…이 사람 정신을 차리게…좀 정신이 나나? 일어나 집으로 가게. 내 돕아 줄테니 가세.

(양인 나간다)

옥순 : 웨 저분을 괄시하는지 말할 수 없니?

Андрей : 너 나에게 출가오지 않으려는 원인을 인제는 알만하다.

옥순 : 무엇?

Андрей : Ферма에서 일하더니 서로 눈이 맞은 것이 분명하다.

옥순 : 네 Андрей냐? 아니면 내 앞에 다른 사람이 서 있니?

Андрей : Андрей다. 네 변하였다.

옥순 : 네 골이 온전하니?

Андрей : 온전하다. 그러나 네 골은 허공에 떴다.

옥순 : 트집잡지 말고 사람답게 똑똑히 해석해라.

Андрей : 그 사람이 네 손을 쥐고 무엇을 청하더냐?

옥순 : 내일 일하려 나오라고 청하더라.

Андрей : 참 잘도 꾸며낸다.

옥순 : 네 나를 의심하니?

Андрей : 그 자식을 의심한다.

옥순 : 무엇이 의심이냐?

Андрей : 너하고 놀아보자는 수작이다.

옥순 : 그 분이 나이 얼마기에…

Андрей : 연애는 나이 상관 없다.

옥순 : 딱한 사람도 있지. 일에 대해 말했다고 해석하지 않니.

Андрей : 공원에 와서? 밤에?! 내 진실을 알아내고야 말겠다.

옥순 : 질투는 맹목적이야. (급히 나간다)

(윤일, 순희 들어온다. 의자에 앉아 이야기 계속한다)

윤일 : 우선 실례를 빕니다. 무례한 사람이라고 나무라지 마십시오. 첫
    문제로, 순희 동무 웨 출가가지 않습니까?

순희 : 난…

윤일 : 둘째 문제로, 혹 기다리는 분이 있는지오.

순희 : 없습니다.

윤일 : 내 일이 좀 헐하게 되는구만…

순희 : 선생님, 무슨 말을 하시자 그러습니까?

윤일 : 말을 들어 보아야 알지오. 진정하시고 앉으십시오. 춘호 선생님
으로 말하면 나에게 친형이나 다름 없는 분입니다. 철 모르는
옥순에게 정을 부치고 혼자 몸으로 고생스러운 때가 많았지요.
이제 옥순이 출가 가게 되면 그 분은 독신으로 남습니다.

순희 : 교장 선생님의 생활을 대강 압니다.

윤일 : 순희 동무! 그 분한테 출가 가십시오. 그런 사람하고 생활하시
면 낭패보지 않을 겝니다.

순희 : 선생님도 그 말을 하십니까?

윤일 : 아까 순희 동무하고 춘호 청혼을 하셨서요?

순희 : 나와 선생님한테루 출가가라 권고 했습니다.

윤일 : 뭐랍니까?

순희 : 웨 놀라십니까? 선생님게로 시집가라 해요.

윤일 : 원, 그 사람이…

순희 : 선생님, 걱정해 주시니 감사합니다. (일어나서) 웨 보는 사람마
다 나하고 출가가라 권합니까? 나를 개체 생활을 처리하게 못
하는 인형으로 아십니까?

윤일 : 용서하십시오. 그다지 노여워하시리라 생각하지 않았습니다.

순희 : 저의 생활에 간섭하지 마십시오! (나가면 비청걸음한다)

윤일 : 순희동무! 웬 일입니까? (순희를 부축한다) 내 물을 떠오지오.
(순희를 놓으니 쓸어지자 한다) 이 일을 어쩐다. 정신을 차리
시오.

순희 : (숨을 겨우 쉬며) 휴!…

윤일 : 숨을 쉬는구만.

순희 : 선생님이 내 마음에 들어요.

윤일 : 예?

순희 : 선생님! 나는 혼자 살리라 하였더니

　　　말 못할 것은 녀자의 운명.

　　　당신은 내 마음 얽었서요.

　　　희망이나 학망이나 대답기려요.

윤일 : 이것이 연분이라.

　　　나의 젊은 시절 흘려 갔어요.

　　　고직한 생활을 하였더니

　　　그대는 나에게 청춘을 주었어요.

(순희 윤일 노래 끝에 키쓰한다. 달배 들어오다가 그것을 보고 돌아서서 눈을 감고 있는데 춘호 나타난다)

달배 : 나는 보지 못했소.

춘호 : 무엇을 보지 못했소?

달배 : 선새미 순희를 끌어안은 것을 보지 못했소.

춘호 : 끌어 안은 것을?

달배 : 지금 끌어안지 않았소?

춘호 : 별 우수운 령감이 다 있지… (나간다)

달배 : 선새미! 인제는 눈을 뜨라오? 어째 대답하지 않소? (나가자 하는 데 옥순이 들어온다)

옥순 : 보섯지오? 봣지오?

달배 : 무엇을?

옥순 : Папа 순희 Тётя를 안고 입 맞우는 것을 보았지오?

달배 : 내 눈을 감을 것을 보느냐? 소경이 무엇을 보겠니? 난 본 것이
　　　없다.

옥순 : 할아버지는 본대로 말해요. Папа 장가를 가면 난 Андрей게로
　　　시집갈 수 있어요.

달배 : 가만 있자 그러니 너의 행복이 교장 선새미 장가 가는 데 달렷단
　　　말이냐?

옥순 : 그래요.

달배 : 그렇다면 본다로 말하지… 교장 선새미 여기 서고 순희는 여기
　　　섯다가 서로 끌어안떠니…그 다음에야…

옥순 : 할아버지, 종을 치시오!

달배 : 너를 위하여 종을 칠 수 있다. (종을 친다)

옥순 : Андрей, Андрей! 빨리 이리 오너라!

(사람들이 다 모였다)

춘호 : 어디 불이 났소?

옥순 : 선생님들! 오늘 굉장한 사변이 생겼습니다. 교장 선생님이 꼭
　　　나의 부친께서 장가 가십니다.

춘호 : 네, 거 무슨 농담이냐?

옥순 : 얼마 전에 바로 이 곳에서 Папа와 순희 Тётя 입 맞우는 것을
　　　봤습니다.

춘호 : 저 말을 믿지 마십시오. 옥순아! 그런 농담은 하지 않는다.

옥순 : 할아버지! 이리 오십시오.

달배 : 난 집으로 간다. (Андрей 달배를 상으로 모신다)

옥순 : 할아버지 본 것을 말하십시오.

달배 : 무엇을 보앗다고 이 야단이냐? 늙은 거 건다리지 말아라!

옥순 : 나의 행복을 원하시면 본 것을 말해야 합니다.

달배 : 교장 선새미 나를 용서하시오. 실로 교장 선새미 순희를 끌어안고… 그 다음에야… 입이 떨어지지 않소.

춘호 : 로인 정신이 온전하시오?

일동 : 교장 선새미! 축하합니다!

춘호 : 내 령감을 재판에 넘기겠소. 머리 허연 분이 철없는 애와 맞장구를 치시오?

달배 : 교장 선새미! 늙은 것을 괄시 하지 마시오. 선새미 여기 서 있고 순희 여기 앉아 있엇지? 그래 서로 끌어안고 입맞지 않았소? 연애는 다 하는 일인데 부끄려워 하지 마시오.

일동 : 교장 선새미! 행복하시기를 축하합니다.

춘호 : 동무들! 오해합니다…

(무도 시작 음악 소리에 춘호말이 들리지 않았다)

순덕 : 내 나서 삐치면 아니 되는 일이 없소.

Антон : 당신은 정말 министр요.

(사람들이 강변으로 나가고 B.M. 상에 앉아 운다)

춘호 : Вера, 진정하오.

B.M. : 말하지 마시오.

춘호 : 죄다 허물한 농정이요.

B.M. : 손님들 있는 데로 가십시오.

춘호 : 내 말을 듣소.

B.M. : 지금 담화할 기분이 없습니다

춘호 : 옥순이 버릇을 몰라 그러시오?

B.M. : 달배 노인이 거짓말 할 수 없습니다.

춘호 : Bepa! 나를 한두 해 알아 의심하오.

B.M. : 이제 와 보니 한두 해만 나를 속이지 않았습니다.

춘호 : Bepa, 난 속이지 않았소.

B.M. : 당신이 십 년을 두고 오직 나 한 녀자를 사랑한다고 맹세했습니다.

춘호 : 나는 그 맹세를 지금도 어기지 않소.

B.M. : 옥순이 출가 가면 인차 잔치를 하고 신혼 려행을 떠난다 했지오. 순희한테 뜻을 둔 것을 나는 속이웟소.

춘호 : 오늘이라도… 지금 당장…

　　　Bepa, Bepa, 지금 당장

　　　그대한테 장가 들겟소

Bepa : 믿지 않아요. 믿지 않아요

　　　신임 못할 당신을 믿지 않아요

춘호 : 세월은 철마다 변하지만

　　　나의 마음 변하지 않아

Bepa : 무서운 것 탈 쓴 마음

　　　당신이 사랑을 희롱했소

춘호 : 난 속이지 않앗소

Bepa : 난 믿지 않아요

춘호 : 제 없이 못 살겟소. (입 맞운다)

달배 : (들어와 보고) 교장 선새미! 난 당신이 이런 사람인 걸 몰라수다.

(B.M. 나간다)

춘호 : 노인이 웨 상관 없이 삐치우.

달배 : 내게는 상관 없으나 법으로 보아 게집 둘하고 노는 것이 옳은 일이오?

춘호 : 또 정신 나간 수작이오.

달배 : 저는 녀자들 불쌍해 하는 말이오.

춘호 : 영감을 내일로 일에서 면직 시키겠소.

달배 : 놀기는 선새미 놀고, 내게 죄를 씨우자 하는 것은 옳지 않소.

춘호 : 누가 놀았단 말이오?

달배 : 선새미 **Завуч**를 입마추지 않았소?

춘호 : 이런 말 못할 영감이라구. 당신하고 수작하다 않이 되겠소. (급히 나간다)

달배 : 오래 살다니 별 망측한 꼴을 다 보누.

(순덕 등장)

순덕 : 아바이, 춘호 선새미를 못 봤습둥? 잃어졌스꾸마.

달배 : (성을 내며) 늙은 것을 건다리지 말게! 내 **милиция**[31] 아니네.

순덕 : 어쩨 이 야단입둥? 별 털분 영감 다 보지. (나간다)

(**Антон**은 다른 편으로 들어온다)

Антон : 령감! **Андрей** 에미를 못 보았소?

달배 : (소리친다) 못 봤네! 귀신이 물어 갔네!

Антон : 귀신이? (나가면서) 령감 잘 못 됐군…

달배 : 오늘 밤에 월식을 않겠는가? 웨 온전하던 사람들이 실성한 사람들처럼 저 모양인가?

---

31) 경찰.

(춘호, B.M.를 끌고 들어온다)

B.M. : 팔을 놓아요.

춘호 : 사람들 앞에서 광포하겠소.

B.M. : 무엇을?

춘호 : Bepa하고 약혼했다고.

B.M. : 나는 거절이오.

춘호 : 령감 종을 치오.

달배 : 종을 치지 않겠소.

춘호 : 내 명령하오.

달배 : 지금 일하는 시간이 아니오. 내일 일하려 나오면 실컨 명령하시
　　　오.

춘호 : 종을 이리 보내오. (종을 친다)

달배 : 교장 선새미 권리를 작작 쓰오.

춘호 : 내 령감을 거저 두지 않겠소.

(사람들이 모여든다)

달배 : 선새미 여자 둘식이나 얼린다고 전구역이 알게 소문을 페 놓겠
　　　소.

춘호 : 친구들! 내 지금 당신들 앞에서 떳떳이 말하려는 것은… 난
　　　B.M.를 사랑합니다.

윤일 : 여러분들!

순희 : 조급해 마십시오.

윤일 : 연기할 필요 없소. 여러분들!

달배 : 또 정신병자 하나 더 나젓군…

윤일 : 오늘 나와 순희 약혼하였습니다. 찬성하시리라 믿습니다. (일동 박수)

옥순 : 순희 Тётя! Папа는?

순희 : 찬성하신다.

순덕 : 춘호 선새미 말쏨을 계속하십시오.

달배 : 내 잘못 보았나?

춘호 : 동무들! 나는 B.M.를 사랑합니다.

일동 : 축하합니다!

B.M. : (결정하고) 존경하는 동무들! 춘호 선생님과 나는 십 년 동안 서로 사랑합니다. 지금도 나는 저 분을 사랑합니다.

옥순 : Папа! 나는 행복해요. Папа! 윤일아저씨! 빨리 키쓰 하시오! Андрей! (그를 끌어다 입을 맞춘다)

순덕 : Антон! 날래 이리 오오! 빨리 나를 키스하오!

(Антон이 순덕이를 입 맞춘다)

달배 : 노친, 보오? 저것이 키쓰오! 세계적이지요.

합창 : 연극이 끝나고

막이 나렸소.

당신들이 기쁘면

우리도 기뻐요.

좋은 놀음도

한이 있으니

리별할 시각이

닥쳐 왔어요.

달리는 시간을

멈추지 못 해요.

부디 잘 가시라

건강 하시라

웃음과 벗하여

행복하시라

말로서 : 행복하시라!

– 끝 –

연극으로 재현된 까레이스키와 그 삶의 명암

― 중앙아시아 고려인 희곡문학 작품에 붙여―

이정선

1. 중앙아시아 고려인 문학에서 희곡문학의 위상

중앙아시아의 고려인 문학에서 희곡이 차지하는 비중은 상당하다. 고려인 문인들의 창작 활동은 시와 소설, 희곡 그리고 평론을 구분하지 않고 전방위적으로 펼쳐졌지만, 희곡은 그 분량에서나 영향 면에서 압도적이다. 그것은 원동에서부터 활발하게 활동한 <고려극장>의 활약상과 관련이 있다. <고려극장>은 1932년에 원동의 블라디보스토크에서 문을 연 이후로 고려인의 생활 터전인 꼴호즈와 숩호즈를 순회하며 끊임없이 공연을 이어오면서, 고려인 문화의 중심 역할을 맡아왔고, 그 공연의 대본이 된 것이 희곡작품들이기 때문이다. <고려극장>의 부단 없는 활약상은 1937년의 강제 이주를 겪고도 이듬해부터 바로 공연을 재개한 것과 1941~1943년 동안 벌어진 '위대한 조국전쟁'(2차 대전 중 독일과 소련의 전쟁) 시기에도 멈추지 않고 고려인들을 독려하는 작품을 공연한 것에서 단적으로 확인해 볼 수 있다. 이주를 위한 제반 조건을 제대로 갖추지 않은 채 단행된 강제 이주였기 때문에 이주 초기 고려인의 삶은 생존 자체가 위협받을 정도였다. <고려극장> 관계자들의 상황도 다르지 않아서, 연성용 등의 회고록에 따르면 강제 이주 직후 공연을 재개하기 위한 <고려극장> 관계자들의 노력은 처절하면서도 헌신적이었다. 더구나 원동에서 공연하던 레퍼토리를 그대로 재연하는 것조차도 쉬운 일이 아니었을 텐데, 심지어 이듬해인 1938년에 새로운 창작 희곡으로 상연했음은 <고려극장> 관계자들의 열성을 잘 보여주는 또 다른 예라고 하겠다. 고려인들은 <고려극장>의 공연을 통해서 정치적·문화적 영향을 받아왔을 뿐만 아니라, 공연을 관람하기 위해 한자리에 모여서 친목을 다지며 동일한 공동체의 구성원임을 되새겼다.

고려인들에게 "사상—미학적으로 교양함에 있어 유일한 조선인 예술 기관"이라는 평가에서도 알 수 있듯이, 고려인의 문화 세계에서 희곡이 차지하는 비중과 영향력은 대단하므로, 고려인 문학을 연구함에 있어서 희곡 문학을 중요하게 다루고 세심하게 분석해야 함은 당연하다. 그러나 그동안 고려인 희곡 문학에 대한 연구는, 고려인 문학의 다른 분야에 비해서도 매우 미미한 수준이었다. 지금까지 국내에서 발표된 고려인 희곡 작품과 관련된 연구는 손으로 꼽을 정도이다.

고려인 희곡 작품에 대한 연구가 활발하게 진행되지 못한 것은, 고려인 문학의 다른 분야와 마찬가지로 자료에 접근하는 것 자체가 어렵다는 점에 가장 큰 원인이 있다. 부족한 대로 시, 소설 등 다른 분야의 작품들은 고려인 신문인 <레닌기치> 지면에도 실리고 종합작품집의 형태로 발간도 되었지만, 희곡의 경우에는 그 조차도 매우 한정적이었다. <레닌기치>에 실린 희곡은 주로 짧막한 경희극들이고 작품 수도 10편 정도이다. 종합작품집에 실린 것도 조명희 1편, 채영 2편, 한진 4편, 연성용 7편 정도일 뿐이다. 그나마 이 중에서 채영의 작품 2편은 발췌본이어서 작품 전체의 모습을 살펴볼 수가 없다. 고려인 희곡 작품은 <고려극장>의 대본 형식으로 주로 극장 관계자들 사이에서만 회람되었을 뿐, 이렇듯 공공연하게 발표되는 것은 아주 한정적이기 때문에, 이후 연구자들이 이에 접근하기가 매우 어렵다.

현재 카자흐스탄 <고려극장>이 이 희곡작품들을 상당 부분 보관하고 있는 것으로 알려져 있지만, 현지 관계자들이 이를 쉽게 내놓지 않고 금적전인 보상을 요구하곤 해서, 연구자가 개인적으로 이에 접근하는 것은 쉽지 않다. 예전 소연방일 때는 어땠을지 몰라도, 오늘날에는 자본주의 체제를 받아들이면서 급박하게 사회가 변하고 있는 현지의 사정을 고려해 보건데, 자료를 소유하고 있는 당사자들이 순수한 마음으로 그 자료들을 내놓기를 기대하는 것은 순진한 일일 것이다. 따라서 국가 차원에서 금전적인 부담을 지고라도 <고려극장>의 공연 대본을 수집하기 위해 애써야 한다. 현재 <고려극장>의 보관·관리 상태가 우수한 편이 아니기 때문에, 이렇게 계속 방치해 둔다면 소중한 자료가 많이 훼손되고 유실 될 수 있다. 고려인 희곡 작품에 대한 연구를 위해서, <고려극장>의 공연 대본 수집 방법에 대해 현실적인 논의를 시급히 펼쳐야 할 시점인 것이다.

2. 중앙아시아 고려인 희곡 작품의 세계

위에서 언급한 제약으로 인해서 고려인 희곡에 대한 심도 깊은 논의를 진행할 만한 원 자료가 부족한 것이 현실이다. 그러한 상황의 한계를 염두에 둔 채로, 우선 그동안 입수한 작품들을 대상으로 하여 미흡하나마 고려인 희곡 문학을 개략적으로 살펴보면 다음과 같다.

한글로 창작된 고려인 문학의 경우, 그것의 예술적 성취를 기준으로 접근해서는 부정적인 결론에 도달하기 십상이다. 고려인 희곡 작품들도 예술적 성취를 기준으로 접근하는 것은 적당한 방법은 아니기에, 여기서는 주로 주요 소재와 주제를 중심으로 살펴보겠다.

이정희의 논의(「재소한인 희곡연구－소련국립조선극장 레파토리를 중심으로」, 단국대학교 석사학위 논문, 1992)는 고려인 희곡을 1930년대로부터 전반적으로 살펴보고 있는 유일한 논의인 셈인데, 그는 고려인 희곡을 ① 역사 및 영웅 주제 ② 휴머니즘과 사상적 경향 ③ 사회정치적 주제로 분류하고 있다. '역사 및 영웅 주제'의 작품들은 "소수민족으로서 핍박을 당하며 열악한 조건에서 살아가던 한인들에게 …중략… 용기와 의지를 심어주는 역할을 하였기 때문"에 특별한 위치를 차지한다고 평가하고 있다. 그리고 여기에 해당하는 작품으로 태장춘의 「홍범도」를 대표작으로 선정해서 논하고 있다. '휴머니즘과 사상적 경향'을 보이는 작품으로는 연성용의 「자식들」과 「강직한 여성」을 논하고 있다. 이 작품들은 "인간이 살아가면서 일상생활에서 늘 부딪히는 문제인 부모와 자식 간의 갈등을 주제로 다루면서 궁극적으로는 인간 삶의 가치에 대한 문제에 대해 깊이 있게 다루었다"면서도, 이데올로기를 삽입함으로써 인위적인 결말로 향하게 되고 문학성이 손상당하였다고 평가하고 있다. '사회정치적 주제'의 작품으로는 한진의 「산부처」와 「나무를 흔들지 마라」를 언급하고 있는데, 현실에 대해 비판적 목소리를 낼 수 없는 사회주의 사회에서, 옛 설화를 차용하거나 익명의 장소를 배경으로 설정하여, 북한의 독재 체제나 6·25전쟁에 대해 간접적으로 비판의 목소리를 드러낸 작품으로 평가하고 있다.

그런데 이정희가 '휴머니즘과 사상적 경향을 보이는 작품'을 논하면서 이데올로기가 삽입되어서 문학성이 손상당했다고 언급하는 것과 대조적으로, 주요철은 "중앙아시아의 희곡과 무대화 되어진 공연들을 살펴본 결과 사회주의 리얼리즘을 대표할 만한 작품을 찾기 어려웠다"고 상반된 평가를 하고 있다(「카자흐스탄의 극단 <고려극장>의 연극사적 의미에 관한 연구」, 중앙대학교 신문방송대학원 석사논문, 2003). 물론 사회주의 리얼리즘이 예술 창작의 보편적인 원리로 통용되는 사회였기에, 이를 비껴나서 완전히 일탈적인 작품을 창작한 것은 아니지만, 확실히 고려인 희곡 작품들에서는 이념성이 그다지 두드러지지는 않아 보인다. 물론 이는 수집된 작품을 중심으로 살펴보았기 때문에 나올 수밖에 없는 결론인지도 모른다. 현지에서 공연되는 작품은 훨씬 체제 옹호적이거나 이데올로기적일 수 있지만, 남한 사람에 의해 수집되는 과정에서 그런 작품들은 배제되었을 수 있다는 것이다. 그렇다면 표면적인 내용 속에 감춰진, 고려인 희곡 작품들이 지향하고 있는 것은 무엇인지를 세심하게 살펴보는 작업이 요청된다.

위에서 살펴본 이정희의 논의와는 다르게, 고려인 희곡 작품의 세계는 다루고 있는 소재를 중심으로 크게 세 부류로 나누어 볼 수 있다. 현실적인 생활의 문제를 다룬 것과 한국 고전작품을 개작한 것, 역사적인 사건을 다룬 것이 그것이다.

소비에트 시기부터 사회주의 리얼리즘이 일상생활과 예술에서 지대한 영향을 끼쳤으므로, 고려인 문학들은 현실의 문제를 다루는 것이 기본이다. 연성용의 「자식들」, 「강직한 녀성」, 한진의 「의부어머니」, 채영의 「외딸」을 비롯하여, <레닌기치>에 게재된 대부분의 희곡들은 고려인의 현재의 일상생활 이야기를 다루고 있다. 주로 부모 세대와 자식 세대가 겪는 갈등이나, 꼴호즈에서의 노동 생활 등이 형상화되어 있다.

한국의 고전작품을 개작한 것으로는 연성용의 「창곡자와 홍랑자」, 「양산백」, 한진의 「토끼의 모험」, 「심청전」, 「양반전」을 비롯하여, 채영의 「장한몽」, 이정님의 「춘향전」, 김두철의 「논개」, 전동혁의 「온달전」 등이 있다. 주요철에 의하면 "1950년대에 접어들면서 번역극에서 조금씩 탈피하여 한국 고전작품의 무대화가 이어지게"되었고, 이 작품들은 "한국의 생활풍습을 습득하고 활용하며 이해할 수 있도록 도움"을 주었다고 한다. 그런데 고전작품을 다룬다고 하더라도 기본적인 시선은 현실의 문제로 향하고 있음을 알 수 다. 즉 "한국의 고전작품을 통해 역사적이고 영웅적인 주제를 통하여, 또는 풍자와 해학을 통한 비판을 통하여 실생활의 모습을 무대화" 하고 있다고 평가된다.

마지막으로 고려인 희곡이 다루고 있는 역사적인 사건은, 주로 일제 강점기의 저항, 근대 이전 시기 왕의 패악, 그리고 한국전쟁을 포함한 전쟁 등이다. 그런데 역사적인 사건을 다루는 작품들도 크게 보면 생활의 문제를 다룬 것 속에 포함될 수 있다. 왜냐하면 역사적인 사건을 다룬 작품으로 분류된 것들이, 오늘날의 시점에서 적용된 잣대를 사용해서 구분되었기 때문이다. 다시 말하면 일제 강점기 시기의 저항을 소재로 한다고 했을 때, 지금의 시점에서 보면 역사적인 사건을 다룬 작품으로 보이지만, 그 작품이 일제시기에 창작된 것이라면 그것은 역사적인 사건 이전에 당대 현실의 문제를 다룬 것이 된다. 따라서 오늘날의 관점에서 역사적인 사건을 다루고 있는 듯 보이는 작품도, 초연 당시에는 당대의 현실적인 문제를 다룬 것이었을 수 있다. 이 경우에 이러한 작품들을 통해서 해당 시기에 고려인들이 그 사건을 어떻게 바라보았는지를 엿볼 수 있다. 이러한 특이점이 있지만, 공적인 역사에 기록될 만한 사건을 다루고 있다는 점에서 이를 '역사적인 사건을 다룬 작품들'로 규정하는 데 큰 무리는 없을 것이다. 이 작품들을 통해서는, 동일한 사건에 대해 한국과 중앙아시아의 고려인들이 보이는 시선의 차이를 엿볼 수도 있다. 이는 비단 고려인 문학에만 해당하는 이야기는 아니다. 세계 곳곳에 산재해 있는 한민족이 생산한 문학작품들 중에, 동일한 사건을 다룬 작품들이 적지 않다.

3. 고려인 디아스포라의 삶의 초상화

이번 자료집은 열 명의 작가의 16개 작품을 싣고 있다. 그 면면을 살펴보면 다음과 같다.

조명희는 1928년에 러시아령으로 망명한 뒤 그곳에서 조선어 교사와 한글신문 <선봉>의 편집 일을 맡으면서 고려인 문학의 씨를 뿌린 인물이다. 그러나 소비에트 정권이 세워지면서 한반도에서는 조명희에 대한 정보를 얻을 수가 없었을 뿐만 아니라, 현지에서도 1937년의 고려인 강제 이주와 관련하여 조명희에 대한 논의는 침묵 속에 묻히게 되었으므로, 한동안 그에 대한 연구는 제대로 진행될 수가 없었다. 현지에서는 스탈린이 사망한 1953년 이후에 고려인들의 지위가 회복되고 소련과학원 동방도서출판사에서 『조명희선집』이 간행되면서 조명희 작품에 대한 연구 성과들이 나오기 시작했다. 남한에서는 1980년대 후반에 이르러서야, 민주화의 분위기가 확대되면서 납월북 문인에 대한 해금이 풀리고 조명희에 대한 연구도 본격화 될 수 있었다. 이 책에 실린 희곡 「파사(婆娑)」(1923) 역시 『포석 조명희선집』(쏘련과학원 동방도서출판사, 모쓰크바, 1959)에 수록된 작품이다. 이 작품의 창작 연대를 보면 조명희가 망명하기 전 즉 한반도에 있을 때 창작한 작품이다. 그러나 중앙아시아의 고려인들이 주로 향유했다는 점에서 고려인 문학의 범주에 넣을 수 있을 것이다. 중국 고대 은나라를 배경으로, 정사(政社)에 힘쓰지 않고 주색(酒色)에 빠져서 백성들을 도탄에 빠뜨린 왕을 비롯한 지배계급과, 이에 반항해 봉기를 일으킨 민중을 대립적으로 형상화하고 있는 작품이다.

고려인 희곡은 이렇듯 사회 현실의 문제를 비판하는 내용을 담고 있는 작품들이 많다. 태장춘의 「둥굴소 어떻게 새끼를 낳는가」(소형극, <레닌기치> 1953.4.3)는 중앙아시아 고려인 문단에 처음으로 작품 전문이 지면에 소개된 희곡인데, 사냥꾼과 농부가 이야기를 나누는 단순한 구조의 이야기 속에, 조합의 횡포로 자신의 소를 빼앗기게 된 사정을 풍자적 분위기로 묘사하고 있다.

김광현의 「뉘 탓인가?」(단막희극, <레닌기치> 1957.3.19~3.22)와 리상회의 「복덕방에서」(<레닌기치> 1981.8.29)도 현실비판적인 주제의 작품들이다. 전자는 고운 천을 비싸게 팔아서 이익을 남기다가 검열원에게 걸리는 사람이야기이고, 후자는 도덕도 양심도 돈이 있어야 된다는 생각을 가진 황태석이 이웃을 상대로 비싼 이자놀이를 하는 이야기로서, 이기적이고 타산적인 생활 모습에 대한 비판적인 시각을 보여준다. 특히 후자의 경우에는 진정한 교육자의 모습을 지닌 아내의 모습과 대비시킴으로써, 극의 구성적인 면에서도 진일보한 모습을 엿볼 수 있다.

연성용은 이 자료집에서 가장 많은 분량의 작품을 싣고 있는 작가이다. 그는 남한에서도 개인 작품집이 발간될 정도로 그나마 소개가 많이 된 작가이다. 그는 연해주에서 태어나 중앙아시아로 강제 이주된 이주 2세대에 해당한다. 블라디보스토크에서 <조선극장>(<고려극장>의 전신)이 설립된 1932년부터 고려인 연극계를 이끈 주요 인물이다. 그가 쓴 가사 「씨를 활활 뿌려라」나 「급행열차」 등은 요즘까지도 고려인이 즐겨 부르는 노래이다. 그는 쏘련 작가동맹 맹원으로서 특히나 중앙아시아로 이주한 이후로는 철저할 정도로 민족이나 고향에 대안 내러티브를 삭제하고 볼셰비키에 동조하고 스탈린 정책을 찬양하는 내용으로 일관했다고 평가된다. 이 책에는 기존에 한국에서 소개된 작품은 제외하고, 중앙아시아의 고려인들의 현재적 삶을 엿볼 수 있는 작품으로 선정하여 수록하였다.

연성용의 「동창생」(1984년 작, 합동작품집 『행복의 고향』, 사수석 출판사, 알마아따, 1988 수록)은 구역에 있는 한 기관의 지배인으로 일하는 장병태와 상부에서 검열원으로 내려온 동창생 김씨 사이에 일어나는 동상이몽을 다루고 있다. 김씨의 정체를 모르고 푸대접한 것을 후회하는 장병태의 모습을 통해서, 이득이 될 때만 잘하고 그렇지 않을 경우에는 인정을 베풀지 않는 타산적인 행동에 대해 경계하고 있다.

연성용의 「자식들(2막6장)」(1975년 작, 연성용 창작집 『행복의 노래』, 사수석 출판사, 알마아따, 1983 수록)은 고등교육을 받은 철호가 자기의 전문직 직장을 버리고 부정한 방법으로 부를 축적하기 위해 술 공장의 주임으로 취직한 사건을 중심으로 전개되는 이야기이다. 철호를 중심으로 그의 아내와 장모를 한 편으로 하고, 그의 동생 쓸라와 어머니를 다른 한 편으로 하여 갈등이 일어난다. 돈벌이만을 최고의 가치로 여기면서 어머니 모시는 일에 소홀한 철호 내외와 어머니에게 효도하는 쓸라와의 모습이 대비되어 드러나고, 또한 오직 자식을 위해 헌신하는 어머니의 모습을 그리고 있다.

이렇듯 고려인들의 현재적 삶의 모습 중에서 희곡 작품이 주로 다루는 것은 가족 간의 갈등 문제이다. 김남석의「며느리」(단막풍자극, <레닌기치> 1971.7.28)와 리상희의「돌아온 남편」(단막극, <레닌기치> 1974. 3.30)도 가족 간의 갈등을 그리고 있는 작품이다. 전자는 시어머니를 모시는 일이면 사사건건 트집을 잡는 못된 며느리의 행동을 통해 어떻게 부모를 공경해야 하는지를 보여준다. 후자는 가족을 버렸다가 늘그막에 찾아온 남편과 그런 남편을 용납할 수 없어서 박대하는 아내와 아들의 모습을 그리고 있다.

이 밖에도 전향문의「만호 아저씨는 어디로 가리」(경희극, <레닌기치> 1975.6.7)나,「사돈 맺는 날」(경희극, <레닌기치> 1975.9.18), 그리고 채영의「외딸」등은 자녀의 결혼과 관련한 갈등을 보여주는 작품들이다. 이 속에는 타민족과의 결혼에 대해 부정적으로 생각하는 부모 세대와 그것에 대해 아무런 거부감이 없는 자녀 세대 간의 생각 차이, 양가 중 어느 쪽 부모님을 모실 것인가에 대한 갈등 등이 그려진다. 채영의「외딸」은 형제 없이 외동아들인 연인이, 결혼을 앞두고 각자의 부모님을 모셔야 한다고 주장하는 데서 벌어지는 갈등을 그리고 있다. 며느리가 시집으로 들어와서 시부모를 모셔야 한다는 전통적인 생각과, 양친이 생존해 계신 시부모님보다 홀아버지이신 신부의 아버지를 모시기 위해 신랑이 처가로 들어와야 한다는 신사고가 부딪힌다. 그런데 신부의 홀아버지가 재혼을 하는 것으로 모두가 만족스러운 결론에 이르게 된다는 결말은, 사회의 변화와 더불어 대두한 문제에 대해 정면으로 부딪히지 않고 우회하고 있는 모습으로 보인다. 이 과정에서 새로운 사고가 대두하고는 있지만, 여전히 전통적인 사고를 우위에 놓고 있는 고려인들의 모습을 엿볼 수 있다.

그 밖에 고려인 희곡에서 많이 보이는 모습은 노동자의 모습을 그리는 것인데, 연성용의 「강직한 녀성」(연성용 창작집 『행복의 노래』, 사수석 알마아따, 1983)과 진우의 「밭갈이」(단막희극, <레닌기치> 1960.1.24)과 「우니에르쌀까」(경희극, <레닌기치> 1963.1.29) 등이 이에 해당한다. 고려인 소설 작품에는 공장 노동자도 보이지만, 희곡에서는 주로 꼴호즈에서 열심히 일하는 모습과 그 과정 속에서의 갈등 등이 그려지고 있다. 그런데 여성 노동자들의 모습이 두드러진다는 점이 특징적이다. 고려인 희곡에는 가정생활을 그리는 경우도 포함하여 진취적이고 강단 있는 여성들의 모습이 많이 보인다는 특징이 있다. 물론 개인적인 욕심에 시부모를 제대로 공양하지 않는 며느리도 보이지만, 그보다는 가족에게 헌신적이고, 꼴호즈에서 맡은 바 소임을 잘 감당해 내는 여성의 모습이 더 두드러진다.

마지막으로 태장춘은, 연성용과 더불어 <조선극장>의 설립초기부터 배우 겸 문학부장으로 일했던 작가이다. 그는 시와 소설 뿐 아니라 희곡 작품도 많이 창작하여 공연에 올렸다고 한다. 특히나 그가 희곡을 통해 다룬 내용은 독소전쟁 시기에 노력전선에서 복무하던 고려인과 해방 직후 북한의 모습을 그린 것 등이 있어서 주목을 요한다. 앞으로 이런 작품들을 꼭 수집해서 연구해야 할 것이다. 여기에 실린 「홍범도」(1942년 작, 『한국연극』, 1989.4)는 홍범도를 중심으로 한 독립의병들의 활약상을 그린 작품이다. 그런데 이 작품에서 형상화하고 있는 홍범도의 모습이 특이하다. 보통 홍범도라고 하면 신출귀몰하는 작전을 펼치면서 일본에 대항한 독립군 장군으로서, 생애 말기를 중앙아시아에서 고려인들과 함께 보냄으로써 고려인들 사이에서는 더욱 영웅적으로 추앙된 인물로 알려져 있다. 그러나 이 작품은 그러한 일반적 선입견을 비껴간다. 1989년에 『한국연극』에 이 작품이 실릴 당시에, 유민영은 주목할 만한 사실로 "태장춘이 사회주의에는 철저하게 젖지 않은 것 같다"고 지적하면서, "짓밟힌 민중의 치열한 저항의식을 묘사하긴 했지만 그것은 어디까지나 계급의식에 입각한 것이 아니고 역사적 사실 그대로인 것"으로 평가하고 있다.[1] 즉, 이 작품은 항일투쟁사에서 전설적인 인물인 홍범도를 형상화하면서도, 그를 영웅적인 비범한 인물로 신비화하지 않고 있다는 특성을 보인다.

4. 조속한 작품 수집을 기원하며

이번 자료집에 실린 작품 이외에도 고려인 희곡 작품에는 여러 전쟁(조국애호전, 한국전쟁, 베트남전쟁 등)을 다룬 것들이 많다고 알려져 있다. 한국전쟁을 다룬 것으로 전동혁의 「모란봉」(1961)과 한진의 「폭발」(1986), 태장춘의 「38선 이남에서」(1950) 등이, 베트남 전쟁을 다룬 것으로 김지마의 「희망의 오솔길로」, 한진의 「고용병의 운명」(1962), 김니끼포르의 「월남의 서광」(1968) 등이 그에 해당하는 작품들의 예이다. 이들 작품 중에서 특히나 한국전쟁을 다루고 있는 작품들이, 강제 이주를 다루고 있는 작품들과 더불어서 빠른 시일 안에 수집하고 연구되어야 할 것이다. 이는 고려인들의 억압된 내면을 엿볼 수 있고, 한반도의 평화 통일에 대한 아이디어를 얻기 위해에 유용할 것이기 때문이다.

한국전쟁을 다루고 있는 작품들이 보여주는 시각은 남북한의 작품들이 보여주는 것과는 일정한 차이를 드러내고 있다. 이는 재외 동포들과 그들이 창작한 문학의 위상에 대해 고민해 볼 수 있는 지점을 제공하는 셈이다. 재외동포문학을 대하는 태도에는, 이 작품들이 우리의 민족문학이며 이 작품의 창작자와 수용자들이 우리와 동일한 민족임을 확인하고

---

1) 유민영, 「희곡평 / 소박한 역사기록극」, 『한구연극』 제155호, 1989년 4월호. 29쪽.

자 하는 민족주의적인 의도가 무의식적으로 개입되기 쉽다. 그래서 그 작품 속에서 우리와 비슷한 민족 정체성을 찾고자 애쓰게 된다. 그러나 고려인 문학 작품들을 살펴보면, 그 작품 속에는 우리와 같기도 하지만 다른 점도 많은 '고려인'이라는 특정한 사람들이 고스란히 담겨 있을 뿐이다. 즉, 이 작품들은 하나의 단일한 정체성으로 그들을 파악하려는 우리의 무의식적인 의도를 깨우치려는 듯 다양한 이해관계를 보여주는 고려인들을 그대로 보여준다는 것이다. 그 다양한 정체성 중에서 한국전쟁을 다루고 있는 작품에서 등장하는 인물은, 남과 북이 갈라져 대치하고 있는 민족의 현실에 재외 동포가 긍정적으로 개입할 수 있는 가능성을 기대하게 한다.

더불어 중앙아시아 고려인이 존재하게 된 원인 강제 이주를 다루고 있는 희곡 작품들에 대한 연구도 요구된다. 전 블라디미르의 「1937년도 통과열차」(1990)는 '강제 이주를 다룬 최초의 희곡 작품'이며 "'인민의 어버이'로 불리던 스딸린의 가혹한 손에 의하여 고통을 당하고 있는 비참한 인민들의 운명을 묘사"[2]하고 있다고 전해진다. 이는 송라브렌띠의 「기억」(1997)[3]과 함께 강제 이주를 기억하는 방식을 비교해 볼 수 있는 자료가 될 것이다.

앞으로 이러한 작품들에 대한 발굴과 연구가 조속히 진전됨으로써, 고려인에 대한 이해를 높이고, 새로운 미래를 함께 만들어 갈 방법을 모색할 수 있어야 할 것이다.

---

2) 김필영, 『소비에트 중앙아시아 고려인 문학사(1937~1991)』, 강남대학교출판부, 2004. 908쪽.

3) 김필영의 논문에서는 작품 제목이 「기억」으로 기록되어 있지만(김필영, 「송라브렌띠의 희곡 "기억"과 카자스탄 고려 사람들의 강제 이주 체험」, 『Comparative Korean Studies』 4권, 비교한국학회, 1998), <고려극장> 공연 목록에는 1997년과 2006년에 이 작품이 「추억」이란 제목으로 공연되었다고 기록되어 있다. 작가도 송라브렌찌와 리스타니슬라브 공동작으로 되어 있는데, 아마도 한국어를 구사할 수 있는 리스타니슬라브 시인이 번역한 것으로 추정된다(「자료 / 고려극장 공연 목록(1932~1011)」, 『고려문화』 통권3호, 고려문화인협의회, 황금두뇌, 2011. 207~208쪽 참조).

까레이스키 공연예술의 꿈

중앙아시아 고려인 희곡문학 작품집

| 초판 1쇄 인쇄일 | 2012년 12월 28일 |
| 초판 1쇄 발행일 | 2012년 12월 31일 |

엮은이	국제한인문학회
책임편집	김종회, 이정선
펴낸이	정구형
출판이사	김성달
편집이사	박지연
편집/디자인	이원숙 이하나 정유진 이호진 함성식
마케팅	정찬용 권준기
영업관리	한미애 천수정 심소영
인쇄처	월드문화사
펴낸곳	**국학자료원**

등록일 2006 11 02 제2007-12호
서울시 강동구 성내동 447-11 현영빌딩 2층
Tel 442-4623 Fax 442-4625
www.kookhak.co.kr
kookhak2001@hanmail.net

| ISBN | 978-89-279-0209-6*03800 |
| 가격 | 32,000원 |